飛鳥から遥かなる未来のために（白虎・後編）

聖徳太子たちの生きた時代

朝皇龍古

目次

【主な登場人物】

上宮(うえのみや)……………本シリーズの主人公。呼名は豊人(とよひと)。後世、聖徳太子と呼ばれている。幼いころから周りの人々の幸せを心から願っている。

炊屋姫(かしきやひめ)……………上宮の父（用明大王）の同母妹であり、敏達(びだつ)大王の皇后。次の大王に自らの嫡子竹田皇子をと思っていたが、竹田が亡くなったため、王族の束ねの大后として、上宮に政事(まつりごと)の全権を委ねた。

蘇我馬子(そがのうまこ)……………臣下の筆頭で大臣。豪族の筆頭として、上宮と共に新しい国造りに取り組む。

上宮関係

用明大王(ようめいおおきみ)………上宮の父、炊屋姫の同母兄。父は欽明(きんめい)大王、母は蘇我堅塩媛(そがのきたしひめ)。

穴穂部皇后(あなほべこうごう)………上宮の母、炊屋姫の異母妹。父は欽明大王、母は小姉君(おあねのきみ)。

来目皇子(くめのみこ)…………上宮の同母弟。大王軍の大将軍として筑紫に遠征し、新羅と困難な和平交渉を行う。交渉成立して大和へ帰還の途中、病死。

菟道貝蛸皇女(うじのかいだこのひめみこ)……父は敏達大王、母は炊屋姫。亡くなった竹田皇子の姉。上宮に嫁いだ。

刀自古郎女(とじこのいらつめ)……蘇我馬子の娘で上宮と幼馴染。上宮に嫁ぎ、山背王子と二王子・一女王をもうけた。

山背王子（やましろのおうじ）……上宮と刀自古郎女（とじこのいらつめ）の嫡男。

橘姫……敏達大王と炊屋姫の子である尾張皇子の娘。尾張皇子の要望で炊屋姫が預かっていたが、のちに上宮と菟道貝蛸皇女（うじのかいだこのひめみこ）に引き取られて育った。

上宮の側近達

葛城鮠兎（かつらぎはやと）……葛城氏と縁を結び、名が千風鮠兎（せんかはやと）から葛城鮠兎（かつらぎはやと）に変わった。いつも上宮の側にいて、あらゆる危険から守っている。幼い頃から、学問する時も一緒にいるため学識も深く広い。上宮から厚い信頼を得ている。元は王族の一員だということは公表されていない。

秦河勝（はたのかわかつ）……上宮の里親である秦岩勝（はたのいわかつ）の一男。長男忠勝（ちょうなんただかつ）と共に生涯、上宮太子の精神的、経済的な後ろ盾となる。また、上宮の長男山背王子の後ろ盾となる。

摩須羅（ますら）……上宮と鮠兎の側に居て、いつも二人を見守る側近の中心的な存在。上宮太子の館の管理と運営を全て任されている。

香華瑠（かける）……薬師で薬草の知識が豊富。あらゆる香りや臭いを嗅ぎ分ける能力を持つ。国の薬師の長となる。

紫鬼螺（しきら）……大陸からの帰化人。あらゆる国の言葉を操り、周辺諸国の政治経済、文化にも詳しい。
上宮の下で、主に海外での諜報活動を担当。

阿耀未（あようみ）……国内外の情報を収集分析し、正しく上宮に伝える役目を担っている。何事も冷静に判断する。予知、予言能力がある。

肱角雄岳（ひじかどおだけ）……倭国の血を引く百済の武将・刑部靫部日羅（おさかべゆぎべにちら）の息子で、元の名は靫部伊那斯果（ゆぎべいなしか）。父の日羅は倭国に召喚されて何者かに殺された。上宮に命を助けられた伊那斯果は、久米直の直属配下である肱角雄葛（ひじかどおふじ）の養子となった。上宮の部下として主に海外の情報収集にあたった。現在は上宮から肥の国の葦北地方の統治を委ねられている。

斎祷昂弦（さいとうこうげん）……葛城鮠兎（かつらぎはやと）の父。訳あって若い頃に王族籍を離れ、長い間、越の国で過ごした。用明大王存命中に大和へ呼び戻され、上之宮（拠点）の全てを任された。上宮太子の相談役を引き受ける重要人物。

三輪阿多玖（みわあたく）……三輪高麻磋の弟。高麻磋を支える仲の良い弟で、上宮太子の側近。

境部摩理勢（さかいべのまりせ）……蘇我馬子の異母弟。馬子の推薦により豊浦大王の側近となったが、現在は上宮太子の側近。

隋関係

楊堅……隋の初代皇帝。後に文帝と呼ばれる。倭国から六〇〇年に遣わした第一回遣隋使は文帝と謁見。

楊広……隋の第二代皇帝。後に煬帝と呼ばれる。倭国の第二回遣隋使達が会った皇帝。

裴世矩……初代皇帝の楊堅に仕え、全国統一に寄与した。二代目皇帝の楊広の頃には大臣の一人として隋の国際政策の建言およびその遂行に関与した。裴世清を倭国に派遣した。

裴世清……第二回遣隋使の帰国とともに来朝し、隋の国書や進物を届けた。

その他の登場人物

小野妹子……第二回遣隋の正使。隋との難しい交渉を終え、帰国の時に初めて大陸から正式な使者を連れてくる。

鞍作福利……第二回遣隋の通事（通訳）。小野妹子とともに隋へ。

末真似……阿耀未の後継者として育成され、現在は斎祷昂弦の下で薫陶を受けている。

胸形志良果……筑前宗像地域を本拠とする在地豪族。海人集団を擁し、外洋航海にも長けている。筑前沖ノ島を含む玄海灘から半島地域の海の道を掌握。大王軍を率いる来目皇子の新羅交渉の際には海の案内役を務めた。また、遣隋使の渡海にあたっても案内役を任された。

敏達大王（びだつおおきみ）……炊屋姫の夫。父は欽明大王。母は、宣化大王の皇女の石姫（いわのひめ）。皇后炊屋姫との間に、菟道貝蛸皇女、竹田皇子、小墾田皇女（おはりだのひめみこ）、尾張皇子達をもうけた。

膳 加多夫古（かしわでのかたぶこ）……大和政権の豪族の一人。元、蘇我馬子の配下だったが、蘇我氏から王家の食膳関係の職を阿倍氏と共に引き継いだ。

三輪高麻礎（みわたかまさ）……大神（おおみわ）神社に仕える三輪家の頭領。

押坂彦人皇子（おしさかひこひとのみこ）……父は敏達大王、母は息長広姫（おきながひろひめ）。高い確率で大王になりえる位置にいたが、母の出自が皇女ではないためと、蘇我氏の策謀により、近江に引き籠り、亡くなった。田村王子の父。

砥部石納利（とべいしなり）……押坂彦人皇子の側近だった砥部石火実（とべいしかみ）の長男で、石火実の遺志を継いでいる。

慧慈（えじ）……高句麗の僧。倭国の願いで来日。上宮の仏教の師となる。

慧総（えそう）……百済の僧。倭国の招聘で来日。飛鳥寺で仏教の流布に貢献する。

蘇我恵彌史（そがのえみし）……蘇我馬子の嫡男。

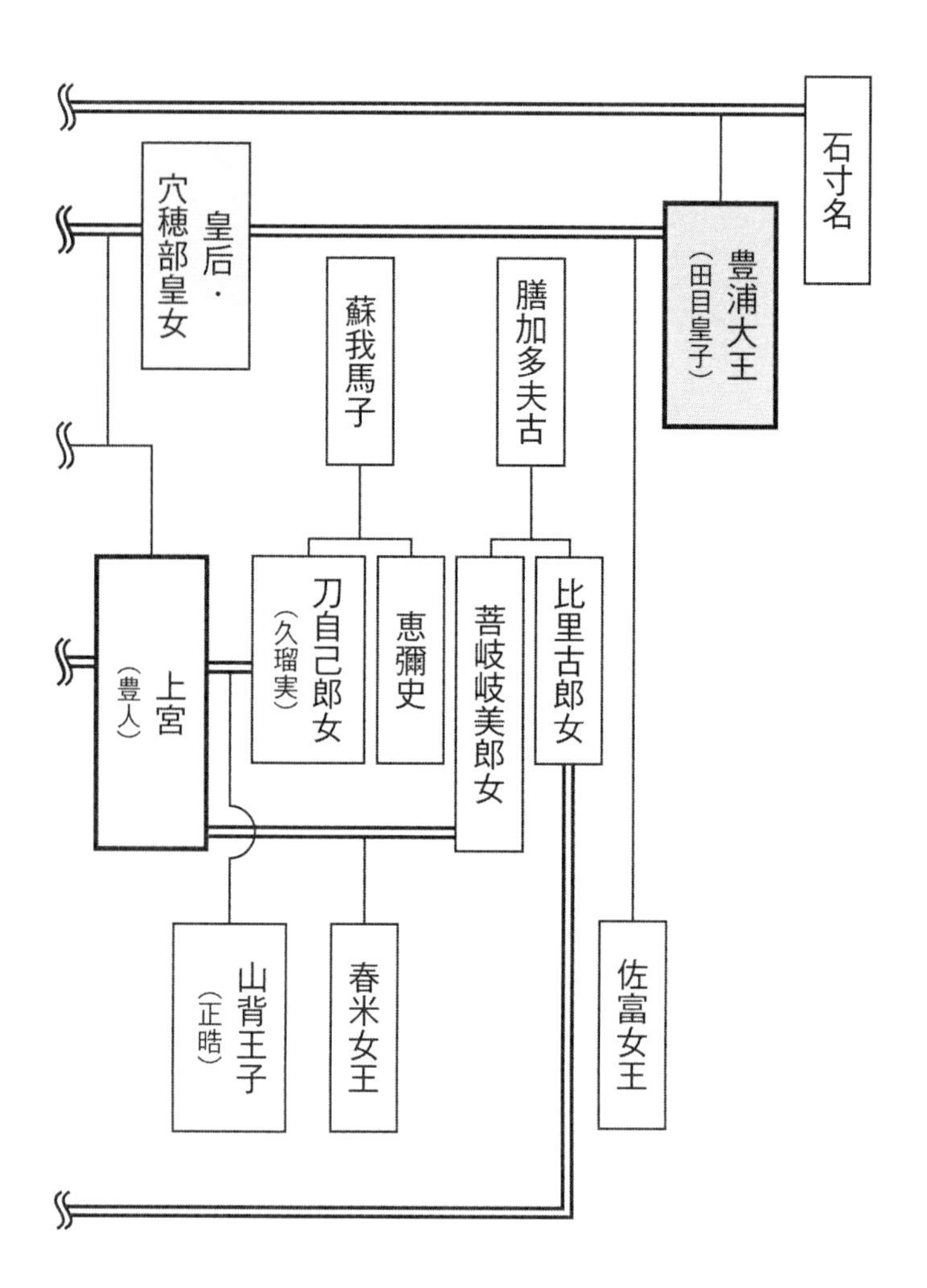
石寸名
豊浦大王
（田目皇子）
皇后・
穴穂部皇女
膳加多夫古
蘇我馬子
比里古郎女
菩岐岐美郎女
恵彌史
刀自己郎女
（久瑠実）
上宮
（豊人）
佐富女王
春米女王
山背王子
（正晧）

【主な登場人物の系図】

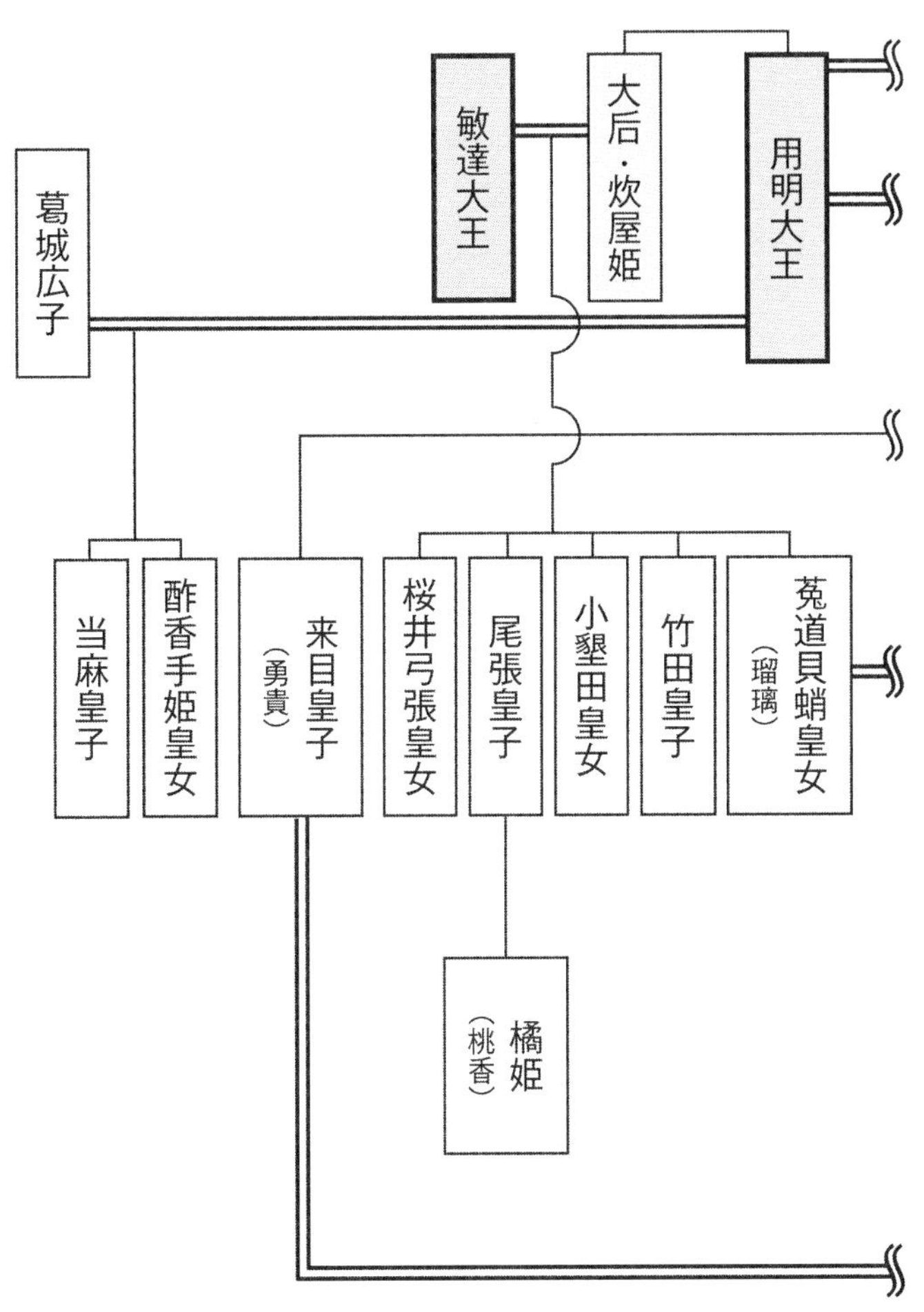

※この物語での系図である

【隋の王統図（系図）】

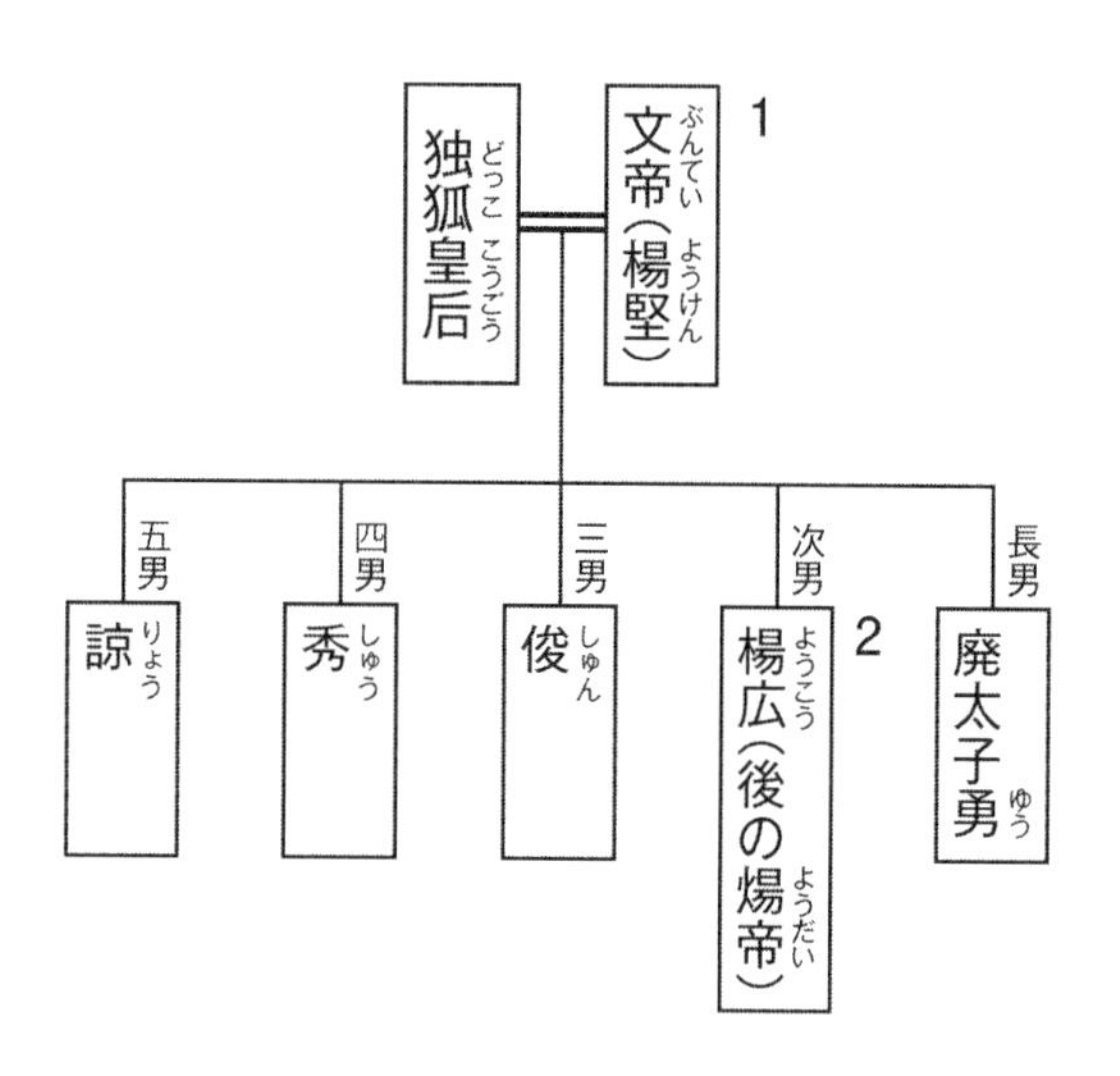

※この物語での系図である

【七世紀初頭の朝鮮半島・大陸の勢力概略図】

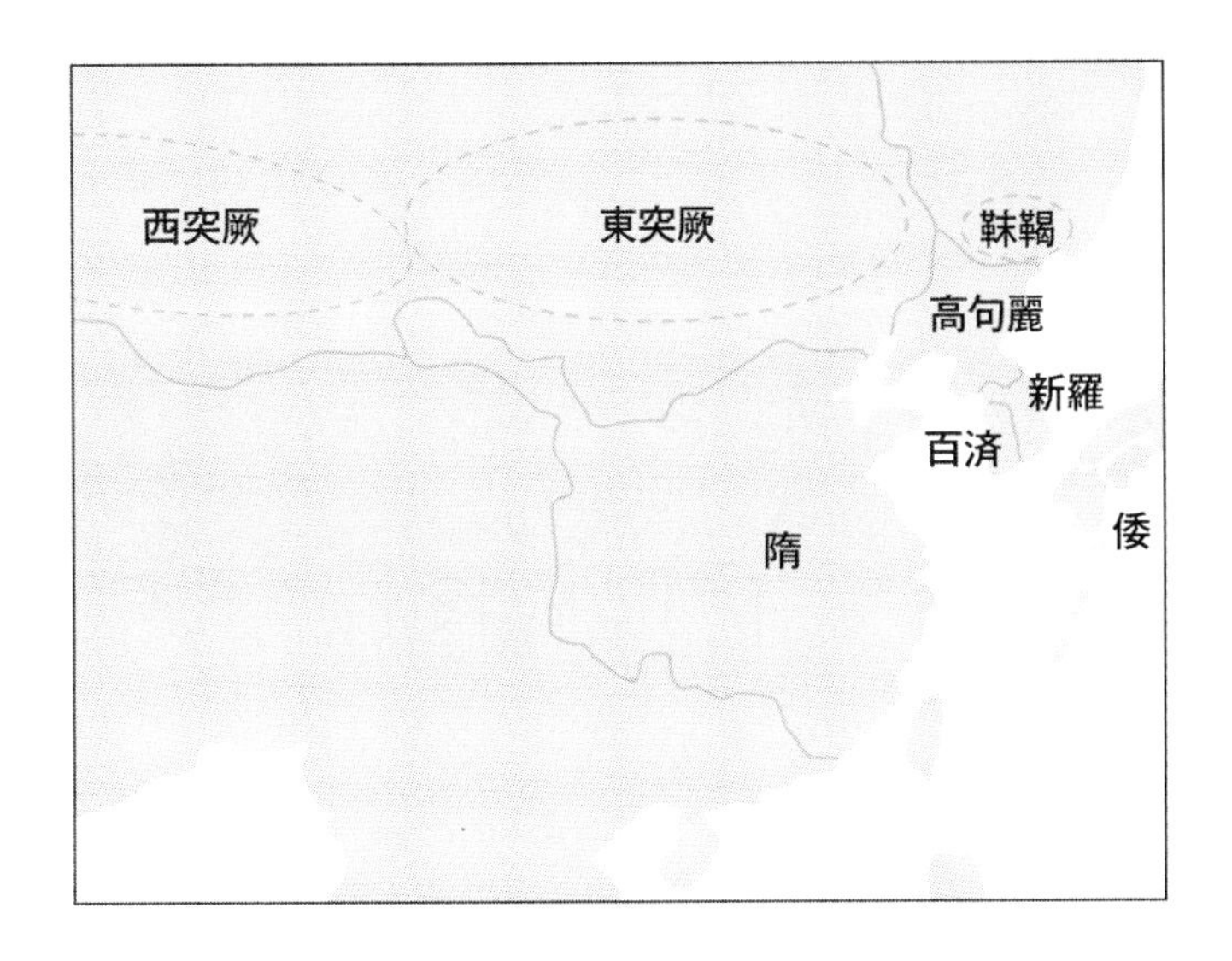

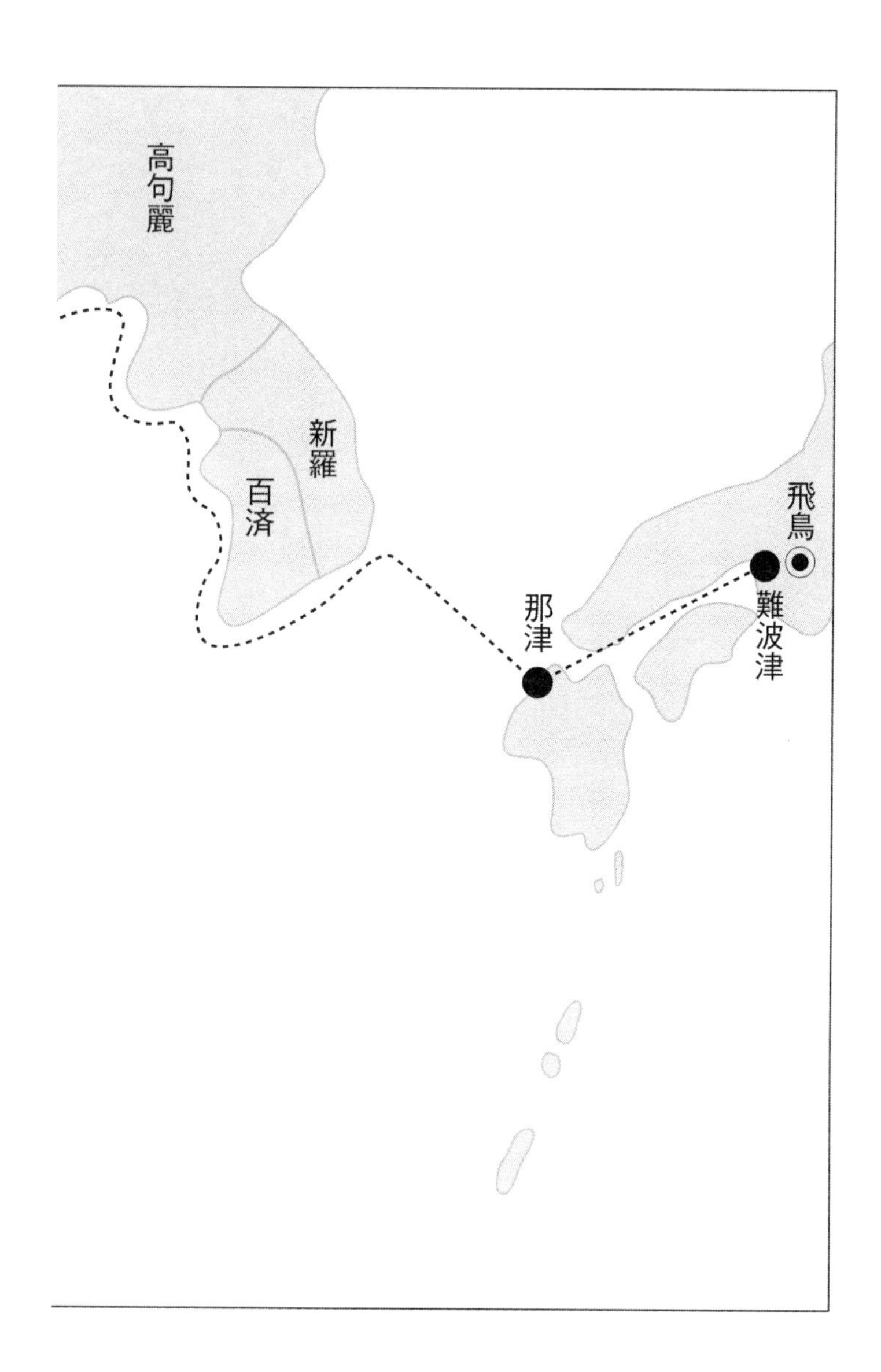
高句麗
新羅
百済
那津
飛鳥
難波津

【遣隋使の経路図】

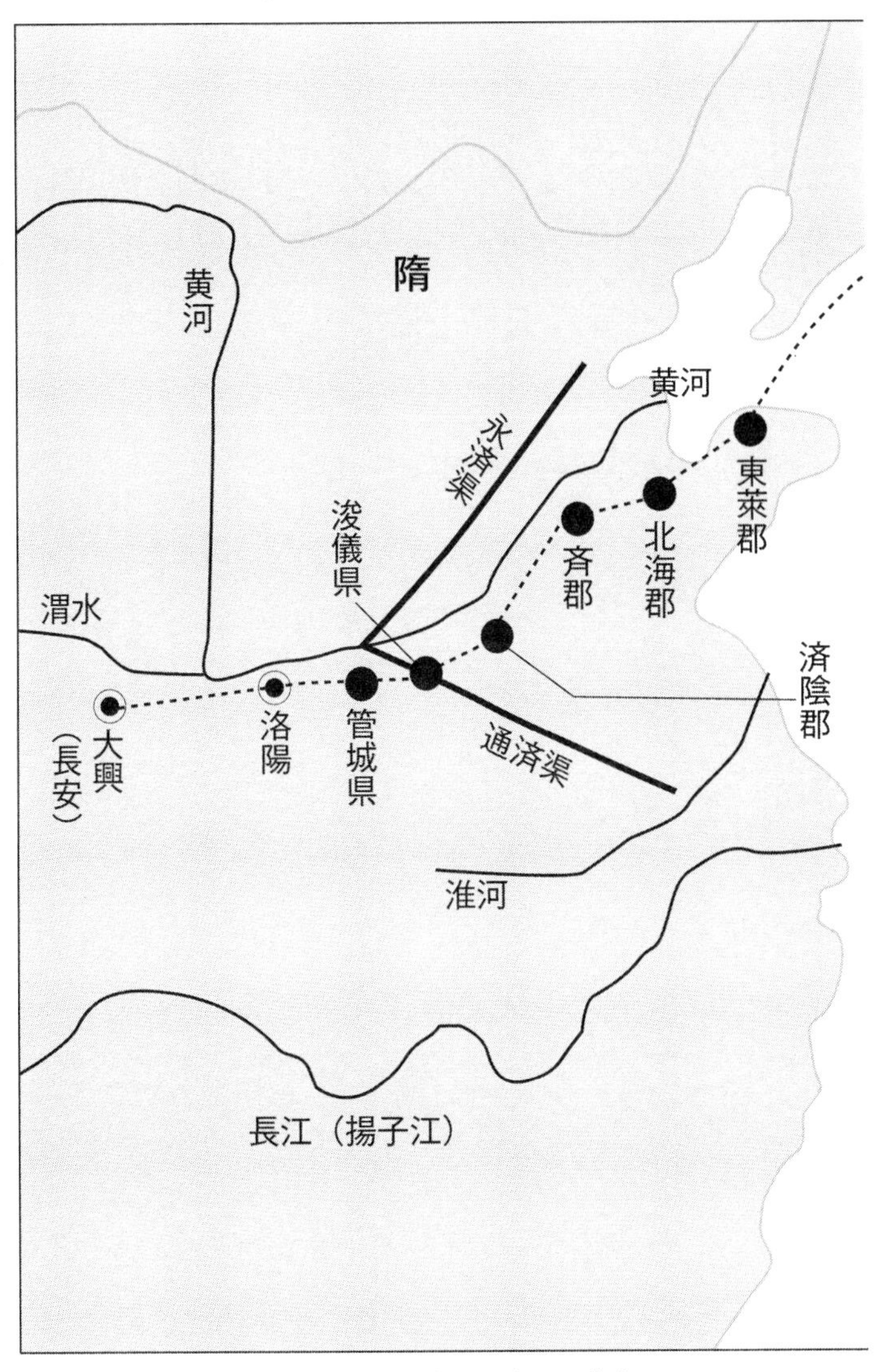

氣賀澤保規編『遣隋使がみた風景』の図を元に作成

【漢魏時代の洛陽城と隋時代の洛陽城】

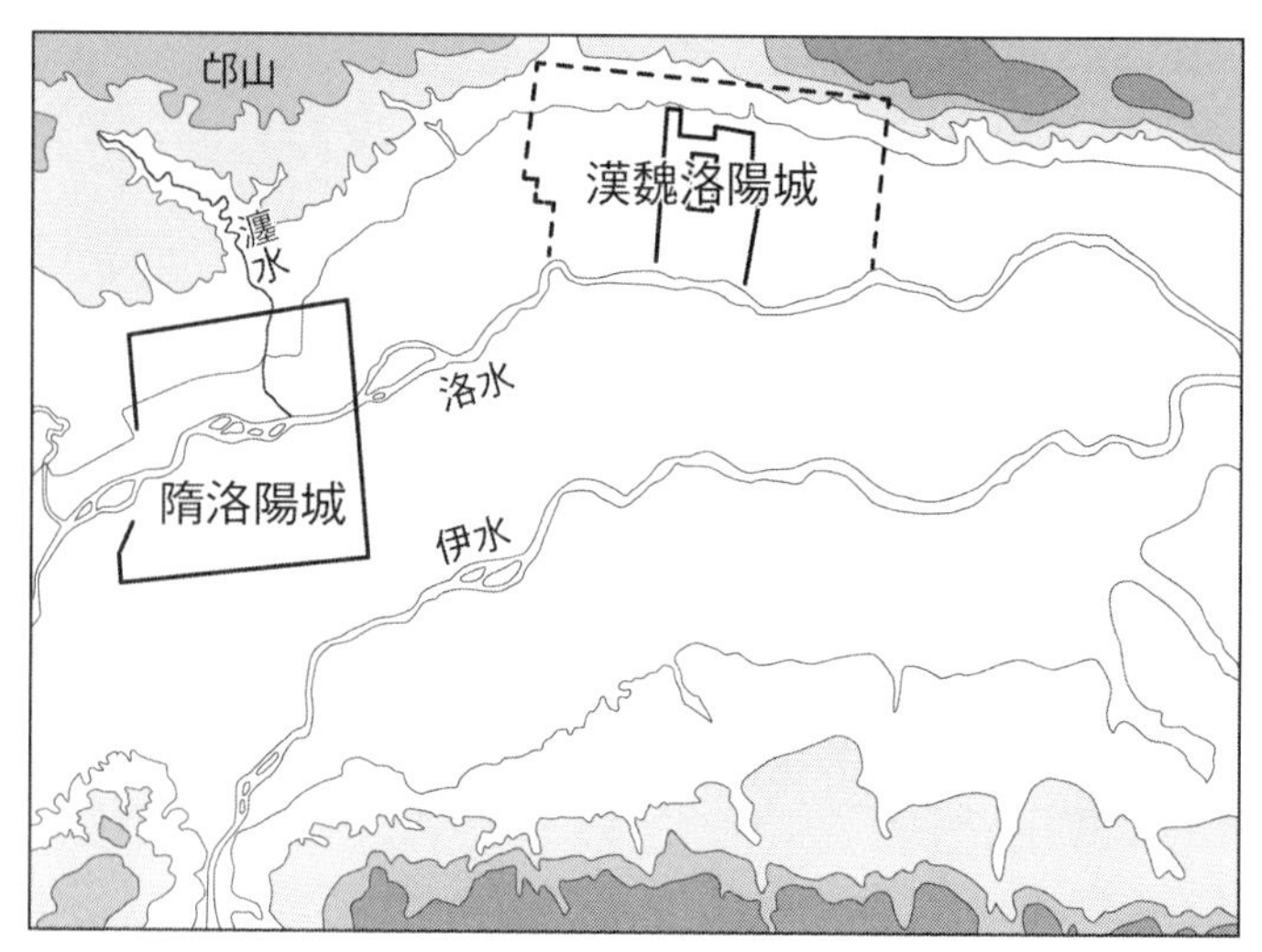

氣賀澤保規編『遣隋使がみた風景』の図を元に作成

飛鳥から遥かなる未来のために（白虎・後編）

聖徳太子たちの生きた時代

一、薫陶

新嘗祭を終えた数日後、上宮は斑鳩の学舎を視察してから、刀自古と娘の沙羅が暮らしている岡本の館に立ち寄った。上宮と刀自古との間には三皇子と一人の皇女がいる。嫡男の山背は日嗣の皇子となった時に、上宮の二番目の同母弟である殖栗皇子が後ろ盾となった。山背以外の二皇子の一人である寶（財）皇子は、大后の子息である尾張皇子を後ろ盾とした。また、もう一人の日置皇子は、上宮の末弟の茨田皇子が後ろ盾に決まった。以前継体大王が長い間止まった樟葉の宮近くに領地を授かっている茨田皇子は、生来体が弱くて後継ぎとなる嫡男がいなかったので、いずれは日置皇子を後継ぎにしたいと申し出ていた。

上宮が顔を見せるや、刀自古は直ぐに質問した。

「正皓（山背皇子）は元気にしていますか。しっかり学んでおりますか。飛鳥の地には慣れたでしょうか」

「久瑠実（刀自古）、その様に矢継ぎ早に質問されたら、答える間がないではないか。心配なら、一度飛鳥に来て、そなたの目で正皓の成長ぶりを確かめてみてはどうだ」

「いいえ、それは出来ません。正皓のことは日嗣の皇子にと仰せつかった日から、大王とお皇后様に全てお任せすると決めたのです。正皓にもそう言い聞かせました。ですから、こうして和

（私）が正晧の様子をお聞き出来るのは、今ここに居られる豊人（上宮）様以外にはいないのです」

「分かった。そうだったな。そなたにしてみれば、あの時が正晧との親子としての最後の日だった。正晧もそなたの覚悟を分かっているのだろう。橘の宮に来てからの正晧は、学問や武術は勿論だが、政事に関しても進んで学ぼうとしている。まだまだ子供だと思っていたが、日ごとにしっかりとしてきて泣き言一つ言わない。

ただ、常に気を張っているのが分かり、随分色々と我慢して頑張っている様だ。だからそんな正晧に少しは気を休める時を作ってやらねばならないのではないかと思っている。皇后も正晧のそんな様子を心配していた。それで相談なのだが、そなたさえ良ければ時々は橘の宮へ正晧を訪ねてやってはくれないだろうか」

「そうでしたか。皇子様（正晧）がその様に緊張しているのは、旅立たせる日に和が余りに厳しく言い過ぎたからかもしれません。でも、日嗣の皇子とはそれ程の覚悟もなしに成れるほど、容易なものではないのではありませんか」

「そうだな」

「これから、あの子は群臣や民に将来は王になる人物であると認められるよう、日々精進していかなくてはなりません。誰よりも、頑張らねばならないのです。そんな時に和が訪問すれば、折角決意して自分を厳しく律している正晧の心を揺らがせてしまう気がします」

「それは分かる。そなたが言うように、今は日嗣の皇子として、そして何れは王となる為の教育を受けねばならない身だ。誰よりもしっかりとあらゆることを学ぶ必要があるが、正晧がこれからの長い人生をこのまま気を張りつめ続けるのは大変辛いことだ。常に多くの期待に応え続けなければならない事や、次々と起こる問題の解決に疲れ果ててしまうのではないかと、吾は心配なのだ」

「だから時には安らかな休息を、と考えて下さったのですか」

「そうだ。吾も、今まで色々な問題を抱えどうしようもなく辛い時が有った。そんな時そなたのところに来て話をすると、不思議と気持ちが安らかになった。そなたは、正晧にとって最も心安らぐ人である筈だ。その折には、香魚萌（あゆめ）も連れて来てはどうだろうか。山背の心がほっとするのではないかと思うのだが…」

　香魚萌の話をした上宮は、誰にも告げず心に香魚萌を思い続けているであろう葛城鮠兎のことが浮かんだ。鮠兎が葛城氏と縁を結ぶ時、上宮は鮠兎から香魚萌に対するほのかな恋心を打ち明けられていたのだった。

　しかし大きな身分の違いもあって鮠兎は香魚萌に対する思いを香魚萌に告げること無く葛城氏に入ったため、このことは上宮だけが知っていた。そして香魚萌を思う者がもう一人身近にいることも上宮には分かっていた。そんな気持ちを一瞬脳裏に浮かべた上宮は、悟られないように刀自古から遠くの景色に目を移した。

「それでは一度、和にお話し下さった様なことを直接正晧に言ってみて頂けないでしょうか。今の正晧の状態を心配する父としての気持ちを正直に話してみてほしいのです。その後、だと思います」

「うーむ、成程。相手が子供だからといってこちらの思いを押しつけるのではなく、まずは本人の気持ちを聞いてみるか」

上宮にとって、子育ても次に王となる者を育てるのも初めてのことだ。正晧（山背皇子）を今まで手元で育ててきた刀自古の言うことは一々尤もだと感じた。

「そうだな。そうしよう。それで、そなたと話がしたいと言ったら矢張りここへ来させる方が良いのだろうか」

「それはお皇后（きさき）様と相談なさってください。お皇后様のご指示に従いたいと思います」

「分かった。では、まずは正晧に気持ちを聞いてみよう」

吾は少し正晧にすまないと思っている。吾は子供の時から色々な出来事があったが、青年に成るまで日嗣（ひつぎ）の皇子（みこ）でもなければ、王に成る候補だとも思っていなかったから、今の正晧よりずっと自由だった。日嗣の皇子だった竹田皇子様が身罷（みまか）られてしまい、正晧が幼い頃に吾は太子となり、彼はその太子の子となったのだ。そんな正晧が、国政を預かるようになった吾と過ごす時間はごく限られたものになった。

吾の青年時代は、正晧とは随分違っていた。一般の王族としての暮らしの中で、父や母、弟達と過ごす普通の暮らしがあった。王族であるという事の他は制限を受けることも無く、正晧よりも色々な場所へも行って様々な経験をすることが出来た。そうしたことで、吾は広く世の中を知ることが出来たのだろう。
そんな吾とは違い、正晧が育った時に国内に大きな騒乱がなく穏やかであったことは、幸せだったかもしれない。しかし、彼が王になった時に様々な問題にどう対処していくのか、少ない経験の中で厳しい判断を迫られるだろう。それらに耐えられるだけの経験と精神力を付けさせてやらなければならないのではないかと思っている。それ位のことしか、してやれない。後は山背が一つ一つ解決していくしかないのだ。そなたは、この事に関してはどう思うか」

刀自古は、複雑な思いがした。上宮は太子となる時に、前の敏達（びだつ）大王と大后（おおきさき）（炊屋姫（かしきやひめ））の皇女（ひめみこ）である菟道貝蛸（うじのかいだこ）と婚姻した。当然、刀自古も周りの者達も、菟道貝蛸が儲けた皇子に上宮の後を継がせ、その皇子が次の王になることを切に願った大后の意向だと、それはそれで理解していた。ところが、何年経っても菟道貝蛸には一人の子も出来なかった。そして上宮と刀自古の嫡男の山背王子が日嗣の皇子と成ることになった。

刀自古の父の蘇我馬子は、孫の山背が日嗣の皇子となった時、誰よりも喜んだが、刀自古は何故か素直に喜ぶ気持ちにはなれなかった。上宮が太子となってからの様々な苦労を側で見て知っていたからだ。

「正晧（まさひろ）、いえ日嗣の皇子様のこれからのことは、大王がお考えになり御指導されるべきことでございます。和が差し出ることではございません。王のなされる事やお考えになる事などは、大王のお立場におられる方でない限り分かることではありません。その立場に居ない者にとっては、想像すら出来ないことなのです。

豊人様、正晧を次の王として真剣に薫陶なさろうと思っておられるなら、尚更大王ご自身が日嗣の皇子と向き合って下さいませ。今はどうしてよいか分からず硬くなってしまう正晧も必ず、豊人様の考えておられる王が考え成すべきことを理解できるようになるでしょう。今まで日嗣の皇子になるなど考えもしなかった正晧は、戸惑っているのではないかと思うのです。出来る限りお側に置いて、上宮様の日常をお見せ下さい。それだけでも随分違うのではないでしょうか」

刀自古はそう話して目を伏せた。刀自古は覚悟を決め、そして今の正晧に対し心から頑張れと思っている。覚悟を決めた母は強いと上宮は感じた。それにしても、子育てとはなんと難しいものなのだろう。ましてや王としての責任を果たしながら上宮が、自分の子を次の国を背負う王として育てなければならないのは大変難しいことだと思った。

上宮は刀自古と話してみて、大王という特殊な立場に居る自分を改めて認識した。そしてその特殊な立場に居る今の上宮よりも、山背が王として群臣から認められるのはもっと大変なことに違いない。

上宮が大王となった大和政権は、これまで地方の豪氏族達に分散されていた権力を中央に集中させることを決断し実行しようとしていた。そのことで豪氏族の中には不平不満を抱く者が出てくることは当然の成り行きだ。上宮には、その豪氏族達の不平不満が、大和政権の将来において多くの問題をもたらすことは容易に想像できた。山背が王になる前に、多くの問題を少しでも早く解決しておきたいと上宮は考えていた。

上宮は大和政権において全国から広く人材を登用し育成した後、全国各地へ国の官吏として派遣し、豪氏族達を管理させた。豪氏族の子弟も地方からの出身者も優秀だと思われる者には、冠位十二階の位階を授けることで政権内部に取り込み、政権の運営を順調にしようと考えた。最近まで豪氏族に全面的に頼っていた軍についても、大王に近い王族を総大将とした大王軍を創設した。

上宮は刀自古と山背のことについて話してから、出来る限り山背と共に過ごす時間を作った。そしてその様に過ごしてから何日か経った日の午後、山背と二人になった時に上宮は話しかけた。

「正晧、飛鳥の生活にはもう慣れたか」

「えっ、飛鳥の生活とは、どういう意味でございますか」

父と子の会話は、どこかぎこちないところが有った。

「斑鳩でそなたが暮らしていた環境と、ここでの暮らしとは随分違うと思う。そうだ、何か不自由なことはないか」

「それは、不自由だらけです。でも、われが斑鳩に居た時は、日嗣の皇子などではなく今よりも随分自由な身分であったからでしょう。ここへ来る前に、岡本の母に、これからは日嗣の皇子として、様々な人々に四六時中見られる立場になるから、常に気を付けていなければならないということと、われが失態を演ずることは、父様のお立場を傷つけることになるから、十分気を付けなさいと言われました」

山背は、真剣な眼差しを父の上宮に向けた。

「そうだったのか。気にしなくてもいい。吾はむしろその様な事を言われたそなたが、小さく硬くなって息苦しそうにしていることの方が心配なのだ。そなたは未だ少年だ。間違ったことを言ったり、行き過ぎた行動をしたりするかもしれないが、失敗したら反省し、その失敗から学ぶことだ。今から成人するまでに、色々な経験をしてほしいのだ。その事が必ず王になった時に役に立つと思うからだ」

「では、どの様な事をすれば良いでしょうか」

「そなたは此処に来て、一日も休まずに学問所へ通っていると聞いた。そなたなら、もう既に学問所で教えられることの殆どを学び終え、二度聞くことも多いのではないか。それは無駄だと思わないか」

「確かに、われが既に学び終えた事は半分以上ございます。でも、教えて下さる師によって重要な点の説明の仕方に違いが出てくるのです。それは全く違っているのではなく、師の特徴といいますか人柄が現れていると思います。それから、共に学ぶ者達にも教えられることが沢山ございます。

われが岡本の地に居ました時に主に教えて下さっていた師は、初めは覚哿大師でしたが後には直弟子の承覚師になりました。父様は、このお二人をよく知っているでしょう」

「ああ、よく知っている。覚哿大師には、吾が父が用明大王に成られた時から教えを請うようになって、儒教の師として敬っている。素晴らしい師だと思い、そなたの師に成って頂いたのだ。しかし、承覚師には教えて頂いた事は無かったが……。

そうか、そうだったのか。この度の十七条を編纂するにあたり覚哿大師に参画して頂いたのだった。その時、そなたに教える師は覚哿大師から、弟子の承覚師に代わらざるを得なかったのだな。そなたに断りもせず、済まない事をしてしまった」

山背は、父にはこういうところが少なからずあると、幼い頃から感じることがあった。しかし母の刀自古から、覚哿がこの国で初めての法の作成に参加するために、山背の儒教の師を続けられなくなったと聞いた時、直ぐに事の次第を理解した。そして新しく教えてくれることになった承覚を覚哿から紹介された時も、それはそれとして受け入れた。承覚も又、覚哿と志を同じくした立派な人柄の師であった。ただ、覚哿よりも若く意気盛んで、山背に一言も間違いを許さない厳し過ぎるところがあった。老師の覚哿なら微笑んで正してくれていたことが、そうでは無くなった時は、何事にもあまり動じない山背も少しの間、慣れずに乳母の香魚萌に泣きごとを言ったこともあった。しかし時が経つにつれて師の承覚と教え子の山背はお互いを分かり合うようになり、母の刀自古や乳母の香魚萌を心配させることも無くなった。

そんな山背は日々の生活の中で、太子から王となってしまった上宮との時間が激減した。上之宮で父上宮と母刀自古と共に暮らしていた頃には、上宮や山背が現在の様な立場に成ろうとは誰も考えなかっただろう。山背は上之宮での時間を殆ど覚えていないが、時々父に抱き上げてもらった事や山背の質問に優しく答えてくれた声を薄っすらと覚えていて懐かしく思った。山背はその時だけ、父の温もりを感じることが出来たのだ。しかし山背は一人ぼっちだったのではない。山背の側には、常に母や弟達、そして心から信頼する乳母の香魚萌、また頻繁に訪れてくれる蘇我の爺や母の弟の恵彌史叔父達が居てくれた。先年、蘇我の婆（物部鎌古姫）は亡くなったが、亡くなるまでは蘇我の爺と同じくらい頻繁に山背達の処を訪問してくれていた。

　上宮は橘の宮で山背と一緒に暮らすようになってから今までの時間を取り戻すかのように、政務に支障のない限りどこに行く時も山背を伴った。山背の硬い表情を心配して刀自古に話したのち、上宮はもう一度山背と向き合ってみてから、刀自古に来て貰うか山背を岡本に少し帰してみるかの判断をすると伝えた。

　山背は上宮が忙しい時には、蘇我馬子と恵彌史が住む島の庄を訪ねた。斑鳩の岡本の地にも幼い頃からよく顔を見せてくれていた馬子と恵彌史は、山背にとって飛鳥での数少ない心休まる貴重な人達だったからだ。祖父である馬子は勿論だが、叔父の恵彌史も母の元を離れて一人飛鳥で頑張る山背を、身内として全力で支えたいと思っていた。

「皇子様、今日こそゆっくりとここで一緒に夕餉を食べて下さい」

「すみません。夕餉には、宮に戻らなければなりません。飛鳥に来てから大王とご一緒しない日は、その日一日にお互いどの様に過ごしたか夕餉の時に話をするのが日課になっているのです」

「左様にございましたか。では今度こちらへおいでになる前に、ここでわれ等と夕餉を共にしてもいいかどうかお聞きになってみて下さい。きっとたまにならお許し下さるでしょう」

「そうですね。そうします」

「皇子様、話は変わるのですが。飛鳥の学舎の者達については、どの様に思われますか」

「われが以前学んでいた斑鳩の学舎は少数でしたが、相当優れた人達だと思っていました。でも流石、飛鳥で学んでいる者達の学力の程度は高い。この様な者達がこれからこの国で活躍してくれるのかと思うと、われはあの人たち以上に頑張らなければなりません」

　山背は、父の上宮ではなく祖父の馬子に本音を話した。

「皇子様、そうだったのですか」

　つい先日、馬子は刀自古のところへ行った時に刀自古から聞いた山背の頑張りの原因が、ここにあったのかと納得した。馬子も山背があまりにも頑張り過ぎることに関しては、上宮と同じく心配だった。馬子は上宮に山背の思いを、さり気なく伝えた。

　上宮は馬子から山背の気持ちを聞いて、環境が変わったために緊張し過ぎている山背の心を何とかしてやりたいと考えた。以前住んでいたこともある上之宮に、上宮は山背を伴って斎祷昂弦を訪ねた。上之宮へ行く道程の風景にはあまり変化はなかったが、上之宮の敷地内には今は多くの建物が建ち並んでいる。山背は自分が斑鳩に移ってから十年程の間に、様子が随分変わった上之宮の風景に驚いた。

「そなたが居た頃とは、だいぶ違っているであろう」

「そうですね。随分沢山の建物が建っていますが、ここはどの様な事をする所になったのですか」

「ここは国のあらゆる事柄を記録し残しておく場所にした。そしてここで働く者達を教育する場所にした。詳しい説明は、責任者から聞くと良い。今日はその責任者になった人を紹介しよう」

上宮と山背が話している間に、一緒に来ていた鮠兎が先に一つの建物の中へ入って行った。その建物から出て来た鮠兎は、一人の品の良い壮年の者を連れていた。

「おお、これは大王、お久しぶりでございます。こちらが山背皇子様ですか」

上宮がそうだと返事をすると、山背に向き直って自己紹介をした。

「山背皇子様、覚えておいでしょうか、随分長く御目に掛かっておりませんでした。斎祷昂弦（さいとうこうげん）でございます」

「あなたが斎祷昂弦氏ですか」

山背は母の刀自古から、斎祷昂弦も上宮にとって大切な人の一人であると聞いたことがあった。まだ幼かった山背には昂弦と会った記憶はなかった。

「昂弦氏、今日はここの仕事を山背に見せてやりたくて連れて来ました。案内をお願いします」

「畏まりました。大王もご一緒でしょうか」

「そなたからの報告を聞いた後は、大臣と約束が有るので宮に戻ります。吾が帰った後で、山背にはゆっくりここを案内してやってほしいのです」

「承知致しました。ではどうぞこちらへ」

昴弦は新しく建った建物の中へ、上宮と山背、鮑兎を案内した。昴弦から各地の状況の報告を聞き終えた上宮は、山背と山背の供の者達を昴弦に預け葛城鮑兎を伴って橘の宮へ戻った。

上之宮に残った山背は、斎祷昴弦に建物の中を案内される内に何故父がここへ連れて来たかが分かった。初めはただ単に眺めていただけの資料の束に山背は興味を示し、手にとって読み始めた。斎祷昴弦は、そんな山背を静かに見守っていた。

少し時が経った時、山背が一冊の資料を手に昴弦の側に来て尋ねた。

「斎祷昴弦氏、これは北の越の国に近い丹後という所の物のようですが、この地の事を教えて下さい」

「われがここへ来るまで暮らしていた若狭からは少し離れておりますが、近い場所でもあり何度か行ったことがございますので、分かることもあろうかと存じます。何なりと、お聞きくださ い」

「ここにはその地で採れる特産物や地形について書かれています。海に面している地が殆どですね。海からの収穫を糧に暮らす民の生活とはどの様なものですか」

「一概に海に近い場所と言いましても、どこも同じではございません。丹後は穴穂部前皇后様の屯倉（みやけ）でもございます。しかもこの地は、大和から一番近い鉄の生産加工地でもあり、大変重要な地域でございます。ここに住まう民は、その多くが鉄の生産加工に携わっております。しかしその地に暮らす民の生活が豊かだとは言えません」

「何故ですか。彼等は、国のために鉄の生産をし、加工までしているではないですか。鉄の生産には大変な労力と時間がかかると聞いています。屯倉だからということで過酷な労働を強いられているにも拘らず、そこの地の民は豊かに暮らせるだけの対価を支払われてはいないのですか」

「確かに大変な重労働だと言える鉄の生産に携わりながら、働いた対価が少ないというのはおかしな話です。それは、国の使役に対する民への報酬の支払い方と地方の報酬の分け方に問題があるのではないかということが最近分かってきました。

　使役される民はその地の民の中から選ばれ、年ごとの交代制で、作業は主に農閑期と海へ出る事の出来ない冬の時期が殆どです。異常に高熱を発する鉄の生産は、ほぼ冬に行うからです。一方、加工は一年を通して行いますし、加工に携わる民は技術も必要ですからその仕事を覚えれば専属で行なえます。これ等の民は相当高額の収入を得ることが出来るはずです。しかしその者達を束ねる者で頭（かしら）と呼ばれている者が、民達の収入から仕事に就く為の高い口利（くちき）き料を取っていることが調査で分かりました。その様な調査もここで行い、懸命に働く民から高い口利（くちき）き料を取る様な横暴な頭を取り締まることが出来るように、国から役人を送るようになりました」

「そうでしたか」

　山背は、ここ上之宮の役割や斎祷昂弦その人にも大いに興味を持ち、話に聞き入った。

「又、海で生活の糧を得る漁民にとって、特に冬には海が大いに荒れるために船を出せない日が多いということもあります。丹後で砂鉄が採れると分かってからは、農閑期でもある農の民と海が荒れて漁に出られない海の民に働く場所を提供し、その代価として家族の食べ物を渡すことになっております」

「成程。政権は民の暮らしも考えて、民の仕事の閑期に使役させている。農閑期や海に出られない冬に使役させてその対価を民に支払っているにも拘らず、何故民が豊かだとは言えないのかという理由も調べたのですね」

「未だ民の使役に対する報酬が民の全てに行き渡らないというのには、大きな訳があることが、最近やっと我等の調査で分かったのです」

「もしかして、その地を任せている大和からの役人達もそのことに関わっていたのではありませんか」

「はぁ、その通りにございます。先年、その地に派遣されておりました官吏とその地を少し前に任されていた国造（くにのみやつこ）が、民に渡すべき五穀の大半を自らの物としていたことが露見致しました」

「何ということを。国から派遣されておきながら、その者達は十七条の憲法を諳（そら）んじるだけだったのか。それでこの問題は解決したのですか」

「その問題は既に解決致しました。悪事を働いた国造と官吏は罰せられました。ここに書かれておりますが、国造は二度と国造の任には就けない様にし、官吏も下役に降格の上、奪い取った五穀の倍の量を返還させるよう大王が採決なさいました」

「働いた民には、正当な報酬が補填されましたか」

「されたと思いますが、その事に関してはここに記録されておりません。現在は所管する役所が新たにできましたので、後で調べておきましょう。もし払われていないなら至急払わなければなりません。山背様には、よくそこまで気付いて下さいました。問題が起こった時は、決着するまでを見定めなければ本当に解決したと言えません。本当に良いご指摘をして下さいました。有難うございます」

昴弦には山背が幼い頃の上宮と重なった。母の刀自古が山背の中から良い資質を伸ばし、確かに育てていると感じた。これからはその山背が自分自身をどう育てていくのか、昴弦ももし出来ることが有れば役に立ちたいと思った。

山背は丹後の民の暮らしが何故豊かとは言えないのか昴弦から説明を受けた。山背が丹後にこだわったのは、他の屯倉が有る地域はその殆どが既に丹後より豊かな暮らしをしていると知ったからだった。丹後には冬に北の海が荒れて漁に出られない事の他に、農地の問題が有ることが分かった。

「鉄の生産によって農地が減ってしまうなら、新たに開墾をすれば解決するのではありませんか」

「随分開墾もした様でございますが、その資料はここにはございません。屯倉の開墾地に関する資料等は、税に関係してきますので大蔵が管理しております。ここには、地方の特徴やその地での産物、起こり易い問題とその解決策等を記録しております」

「そうでしたか。でもこれは一つ所に纏めておいた方が、何かにつけて分かり易いのではないでしょうか。一つの地方の事柄を事柄別に所管する場所が違うことで解決に非常に時間が掛かったり、ある時には問題自体を忘れられてしまう様になったりしないでしょうか」

「ここでの資料と大蔵が管理する物とを照合し、国が地方をどう管理すれば良いか議論を始めております」

「分かりました。それでは、もう幾つかの質問をしても良いでしょうか」

「われでお答えできることであれば、何なりとお答え致します」

「では、丹後の他に、鉄の生産地と鉄製品の製作に携わっている地はあと何か所あるのですか」

昴弦が指を折りながら思い出し答えようとした時、書庫の外から声がした。

「大王の仰せにより、皇子様をお迎えに参りました」

山背はその声を聞いた事があった。

「境部摩理勢(さかいべまりせ)だ。何故、彼が……。入って貰っても良いですか」

昴弦は、大王からの許可がない限りこの書庫には何人も入れてはならないのだと説明して、

「今日はもう此処を出ましょう。われは境部摩理勢氏の顔を存じません。皇子様はお分かりですか」

「知っています。われの母の叔父にあたる人で、岡本へも何度も来ていましたから幼い頃からよく知っています」

「では、ここから本当に境部摩理勢氏かどうかお確かめください」

昴弦はそう言うと、外の者の顔が見えるからと、小さな穴に山背を誘った。その穴から、外を見た山背は、穴から離れて昴弦の側に来て小さな声で言った。

「間違いなく、あの人は境部摩理勢です。扉を開けて出ても、大丈夫です」

「分かりました。それでは、皇子様のご質問には、この次に資料を用意してお答えするということで宜しいでしょうか」

「お願いします。大王からの許可をもらって、又ここで昴弦氏のお話を伺いたい。次に此処へ来るのが楽しみです」

外に出ると、境部臣摩理勢が山背の供の者達と神妙な姿勢で山背皇子と斎祷昴弦を待っていた。

「境部摩理勢氏が何故われを迎えに来たのですか」

山背は、不思議に思ったことを直ぐに聞いた。

「はぁ、われは今日、蘇我大臣の館での話し合いの場で大王にお目に掛かり、山背皇子様はお元気ですかと伺いました。それでは自分の目で会って確かめればどうかという話になりまして、喜び勇んで駆け付けた次第でございます」

摩理勢の素直な言い分に、その場が和んだ。自分のことをそんなに大切に思ってくれている摩理勢に、山背も微笑みながら応えた。

「われは、この様に元気です。摩理勢氏も元気そうですね」

「昴弦氏、では迎えが来たので、今日はこれで帰ります。長い時間、有難うございました」

山背は斎祷昴弦に向き直って、感謝の言葉を述べて帰って行った。昴弦は上宮を父に持ち祖父に馬子を持つ山背が、今後どの様な王と成るのか楽しみだと思いながら、山背の後ろ姿が見えなくなるまで見送っていた。


上之宮へ行ったその日、橘の宮に戻った山背は夕餉の後で上宮の部屋に行った。

「入っても宜しゅうございますか」

「山背か、入りなさい」

その日は、葛城鮠兎達側近もそれぞれの館に戻っていて橘の宮は常日頃の家人と宮の警備の者達だけになっていた。橘の宮の中にある上宮の部屋には、上宮一人が居るだけだった。

「聞きたい事とは、何かな」

「今日、上之宮の書庫で斎祷昴弦氏から、各地の特産品等が記録された物を見せて貰いました。それは丹後の資料でしたが、鉄を生産する時の山土の流入によって田畑が荒れ地となったこと、またそれを解決するために新たに田畑を開墾したことが記録されていましたが、どれ程の開墾地が出来てその地からの税収が如何程となったか等の記録は大蔵にあるという話でした。何故、上之宮の書庫に一貫して丹後の記録を残しておかないのでしょうか。別々にしておかなければならない理由を教えて下さい」

「うーむ。それは現在、大王家の屯倉に対する考え方が変化している過程なので、いまだ解決していないのだ。

　大王家の直轄地が屯倉であることはそなたも知っていると思う。昔から屯倉の管理や豪族達から徴収した税の管理等は全て大臣達に任せている。本来なら、屯倉の管理は王族直属の役人がすべきだが、未だ大蔵を預かる大臣直属の部下達に任せたままになっている。矢張り自分の財産は人任せにせず、自分たちで管理をしなければいけないと、吾も思い至り近年少しずつ、その問題を解消しようとしている最中だ。実際、吾は太子の時代から、自分の屯倉の管理を吾直属の部下に任せることにしていた。が、未だ全てがそうなってはいないのだ。現在、大后様はじめ大和に居る王族の方々が次々と吾と同じ様にしようと、大臣に財政管理が出来る西文氏（かわちのあやし）等の人々を紹介して貰っている。

　そして、その他に吾は王族の長として、今まで国全体の大蔵を預かる大臣から、大王や王族達の屯倉に関する記録を上之宮に集め始めたのだが、難しいことだと分かった」

「何故、大王や王族の物である屯倉のことを上之宮に集めるのが、難しいことなのでしょうか」

「それは、もうこれ以上上之宮へ新たに書類の収蔵庫を建てる余地がないからだ。そなたも見たであろうが、上之宮は屯倉の記録ばかりではなく、国中の地方の話、特産物のこと、そしてその地方の特色等の記録がもう既に沢山集まっている。今後は、上之宮の近くか小墾田宮（おはりだのみや）付近に国中のあらゆる記録を残すための蔵を造ろうと計画している」

　国家予算の全てを大臣が管理している今の状態から、大王を中心とした国家の大蔵へと変えなければならないと、父が思い、実行しようとしていることを山背は知った。本気で国の体制を根底から作り直そうとしているのだと思った。

「そういう計画をされていたのですか。分かりました。ではもう一つ質問をさせて下さい」

上宮は了承し、山背は目を輝かせて聞いた。

「官吏に登用されるのは、豪族だけなのでしょうか。われは、王族の中にも優秀な者は沢山いると思っています。王族の者達は、今までの様に地方の有力な豪族と縁組し地方の政事に関わるだけに終わるのではなく、大いに国の機関でも働くべきだと思っています。大王はどうお考えでしょうか」

「それはその通りだ。優秀な人材は、王族とか豪族とか関係なく出来る限り多い方が良い。これからの我国にとって一番必要なのが優秀な人材だ。だが、未だ王族の様々な事は大后様から皇后の菟道貝蛸に束ねの任が完全に移り切っていない。今後はその束ねの任を大后様から皇后へ移して頂くのと同時に、優秀な王族の者達にも政権の中で大いに働いてもらうことを考えよう」

広く人材の登用をと進めている段階で、冠位十二階の中での王族における人材登用は議論の外に置かれていた。王族は本来大王に準ずる立場として、大王と一体と成って地方を治め、王権を担う大王家の一員として、何事も大王に従うことを約束させられている。王族は大王の代理として地方の長も任されていたから、王族達にとっては大王家の発展は自分達の発展でもあり、自分達の立場をより確かなものにするものだった。

しかし豪族達とは違い、彼等は臣下ではなく大王家の中に居る家族の様な存在だった。上宮は自らが山背と同じ様な年頃に経験した、この大王家における権力争いの幾つかの悲しい最期を思い起こした。しかし生まれてから全くその様な状態になったことを経験したことがない山背は素直に、この国には豪族達だけでなく王族の中にも優れた人材がいると誇らしく思っていた。

「われは、王族の中にもこれまでの様に国の機関で手腕を振るいたいと思っている方々もいるのではないかと思います。斑鳩の学舎で、われと共に学んでいた弟や異母弟達の中に推薦したい者もおりました。われがこちらに呼んで頂いた折、三輪拓玖人（みわたくと）と境部耶摩（さかいべやま）を伴って参りましたが、弟達からも飛鳥へ共に行き、国の役に立ちたいという声を聞きました。われは、時が来たら必ずこの事を大王にお話ししようと思っておりました」

「そなたの思いは、分かった。しかし矢張り王族の事に関しては、大后様に相談してからにしたいと思う。今までの王族の方々の在り方を根底から変えることにもなる重大な問題なのだ。人材が必要だからと、何処からでも連れて来て良いという訳ではない。王族の件は、吾が大后様と相談の上、今後の王族の在り方を決める。

　王族や豪族達臣下のこともそうだが、自分が良いことを思い付いたからと言って、軽々に他人に話すのは止めるのだ。そなたはいずれ王と成る身だ。周りの者は、そなたが例え深く考えずに思い付きで言ったことも実行しなければならなくなる。周りの者達は臣下として王の言うことには従わねばならず、そのことでその者達の人生が大きく変わるかもしれないということを、そなたは常に頭に置いておかなければならない。

それから、そなたは今までの環境から離れ、慣れ親しんだ者達からも別れて、二人の従者を伴ったとはいえ、今は寂しい気持ちが何よりも大きく心の中を占めていると思う。しかしその内、そなたにも分かると思うが、王とは側に信頼する多くの人が傅(かしず)いてくれていても、結局決断する時は一人孤独に耐えながら判断せねばならない存在だ、と知っておくことだ。究極の処、この国の将来がそなたの思いやそれによる行動如何(いかん)によって決まると言ってよい。自分の中で良い考えが浮かんだら、殆どの者は他人に言いたい衝動にかられる。だが、国の政事を預かる者ならば、その考えに間違いはないか問題点は無いか、その考えは国家を、国の民を幸せへと導くか否か熟慮した上で、群臣に諮(はか)れ。そうした熟慮の上ならば、例え群臣から反対されたり問題点を指摘されたりしても、それらに臆することなく反論し、解決策を直ぐに示すこともできるのだ」

山背は、父から発せられる言葉の一つ一つを噛みしめながら心に刻んだ。そして、

「分かりました。しかし今われが申し上げた王族達の中の優秀な人材について、何が問題なのかお教え頂けないでしょうか。われがこれから物事の深い所を考え判断をするために、どうかわれが弟達も含め王族の事をどの様に考えねばならないかお教え下さい」

山背は何時にない父の厳しい口調に驚いて、自分が知らない大王と王族の間の事情を聞いておきたいと思った。

「この話はもう少し先にしようと思っていたが、そなたが疑問を持った今、この事について話さねばならないようだな。未だ若く純粋なそなたには、随分辛い話なのだが……」

「聞くに堪えない他人の心の中の汚さや醜さに、われの心が傷つき痛むことを心配して下さって

いるのですね。でも、何時の日か知らなければならないなら、今父様からそのことを教えていただきとうございます」

　きっと父なら誰よりも事の次第を粉飾せず正確に話してくれると、山背は信じていた。

「そうか。今、吾から聞きたいのか。分かった。では話そう」

　上宮は自分が知り得る限り正確に話して聞かせた。

敏達大王が大王になる以前に、日嗣（ひつぎ）の皇子（みこ）に決まっていた同母兄の箭田珠勝（やたのたまかつ）大兄皇子が突然身罷ったために、敏達大王側の者に暗殺されたのではないかとの噂が広まったこと。山背の祖父でもある用明大王の時代に起こった蘇我と物部の戦いでは多数の死傷者を出したが、それははっきりと王位継承問題に端を発した事件だったこと。その時、蘇我氏が擁立したのは後に用明大王となった橘豊日皇子で、物部氏が擁立しようとしたのは穴穂部皇子で用明大王の皇后の穴穂部皇女の同母弟だったこと。その他にも敏達大王の後継者の地位を巡って、皇后の額田部皇女（炊屋姫）の長子であった竹田皇子と、息長広媛（おきながひろひめ）の長子の押坂彦人皇子との間の暗闘の顛末を話した。

そして竹田皇子が亡くなった後、上宮に引き継がれるまでの経緯も付け加えた。

「吾もそうだが、そなたも今までの王位継承がどの様な経緯で自らに引き継がれてきたかを、しっかり覚えておく必要があると思う。そして、王族達によって二度と王位を巡って悲しい争いが起こらぬようにしなければならないと、心に止めておいてほしい。勿論、王族達の中でも優秀な者なら進んで登用し、国の機関の中で力一杯働いてもらえたらいいことは分かっている。

　その上で、常に地方を治めている王族や豪族の動向を把握しておくことも大切だ。中央から人を遣りその地方を調べるだけでなく、地方から人を呼びその地の者達の意見をこちらが真摯に聞くことも大事だ。これからは地方の王族や豪族達にも進んで協力してもらえるようにこちらも働きかける。そうでなければ新しい国造りなど出来はしない」

「国中の人々を味方にしなければならないということですか。われも父様と同じようにすればよいのでしょうか」

「同じ様ではいけない。現在の吾の時代がどこまで進められるか分からないが、そなたが将来王になる時代と吾の時代は違う。吾は今、新しい時代の基礎を造っている。そなた達は、その基礎を使って新しい建物を造る時代を担うのだ。吾の周りには基礎を造る者達が必要で、そなた達の時代には建物を造る者達が必要になる。吾の時代とそなたの時代では、自ずとその役割を担う人々も変わってくる。吾は出来る限り基礎を固め、そなたに渡そう。そなたはその時までに、そなたがやるべきことを共に担ってくれるであろう者たちを自分で見つけ、育てることだ」

山背は、自分の弟や異母弟達が、以前の王権で起こった王位継承問題など起こさないと思った。しかし弟達にそういう思いがなくとも、権力を握りたいという思いのある誰かによって彼らが担がれる事態が起こらないとは限らない。実際、その様な事件は繰り返されてきたと父は言った。

王の立場は、近しい親兄弟だけのことを考えず、国の中の全ての人々の事を掌握すべきなのだ。山背は父から、新しい国造りを山背と一緒になってやっていこうとする者達が必要だと教えられた。これからは、そのような人材を探し育てていこうと決意した。

また、権力とは危ういものなのだと、山背はこの時認識した。現在、王族の束ねは王族達が長と認めた炊屋姫が大后として君臨し、豪族が長と認めた大臣家の蘇我馬子、そして両者が認めた上宮が国の内外の政事を担当して大王の座を任せられている。中央集権を推し進めている大和政権は三者の均衡がとれていればこそ成立出来ている。

果たして、自分の時代には炊屋姫の役目を果たしてくれる人はいるだろうか。祖父の蘇我馬子の役目を叔父の蘇我恵彌史(えみし)は担えるのだろうか。そして、この自分が父の様に立派に王として皆に認められるのだろうか。山背は今まで漠然としていた心の中の悶々としたものが、はっきりと将来への大きな不安だったと気付いた。


「われはもっと色々なことを知らねばなりません。様々なこと、もっとお教えください」

背の高い父を見上げていた山背は言った。

「そなたも知っている通り、今迄この国は豪氏族の大多数の賛意によって支持された大王を中心として王権を成り立たせてきた。しかしその様な王権の上での大王では、大王がいくら意志を持って何か事を起こそうとしても、直ぐには実行できない。他国とどう付き合うか、又文明の遅れを取り戻すために他国にどう働きかけるかという事などを早く進めるためには、強い権力を持った王が居る必要があるのだ。

王がどういう人物かによってその国の幸不幸が決まるならば、国の王自身が国家の繁栄と民の幸せを何よりも大切な事項だと常に意の中心に置いて行動し発言せねばならぬ。また、その様な王を支える多くの者達も王と心を同じにし、国のために身を捧げ生きることをしっかり魂に刻み込まねばならぬ。吾はこの国の大王の任を受けなければならなくなった時、全身全霊で国のため民のために尽くそうと決意した」

山背はそう話す父の凄まじい形相に気圧されそうになりながらも、父がしたその決断に驚愕して、改めて父上宮を見つめた。

「大王は国とそして国の民に自らの全てを捧げるのですか」

未だ父が話し終っていないのに、非礼にも山背は言葉を挟んだ。しかし驚くのも無理はないと、上宮は山背の非礼など気にもかけず、話を続けた。

「そうだ。それ程の決心もなしに、国の大王は引き受けられるほど容易な地位ではない。そしてそうであるからこそ吾は深く考えた上で、その道標となる教えを作り皆に示す必要があったのだ。

そなたにはこうして直接話してやることもできる。しかし、この国で直接吾が教えることが出来ない後の世の王になる者達やその王達を支える国の機関を担う官吏達が、国のために責任を正しく全うできるように、十七条の法（憲法）を今ある国の英知を結集して作成させた。そして吾はこの憲法を誰よりも守る者である事を、この身で皆に示しながら、この国をこれまでのどの様な国より民と共に幸せになる国にしたいと思っているのだ」

山背は、ふと斑鳩で父に会えない日々に、香魚萌を脅して木に登らせろと言って駄々を捏ね、登ったところを母に見つかったことを思い出した。しかし自分だけが寂しい思いをしていたと思っていた幼い頃と違って、今の山背は、あの時の父母や周りの者達の立場も気持ちも分かるようになった。

母は王になった父の側に常にはいないが、心は寄り添っていたのだろう。何故なら母は山背に、父との他愛のない幼い頃の話や父の経験したことなどを何時も話していてくれたからだった。山背は、母から父の悪い話を聞いた事がなかった。山背が寂しいと言った時も、父は忙しくてなかなか会えないが何時もわれらの事を思っていてくれると慰めてくれていた。離れていても心で思っていれば必ずその思いは届くと言ってくれた。自分も随分寂しかっただろうにと、今も斑鳩で暮らす母達の事を思った。

「……例をあげれば先年導入した国の官吏を養成するための学問所の建設。また、その育成した人材の地位と生活を安定させ、能力を実務で発揮させるための冠位十二階の制定。人としてどの様に生きていけば正しく生きていけるかを学ばせ、国家機関で働く者としての心構えを纏めた十七条の憲法など……。

山背、どうした。聞いていなかったのか。何故その様に、泣いているのだ」

次を引き継ぐ山背に聞かせておきたいと夢中になって話していた上宮は、漸く山背の変化に気が付いたのだった。

「申し訳ございません。父様の話をお聞きする内に、幼い頃のことを思い出してしまいました。あの頃の、父様や母様のお気持ちやその御覚悟が今やっと理解出来て心から感動しました。そして不覚にもあの頃の不甲斐なかった自分のことを思い出して、幼かったとはいえ周りの者に迷惑を掛けて申し訳なかったと反省しておりました」

「吾が側にいない事で、きっと色々と寂しい思いをさせていたのだな」

上宮は自分の家族で斑鳩に暮らす者達が、自分が側に居ないことの寂しさや辛い気持ちを持っているなど考えたことも無かった。自分と家族の思いは一体であり、別のものだと思ったことなどなかった。

だが、太子から大王へと任命された時から上宮は、斑鳩の家族の事は刀自古一人に任せきりになった。上宮は王として全ての時を公務に没頭した。寝ても覚めても国や民にとって何が最善の策か考え、答えを出して次々と手を打っていった。

上宮は、国の発展や民の幸せだけを考えていて、自分の家族の幸せを考えなかったわけではない。国の発展や民の幸せは、同時に自分の周りに居る全ての者達の幸せへ繋がると信じて、今までどの様な困難にも立ち向かい乗り越えてきた。上宮は今自分の後を引き継ぐ息子山背にも、自分の理想とする王の在り方を理解させたいと思った。言葉にしてこの思いを伝えなければと、山背の手を握って、目を見て静かに言った。

「正皓（まさひろ）、父としてはっきり言おう。そなた達を忘れたことはない。この国の発展は、そなた達の明るい将来のためだ。民が幸せに暮らせる国は、そなた達の幸せにも繋がる。民が飢えて着る物も無く震えている国で、そんな事を意にも介さず自分達だけが贅沢をしているような者は国主である資格はない。国が豊かになるという事は、国の民もその恩恵を受けることが前提なのだ。そうでない国は本当の意味で豊かであると言えない。民の一人一人が、この国に生まれ生きて幸せを感じられる国になった時、国の王は初めて王としての役目を果たしたと言えるのではないだろうか。

よく覚えていてほしい。国の政事を任された者は、常に民の方を向き民の幸せを一番に考える。どの様なことよりも民の多くが幸せだと感じられる国にする努力を日々怠らず行うということを最優先にすべきだと、吾は深く思っている」

上宮はそう言うと少し間をおいてから、

「豊作の年の収穫の時、民が楽しそうに働きながら歌うのを、そなたも何度も見聞きしただろう。あのような姿を、吾は毎年見られるような国にしたいのだ。そしてたとえ、不作の年であっても民が路頭に迷わないだけの備えをして、次の年に民がまた頑張れるだけの力と希望を与えられるようにしたいと思う」

「政事を任された人々の責任において、日々の努力の向こうに明るい希望の日々があると国の民達に示し続ける。大陸の文化を取り入れ、国を発展させ、民の生活を豊かに導く。その様に崇高な役割を担うことを理想として、父様は国の政事に向き合っておられるのですね」

「そうだ。しかし吾等の国は、未だ始まったばかりだ。現実に多くの問題を抱えている。長い時間が掛かると思うが、一つずつ確実に解決していこう」

山背は、この父が築き上げようとしている新しい国の在り方や民に対する強い思いは、斑鳩に居る母もきっと分かっていたに違いないと思った。


上宮が山背に初めて国家に対する思いや王としてどう考えているのかについて話して、幾日か過ぎた日だった。日が静かに沈みかけ少しずつ光が失われつつある時、遥か北北西の方向で閃光が走り天から地に至った。火柱が立ち大きな爆発音が聞こえると同時に地の揺れも感じた。上宮は一体何が起こったのか分からなかった。しかしその方向には、大切な作業場があることを上宮は思い出した。

「あの方向は、葛が原。鮠兎、鮠兎はいるか」

維摩須羅(ゆいますら)が走って来て、

「鮠兎様は、昨日大王の御用で斑鳩に行かれて未だ御戻りではございません」

「ああ、そうだった。では摩須羅、葛が原の方に今、雷光が走ったのを見た。仏像作りに携わる者達が心配だ。直ぐに見に行ってくれ」

「畏まりました。では行って参ります」

摩須羅は三人の従者を従え、夜の闇に備え松明を持って急いで葛が原へ向かった。日が西に沈み完全に夜の暗闇が訪れた。その暗闇の中で、葛が原の辺りだけが赤々と燃えている。上宮達が居る橘の宮からもその火が未だ消えていないことが分かった。暫くして、漸くその火が見えなくなった。そしてその代わりに、上宮達のところへ向かってくる小さな火の点が見えた。遠くから上宮を呼ぶ声がだんだんと近付いて来た。顔が見えるようになって、その人物が蘇我恵彌史（そがのえみし）だと分かった。

蘇我恵彌史は、

「大王、ここへの途中で維摩須羅に会いました。大王が葛が原の鞍作止利（くらつくりのとり）達の事を心配されて、今から向かうのだと聞きました。われが斑鳩からの帰り道で、丁度葛が原に差し掛かった時に先程の雷光（いなびかり）が走り雷鳴が響きました。われも仏像作りの作業所が心配になり、作業所に一旦立ち寄りました」

上宮は現地の状況や仏像作りに関わる人々の様子が知りたくて、

「怪我人は、いなかったか。鞍作止利達は大丈夫だったのか」

矢継ぎ早に質問した。そんな大王に対し、

「怪我人は多数出ておりましたが、鞍作止利氏は怪我も無く、怪我人の手当てをしておりました。われはこれから、薬師（くすし）達を連れてもう一度葛が原に戻ろうと思いますが、大王からその他にご指示はございますか」

「さがれ、恵彌史。大王のご指示を先に伺わず、その他にとは何という言い種（ぐさ）だ。大王に対しその物言いは大変失礼であるぞ」

いつの間に駆け付けて来たのか、恵彌史を叱責したのは恵彌史の父馬子だった。

「大王、我が子の失言をどうかお許しください。二度とこの様なことがないように指導いたしますので。今回だけはどうかご容赦くださいませ。恵彌史、先程の失礼をお詫びせよ」

　そう言いながら馬子は恵彌史と共に地面に額突いて、恵彌史の頭をこれでもかと地に擦り付けさせた。恵彌史も父馬子の剣幕に、自分の先程の態度が大王に対して失礼だったと知らされて父にされるまま頭を地に付けていた。

「分かった。大臣、もう良いから、恵彌史も立ちなさい。恵彌史、維摩須羅達はそのまま、そなたと別れて葛が原へ向かったのか」

「はっ、大王。自分の目で葛が原の現状を確かめ、鞍作止利氏たちの様子も見た後、大王にご報告に帰ると言っておりました。それで取りあえず、われは薬師達を葛が原へ連れて行く役目を申し出たという次第にございます」

「では、恵彌史。薬師達を連れて葛が原へ向かってくれ。その時に、治療に使う麻布と人々を横たえる為の藁を。それから、大后様の所から清水(せいすい)を頂いていってほしい。大后様の処へは、先にこちらから伝言しておく。そなたが薬師達を連れていく用意が出来るまでに間に合わせて頂くようお願いしよう」

「畏まりました。全て整えた後、大王の仰せの通りに、大后様の館に立ち寄り清水を頂いて葛が原へ向かいます」

　そう言うと恵彌史は若者らしく素早く動き上宮が指示した物を調達し、あっという間に橘の宮を出た。

恵彌史がその場を去って直ぐに上宮は馬子に言った。

「太子の頃なら、吾が誰よりも早く行っただろう。今もその時のように自分が一番に動いて現状を把握したくなる。今、吾が、葛が原へ向かってはいけないだろうか」

「なりません。辺りが夜の闇で真っ暗な上に、いつまた雷光が走り雷鳴が鳴り響くかもしれません。こんな時に出掛けられて大王の身に何か起こったら、この国はどうなりますか。せめて、夜が明けるまでお待ちください。今、現場には怪我人がおり薬師達が向かいます。恐れ多くも大王がお出でになっては、皆が緊張するだけでございます。大王は適切な手立てを打って下さいました。鞍作止利達にはそれだけで十分、大王のお気持ちは通じましょう。どうか辺りが明るくなって見えるようになるまでは、気掛かりでしょうがお待ちください。雷さまも、いつまでも居座りはしませんから」

上宮は大臣の馬子の意見に納得した。そして馬子は、

「先程は恵彌史の奴が、大王に大変失礼な言い方と態度をとりました。躾が行き届かぬこのわれにも、責任がございます。今後、この様な事態を起こさぬよう厳しく教え直しますので、どうか今回だけはお許しください」

馬子は平伏した。上宮は馬子が心底反省していると感じた。だが、恵彌史本人はどれだけ反省しているのか分からない。物の言い方にはその人の人柄が現れる。ましてや緊急時にはその傾向が露わになる。馬子は、そこのところはしっかり把握していた。蘇我氏が不遇だった頃から数々の修羅場を乗り越えて来たことが今の馬子を作っていたからだ。蘇我氏が豪族の頂点に立ってか

ら育った恵彌史は、馬子がしてきた経験はなく、その思いも深くは知らないだろう。

鞍作止利達の様子を見に行かせた維摩須羅が一人で戻った。摩須羅と一緒に行った三名の従者については、怪我をした者達の世話をするために残したと上宮に報告した。上宮は戻った摩須羅に橘の宮に残っている者達を使って、夜が明けるのを待つ間に葛が原で怪我をした者達への食料や交換の衣類など必要となりそうな品々を用意させた。飛鳥でのこの様な事態を上宮から知らされた斑鳩(いかるが)に居た葛城鮠兎は、境部摩理勢と連絡を取り葛が原に駆け付けた。

上宮は夜が明け始めると直ぐに、馬子と従者と共に集められるだけの人手と用意した食べ物や衣類を携えて、葛が原へ向かった。葛が原の近くまで来た頃には、すっかり朝になっていた。昨日の雷に振り回されたことが嘘の様に、穏やかに晴れ渡った青い空には雲一つなく、日の光が稲を刈った後の田の隅々を照らし出していた。そんな空の様子とは全く違い、葛が原の様子は惨憺(さんたん)たるものだった。

上宮は未だそこここで倒れている者達に優しく声を掛けながら、鞍作止利を探した。重傷者を運び込んでいると思われる小屋の中から、血と泥に汚れた鞍作止利が上宮を見て転がるように飛び出してきた。

「大王、この様な事態を招き、申し訳ございません。申し訳ございません」

止利は額突(ぬかず)くというより額を埋め込む様な勢いで地に付けながら、何度もこの事態を招いたのは自分の不徳の致すところだと泣きながら詫びた。

「何も詫びることなどない。これはそなたのせいではない。秋も終わり、冬の初めに雷鳴が轟く事等、稀な事だ。そなたが不徳というなら、そなたをこの責任者に選んで任せた吾こそ不徳であろう。天がお怒りならば、吾へのお怒りがこの事態を招いたのだ。そなた達をこの様な目に合わせてしまって申し訳ない。止利よ、頭を上げよ」

止利は漸く頭を上げて、上宮を見上げた。

「止利、人々の状況を話せ」

「はぁ。重傷者が十五名、軽傷者が三十一名。殆どが、火傷でございます」

「命を落とした者はいなかったのだな」

「はっ、一人もおりません」

「良かった。それこそ天の御加護ではないか。そなたも怪我はなかったのだな」

「この血や泥は重傷者をここに運び込みます時に付いたもので、われ自身怪我はしておりません。大王のご采配で先に来て下さった蘇我恵彌史氏が、怪我の程度の酷い順から小屋へ運び込むよう指示して下さいました。連れて来て下さった医博士や薬師の方々が、今もずっと怪我人達の治療をして下さっております。ご心配をお掛けして申し訳ございません。大王が、来て下さり有難う存じま……」

止利は言い終わらない内に、気を失った。上宮に報告するまではと気を張っていたのだ。今までどれ程の緊張感だったかが窺(うかが)い知れた。

「止利、止利。しっかりせよ。誰か、止利を小屋へ運べ」

止利を抱き起こした上宮の近くにいた境部摩理勢が進み出て、大柄な止利をさっと抱え上げて小屋の中へ運び込んだ。周りから、その摩理勢の力強さに、おおという感嘆の声が起こった。

小屋の中では医博士達が治療を受けていない何人かの重傷者に手を取られていた。上宮は医博士に労いの言葉を掛け、治療の邪魔にならないように考えて医博士の側から離れ、止利のところに戻った。重傷者の治療に懸命に当たる医博士に、誰よりも優先して止利を診てくれとは言えなかった。先ずは重傷者の治療を優先させなければならないが、倒れてしまった止利が大丈夫かどうか気掛かりだった。

ああ、こんな時に医博士と同じ位頼りになる薬師の香華瑠(かける)が居たらと、上宮は思った。

「この方(かた)は暫くこのまま休ませておく方が良いと、医博士からの言伝(ことづて)にございます。昼を過ぎてもまだ日覚めぬ時は無理矢理起こしてでも、白湯(さゆ)の後に重湯(おもゆ)を差し上げるように致します。その方(ほう)が快復を早めるとのことでございます」

医博士の適切な指導を卒なく伝えた若者に感心した上宮は、

「そなた、名は何と言うのだ。松壽(しょうじゅ)博士の元で見習う者か」

「はっ、我が名は寿可(じゅか)と申します。現在は仰せのように松壽博士の元に居ります」

そう言った寿可という若者は、松壽が治療している者の処へ急ぎ戻ろうとしたが、上宮は聞かずにはいられなかった。

「待て。今一つ聞きたい。そなたは以前、香華瑠(かける)の元で薬師の修行をしていた者ではないのか」

「ははぁ、左様にございます。薬師の修行をさせて頂いていました時、香華瑠師がわれには薬師より医師の方が向いていると言われて、現在の松壽博士に紹介して下さったのです」

「そうだったのか。こんな時に済まない。皆を頼む」

寿可は、畏まって返事をした後、医博士松壽の元に戻り治療を手伝い続けた。上宮達は、止利の弟子の中で怪我の軽い者を止利の側に居させて小屋から出た。

「今後の事を急ぎ相談せねばならない。大臣、主だった者達を宮へ集めてください。神官の三氏も来させてください」

大和神官の頂点にいる三氏とは三輪氏、忌部氏、中臣氏だ。

「承知いたしました。大王はこれからどちらへ」

「吾は大后様と話したいことがあるので、豊浦の大后様の館に寄ってから宮へ戻ります」

「分かりました。全て手配した後、われも大王のお側へ参ります」

馬子は上宮を見送った後、残って葛が原の片づけを采配している恵彌史を側へ呼んだ。

「恵彌史、これからきっと近隣の豪族達が様子を見に来ると思う。上宮様から、豪族達が手伝うと言ったら、有り難くその申し出を受けてくれとのご伝言だ。

しかし決してこちらから手伝えと偉そうに言うでないぞ。お前は大臣の息子だが、未だ大臣ではない。年長の豪族の中には気難しい者も多い。そんな年配者には謙り、ただ様子を見に来ただけで帰ろうとしても年長者への礼を持って対応せよ。何時ものお前の様に、少しでも不機嫌な様子を見せるのではないぞ。ただ、見に来て手伝いもせず帰った者の名はしっかり覚えておいて、後でわれに知らせよ。勿論、率先して手伝った氏の名も忘れるな。それから、今日はどんなに遅くなっても、わしに顔を見せて報告してくれ。少し、話しておきたいことがある。いいな」

「畏まりました。必ず、そう致します」

　馬子と恵彌史が話している内に近隣に住む何人かの豪族達が、葛が原に駈け付けてきた。馬子は、その豪族達に挨拶し、もし手伝う用意があるなら、今は息子の恵彌史が大王からこの場の事後処理を任されているので恵彌史の指示に従って貰いたい旨話した。豪族達は大王が恵彌史に任せたなら、従おうと了承した。豪族達は恵彌史からそれぞれ担当してほしい場所の指示を受け、おのおの場所へ移動した。馬子は最後に、

「くれぐれも年長者には気を配れ。では、ここは頼んだぞ。それから鞍作止利の様子を時々は見てくれ。特に昼過ぎに止利が目覚めたかどうか。その後の様子も、夕刻までには橘の宮に誰かを知らせに寄越してくれ。大王が止利の様子を心配なさっておられたからな」

「分かりました。確かにお知らせ致します」

　この様な不測の事態には、教えねばならない事が多い。自分が生きている内に、機会があればどんな機会も無駄にせず色々な事を教えておきたいと、馬子は思っていた。

二、雷神を祀る

馬子と別れた上宮は大后の館を訪れた。大后は誰よりも異変を感じていたらしく、上宮が来るまでずっと神殿に籠り祈り続けていた。

「大后様、大王がお出でになりました」

大后が敏達大王の皇后だった頃からずっと側に仕える近江納女（おうみのめ）が声を掛けた。

「奥の部屋にお通ししておくように」

「畏まりました」

「あ、それから温かい甘茶を用意せよ」

「承知いたしました」

大后は、事故が起こった葛が原からの帰りで心身ともに疲れているであろう上宮を気遣った。

大后が奥の部屋へ向かうと、部屋の前で畏まっている上宮が居た。大后は、

「部屋にも入らず、何をしているのですか」

「はぁっ、大后様。先程は清水を頂き有難うございました」

上宮は、早朝から大后の手を煩わせた事の礼を述べてから、

「この度の不祥事、大変申し訳ございません。全てはこの吾の不徳の致すところでございます。深くお詫び申し上げます」

上宮は、葛が原の事故の全責任が自分にあると大后に詫びた。

「何を言うのですか。先ずは入りましょう。詳しい話を聞かせて下さい」

大后は自ら部屋の戸に手を掛けて開けようとした。上宮は急いで戸を開け、大后に先にどうぞと手で示した。大后は畏まっている大王の上宮に一度は先を譲ったが、二度目には素直に上宮に従った。部屋に入った大后は奥の座に上宮を座らせ自分は手前の座に着いた。

「それで、被害の程はどの様なものでしょうか。犠牲者は居るのですか」

「重傷者が十数名、軽傷者が三十名程です。殆どの者は、火傷です」

「そうですか。事故による死者はいなかったのですね」

大后は、死者がいなかったと聞いてほっとした様子を見せた。

「医博士の見立てに依りますれば、重傷の者も時間は掛かりますが必ず快復すると言っていました」

「そうですか。その話を聞いて少し心が落ち着きました。仏像の被害は無かったのですか」

「仏像、あっ、止利たちの安否にばかり気を取られておりました。仏像の被害も見に行かせましたが報告を受ける前にここへ……」

「それで良いのです。仏像も大事ですが、一番に民の安否を気に掛ける。国の王はそうあるべきです。しかしそなたも、この国初めての大きな仏像のこと、心配でしょう」

「はぁ、それもそうですが。大后様に、これから今日の様な事態を収拾するには如何すれば良いのかをお教え頂きたくて急ぎ参りました。仏像に関しましては後程被害状況の報告を受け、大后様にもお伝え致します」

「分かりました。そなたが気掛かりなのは、雷のことですね。では雷丘の伝承については知っていますか」

「存じません。吾が気掛かりな事は、これから不意に来る雷神をどう防げばよいかということです。雷丘の伝承の事は、あまり詳しくは聞いておりません」

大后は上宮もその伝承については知っておくべきことだと言って、雷丘の伝承を上宮に話して聞かせた。

「昔、この地域を広く治めていた豪族の長が、大きな屋敷を建てるためにこの地で一番立派な大木を伐らせようとした時、天から稲妻が走り耳をつんざく様な大きな音が轟き地響きがした。稲妻が示した先には、稲妻の塊の様な物が落ちていて眩い光を放ち『ごうごう』という音を出していた。あまりにも長く続く音に豪族の長が怪しんで、落下地点を見に行くと益々その光が激しく輝き出した。稲妻の塊のような物を見てみると、光の中から人間の子供の姿に似たものが見えた。

豪族の長以外の周りの者達は光の塊に恐れをなして、誰も近付こうとしなかった。そこで豪族の長は、配下の中でも一番勇敢な剛の者に眩く光り続ける光の塊を捕まえるように命じた。剛の者は眩い光の球をやっとのことで捕まえた。捕まえてみるとそれは人間の子のようでそうではなかった。そのものは人の顔をしていたが頭に角が生えていた。それは雷様の子供に違いないと、豪族の長と配下の剛の者は思った。その捕まえた雷の子供であろうものに、空の雷の居る所へ帰るよう諭してみたが、雷の子はただ『ごろごろ』という呻き声を上げて、益々眩い光を放つばかりであった。何か悪さをすると大変だと皆が言うので、その辺に放置する訳にもいかず、仕方なくその雷の子供を岩の穴に閉じ込めた。

すると、今度は空から今まで聞いたことも無い様な大きな雷鳴が何度も何度も響き渡り、その時から大雨が降り続くようになった。川が氾濫するほどの雨に辺りの人々は雷の仕業だ、子供を捕まえられた親雷が怒っているに違いない、と恐れおののいた。そして、雷の子供の様なものを捕まえ閉じ込めた豪族の長に、どうか雷の親の怒りが収まるように、雷の子供を親の元へ帰してやってほしいと今度は皆で頼んだ。

豪族の長は、親雷に子雷とみられるものを帰すよう従者の剛の者に言い付け、剛の者は主人の言うことに従った。親雷は子雷を帰されると雨を降らすのを止め、遠くに『からから』と笑う様な雷鳴を一度鳴らした後、雨雲と共に遠くへ去っていった。

豪族の長とその辺りの人々は、誰もが触れることも出来なかった雷の子供を捕まえ、誰にも危害を加えない様に雷の子を岩の穴に閉じ込め、又雷の親の子を思う気持ちに応えて雷の子を無傷で返してやるなど他の者が出来ない事をした剛の者の功績を讃えた。

それから後にその者が亡くなった時、雷の子が落ちてきた丘の上にその者の為に立派な墓を造った。それは剛の者が亡くなってからも、この地に不用意に雷の子が落ちてこない様に守って貰いたいとの人々の願いが込められての事だった」

これが今に伝わる雷丘（いかずちのおか）の伝承だと話し終えた大后は、

「古来、雷は龍神の使いとされてきたが、近年龍神と雷神の関係が少し違ってきたのかも知れない」

と小さく呟いた。

「雷にどう対処するか。これはこれからも大きな課題です。大王は和（私）にどうしてほしいとお思いでしょうか」

「龍神様の統制力がどうにかなってしまったのだとしたら、今後は雷神様を鎮めるための神社を設けては頂けないでしょうか」

「そうですね。しかし、今まで水に関する全てを管轄されていた龍神様の配下を、単独で奉（たてまつ）るというのはどうなのでしょう。これは神官を集めて話し合わねばならないのではないでしょうか」

「そう思いまして、神官の長の三氏を橘の宮へ集まって貰うよう手配致しました」

「では、その三氏と国の祭事を担う皇后にも此処へ来て貰って下さいませんか。雷神様のことは皇后と和にお任せ下さい。大王は葛が原の事故後の処理を大臣達と相談せねばならないでしょうから」

「そうして頂ければ助かります。雷神様に関しましてはどうか宜しくお願い致します」

上宮は大后の意見に感謝し、雷神のことに関しては大后達に任せ、橘の宮へ戻った。

上宮が橘の宮に戻ると、維摩須羅が皇后の菟道貝蛸皇女と話していた。皇后は大王と共に館の中へ入りながら、

「摩須羅から、葛が原の状況を聞きました。和（私）は何をすれば宜しいでしょうか」

「大后様の処へ行って、これから雷神様をどう扱うかについて大和の神官たちと話し合って下さい。あ、それから、雷丘の伝承は知っていますか」

「存じております。小さき頃、竹田皇子と共に雷を怖がって泣いていた時、母が雷丘の伝承を優しく話してくれたことを覚えております」

菟道貝蛸皇女は幼い頃、鵜治佐田津の元へ行くまでは竹田皇子と共に飛鳥近くに暮らしていた。

「そうでしたか。吾は今まで知らなかったので、今日初めて大后様から伺いました。吾が兄弟は男ばかりでしたから、子供の頃にも雷を恐れたことなど無かったのです。雷は雨の前兆であり、龍神様の使いで雨の訪れを教えてくれる。時には、山の木に落ちて山火事になることや、田畑に落ちて大きな穴をあけてしまうことは聞いた事がありました。でも人が酷い被害に遭ったというのを実際見たことがなかったので」

菟道貝蛸皇女（皇后）は、弟の竹田皇子が小さい頃から繊細な心を持った子であったのは、自分と長い間一緒にいたためだったのかもしれないと、この雷の騒動中に思いがけず弟の事を思い出した。

「では、大后様の処へ行って参ります。曽々乃を連れていきますので、内々の用事は環菜、い

え、環菜は橘姫と斑鳩でした。この沙実に、お申し付け下さい」

　沙実は環菜の二つ下の妹で、しっかりしていて姉の環菜によく似ていた。

「分かった。ううん、それにしてもよく似ている。吾も間違いそうだ」

　上宮と皇后は、よく似た可愛い二人の姉妹のことを話しお互い緊張が少し解れた。


　葛が原の報告を受けその後の対策を講ずるべく、側近達が橘の宮に集められた。蘇我大臣、葛城鮠兎、三輪阿多玖、秦河勝等だ。そこには、それぞれの次の代を担う者達の姿もあった。日嗣の皇子となった山背皇子、蘇我恵彌史、三輪拓玖人、境部耶摩、彼等は未だ意見を言う立場ではないが、国の一大事業に大きな被害が生じた時に現政権がどう対処するのかを学ばせるために、大王の指示でその場に呼ばれたのだ。皆が揃ったところへ、境部摩理勢が遅れて入って来た。

　大臣の蘇我馬子が、

「摩理勢、葛が原の現状の報告をせよ」

「はぁ。怪我を負った者達の治療は、ほぼ終了いたしました。重傷の数名は完治までに二月から三月は掛かる、と医博士が言っていました。また、軽傷者については薬師の細香華瑠師が劉医博士の指示によって今後の治療を担当するそうです。

　そして葛が原の現場で片付けをしております時に、雷が落ちたことにより一番の被害を被った場所が判明いたしました」

「それは何処だ。まさか……」

上宮達は、その場所が仏像を造っている場所でない事を願った。摩理勢は周りの雰囲気を察して、急いで次の言葉を言った。

「仏像造りの場所ではありません。しかし仏像を造る為に必要な道具類が沢山置いてある道具小屋でございました。それを知って止利師が非常に落胆していました」

「そうか。だが、造り掛けている仏像に被害は無かったのだな」

普段の馬子なら仏像がどうなっているか心配で、葛が原で事故が起こったと聞いたら、何よりもまず一番に仏像を自分で確認する筈だ。しかし今回は何故か、橘の宮に帰り来るまで一度も仏像の心配をしなかった。そんな自分の変化に、一番驚いているのは馬子自身だった。馬子は大王が怪我を負った人を思う心の強さに自然と自分が影響されたのだ、と気が付いた。それが、大蔵を任されている自分にとって良いことなのかどうか。自分は大王と同じ気持ちを持っていても同じ行動を取ってはいけないと思った。そして、自分はどんな時も、もっと冷静に物事の判断をする存在でいるべきだと思い直した。

「仏像には被害はございません。ですが、仏像造りを手伝う者達の中から仏像を造ることに関して不安を漏らす者が出てきております。その事が少し気になりました」

摩理勢はそう報告すると、ふと長兄の馬子の顔を見た。そんな噂がもう出始めているとしたら、早急に手を打たねばならない。仏教が蕃神を奉るものとして迫害された壮絶な時代を生きてきた馬子は身震いした。

「そうかも知れないと思っていた。そんな噂が広まる前に、人心を落ち着かせる手立てを講じなければなりません。葛が原の地は未だ天津神（あまつかみ）のお許しが出ておらぬと言われ兼ねません」

仏像造りを始める前に、地鎮祭は行なわれていた。しかしこの様な事態は、天の神々の怒りが起こしたのだと言われるに違いないと、上宮達その場に居る者は感じていた。

「しかしそういうことで、天津神がお怒りになるというなら法興寺が無事に建設されてはいないと思う。

だが矢張りここでもう一度、葛が原の地の地鎮祭を盛大に確かな形で執り行う必要がありそうだ。国の発展のために何か行うことで民心が不安になるとしたら、それは何をおいても解決せねばならない。仏像造りに携わる者達の中から、いわれなき不安や噂に惑わされる者が出ない様にしっかり指導していくことも肝要だ。

また今回の異常な時期の雷神の訪れが一体何を意味しているのか、これから何かが始まる予兆なのか警告なのか確かめられれば良いのだが……。それは神官達に聞くしかあるまい」

上宮達は自分達が心を動揺させていては民の不安を更に助長させてしまうと思った。しかし相手が雷神とあっては、ひたすら静まって下さいと祈る事が精一杯なのではないかとの思いにもなる。それが何とも言えず、歯痒（はがゆ）いことだった。

「今、大后様の豊浦の館で、大后様と祭事を受け持つ皇后、大和の神官達とが集まり協議をしている。葛が原における神鎮めの神事を、この後どのようにするのかは後程報告を受けるとして、吾等が今、出来ることを考えておきたい。仏像造りの再開に向けて、先ずは仏像造りに関わる人々が心身共に健康であるように祈ろう。そして道具類の被害の補てん等が重要課題だろう。摩理勢、鞍作止利が少し快復して落ち着いたら、今後新たに製作しなければならない道具類についてはは鍛冶師等と相談するよう伝えてくれ。

それから、怪我をして直ぐには働けない者達が、仏像造りの何処の部署を担当していたのか。その者達の代わりになる者達が居るのか等も含めて。あ、いや、代わりになる者は直ぐには探せぬなぁ……」

上宮は地の一点を睨み大きな溜め息をもらした。

「大王、一つずつ考え片付けて参りましょう。初めに、神鎮めの地鎮祭をもう一度執り行われて、そして道具類を作り直すことを手配しては如何でしょうか。そうしている間に、民心の不安も薄れ、怪我をした工人達の傷も癒えるのではないでしょうか」

困った様に見えた大王に、大臣が年長者らしく諭すように静かに言った。上宮も大臣のその言葉に救われたようで、

「そうですね。少し気が急き過ぎた様です。落ち着きましょう。鮠兎は摩理勢と共に止利の快復を待って、止利と道具類の事に関して打ち合わせをしてくれ。秦河勝は細香華瑠に聞いて治療に必要な綿布や薬草の調達等を頼む。それから今回一番早く現場に駆け付け、適切な処理をしてくれた蘇我恵彌史には、今後葛が原の地の警護と建物の再建の責任者を頼みたい」

「はぁっ。謹んでお受けいたします」

恵彌史は初めて、大王から直接担当する役目を与えられた。これまでの様に単なる大臣の嫡男としてではなく、政権の中で大王の直属の臣下として受けた大役だった。

「そして吾と大臣、三輪阿多玖はこれから神官達が話し合っている豊浦の館へ向かう。山背はここに残って葛が原から何か報告があれば受けて、恵彌史と相談をして判断できることは対処しておきなさい。大臣、今から豊浦まで行きますが、大丈夫ですか」

上宮は、老年に近い年長者の馬子を気遣った。しかし馬子は力強く応えた。

「勿論、お供致します」

上宮は馬子達と豊浦の館に向かった。


甘樫の丘を過ぎ、飛鳥川に架かる立派な橋を渡ると其処は大后の館がある豊浦になる。この橋は、小墾田の宮を造営した時に大后の豊浦と小墾田に向かう動線として造られた物だった。上宮と馬子が飛鳥橋を渡り終え、大后の豊浦の館に到着すると、館の中から大后の怒りの声が聞こえてきた。館の門を入って館まで近付いてみたが、その大后の怒りの内容までは分からない。

「どうしたのでしょうか。大后様があのようにお怒りになるなど、われは初めてでございます」

それでなくても大后に一目置いている馬子は、大后の怒りの声に恐れをなした。

「吾もあのような大后様のお声を聞くのは初めてです。何があったのでしょう」

上宮は驚いていた。そこへ、大后の侍女頭である近江納女が近付いて来た。

「大王、大臣とご一緒でございますか。大后様と皇后様がお待ちでございます。来られたら直ぐお通しするようにと、仰せつかっております。どうぞ、こちらからお入り下さいませ」

　近江納女は、そう言うと何時もとは違う入口へと案内した。上宮と馬子は初めての入口に少し驚いて、お互い顔を見合わせた。大后の豊浦の館は複雑に出来ていた。その上入口は一つではなかった。上宮は館のほぼ真後ろにある入口から、大臣は館に向かってやや斜め右方向の入口から入った。上宮が部屋に入っていった時、先ず初めに神妙に大后の方へ平伏している神官達が目に入った。いきなり前から現れた大王に神官達は驚き、おおと、声を上げた。

　流石に大后は落ち着いていたが、自分の真後ろから現れた上宮に菟道貝蛸皇后は、

「まあ、そんな所からお出でになるなんて……」

　そう言って大后の方を見た。大后は平然と、

「大王を臣下の背後からお通しする訳には行きません。大王、こちらへ」

　と言って自分達の前へと誘(いざな)った。その時、大臣は大王、大后と皇后のいる一段高くなっている所と神官達が畏(かしこ)まっている床(ゆか)の間(あいだ)に設けられた隠し扉の様な所から現れた。

「皆揃った様なので、三輪高麻磋(みわたかまさ)、雷神(らいじん)が現在何処でどの氏族によってどの様に祀られているのかを簡単に説明するように」

　大后は先程の怒りを治めている様子だったが、叱責されたと思われる忌部柾治架(まさちか)と中臣程記(なかとみていき)は平伏したままだった。そんな中で三輪高麻磋は、大后に促されるままに話し始めた。

「雷神が天津神(あまつかみ)からの使いとして地上に降りたとの伝承をお聞きになっておられると思います。また皆様がご存知のように、この雷神は古(いにしえ)に天照大神(あまてらすおおみかみ)のご采配にて、雨を司る龍神の配下と

されました。日照りの時に雨を乞う儀式で雨が降る前兆を知らせる轟きの音と、収穫前の田圃（たんぼ）の稲の結実と豊作を齎（もたら）すために重要な稲交接（いなつるび）（稲妻）を担当されるようになりました。しかし少々荒ぶる性質の神でございまして、龍神の配下でありながら単独で動き回られることが偶（たま）にあるのでございます。昨日の様な晴れの日に後に雨も降らなかったことをみますれば、雷神の行動はこの様なものではなかったのかと推察致します。

現在、雷神を所管する主な氏族は忌部氏、中臣氏両氏の同族の多氏（おお）です。多氏は東への征討に付き従い東国（とうごく）に派遣されました。われが知る雷神及び雷神を祀る氏族に関する知識はこれ位のものでございます」

「そうですか。では、忌部柾治架（いんべまさちか）、多氏の記憶は戻りましたか」

「申し訳ございませんでした。近年は多氏との連絡を中臣氏に一任しておりましたので、多氏の報告全般は中臣氏が把握していると思い、わが氏は関知しておりませんでした。その様な経緯（いきさつ）から、中臣氏からの報告を受けておらぬにも関わらず、失念しておりました。王権から承ったわが一族全体を統括する責任を果たしておりませんでした。誠に申し訳ございません。

しかし現在、多氏がどの様に雷神を祀っているのかは、昨日の事態を踏まえれば自ずと解ります。そして雷神が暴れた原因の一つには、わが氏の不徳の致すところもございますれば、早急に大和におります多氏に連絡を取り事態の収拾を図らせます。これ以上、雷神様からきついお怒りを賜りませぬよう我一族一同一心に勤め励みますほどに、今回の失をどうかご容赦下さいますよう重ねて願い申し上げます。

また、今後は中臣氏との連絡を密に致し、東国の常陸（ひたち）に居る多氏（おお）等の活動状況の掌握にも努めて参ります」

「大王、如何なさいますか」

大后は忌部氏の言い分について、大王の回答を求めた。国の祭事を司る代表神官達の前で大后が祭事についても大王の意向を尊重する姿勢を示して見せた。

「忌部氏はこれまで放棄していた責任を今後はしっかり果たしていくよう心掛け、これからは全国に居る中臣氏や多氏との連絡を密に取るように」

大王の言葉からは怒りではなく厳格な命令として聞くようにと、そして今まで出来ていなかった事を何度も追及することはせず、これからしっかりやってほしいとの思いが伝わった。

「中臣程記は、多氏との連絡は常に取っていたようですね。昨年多氏からそなたが聞き、和（私）に報告した東国の状況では蝦夷も大和政権に従順に従っているようですね。五穀の実りも例年通りで国への税も大人しく納めたと聞いていましたが、それに間違いは無かったのでしょうね」

大后は祭事を預かっている責任から、神官達の無責任が腹立たしく心の中からの怒りを抑えることが出来ない様子だった。

兄の中臣勝海を裏切った様な形で亡くした中臣程記は、大后に中臣氏の長を任されたもののその時以来病みがちだった。今日も病み上がりの体を息子の珠記（たまき）に支えられながらここまで来たのだ。今日は何としても出席するようにと、大后に呼び出されたからだった。

「昨年の報告に間違いはございません。ただ、近年は大后様へ直接、東国の多氏からの報告をさせて頂いておりましたので忌部氏には報告をしておりませんでした。申し訳ないことでございました」

中臣程記は、消え入りそうな声でやっと答えた。

「これより以後、多氏からの報告、連絡については忌部氏より大王に上げるように。また中臣氏は多氏から受けた連絡や報告を忌部氏に伝えなさい。そなた達が知り得た祭事に関わることの全てをこれからは和（私）ではなく大王と皇后に伝えるのです。分かりましたね」

大后の厳粛な言渡しに、三輪、忌部、中臣の氏の長の面々は畏まってそれぞれに、

「仰せの通りに致します」

と言いながら額突いた。

上宮は、大神神社の長である三輪高麻磋に、新たに葛が原に雷神を祀る社を建てるための準備を命じた。忌部氏には大和の雷神を祀っている多氏と西国の龍神及び雷神を祀る社の神主達へ、従来にもまして神々を祀ることに努め連絡を恙なく行うように命じた。また、中臣氏には忌部氏との連絡を密に取り近日中に常陸の多氏の長を大和へ召喚する様に指示を出し、三氏にそれぞれ主たる役割を割り振った。

雷神の今回の件に関して一連の解決策が打ち出された後、三輪、忌部、中臣の順に帰途につこうと退席し始めた。三輪高麻磋と忌部柾治架はそれなりの年齢に達していたが力強い足取りで部屋を出て行った。しかし中臣程記だけは弱々しい姿で二人に遅れぬよう辛うじて続いて歩いてい

た。その姿はやせ細り今にも倒れてしまいそうだった。高麻磋と柾治架が部屋から完全に退室した時、まだ程記は部屋に居た。中臣程記は立ち上がることにさえ難儀して、一人で歩を進めるのは一層大変そうだったのを見た上宮が聞いた。

「中臣程記。そなた、今日嫡男の珠記(たまき)を伴っているか」

「ははぁ、伴っております」

大后は上宮の意図することを察して、部屋の外に居る侍女に声を掛けた。

「誰か、控えておるか。中臣珠記を直ぐに此処へ呼びなさい」


呼ばれた中臣珠記が暫くして上宮達のいる部屋に入ると、大后は侍女に部屋の戸を閉めるようにと命じた。中臣珠記は上宮達に丁寧な礼をした後、父程記を心配そうに見て父の側に寄り添った。上宮はそんな二人を交互に見た後、優しく声を掛けた。

「そなた、その体では中臣氏の長の勤めは大変であろう。本来、族長の交代はたとえ王からの命でもそう易々とはしないものだが、そなたの場合は特別だ。長い間に渡って心身共に疲れ果てた様子が伺える。そなたの嫡男は、未だ若いが後継ぎとして十分な教育もされているようだ。そこで、吾は中臣氏の族長をこの際そなたの嫡男珠記に交代することを、提案させて貰いたいのだがどうであろう」

突然の大王からの言葉に中臣氏親子は戸惑いを隠せない様子だった。少し時間が掛かったが、漸く程記が口を開いた。

「大王の仰せの通りでございます。われはあれ以来……」

程記はそう言い始めたが、蘇我大臣の方を見て言葉を続けなかった。そして意を決した様に言った。

「大王の尊いご提案に従いとうございます。ただ、嫡男の珠記に継がせて貰えるかどうかは我一族の合意で決まりますます故、族長のわれが一人で決められることではございません」

程記があれ以来と言ったのは、馬子の方を見て言い淀んだことから考えると兄の中臣勝海の事件に関する事であろうと推察できた。上宮はその件には触れず、

「その事に関して、今回は吾に任せよ。大后様、中臣氏の長の交代をさせても宜しゅうございますね」

「どうぞ、大王の思し召すままになさいませ。和（私）は大王の仰せが、中臣氏にとっても良き将来を招くであろうと感じます。ただ、後継ぎが誰になるにしろ、交代の日は良き日を選んでやりたいと思いますので、皇后様と相談させて下さいませんか」

「分かりました。では、中臣氏の今後の繁栄のためにもそうしてやって下さい」

「お任せ下さい、大王。中臣程記、これでやっとそなたも少しは肩の荷を下ろせるのではありませんか。一族のためとはいえ、そなたもさぞ辛い思いをしたのであろう」

大后は心から、中臣程記を労った。

程記の兄である中臣勝海の事件には、大后も最愛の息子竹田皇子を呪詛（じゅそ）されるという形で関わっていた。その勝海の所業を弾劾したのが誰あろう実の弟の中臣程記だったのだ。中臣勝海はそ

の事を弟の程記が、直接止めてくれるならまだしも、その企みを反対勢力の馬子に脅された形で表沙汰にしたことが無念だったに違いない。勝海は面と向かって程記に恨み事を言えないまま、近江にいた押坂彦人皇子を訪ねた帰り道に立ち寄った小屋が全焼して、そこで非業の死を遂げていた。その小屋が火事になった原因については、今もって事件だったのか事故だったのか分からないままだった。

大王や大后からの話が終わり、中臣程記は覚束無い足取りで息子の珠記に抱えられるように上宮達の前から辞そうとしていた。しかしその時、息子に抱えられていた程記の全身が急に息子の身体へ寄り掛かった。突然の事に息子は父の体を支え切れず、二人してその場に倒れてしまった。上宮達のいる部屋を出る寸前だったため、皆驚いて駆け寄った。

「程記氏、程記氏。珠記、此処へ寝かせなさい」

「いいえ、勿体ない仰せにて、誠に恐れ多いことにございます。われが連れ帰ります故、お気遣い下さいませんように。寧ろこの様な神聖な場所にて、大王の御面前でこのような失態を演じ、申し訳もございません」

大后も心配そうに、

「いえ、いえ、病の身と知りながら、どうしてもと来させたのはわれ等です。そなたは連れて帰りたいであろうが、せめて程記の気が付くまではここで休ませてやりなさい。今、長い距離を動かすのはかえって体に悪かろう」

そう言うと、部屋の外に控えさせていた近江納女に来客用の部屋へと案内させ運ばせた。珠記は父の程記を自分達の住む所へ連れて帰りたかったが、意識のおぼろげな父をこのまま無理に連れて帰るのも心配だったので、大后の好意を受け入れ従った。

程記は次の日の昼過ぎまで眠り続けたが、目を覚ますとゆっくりだが自分の足で歩き、息子の珠記と共に、大后に大王の前で倒れたことを謝罪し休ませて貰ったことに感謝の意を述べた。大后は、中臣程記が兄の事件以来心に深い傷を残しているということを今更ながら思い知った。


中臣程記と珠記が帰った後、大后は馬子を呼んだ。

「大臣、今後の中臣氏の処遇について、少し考え直そうかと思うのですが。そなたはどう思いますか」

「変える必要は無いと思います。大后様は、中臣程記氏が哀れとお思いになられたのでしょうが、中臣勝海の事件に関しましては中臣程記自ら進んでしたことです。あの事は、無理強いしたことでは決してございません」

「分かっています。あの時、中臣程記は自らの考えで、中臣氏のために兄の企みを止めようとした。しかし結果としては勝海達の企みを阻止できず、一族の為に兄を裏切る形となった。程記にとっては苦渋の決断であり、一族の存続を得るためには兄を犠牲にするしかなかった。あの事件は、わが王家、蘇我そして中臣にとって生涯の内での大きな出来事であったと言えるでしょう。中臣程記の決断によって大きく政局が動いたとも言える事件でした」

「大后様は、中臣程記のあの時の決断を、何故今になって以前よりも高く評価なさろうとされるのですか」

「事件を今更どうこうするというものではない。しかしもうそろそろ、忌部氏の配下の様な地位から、元の立場に戻してやっても良いのではないかと思ったのです」

「今は未だ、なりません。その時期ではございません」

　いつもの馬子の大后に対する態度からは想像できない程の強さで、馬子は言い切った。

「常に大后様が言われていることと大きくかけはなれています。大后様のお心が揺らいだのは、中臣程記があのような姿を曝(さら)し、この場で息絶えんとした瞬間をご覧になられたせいでしょう。大后様のお心が乱れたのも致し方がございませんが、中臣勝海の事件については未だよく覚えておる者達も多くいるのです。

　今、中臣程記に対し、最近特別に何の成果も上げていないにも拘らず唐突に報奨を下されるなど、大后様のお考えとも思えません。どうか、そのお考えを今直ぐお納め下さいますように、お願い致します」

　大后は、暫く遠くを見つめてから再び大臣の馬子を見た。

「この王権を盤石にするまでに、何年掛かるのでしょうか。そなたは現在、未だ盤石ではないと思っているのですね」

「はっ、われはそう思っております。今は気を休める時ではございません。大后様、上宮様が大王に就任されて日が浅いこの時に、何故盤石であると言えるでしょうか。本来なら臣下としておられるべき方が大后様の指名で太子と成り、政事(まつりごと)を完全に任された。ここまでは豪氏族も容認しました。それは大后様が大王代行を長年されていたことと上宮様の力量があってのことでした。しかし太子となった上宮様が大王に成られたことに対しては、上宮様が余程大きな成果を上げてからでないと納得できないと思っている者達も少なからずいると聞き及んでおります。

そういう状況を踏まえた上で、上宮様は国内でも大王として立派にその任を果たされながら、外国(そとつくに)にもわが国を認めさせ追い付くためにと画期的な新制度の導入を急がれています。大后様が王族の方々に、われが豪族達に睨みを効かせていられる内に、上宮様にこの政権を盤石なものにして頂かなくてはならないのです。どうか、これまで同様、大后様も気をしっかりお持ち下さい」

二人の内のどちらかが逝ってしまった時という言葉を、馬子は呑み込んだ。そして話を中臣程記の事に戻した。

「大后様、あの時は多くの豪氏族が戦い命を落としました。また、自ら死を選んだ者等もおりました。そんな時代でございました。皆が苦しく悲しみを抱えて生きていた時代でございました。中臣勝海、程記兄弟だけが深い悲しみの淵に追いやられたのではありません。

中臣程記は兄の事件があった後も変わりなく最高神官の三氏の中の一氏を任されております。そのことだけでも他の豪族からみれば不可解であり、妬ましく羨ましいことではないでしょうか。今は、程記の後継ぎを嫡男の珠記に速やかに移す、その事だけが程記にとっても中臣氏にとっても一番大事なことだと思います」

大后の前では常に控えめだった馬子がこの時は多弁であった。

「十分に優遇していたと、他の者から見てそう思うということですね。分かりました。和（私）から大臣の意見を大王に伝えておきましょう。それでよいですね」

勝海が呪詛しているという中臣程記の密告があったから、その時には竹田皇子が害されることが無かったと、大后は確信していた。だからこそ、大后は中臣程記には何かで報いてやりたいと長い間考えてきたのだった。

中臣程記は大后から何か希望することは無いかと聞かれた時、嫡男珠記が一族の長に成ることと常陸の多氏から珠記に嫁を取ることの許可を願い出た。大后は中臣程記のその申し出を受けて、大王に相談し大王の許可が得られたと中臣程記に伝えた。多氏との縁を結んだ中臣珠記は名を弥気（みけ）と改名した。

大和政権は、突然降ってわいた雷神の襲来事件の対策として、葛が原に雷神を祀る社を設けた。念のため、神官を常駐させることとし、大仏造営に関わる者達は、必ず作業の前に神前に赴き、その日一日の作業の無事を祈ることを日課とするようにと命じられた。

忌部氏は中臣氏から昨年はなかった常陸（ひたち）の多（おお）氏からの報告を遅蒔（おそま）きながら受けて、これからは報告を漏れなく伝えるよう約束させた。中臣氏は、長の地位を程記から弥気（珠記）へ継がせると同時に、常陸の多氏から嫁取りをしたことも忌部氏に報告した。雷神の件も無事に収束し、その時は大和における三輪、忌部、中臣の三神官の上下関係には何の変化もなかった。

訳も無く雷神が暴れることはないだろうと、現政権に不満を持つ群臣の中にはその事を朝議で問題にしようとする者がいた。しかし多くの味方を得られなかったと、上宮は内々に馬子から報告を受けた。

「大王のご采配宜しく、幸いあれ以来雷神も鳴りを潜（ひそ）めております故、もう心配はないでしょう。しかしあの雷神の急襲には、どの様な意味があったのでございましょうか。われにはとんと、あの現象の意味が分からないのです。大王には、お分かりになりますか」

「すぐには、分からなかった。しかし時として起こるあのような現象は、天津神（あまつかみ）からの啓示（けいじ）なのだと幼い頃に教えられたことを思い出した。そうであるならば、数年前の大地の揺れや、日照りによる農作物の不作、雨が降り続いての洪水といった天災と呼ばれてきたものなどは、吾らの行動に対し何かを教えて下さっているということだろう。そして今回のようにその前後に雨も降らぬのに雷神が暴れるということの意味を深く考えねばならないと思った。もしそれが天津神から吾へのお怒りなら、もう一度自らの身の在り方を正すことでしか、お応えすることはできないのではないかと思ったのです」

「それは具体的にどのようなことでしょうか」

　馬子は真顔で尋ねた。

「王は自らの身を正し、日々懸命に神々に祈りを捧げ、今年も皆息災であり五穀の実り豊かにと一年を通して国の安泰と民の幸せを願う。そういうことを根本に、王家の祭事は行われてきました。しかし王が王としての考えと力で何かを成し得ようとする時、それが人にとっては良いことであっても、吾等以外の生きとし生ける物、仏教で言う四生(ししょう)にとっては不都合なことになるからこそ天の怒りが形となって、現れてくるのではないかと思う。天津神々(あまつかみがみ)に皆の真摯な祈りが届き、お許し頂けるかどうかは、今後の吾等の行いに懸かっている」

　馬子は、上宮がこの国の大王として政事は勿論のこと、祭事についても深い考えを持つに至ったと感慨深い面持ちでじっと見つめていた。上宮はその様に馬子から見られていることなど気にもせず、言葉を続けた。

「吾は祭事の大切さを今更ながら思い知りました。大后様が今までずっと全身全霊で、日々怠らず天津神々に祈りを捧げてこられた意はここにあった。国を思い、民を思うその心で祭事を行ない、同じ心で政事に向かう事の大切さを思い知ったのです」

「今回のこの雷神の急襲を、上宮様は大王としてそのように感じられたのですね。成程、国の王にしか感じられないと思われる天津神々からのご啓示に接せられるに至られたのですね」

　馬子ははっきり言葉にせずにはいられなかった。今までの大王もそうであったかもしれないが、この目の前に居る上宮は、馬子の愛娘(まなむすめ)の夫であり可愛い孫の山背皇子の父だ。山背がいつかはこの様に王として天津神々の啓示を受け、国と民の為に凛々(りり)しく対処するのを生きていて側で感じられたら、どんなにか嬉しかろうと想像した。

　そんな事を考えていた馬子に上宮が、

「先日の中臣程記の状態を見て、大后様に中臣勝海の事件について何かご存知ですかと伺いました。しかし大后様は何も知らないと仰せになり、知っているとしたら蘇我大臣であろうと仰せになったのです。吾は現在の中臣程記の言動から考えて、兄勝海の事件であのようなことをする人だとはとても思えないのです。大臣なら詳しい事を知っているのではないですか」

「今更過ぎ去った日々の皆が忘れていることを再び持ち出し、何故検討なさろうとするのですか。その一族にとっては思い出したくない、思い出してほしくない出来事を……。われが何かを知っているなどと言い出された大后様もですが……。大王におかれましては、全く関与なさっていないあの時期の事件の経緯を、今になって詳しくお知りになって、どうなさろうと言うのですか。われは何も知りませんし、裏がある様な事等一切ございません」

馬子は上宮が大王と成ってから、常に臣下として謙(へりくだ)っていた言動からは想像できない様な強い言い方をした。上宮はそんな馬子の態度から、蘇我氏が王権を確実にその手にするまでの間には人には言えない様なことが色々あったのだと感じた。馬子はここで上宮にもう一言でも話してしまうと、今まで有った様々な事を全て話してしまいそうだったので、言葉をぐっと呑み込んだ。

「大臣の中で、吾に話せると思える時が来たら話して下さい。吾が引き継いだこの政権になる迄に、何があったか聞いて知っておかなければならないと思うのです。吾には良きことも悪かったことも知らねばならぬ義務とその権利があると思いますから」

馬子の言動から、今は聞くべきではないと上宮は察した。そう言われた馬子は、

「全てをお知りになることが、果たして大王には良い事でありますかどうか。われは今そうは思いませんが、いつかその様な時がきましたらお話し致しましょう」

そう言って心を堅く閉ざしたまま、その日は上宮の前から辞していった。

上宮は一人残った広間で複雑な思いに駆られていた。自分が過去に起こった事の真相を知らなくて良い筈はない。過去にその人物に何があったのかを知らなければ、その人物や豪氏族にどう向き合いどの様に処していいのか分からず、今後の政権運営の上で大きな支障を来す。ただ、自分が今馬子に逆らう様な形で、昔の事を探ることは馬子の深い傷に触れるようで憚られた。

また上宮への情報収集の責務を担ってくれていた阿耀未が老年になり近々引退するが、後継者と決めている未真似を未だ確実な諜者として認めていない現実があることも、複雑な思いに駆られていた要因の一つだった。昔の阿耀未なら馬子の側に居る優秀な間諜（諜者）に勘付かれることも無く情報を収集出来た。後継者は育っているかとの上宮の質問に、阿耀未からもう少し先になるとつい先日報告されたばかりだった。

あらゆる分野での世代交代が急がれる中で、いまだ後継者が育つまでには至っていない。思えば、自分の周りを固めてくれている人達は、父や兄の時代から政権の中枢を担ってくれていた。上宮はそれらの人々に思いを馳せ、また我が子や側近達次世代の者達の顔を思い浮かべた。

大后から日嗣の皇子と承認された山背皇子は少年から青年へと向かう年齢になっていた。この頃は山背が、以前よりずっと豪氏族達にも認められるようになったと大后も褒めていたと、上宮は大臣の馬子から聞いた。だが、父の上宮から見れば、山背は未だ自力では飛べない雛鳥に過ぎなかった。山背の周りのいずれは側近達となって活躍するだろう若者達も、その姿は山背と大差ないように思えた。色々な方面で、この国の将来を担う若者達をしっかり時間をかけて育て上げていこうと、上宮は逸る気持ちを抑え、再び心に強く誓った。

そんなことを考えながらも上宮は、過去の事件の真相を馬子が話す気持ちになるまで放置しておいて良いのだろうかという懸念が、時々心の片隅で浮かんでくるのを完全に払拭することが出来なかった。そしてもう一度この過去のどうしようもない事実を知りたくなった時には、馬子に再び問い質すこととし、今は心の奥に仕舞い込むことを己に課した。


山背は物知りで温厚な斎祷昂弦が気に入ったようで、時間があると上之宮に通うようになった。

「我が国での鉄の主な生産地は何処が管理し、何か所あるのですか」

「鉄の生産地の主な所は、その殆どを屯倉が管理しております。場所は、五か所でしょうか」

「その場所とは、何処ですか」

「西から筑紫、出雲、丹後、近江そして美濃でございます」

「鉄の産地には、昔それぞれに力を持った豪族が居たのでしょうか」

「左様にございます」

「今は、その地方の鉄の生産地も鉄製品の生産も大和政権が掌握しているということは、その地の豪族達を大和政権が制圧したのですね。現在の大和政権に至るまでには、多くの戦いがあり犠牲者が出たということか……」

山背の目が潤んだのを斎祷昂弦は見逃さなかった。

「皇子様、鉄がどの様に、またどの様な所で民の暮らしを助けているかお分かりですか」

「ああ、農具の先に着けると、これまで使っていた木材だけの時より固まった地面を容易に耕すことが可能になった。そして、木製の物だけより長持ちもする。民が生産してくれる五穀の生産量が随分違うと聞いています」

「よくご存知ですね。しかし農具だけではございません。都や宮等の建築物や新しい道路の建設等にも、鉄は大いに使われております。寧(むし)ろ、現在鉄は平穏な民の暮らしと生活全般の発展には欠かせない物と言えるのです」

昂弦はやんわりと、大和政権下では鉄は戦いの為の道具としてではなく、平和的に活用されていることを話し、過去に起きた悲惨な戦いへ思いを馳せようとした山背の心を平穏な生活の方向へと誘(いざな)った。山背も昂弦の思いに応えた様な形で、話を海の民への興味に変えた。

「師は、海に近い所で長く暮らしておいでだったと聞いていますが、海の民の暮らしをご存知でしたら教えて下さい」

「皇子様、師とお呼びになるのはお止めください」

「では、どう呼べばいいのですか。大王が師と仰いでおられる方です。われが師とお呼びするのは当然だと思います」

山背は正論を素直に述べる。

「昴弦と名でお呼びください。大王もわれをそう呼んで下さっております故」

「分かりました。では昴弦師、先程の質問にお答え願えますか」

山背は、あくまでも昴弦に師と付けて尊敬の念を表したいと譲らなかった。昴弦も折れて、山背の思いを受け入れた。


「われが海の近くに住んでいた頃の民の話ですが、海に出て魚を捕ることを生活の基盤にする者や、少し大きな船を巧みに操り大陸へ渡り商いをする人々を乗せることを生業とする民がおりました。その漁業の傍ら農に携わる者もおりました」

「魚を捕るだけでは、暮らしていけないのですか。われらが食べている海の幸ですが、それから得る収入はきちんと民の手に届いていないのですか」

「いいえ、そうではございません。いや、そうであった時もございました。ですが今は民の元に海産物の収入としてきちんと届いております。その事に関しましては蘇我大臣の働きも大きかったと伺っております。

それはそれとしまして、海の漁というものは海が穏やかだからと船で沖に出ても、魚が一匹も釣れない日があるのです。その上、海に近い農地は狭く収穫量も多くありません。海からかなり離れ一山越えますと農地を広く確保できますから、農業を主に行なう者達と漁業を主に行う者達は郷を別にしてお互いに収穫した物を交換しています。また、漁業に従事している者達は本業の漁業だけでなく、家に残る者が農業を行い生活に足りない食物を補っております」

「海に出る事の方を優先しているのですか。海からの収穫は不安定であるのに……」

山背は斑鳩に居る頃、海を渡る大きな船を見たくて爺の馬子に頼んで茅淳の海（現在の大阪湾）まで連れて行って貰ったことがあった。その時、海で獲れた魚を食べながら漁業に携わる人々の暮らしを馬子から聞いたが、それとは少し違っていると思った。そして、その時馬子が話してくれたことから、自分が今思うことを言った。

「われが行ったことがある茅淳の海は内海であり、広く外に面した北の海に比べると比較的穏やかだったから、季節に因って捕れる魚の種類は違っても漁獲高の方は生活を支えるには十分だったのですね」

昴弦は、

「国の中には、様々な地域がございます。先程の漁業に関しましても、海が穏やかなところと荒れるところがあります。豊かな漁場が目の前にあっても海が荒れて何日も沖に船を出せないこともあるのです。そんな日が続きますと、農産品と交換する魚が捕れず生活の糧を得られずに何日も過ごすのです」

「われがかつて大臣に連れて行って貰ったのは内海で、昴弦氏が暮らした近くの海は広い外海なのですね。われはこれまで外海を見たことがありません。われが知らない事が沢山あるのですね。一つ知れば、また幾つもの疑問や知りたき事が増えていきます。昴弦師が今はわれには話せないと思われた、この国が出来るまでの経緯を近い内にしっかりお聞きしたいと思います。大王、大臣達が乗り越えてこられた様々なことをわれが知ってこそ、大きなお役目をお引き受けする事が出来ると思うからです」

昂弦は、何時の日か山背が今よりもっと成長し、これまで大和政権内で起こった種々の事を聞きたいと言ったら、山背が納得するまで話してやってほしいと上宮から言われていた。

この日は、海の民の暮らしを話すことで多くの時が経っていて、日はもう西へ傾きかけていた。昂弦は、過去の事柄について山背に話すのは、大王からの許可を得てからにしたいと山背に話した。山背はそんな昂弦の話しぶりから、今は穏やかな日々が続くこの国にも多くの大変な時代があったのだろうと感じ昂弦の言に従った。

昂弦は山背の様子を見て、再び北の海の話をした。

「越(こし)の国辺りで新鮮な海の幸を食べると、彼等が苦労しても海に出て魚を捕り家族や村の人々に食べさせたいと思う気持ちが、皇子様にもきっとお分かり頂けるのですが……」

北の海から距離のある大和では、海産物は干物や塩漬けなどという加工された形でしか手に入らなかった。

「それ程、旨いのですか。北の海の魚を食べるだけでなく、われは幾つかの地方をこの目でしっかりと見てみたい。昂弦氏は、われがもし行くとすれば何処が良いと思われますか」

「何処がと仰せに成られましても……。皇子様が地方へ行かれることを、大王がお許しになるかどうか。まずは、大王のお許しを得なければなりません。さあ、もう日が傾き始めました。お帰りになられませんと」

「分かりました。ではこの次は五日後でしたね。今度は鉄の生産の過程についての話を聞かせて下さい。斎藤昴弦師、有難うございました」

　山背は会った時も別れ際にもいつも礼儀正しい挨拶をした。

　上之宮での山背の様子を常に詳しく知りたいという上宮の要望を鮠兎から聞いていた昴弦は、この日特に気になった事を鮠兎に話した。山背が古に何が起こったかを知りたいと、真剣に聞いてきたということだ。その話を聞いた上宮は、昴弦は正しい判断をしてくれたと感謝した。上宮自身も馬子から過去に何があったかを話して貰えていない現状と山背の年齢やその他にも色々な状況を考えると、今は未だ話すことはできないと改めて思ったからだ。

　上宮は昴弦達が調べた各地の伝承やその伝承を基にした物語の情報が随分な量になったと馬子に話し、そろそろ何冊かの書籍として残したいと言った。

「それには賛成致しますが、書籍に致しますには百済から多くの紙を購入せねばなりません」

「百済で作れるなら、我国でも紙を製作することはできる筈です。百済から紙の製作に携わる工人を招くことは出来ないでしょうか」

「さあ、それはどうでしょうか。紙の製作と言えばもとは大陸です。隋が今は多くの工人達を従えていると聞いております。百済とて以前に大陸から文化を導入する際に、色々な物を作る工人に来て貰うことから始めたのです。多分その事に多くの費用を要したのではないでしょうか。現在は百済から紙を購入することが精一杯です。紙を製作する工人を百済に譲ってほしいと言っても、そう易々とは叶わないでしょう」

紙の輸入はほぼ百済からだった。

「しかし、今は未だ確かな交流もしていない隋にいきなり紙の工人を送ってほしいなど、言えるものではない」

「言い方が悪うございました。百済に頼みごとをするにも、それにはそれなりの準備がいりますので……」

馬子は少しの間言い淀んだ。

「頼みごとをする時には、矢張り何処の国に頼むとしても国として使者に手ぶらで行かせる訳にはいきません。それは隋へだけではない。今までもそうしてきました。我国で一番誇れる物と言えば、膳部の預かる食品と秦氏の織物でしょうか。その他にも色々ありますね。ああ、そう言えば、越の国の玉（翡翠）は百済や新羅へは請われて沢山取引されていますが、これらの品々を以てしても、今、百済から紙に関する工人を呼ぶことは難しいのですね」

以前は王家の食膳を一手に引き受けていた蘇我氏は、地方の豪族から差し出された多種多様な宝物の一部や自ら見つけ出した物を王家に献上していた。ほぼ全面的に王家の食膳に与ったお蔭で、今の大臣の地位を授かったとも言えるだろう。上宮は、色々な品物の中には道教で仙人になる為に必要な朱（水銀）も含まれていると、以前柳翁から聞いた事を思い出していた。

ここまで生きてきて、様々な分野の多くの人々に教えられてばかりの来し方だったと、馬子と話す内に上宮はしみじみと思った。時々、上宮の心が空を舞い現在から離れてしまう傾向があることを知っている馬子は、上宮の心を自分との話に戻そうとした結果大きな声を出してみた。

「ご、御明察にございます。大王、もしや朱にもお考えが及ばれましたか」

玉（ぎょく）の次は考えが朱（しゅ）に向かうだろうと、馬子は上宮が何を考えているかくらい想像が付くのだと言わんばかりに自信を持って言った。

「実は隋には、あまり多くの朱を産する場所がないと聞き及んでいます。あのように大きな国ですのでまだ見つかっていないだけなのかもしれませんが。この度の隋への献上品の中には朱も入っていますね」

馬子は、上宮が大王として的確に相手国が何を望んでいるかを推察し、大蔵を預かる大臣を理解し同じ考えに至り、その事を小さなことと捉えずに臆面も無く王の指示として言葉にするとは、と驚いた。

「ですが大王、この様に物品を贈ることはご存知でも何をどれ程用意するかなどの細かいご指示は、今までの大王は口に出して仰せではございませんでした。この様な細かなことは臣下であるわれ等が考え行なう事でございます故、これからは公の場で今の様なご発言はお控えください」

「いいえ、それは今まではそうだったかも知れませんが、これからは変えていきたいのです。国と国とが交流をする時、国の王であればどんな事も知っておかなければなりません。国として何か頼みごとをする時には、その礼儀として感謝の気持ちを物品に込めて行なうのは当然のことであり、相手が何を望んでいるのかを前もって知っておくことは外交の基本ではないですか。それを全て臣下に任せきりにすることは、国を運営する王として怠慢ではないでしょうか」

「それでは、大王は全て知らなければならないとお思いなのでしょうか。そんな事をなさっていては身体が幾つあっても足りません。大王がそこまでの事に気をお使いになると倒れられてしまいます」

「全てではありません。大臣に頼むことも大いにあると思います。ただ、大まかな事は知っておきたいのです。この国でいま何が問題なのかや、人民(たみ)が国に何を求めているのか、そして国の財政の状態や外国との付き合いの様々な事柄などです」

　大臣の馬子は上宮の決意が固いと知り、納得はしていなかったが今は折れておくことにした。報告の仕方次第だと思ったからだ。

「承知いたしました。報告することが多くなり過ぎない様に、纏めるまでのことはお任せ下さい。上宮様は大王としてのお役目をしっかり果たされるために、この国に起こる全ての事を知っておかれたいということでございますね」

「そうです。特に大蔵のことなどです」

「分かりました。今までの大王と大きく物事の捉え方ややり方が違うことを、われもこの古びた頭の中に入れておきましょう。大王の下で、色々な事を任せられる優秀な人材も育ってきておりますので、今までの大王の時の様に大蔵の仕事もわれ等が占有する事になどはなりません。現在育成している者達の中から大蔵の官吏として働くような者が出てきますれば、われ等の細かい報告をお受けにならずとも、直接大王に彼等が纏めた報告が上がっていくようになるでしょう」

　しかし馬子は、今の大蔵の在り方を変えるには矢張り多くの時と人が必要だと思っていた。

「人材が育つまでには未だ時が掛かります。大臣、吾は独断で何もかもしようとするために、知っておきたいと言っているのではありません。全体を掴めていないと、王として何かを決断する時に判断を誤るのではないかと考えるからです。大蔵のことは一番知っておかなければならないのです。今までの王が大臣をはじめ群臣を頼り大切にしてきた事を変化させようというのではありません。ただ吾はそんな群臣達を頼るだけではなく、皆に頼りにされる王になりたいと思っているのです。その為に知るべきことは知らねばなりません。

これからも大臣のことは一番頼りにしています。それこそ大臣は、今までの王権や政権になってからの事を全て知り、数々の問題を乗り越えてこられた、この国にとって掛替えのない素晴らしい人材だからです。どうか吾と志を同じくして新しいこの国の形を造る担い手の一人になって下さい。これは、国の王として、また次を引き継ぐ山背の父としての心からのお願いです」

上宮は、馬子の心情に訴えてみた。馬子は暫く考えてから言った。

「ははぁ、畏まりました」

馬子が、上宮に初めて臣下の様に応えた。目に入れても痛くない可愛い孫の山背の為なら、今までの様な政権内での大臣の在り方を変えることも吝(やぶさ)かではないと瞬時に思いが巡ったかに見えた馬子の応え方だった。

しかし稲目の時代に大臣の任を受け、現在は馬子を筆頭にしている蘇我氏が抱える多くの人員の生活が左右されかねない話である。上宮からの提言とも命令ともとれる大蔵に関する蘇我氏の特権の縮小発言は、馬子が孫可愛さだけで二つ返事で承服できるものではなかった。一族が今まで、精神的且つ肉体的に熾烈な戦いを行い、時間をかけて培ってきた利権をそう易々と王家に渡す訳にはいかない。

上宮から大王就任前に、自分が大王の位を受けるならば色々な面で必ず協力を惜しまないと約束してほしいと言われた時、馬子ははっきり協力すると言い切ったことがあった。その時は、可愛い孫の山背が日嗣の皇子に指名され、いずれは大王と成り、自分が外祖父となる名誉に浮かれていたからだった。ただ、先程上宮から言われた事は、蘇我氏の今後にとって収入を大きく失いかねない事情を含んでいた。馬子は蘇我の経済基盤や、今まで大王に献上する前の段階で地方の豪族から受け取った物品の中から一部を公然と賄賂として貰い受けて豊かな暮らしをしている他の豪氏族の経済基盤も含め、大きく揺らぎかねないこの事態をどう切り抜けられるかを、上宮と別れた後でゆっくり考える為に今は一応上宮に従う形をとったのだ。

上宮が草案を作成した十七条の法にこの様な事が条文としてあったかも知れないと、馬子は帰り道でその条文を思い出そうとしたが思い出せなかった。最初から自分には関係しない法だと思っていたから、心に残る筈も無かったのだ。自分以外の豪氏族達はどう思っただろうかと考えながら、帰ったら一度ゆっくり十七条を読み返しておかなければならないと思った。

島の庄の館に戻った馬子は一人部屋に籠った。一族が大きく発展を遂げた現在、蘇我氏が抱える人員はどの豪族よりも多くなっていた。しかし馬子は一族の長として心配になった。このままだと、現在までの蘇我氏の発展を、自ら推薦した上宮によって経済的に危機にさらされることになりかねないと思った。誰にも相談出来ることではなかったが、相談出来ないと分かっていながら自分一人で解決策を見出すのはあまりにも難しかった。太棲納に愚痴をこぼしただけでは今回のこの問題は解決できそうも無かった。かといって、政事の何たるかを教え始めたばかりの恵彌史に相談を持ちかけても、恵彌史が上宮に反発し直ぐにでも怒りをぶつけに行くか、そうでなければ今後恨みを持ち続けるかのどちらかだろうと頭を抱え込んだ。

　馬子は何とかこの局面を乗り越えたいと、上宮の所から戻ってからずっと籠っていた部屋から出て、太棲納を伴い稲目の墓へ向かった。稲目の墓に着くと馬子は、いつもは従者にさせている墓の草むしりを始めた。老年になった太棲納は驚いて自分が草を取るからと草むしりを馬子に止めるように言ったが、馬子はたまには親孝行になるからしたいと太棲納の制止を振り切って続けた。やがて、馬子が草むしりを終えて一息ついていると、太棲納がどこから調達してきたのか稲目が好きだった花を馬子に差し出した。

「太棲納、何時の間に父様の好きだった花を見つけてきたのだ。有り難い、父様も喜んでおられるだろう。父様が命を懸けて築いて下さった蘇我の繁栄への道を、われの代になって衰退させる訳にはいかない。なあ、そうだろう。太棲納よ」

　馬子は父の墓の前で人目も憚らず慟哭した。近くには田畑で働く民が居て、馬子の泣く声に驚いて何があったのかと、怪訝な顔で馬子を見ていた。

「御主人様、民がこちらを見ております故、お泣きになるのでしたらもう少しお静かにお泣き下さい。この国の大臣が泣かれると、国に緊急事態が起こったのではないかと民を不安にさせますので。どうか、お心をお鎮め下さい。それにしても一体何があったのでございますか。大后様にもお話になれぬ事でございましょうか」

「おお、これぱっかりは大后様にも話せぬ。このことは、我が一族内のことだ。すまぬな、年寄りのそなたに心配をさせて……」

馬子は泣きながら弱々しく言った。太棲納は馬子が泣き止むまで我慢強く待った。周りの者達からずっと嫁を貰えと言われ続けたが太棲納は何故か独り身を通した。そんな太棲納にとって大切な人はただ一人、この目の前で泣きじゃくっている馬子だけだった。だが、その馬子に太棲納は今どういう言葉を掛ければ良いのか分からなかった。そんな感情の起こる中で太棲納は、馬子がどんな時も必ず立ち直り前に進んできた事を思い出していた。今は亡くなった父の墓の前で泣きじゃくり打ちひしがれた姿の馬子だが、きっと新たな決意をして立ち上がるに違いないと思い直した。

馬子が泣き疲れ、父稲目の墓に向かって額突く様な姿になった時には日はもう西の山に傾きかけていた。

「御主人様、もう直ぐ日が沈んでしまいます。もう館に戻りませんと、皆が心配いたします」

馬子は太棲納にそう言われてやっと頭を上げ、ゆっくりと立ち上がり館の方へと歩き出した。

馬子は少し歩き出してから、もう一度自分にとって未だ越えられない偉大な一族の長だった父稲目が眠る墓の方を見た。

そして、自分は一族の繁栄の道を考え続けるのか、上宮と共に国を繁栄させる方に向かうのかを悩んでいたがそれは違うと思い直した。王家と蘇我氏は既に一体なのだ。分けて考える必要などない。上宮の嫡男山背は、より蘇我の血統を濃くしてくれたのだ。馬子は長生きをして、父が生きている内に叶えられなかった大王の外祖父という豪族での頂点を極めよう。そしてその地位を子孫に受け継がせていくという望みを叶えられる位置にいるとも思った。

馬子が見つめる稲目の墓の前には、太椄納が摘んで供えてくれた花がそよそよとふく風に小さく右に左に揺れていた。

三、隋への正使

倭国は以前に大陸の中原の大国と交流があったが、その後、倭国が争乱の時代になったため交流は長い間途絶えていた。しかし大和政権は中原の大国との付き合いの復活を目論見、国として初の使いを送った。それからほぼ五年が経っていた。父の代から大和政権を支える大臣家として中枢に居続けている蘇我馬子は、これからどうあるべきかを考えた。

彼は大和政権が内政も外交も大きく変化していくなら、父稲目から受け継いできた大臣や群臣達の在り方が変わるべき時が来たとの結論に至った。もう自分達もそろそろ覚悟を決めて、変化を受け入れなければ時代に取り残される。蘇我氏は今までもいち早く時代の推移を見て取り、時代に合わせ変化してきた。その変化こそが他の旧態依然とした豪族と一線を画し、蘇我氏が発展を遂げてきた理由なのだと、馬子は改めて思った。

少し前に、上宮から大蔵や外交における全ての報告を王にせよと言われた事に対して、どう対処すれば良いか考えた。馬子も自分だけが、いや蘇我氏だけが関わることなら、当然の如く受け取って来た賂(まいない)をこれからは仕事の報酬として受け取り報告することを、一族の長として配下に義務付ければ良い。しかし他の豪族にも関係することだけに、独断で進めるわけにはいかない。馬子は考えに考えた末に、思いついた案を上宮に話し、国の方針として発表して貰おうとの結論に至った。この事を言い出した上宮に責任を持って貰えば良いのだ。

馬子はこの結論に自分ながら満足していた。王に仕える大臣としてその決断に従っているだけなのだと自分に言い聞かせながら、面談を申し込んだ大王の住む橘の宮へとゆっくり歩いた。

上宮が居る部屋の外から摩須羅の声がした。

「大王、大臣が来られました」

「分かった。公務の部屋へ通しておいてくれ。直ぐに行く」

「はっ、畏まりました」

公務の部屋に入ると、馬子は席には未だ座らずに待っていた。

「どうぞ、掛けて下さい」

側近の鮑兎と共に入ってきた上宮が先に腰掛けながら言うと、

「はっ、では失礼いたします」

と神妙に浅く腰かけた。

「先日、大王からご指摘を受けた大蔵の報告の事でございますが……。現行のままでは、矢張りいけないのでございましょうね」

馬子はそこに触れるのはどうも気が重いと弱々しく言った。

「大臣は、豪族が今度こそ反乱を起こしかねないと思っておられるのですか」

「まあその様に思っております。実際そうなるかも知れません。いえ、その確率は非常に高いと思います」

「全て、大臣の推測に過ぎないのではないですか。それが豪族の死活問題に発展するからでしょうか。しかし豪族の全てがそれに頼って生活の基盤を維持している訳ではないでしょう。吾はこの国を預かる王として、賂の遣り取りが横行している現状を知りながら、もうこれ以上賄賂を豪族の特権として認めたままにしておくことはできません。

　大臣はつい先頃十七条の法で、国宰（くにのみこともち）、国造（くにのみやつこ）、中央の官吏や地方長官に示した、何人も賂を受けるべからずと書き記したことをお忘れではないでしょう。このままの状態を続ければ大和政権が国を運営する上で、常に経済的に困窮する事態となるのは必至です。

　これからの我国は王を中心として国の方針を固め、しっかりとした実行力を持って進まねばなりません。文化の導入、大都の建設、人材の育成、隋へ向かうための準備や他国との交渉など、これから国としてどれ程の経費がかかるのか想像もつきません。最早、今までの様な有耶無耶（うやむや）な形での国の財政運営は止めて、計画した国家政策のための支出が滞らないように収入を確保するべきなのです。その国家としての収入の妨げになっている賄賂の横行は即刻阻止せねばなりません」

　上宮は今まで以上に語気を強め、馬子に迫るように言い放った。

「大王、その大王の強過ぎる言い方、つまりはその、これまで普通に受け取って来た賂は、豪族の殆どの者が、悪いことだという認識はまずございません。しかも長い間にその賂を受けるのが当たり前となり、それは生活費の一部をなしております。豪族にとっては、当たり前になったことを、何故今殊更(ことさら)に悪い慣習だからと非難されその権利を取り上げられるのか。新しき世になるには、冠位十二階や十七条の憲法を基本として守るべきことが多くなる中で、今回また全面的な賄(まいない)の禁止等こんなに一度に変えなければなりませんか。われはこんな急激な変化に付いていけません。きっとそれはわれだけではないと思います」

「大臣、やっと本心を言って下さいましたね。今日はとことん思(おも)いの丈(たけ)を吾にお話し下さい。そして最終的には、これからのこの国家の財政問題を解決する良き案を共に考えて頂きたいのです」

「そこまでわれの心の内を推し量られ、結局はこの大きな問題の解決策を共に考えよと仰せになりますか。大王には、勝てませんなぁ。もう大王がおやりになりたいと仰せになることを、何一つとしてお止めする術をわれは持ち合わせておりません。ただ、現在の様な状況から脱却して賄賂の横行せぬ世に致しますには、宣言なさるにしてもいま少し時の猶予を頂戴致したいのです」

「分かりました。宣言という意味では、十七条の憲法の中で明言しているのですが……」

「はぁ、左様にございますが、未だ彼の法は全国の隅々にまで行き渡ってはおりません。しかも賄賂を受けたことによって実際罪に問われた者も居らず、またどのような罰が下されるかも周知されておりません。先程も申し上げましたが、彼等にとっては既に生活の一部であり悪いことだという認識はございません。これから、その事が悪事を働いていることだと知らしめるのに、どれ程の時が掛かるかわれには想像すらできません」

「良いことも悪いことも、一旦それが習慣化してしまうと中々か……。そうであるなら、良き習慣をつけさせれば良いのだな」

「え、はぁあ。大王お一人で合点されましても、われには少しも訳が分かりません。どうか、分かるようにご説明ください」

「それは、国家のために良い働きをしてくれた者に対し、公に褒美を与え、冠位十二階の中からその者の働きに応じた冠位を授与する。今までの様に賄賂のような形ではなく、国家への貢献ということで公に、つまりは皆が居並ぶ前で報奨を授ける形にすれば良いのではないだろうか。その様な形を取れば、報奨の与え方や授ける物もその範囲を広げ考えることができる。

例えば秦氏だ。欽明大王の時に秦大津父（はたのおおつち）が絹織物などの織物を堆（うずたか）く積み上げ献上した時に、その褒美として秦氏は王権に召抱えられ造（みやっこ）の姓（かばね）を賜り、彼の地の開墾を許された」

上宮は、先の新羅との和解交渉を成功に収めた功労者の一人である秦河勝（はたのかわかつ）に、公の席で新羅から齎（もたら）された弥勒如来の仏像を渡す時が来たと思った。その他の功労者達にもそれぞれに見合った形での冠位の授与や報奨の品を何にするかとの考えに思いが及んでいた上宮は、馬子との話の場であることを一瞬だったが忘れていた。

「大王、またお一人で何を考えておいでですか。何を如何（どう）なさるのか。しっかり説明して下さい。われにはさっぱり理解できません」

大臣は、上宮の頭脳が早く動き回るのに付いて行けず少し拗（す）ねていた。

「ああ、申し訳ない。ちゃんと説明します。まあ、簡単なことですが……」

「葛城鮠兎、そなたの御主人にわれが何も分からずに苛々しているとお伝えせぬかっ。何が例えば秦氏か。この王権に臣下として一番貢献してきたのは、このわれであり蘇我一族だと大王はご承知でないのか。葛城鮠兎、上宮様が幼少のころから側近くお仕えしているそなたなら分かるであろう」

　中々核心の話をしない上宮に対し、馬子は怒りの矛先を鮠兎に向けた。馬子の叱責を受けた鮠兎は下へ向けていた顔を上げて、大きな黒い瞳を一段と大きく開けて上宮にどうすれば良いかとその目で訴えた。

「鮠兎、大臣には今からわれがきちんと答えるから、そなたは今の大臣の質問には答えずとも良い。そなたは外に出ていなさい。あ、それから少し経ってからで良いから何か温かい飲み物を持って来てくれ」

「畏まりました。大臣、失礼いたします」

鮠兎は、上宮が態(わざ)と大臣を怒らせた訳をこの時やっと理解した。大臣を怒らせ本音を引き出すためだと。部屋に残った大臣からどんな本音が引き出せるのか、上宮は今後の政権運営のためにもこの日はとことん大臣馬子の心の奥に潜む本心を探り出したいのだと鮠兎は理解した。

　鮠兎の気配が全くしなくなった時上宮は、

「先程、吾が良い例として秦氏を上げて話した事の本意をお分かり頂けなかったのですね」

「その通り、と申しますか。先の継体大王がこの大和を、そして欽明大王が倭国の平定をなされた時代から今日まで、我が蘇我に限らず数多(あまた)の豪氏族が秦氏以上の貢献をしてきております。それにも拘らず、大王はまず一番に良い例として秦氏を挙げられる事の本意など、われに分かろうはずもございません」

「お解りでないなら、説明しましょう。大和政権はこれまでの秦氏の多大な貢献に対し、形ばかりの報奨しか与えておりません。ですが、今まで秦氏が国の使いとして交渉をした国々から賂を貰ったということを聞いたことも無ければ、その事実はわれが知る限りにおいてありません。これは秦氏がその様な事に全く関係していない事の証しです。われが秦氏の様に清廉潔白な豪族と聞き及ぶのは他にも、大后様の後ろ盾となっている額田部氏がいます。

豪氏族の中でその様な者達はごく僅かであり、大臣が言うように賂を受ける豪氏族が殆どであり、そのことが豪氏族の中では当たり前になっていることもよく知っています。しかしそれは良い事ではありません。ひょっとしたら、賂を貰うのは当たり前のことで貰えない事の方が変であると捉えている者達も多いのかもしれません。その事を、悪い慣例としようとしている吾は、その様な者達からみれば自分達の当然の権利を奪う敵の様に映るのでしょうね。

誰でも自分の今まで持っていた権利を奪う者には、抵抗する。いや、究極その者を滅亡させようとするのかもしれない。そうではないですか、大臣」

馬子の顔面は既に蒼白と化していた。

「そこまで分かっておいでなら、もうこの話は終わりに致しましょう。今大王が仰せの通りですし、その者達には、その者達の言い分もございます故」

「しかし大臣、上の者がこの様な状態ではその下役の官吏達をどう指導すればよいのでしょうか。先ず初めに上の者が見本を示さなければならぬのではないでしょうか」

「それでは、大王は我が蘇我氏に豪族達の見本となり自らの資産を全て王家に差し出せと。そしてこれからは、今まで我が氏がその働きに因って稼いできたところの物資を、何も残さず全て王家のために提出せよと仰せでしょうか」

「そうではありません。全てを差し出してほしいと言っているのではない。落ち着いて聞いて下さい」


その時、先程鮑兎に頼んでおいた温かい飲み物が若く美しい侍女によって運ばれてきた。すると、今まで強張らせていた身体を馬子はほんの少しだけ緩めた様に見えた。上宮に勧められるままに運ばれてきた飲み物を飲み干した後、馬子は大きく息を吸い込みその息を静かに整えるように吐き出した。その馬子の様子を見ていた上宮は落ち着いた優しい物言いで馬子に語りかけた。

「吾は、皇后の母である大后様と日嗣の皇子山背の祖父である大臣の推挙を頂いて現在大王の座にいますが、この地位は吾が自ら勝ち得たものではありません。菟道貝蛸皇女との婚姻によって義母となった大后様と、刀自古との婚姻によって義父となった大臣との支えで、吾がこうして現在は国の運営を任せて頂いているのです。

しかし吾が常に何かを行おうとすると、目の前に越えようとしても越えられぬ数多（あまた）の壁が現れてきます。そうです、吾にはこの国一番の権力も財力もありません。ただ、この国を何とかしたいという強い思いだけなのです」

上宮は理想の国という言葉を持ちながら今はその言葉を言わずにいた。

「これまでこの国にも色々な王権の形があったと聞いています。絶対的権力を持ち、力で従わせていた王もいました。王の権力で富を王家だけに集中させ、従わぬ者には死を。強権による王権の在り方は、現在も外国(そとつくに)では当たり前の在り方です。悲しいことですが、この国もそういう風にしなければ、大陸の国と同じ様な中央集権の新しい国家が築けないのでしょうか」

馬子は今までと違って上宮が、王としての本来の権力で事を成そうとしているのかと、脅威すら感じた。

「お、お待ち下さい。今になって、豪族らを他の国の様に武力で従わせようとするお積りですか。大王軍はその為に何処の豪氏族が持つ軍より立派なものになさったのですか。お止めください。どうか、この国を以前のような殺戮を繰り返す戦場にはなさらないで下さい。

大王が、まさかそんなことはなさらないと信じて、大后様もわれもこの国をお任せしたのです。どうかその様なお考えだけは、二度と口になさらないで下さい。お心の優しい上宮様が、いえ民のことを常に一番に考えておられる上宮様がそこまでお困りの国家の財政の危機を、この様な状態になるまで全てお任せして、我が氏の事にのみ汲々としておりました我をどうかお許し下さいませ。

以前の様な時代になる位なら、蘇我氏の本家として我の全てと蘇我氏全体としてもその資産を出来る限り差し出させて頂きます。国の発展のためにどうかお心置きなくお使い下さい。また他の豪族達にも、我が氏が手本となり出来るだけ多く国庫への資産の放出を促します。ただ全ての資産の放出までは、我が氏族だけではなく他の豪族達にも生活がございます故どうかご容赦下さい。上宮様のこれからの国家運営に掛かると思われる支出に関しましては、大臣としてわれが責任を持って収入を確保いたします。どうかお心をお鎮め下さい」

　上宮はもとより王の権力と武力で蘇我馬子達を従わせる気などない。しかし上宮は、時に王は強い権力と気迫を持って国を運営していくのだと群臣達に知らしめなければならない、と教えてくれた大后の言葉の意味をこの時実感したのだった。

「分かって貰えたのなら、それで良いのです。

ところで、明日は隋へ派遣する者達の長の最終選考と内定式の日です。隋への使者を再び送る準備もいよいよ最終段階まで来ました。大后様や大臣が苦労を重ねて造り続けて下さったこの国を、これからはこの吾にも共に担わせて下さい。そしてこれからもどうか力ないこの吾に、大臣の力を貸して下さい」

　上宮はそう言いながら、馬子の手を取って馬子の返事を促した。

「畏まりました」

　馬子は上宮に対し大后に対するような返事の仕方をした。上宮が生まれて以来初めて馬子が上宮という人物を心から認めた瞬間だった。

　次の日、未だ夜が明けやらぬ内に上宮は鮠兎を伴って小墾田宮（おはりだのみや）に着いた。

「鮠兎、今日決定する遣隋正使だが、大臣が推薦している前回副使だった春日大志に任せて良いだろうか」

「いいえ大王、我国の優秀な講師達が皆揃って推薦しているあの者が良いのではないでしょうか。われも何度か学舎を訪れて、何人かの優れた者達を見ておりますが、その中でもあらゆる面で特に優秀だと感じました。あの者をおいて他には現在、正使とする者はいないと考えます」

「そうか、そなたがそこまで言い切るなら、吾も今日しっかりとその者に会って、正使をどちらにするか決めよう」

上宮は鮠兎の明言で胸に残る不安を消した。

「ああ、そう言えば、隋で修行をしている恵光（木珠の僧籍での呼び名）はどの様に成長しているだろうか。そなたには時々書簡が届くと聞いているが、この頃その報告を受けていなかった。恵光からの書簡は今も届いているのか」

「はぁ、ほぼ一年に一度は届いておりましたが、ここしばらくの間は木珠いえ、恵光の方に少し事情が出来たようで滞っております。最後に届いた書簡は、師匠の法喜師にやっと法華経の経典を学んで良いという許可が下りたという喜びに満ちたものでございました」

「そうか、それ以来便りが届かないとは心配であるな。今度の遣使に隋の様子と共に、隋で修行させて頂いている者達の消息もしっかり調べて来させよう。そなたも遣隋の使に書簡を預け、恵光には隋で暮らすようになってから現在までの報告を、必ずこの吾にも直接提出させる様に伝えよ」

「はぁっ、必ずそうさせます。恵光は言葉も隋の風俗習慣にも詳しくなっているようでしたから、この度隋へ向かう方々のあちらでの世話を頼もうと、先日恵光への書簡を紫鬼螺（しきら）から配下の者に申し付け直接渡すよう手配したところでございました」

「そうであったか。では隋への使者たちが出発するまでには、恵光の近況がはっきり分かるかもしれないのだな」

「申し訳ございませんでした。恵光の事に関しては、われからのお願いで任せて頂いているにも拘らず、ご報告が遅れてしまいました」

「いや、そなたにも色々多くの事をさせている。休む暇などない日々の中で、全てに完璧であることなど出来はしない。しかし、そなたが弟の様に思っていた恵光の事を放置していたとは思えぬ。吾に何か隠し事をしているのではないか」

　鮑兎は、上宮の洞察に恐れ入った。

「あっ、上宮様、いえ大王。激務続きの大王にご心配をお掛けしてしまうばかりだと、恵光の事はこの胸に仕舞い込んでおりました」

「恵光は、吾にとっても大切な大和の民であり、大和政権の目が行き届かぬばかりに、幼い身で親兄弟を失わせてしまった者なのだ。大和の代表として、恵光と同じ様な境遇の者達には少しでも手助けをしてやりたいと常に思っている。その者達の心配をし、その心配の種を取り除くことも吾にとっては大事なことなのだ。その様なこと位、そなたなら分かっておるであろう。恵光は、どの様な事で難儀をしていたのだ」

「病の床に伏しておりましたが、もう大丈夫だということです。恵光の師である法喜師からその様に書簡で知らせて参りました。現在は病も癒えて法華経を真剣に学んでいると、師も恵光には期待しているそうです」

「そうなのか。恵光は病んでいたのか。遠い異国で病を得るとは、さぞ心細かったであろう……」

　上宮の心の中に来目皇子の在りし日が今浮かんでいるのだろうと鮑兎には分かった。上宮はそんな時、顔を上に向けて自分の瞳にたまる涙を人に見せない様に振る舞うのが常だったからだ。

「病が癒えて良かった。恵光は病にかかる前よりもっと強くなれるだろう。しかし、自らの責任を果たすためにも自らの身体を厭（いと）えと強く吾が言っていたと、次の書簡には書き添えておいてほしい。あ、いや、吾からも直接恵光に書簡を送ろう。国の大切な民でもある者の事をそなたに任せ切りだった」

「有り難き事にございます。以前から慕っている上宮様からの書簡は、恵光にとってどれ程の励みになりますことか。一生涯忘れない大切な書簡となりましょう」

「そなたは、他人（ひと）を褒めるのが上手くなったな。昔はその様な言い方はしなかったように思うが」

　上宮は未だ自分が一国の王として豪氏族達からそれ程敬われているとは感じていなかった。国の民からは慕われているという鮑兎の言葉に嬉しく思った。自分からの書簡が人の一生涯を通して大切にされると想像したことはなかった。自らが国王だという立場だけで、尊敬され慕われることなどないと上宮は日頃から思っていた。

「大王、大王からの直接の書簡を今まで頂いた方々の殆どが、外国の方々です。もし恵光が上宮様からの書簡を受け取ったとしたら、生涯心から大切にしようとするのは当然です」

　上宮が大后から政事の全権を委任されて初めて隋へ送った使者たちは、恵光と同じ様に学問僧として、また様々な分野での学生（がくしょう）として隋に留まり大いに勉学に励んでいる事だろう。恵光一人の事だけではなく、彼ら全ての者達にも励ましの書簡を送らねばならないと上宮は鮑兎の発言から思い至った。彼らは、この国の将来を担う大和の民なのだ。


　その時、二人しかいない筈の宮の中で人の気配がした。小墾田宮は建設途中だが、今は未だ工人達が来る時刻ではない。しかもこの建屋付近は境部摩理勢が率いる上宮の護衛の兵が警備をしていて、不審者が入れる余地などない。もし摩理勢本人なら近付く前に声を掛ける筈だと思った鮑兎は腰の剣を抜いた。上宮達に不審者と思われた者が急いでその場に額突いた。鮑兎はその者へ剣の先を向けながら普段は見せない怖い顔で強く言い放った。

「誰だ。顔を見せよ」

　そう言われた相手は恐れを見せず冷静に顔を上げた。

「そ、そなたは……」

　その若者の顔を見て、鮑兎は驚いて次の言葉が出てこなかった。

「決して怪しい者ではございません。今日、此処へ来るようにと言われ参った者にございます」

　その者はそう言うと再び深く額突（ぬかず）いた。

「鮠兎、もういい。剣を収めよ。そこの者は顔を上げなさい。そなた、何処の者で名は何と言うのだ」

　若者は少しだけ顔を地面から離して下を向いたまま、

「近江の国から参りました。現在は大和和邇(わに)氏に籍を置かせて頂いております。小野比叡(おののひえい)が次男妹子(いもこ)にございます」

「吾に顔が見えるようにもっと顔を上げよ。吾を見て良い。そうせねば吾もそなたの顔が見えないであろう」

「ははぁ、恐れ入ります。では、失礼いたします」

　一応の礼儀をわきまえている若者は、大王の許しを得て顔を上げ、上宮と直接目を合わせない様に目を地面へ向けた。すると上宮は、

「そなたは真に小野氏の次男妹子であるのか。吾が知る小野妹子はもう少し幼い顔であった様に思うが……。まあ、そなたが本当に小野妹子でないなら、摩理勢が此処へ通す筈はない。そなた摩理勢と知り合いなのか」

「ははぁ、確かに境部摩理勢氏はわれの顔を知っています。摩理勢氏の子息が飛鳥の学舎で共に学ぶ友でございますから」

「そうだったのか。しかし摩理勢なら、吾にそなたが来た事を告げる筈だが……」

「申し訳ございません。境部摩理勢氏には外からそっと見ている分には良いと念を押されておりましたが、われの好奇心が一歩また一歩と歩みを進め、とうとう此処まで入って仕舞ったので

す」

小野妹子は再び額突いた。

「そうか、そなたはそなたを信じて外からならば見て良いと言ってくれた、学友の父の境部摩理勢を裏切った結果ここに居るのだな。それで、吾等に見つからなければ、またそっと元の位置に戻りそ知らぬ顔をして吾との顔合わせを終えようとしたのか。

信じてくれた者との約束事を自らの卑しい好奇心が為に簡単に破り、平然と吾の前にいるそなたを吾は許し難い。この罪はそなたの命だけでは済まないぞ。そなたに此処へ入ることを許した摩理勢も同じ罪に当たると思え。そなた自身だけではないのだ。摩理勢も無事ではいられないのだぞ。そなたはそなたがした事の重大さが分かるか」

鮠兎は、こんなに怒る上宮を見たことがなかった。しかし上宮が約束を破ることを、この世の中の何より嫌っていることだけは知っていた。摩理勢は何故この様な者に宮の中を見ることを許したのだろう。摩理勢は矢張り未だ色々な意味で危うさを抱えたままだったのかと鮠兎は思った。そして上宮がこの小野妹子に怒り、摩理勢にも心底失望したのだと感じた。

上宮の怒りの声を聞いて、摩理勢が飛んで来た。

「申し訳ございません。この者を信じ外から見ても良いと言いましたのは確かにわれでございます。この者を一人にしなければこの者の好奇心に火が付くこともなかった筈なのです。われの失態にございます。どうか、われに罰をお与えください。どの様な罰もお受けいたします故、小野妹子のことはどうか、この度だけはお許し下さい」

「おお、摩理勢。吾はそなたにも大いに怒っている。しかしそなたにだけ罰を与える訳にはいかない。事をしでかしたのはこの者だ。しかも、この者は自分が今どの様な状況に置かれているかも把握できていないし、そなたに対して申し訳ないことをしたという自覚も持っていないようだ」

矢張り、上宮が自らの側近である摩理勢の方にはっきり怒りを覚えていると鮠兎は思った。何故、上宮は摩理勢には常に失敗を犯す危うさが残っていると知りながら自分の直ぐ側に置いているのか。そしてこの摩理勢の危うさを上宮がどの様に解決するのか、摩理勢の今後のためにも知っておきたいと思った。上宮がどの様に裁けば、摩理勢が自分の至らなさを反省して二度とこの様な失敗をしないと決意するに至るのかを、鮠兎は見極めようとした。

少し落ち着きを取り戻した上宮は、小野妹子に話しかけた。

「今日、此処へ来るように言っておいた者達の来る刻限は随分後になっていた筈。何故そなただけが、この様に早く来たのだ」

「それは三日前の事でございました。飛鳥の学舎の長から、三日後大王によって遣隋正使の最終選考が行われる。その選考にわれも参加できるということを伺ってから、われの心は落ち着かず夜も興奮して眠れませんでした。その興奮した気持ちのまま、最終選考が行われる小墾田宮（おはりだのみや）とはいかなる所かと、身を清め宮の前に立っておりました時、我が学友の御父様境部摩理勢氏が声を掛けて下さいました。

境部摩理勢氏には、朝殿の中に入らず外からなら見て良いと許可を頂き、外側をゆっくり静かに歩く内に少しだけもう少しだけと歩みを進めてしまい、大王がお話しされている直ぐ側まで……。も、申し訳ございません。大王のお声を些か耳に致しましてございます」

小野妹子はそう言った後平伏し、初めて自分が犯した罪の重さを実感したようだった。後悔の念からか声を殺しながらも泣き出した。一国の王と側近の私的な会話を盗み聞いたのだ。その話しが如何様なものであっても、罪にならない訳がなかった。

「漸くそなた自身の罪がどの様なものか分かったか。今日われ等が此処で話していたことは、何処まで聞いたか知らないが、そなたの胸に納め生涯口外してはならない。分かったな。それから今日のそなたと摩理勢の罰であるが……」

上宮は少し考えてから、

「境部摩理勢と小野妹子は今後お互いに失態を演じた場合、どちらがしたにせよその罪は、お互いの一族に及ぶこととする」

「はぁっ、畏まりました」

摩理勢は即座にそう返事をした。摩理勢は崇拝する大王上宮に対し、例えその者が上宮に善行をもたらす者であったとしても、上宮の許可なく上宮の近くに差し向けた自分の罪の深さを知り十分反省していたからだった。

一方、小野妹子は直ぐには答えられなかった。自分がした事を反省しなかったのではない。自分が犯した重大な罪への罰が、自らの死ではなく自らの一族だけでもなく、境部摩理勢の一族にまで及んだ罰の重さに打ちひしがれていたのだった。

「妹子、どうした。声も出ない程の罰であるか。しかし考えてみよ。そなたは長い時をかけて国に育成され、これから隋へ行くかもしれぬ身なのだ。だからこそそなたの言動は常に正しくあらねばならない。人としてどの国であってもしてはならぬことがあることを教えられている筈だ。信じてくれた者との約束は破ってはならない。許しも無いのに入ってはならぬ場所に己の好奇心で隠れて入る事等、幾つもの約束事を同時に破るという罪を重ねたそなたの今日の行動はあまりにも軽率だった」

妹子が育った近江の小野郷は、大和から遠く離れた所だった。父がその地を管理する長であり、何処へ行くのも何をするのも自由な少年時代を送った。好奇心旺盛だった妹子は、時々一人で面白い人がいると聞くとどこへでも訪ねて行って話を聞いた。

「失敗をせぬ者はいないし、失態を演じぬ者もいない。だが、そなたのその失敗と摩理勢の失態を、今言った条件付きで今回だけは大目に見ようと言っているのだ。この事の意味は、いずれそなたには分かる時が来るだろう。

鮠兎、小野妹子を宮殿の外へ連れて行き、その場から動かぬように監視せよと護衛の兵に伝えてくれ」

「はっ、畏まりました」

鮠兎が妹子を連れて行った後、摩理勢は大きな体を震わせながら上宮の言葉を待っていた。上

宮は中々摩理勢に言葉を掛けようとしなかった。摩理勢は耐えきれず、

「大王のご信頼を裏切ってしまったわれを罰して下さい。小野妹子は未だ若くこれから国の将来を託すほどの素質を持った優秀な人材です。どうか今日の罪をわれ一人に問うて下さいませ。何事もわれの軽率さと、軽々に人を信じたが為に起こりました事。小野妹子は……」

　上宮が摩理勢の発言を遮(さえぎ)った。

「黙れ、吾がそなたをどれ程大切に思っているか未だ分からないのか。そのそなたと運命を共にさせた小野妹子が、今後は自らと同じ位に他者を大切に思うことへと導く為だということを、何故分かろうとしない。

　そなたは小野妹子という人物の何を知っているというのだ。近江から推薦されて来て、現在は飛鳥の学舎で一番優秀な人材で、今回の隋への使者の候補である。それ位ではないか、そんな表面的なことばかりだ。これ以外に、そなたは小野妹子の何を分かっているというのだ」

　真面目な摩理勢は上宮の深い心情を読めず、

「我が子勢津の学友にございますが……」

「ああ、そうらしいな。吾とそなたが小野妹子について知ることは、これ位だ。それはこの大和では殆どの者が知ることだな。では、小野妹子の人となりについて、そなたは何か他に特別なことでも知っているのか」

　上宮は摩理勢がこれからも自らの軽率な考えからくる行動を心から反省し、自重しようとしないならば、今日のこの事件を小野妹子の今後を信じて摩理勢と運命共同体にさせたことは、反対

に妹子のためにはならないと思った。摩理勢は懸命に妹子の人柄の良い所を探し出して、

「小野妹子という人物は、勢津が申しますには優秀な上に人一倍努力家で誰からも慕われる真直ぐな者であると。自分が優秀であることを鼻に掛けず、分からない処を聞けば誰であっても親切に教える者だと、聞いております」

「それは、そなたの未だ若い息子の感想であろう。そなたは実際そのような場面を見た事でもあるのか。ああ、もういい。吾の本意をそなたは分かっていない。そなたと小野妹子は、人を疑うことや心底他人から辛い思いをさせられたことが殆どない幸せな日々を過ごして来たのだな。少し羨ましくもあるが……」

上宮は自らの来し方と僅かな瞬間引き比べた後、大きく息を吸い込んで摩理勢に向けて言った。

「よいか、摩理勢。自分以外の者が、自分と違う考えを持ち、違うことを大切に思い、それぞれ違う生き方をしていることを理解しているか。これは前にもそなたに話したことだが、他人と自分が同じ考えを持ち同じ行動をする事など絶対にない。まあ、近い考えを持っている者も中にはいるが、それでも何か事が起こった時、その者が自分と同じ行動をしなかったということも過去にはあった筈だ。例えば、大きく地が揺れた時のことを思い出してみよ」

摩理勢は、飛鳥を襲った大地震の時に口では忠誠を誓っていた豪氏族達がどの様な行動を取っていたかを思い出して、あっと声を上げた。

「思い出したか。摩理勢、そなたは人が良過ぎる。他人を直ぐ信じてしまう。騙そうと思って近

付いて来る者からすれば、赤子の様に簡単な奴だ。いや、赤子でもその者が自分に害を及ぼす者かそうでないか感じる力を持っている。もっと他人を観察せよ。軽々に他人を信じるな。

もう一度この様な事があったら、吾は即座にそなたを遠ざけ二度と声もかけないぞ。よいか、もっと自分を大切にするのだ。そして、自分の周りで誰が己を大切にしてくれているか、心配し思ってくれているかをそなたはもっと知るよう努力せよ。ああそれから、そなた孔子先生の弟子の顔回（がんかい）の話を読んだことはあるか。知らないなら、この次吾に会うまでに調べておくように。そなたへの宿題だ。

それと、念を押しておくが、小野妹子とそなたとはただ今今日（こんにち）から運命共同体だということを忘れるでない。しかとその事を胸に刻み、今後の言動に気を付けよ」

摩理勢は、自分が今まで心底軽率だったと、上宮が発する言葉の一つ一つが楔（くさび）の様に心に打ち込まれていくのを感じていた。もう二度と同じ過ちを犯してはならないと、自分と小野妹子の一族に懸けて強く誓った。

「大王、二度もの失態は死にも値いたします。二度の失態をお許し頂きましたこの命、大王と大王がおわしますこの国家に我が一族と共に捧げます。もう、この様に大王にお怒りを頂戴することも、われが大王の期待を裏切り、大王を悲しませる様なことも決していたしません。大王、われはもう絶対この様な事をしないと心に決めましたが、小野妹子は大王のお気持ちを察する事が出来るでしょうか」

「おや、先程は全面的に信じていたようだったが、もう不安になったのか」

「いいえ、そうではございません。大王に色々とお叱りを受ける内に、われと小野妹子の考え方が少し違う事に気が付いたと言いますか、感じたと言いますか、でございます」

「そうであろうな。そなたは根っからの武人。妹子は文人だ。そして、そなたと同じ武人でも色々いるように、文人でも色々だ。それも考えながら、先ずは吾が先程言った顔回(がんかい)について調べてみよ。

　それからもう一つ、今日の遣隋正使の最終選考と内定式は延期する。今から飛鳥の学舎と関係者へその旨伝える。蘇我大臣へは、そなたが連絡せよ」

「えっ。ああ、誠に申し訳ない事を致しました。兄、いえ、蘇我大臣には今日の顛末を話さねばなりませんね。われのせいで、小野妹子が遣隋使となる事を大臣に反対されたら、どうしましょう」

　摩理勢は兄の顔を思い浮かべて、自分を側近にした上宮へ迷惑が掛かると思った。上宮は、摩理勢がいついかなる時も自分の事より目の前の人を思い遣るのだなと、孔子が惜しみ嘆いた弟子の顔回の最期に思いを馳せた。

「今日のこのことは話さなくてよい。吾に考えがあってもう少し時間が欲しいと言っていたと伝えよ。今日の事は妹子(いもこ)にも誰にも、話さぬように命じておく。さあ、皆が来てしまう。早く行け」

「はっ、畏まりました」

　日が昇り始めた東の空を見上げながら、摩理勢が今度こそ慎重に考え行動してくれることを上宮は心から願わずにはいられなかった。

一方、鮑兎と共に先にその場を離れた小野妹子は、鮑兎の後ろをとぼとぼと下を向いて歩いていた。宮の中から外へと出る場所に来た時、妹子は突然鮑兎に声を掛けた。

「貴方様は、葛城鮑兎様、でございますか」

「ああ、そうだが。何か」

鮑兎は歩みを止めて、後ろにいる妹子が何を言うのかと思い聞いた。

「はっ、葛城鮑兎様の御父様は斎祷昂弦氏だというのは本当でございますか」

「そなたは、好奇心の塊の様な者なのだな。今そなたが置かれている立場で、よくその様な事を平気でこのわれに聞く根性があるな。われにはそなたという人物が全く理解できない。そなたは学問の成績は優秀かもしれないが、他人（ひと）を思い遣る徳を持ち合わせていないようだな。先ずは自分と境部摩理勢の心配をし、その事で何かわれに聞くのが普通であろう」

鮑兎は幼い頃から自分の感情を表に出すことを極力抑えてきた。だが鮑兎は本来非常に感性豊かな人物だった。そして、自分の人の好き嫌いも常に見せない様に気を配っていたが、この日は小野妹子に対し非常な嫌悪感を露（あらわ）にした。後から宮を出てきた上宮は速足で二人に追い付いて、

「鮑兎、何をそんなに怒っているのだ」

鮑兎は、何故怒っていたのかを上宮に説明した。

「小野妹子、何故鮠兎の父のことを聞いたのだ。他人に何か聞く時は、理由を話してからにしなければ誤解される。今、鮠兎はそなたがまた先程までと同じように、葛城鮠兎と斎祷昂弦のことをただ興味本位に聞きたくて問うたのだと感じたのだろう。鮠兎そうであろう」

鮠兎は即座に頷き、上宮の言うとおりだと態度で示した。

「葛城鮠兎様、大変失礼な聞き方を致しました。お許しください。われは近江から飛鳥の学舎に来ることが決まった時から、ずっと斎祷昂弦氏に一目でもお目に掛かりたく強く思っておりました」

「ほほう、近江にまで斎祷昂弦の名は轟(とどろ)いていると言うのか。大和でさえなかなか昂弦の事を知る者は少ない。それが近江で有名だとすれば、それはそれで問題だな。

そなた、斎祷昂弦という名を何時、誰から聞いた。そして何故、斎祷昂弦に会いたいとそれ程長い間思ってきたのか」

上宮は、近江の息長氏の大きな勢力が今も厳然とあることを久しぶりに思い出した。

「いいえ、大王が御懸念されておられる様な事ではございません。境阿耀未(さかいあようみ)氏はわれの遠縁にあたる者で、未真似(みまね)はわれの従兄(いとこ)です。従兄の未真似が境阿耀未氏によって大和の斎祷昂弦氏の元へ預けられる事になったことを知る者は、われの他には未真似の父と我が父のみでございます」

「しかし阿耀未がその様な事をそなたに何故告げたのだろう。阿耀未はそなたを心から信じたのだろうか。そなた、阿耀未から直接、未真似のことを聞かされたのか」

「はっ、さようでございます。われが大和へ立つ前に、境阿耀未氏から直接伺いました。その時不思議な事を言われました」

上宮と鮠兎は顔を見合わせた。阿耀未には物事を予知する力があるからだった。

「阿耀未が、何を言っていたのだ。興味深い、話してみよ」

「はっ、いつか大和でわれが窮地に立った時、斎祷昂弦氏に預けた未真似がわれを救ってくれるだろうと、そう仰せでした」

「成程な。流石、阿耀未。そなたのことも未真似の素質も見抜いていたようだ。本題に戻すが、何故そなたは斎祷昂弦にそんなに会いたいと思いを募らせたのだ。理由(わけ)を話せ」

「それは、境阿耀未氏程の方が見込んだ優秀な未真似を、より鍛錬して下さる方として選んだ師匠が斎祷昂弦氏だったからです。その時から、ずっとわれの心に斎祷昂弦氏が憧れの方となったのでございます」

そう言うと、上宮に叱責された時と違い、高揚した表情の小野妹子がそこには居た。

「そなたにも人を慕う心があったのか……」

鮠兎が言った。上宮は目を閉じて押し黙った。暫くすると、考えが纏まったらしく、

「小野妹子、われ等は今から蘇我大臣の館に行くからそなたも付いて来るのだ」

「はっ、畏まりました」

道の途中で上宮と鮠兎は乗ってきた馬の手綱を従者に持たせ、妹子と共に歩いて馬子の島の庄

の館へ向かった。上宮が何か考え事を続けていたので皆も押し黙って歩いていた。突然上宮が小野妹子に話しかけた。

「小野妹子、そなたの育った地は近江のどの辺りだ」

「淡海（琵琶湖）の南で西側にあたります」

「その地は、確か和邇氏の部曲（豪族が私有する民）が住まう地域だな」

「左様にございます」

「では、そなたの一族は和邇氏に従っているのか」

「はっ、我が一族は和邇氏に彼の地の管理をさせて頂いております。父がその長にございます」

「そうか。では、勉学に励めたのだろうな。幼い頃から優秀だったと聞いている。そなたのように優秀な者なら、一族の希望としてさぞ良き師を付けて貰ったのであろうな」

「いいえ、大王が思われている程、我が家は裕福ではございません。そんな中でも学ばせてもらえたのは、家族の理解があったからです。そして、われが幼い頃よく遊びに出掛けた山の中腹には、外国の者が住みついておりまして、その方から色々な事を学びました。われが大和の飛鳥の学舎に入れて頂いた事を告げますと、その方は大変喜んで下さいました。われの最初の師に当たる方ですが、残念ながら今は消息が知れません」

「そうか、残念なことだな」

上宮がそう言った時、ちょうど島の庄の館に到着した。

鮠兎が、

「大臣に大王がお出でになったことを、告げて参ります」

そう言って、館の中に入って行った。大臣は、今日の最終選考と内定式が無くなったと聞かされて、式服から平服に着替えている途中だった。そこには未だ、境部摩理勢の姿があった。馬子から話があると居残らされていたのだ。摩理勢が何も話さずとも、勘の鋭い馬子は摩理勢が何かことを起こしたのではないかと勘付いたようだった。

馬子は苛々しながら、式服を脱ぎ捨てると平服への着替えの途中にも拘わらず、訳を話そうとしない摩理勢に小言を言っていた。上宮が来た事を告げられると、大王を迎え入れるために、馬子は急いで服を着込んだ。

「これは大王、どうされたのですか。その者は確か小野妹子では……。まあ、どうぞ、こちらへ」

馬子は、摩理勢が何も話さないので何が起こっているのか全く見当が付かず、早く仔細を知りたいと思った。上宮が席に着くや否や、

「何故今日の最終選考と内定式をお取り止めになられたのですか。何故此処に、小野妹子が居るのでございますか。また、摩理勢が何かしたのでございましょうか」

そう言いながら、側に控える摩理勢を見た。

「大臣、一つずつ答えるからそう焦らずに。摩理勢のせいではない。ある意味、摩理勢のお手柄

なのだ。この小野妹子に、会わせてくれたのは摩理勢なのだ。

大臣、頼みがある。小野妹子にこの屋敷内を見せてやって貰いたいのだが、良いだろうか」

馬子は上宮が自分と二人で話したいのだとすぐ理解した。

「そ、それは、まあ構いませんが。では、摩理勢に案内させましょう。だが摩理勢、あそこだけは入ってはならんぞ。主に庭なら良い。分かっているな」

馬子が入ってはならないと言った場所は、一族の中でも限られた者だけに許された特別な場所だった。うっかりその事を言わずに摩理勢に許可すれば、その場所にも連れて行きかねないと馬子は思ったのだ。

「はっ、心得ております。主に庭を案内いたします。小野妹子氏、行きましょう」

二人は、上宮達に礼をして出て行った。


「大臣、やっと見つけました。今回の遣隋の正使を」

「では、あの若者に正使をお任せになると……。それは何故でございましょうか。前回副使だった春日大志にと、昨日までは仰せではなかったでしょうか」

「そうでしたが、春日大志は現在隋を知る数少ない者です。春日大志には今後の遣隋のためにも大和に居て後進の指導をして貰わねばと思う」

「それはそうでございましょうが、あの若者の何処に今回の遣使の正使を務められる才能があるのでございましょうか。とくとご説明ください」

上宮は今朝あった事を掻い摘んで話した。

「矢張り、摩理勢の奴が……」

「そうではありません。大臣、摩理勢のお蔭なのです。そうでなければ、吾は小野妹子という者の本質を見抜くことが出来なかったのですから。今回は摩理勢のお手柄です。しかも摩理勢のお蔭で、小野妹子の足りない部分が補えることにもなるのです」

「足りない部分と仰せになりましたが、それは如何なることですか」

「小野妹子が、優秀であることは誰もが知ることです。年齢が若いということで、今回は正使にはさせず次の遣使で正使か副使かをと考えていました。今回の隋への正使は、我国の将来に関わる大事な役目を担わなければならないのです。だからこそ、隋の王に怯むことなく堂々と対応できる者が必要で、それは小野妹子を措いて他にはいない事を今朝知りました」

「ですが今、大王は小野妹子には足りない部分があると仰せになったばかりではありませんか」

「そうです。だからこそ、もう少し時間を掛けたいと思い、今日の最終選考と内定式を延期したのです。妹子に、自分以外の人を思う心を思い出させねばならないのです」

「いくら大王が偉大な方であっても、人の生き方を根本から変えることなど出来ましょうか。我が子の育成さえ中々思うようにいかぬことですのに……」

「子は親の言うことを中々聞きませんね。ところが、自分が心から慕う他人の言うことは、不思議とすんなり心に入っていくのです。吾もそうでした。大臣はそういう経験はないですか」

「成程、そう言われれば思い当たる節がございます。それで、小野妹子が慕う人とはどこに居るのですか」

「この大和の斎祷昂弦だそうです」

「ええっ、近江出身の妹子が何故斎祷昂弦のことを知っているのですか」

「これは、他言はなりません。大臣にだけ話します。恵彌史（えみし）や樫士太棲納（かしたすな）にも話してはなりませんが、守って頂けますか」

「大王との御約束です。今日のお話はこの胸の中に納め決して他言致しません」

　上宮は、妹子から聞いた事の全てを馬子に話した。馬子は上宮の話を頷きながら聞き、聞き終えると大きく頷いてから、

「分かりました。それでは、小野妹子を斎祷昂弦にお預けになるお積りなのですか」

「そうして良いかどうか、大臣に相談しに来たのです。良いでしょうか」

「小野妹子が斎祷昂弦によって成長し、大王が小野妹子に足りないと仰せの部分が満たされるとお思いになるのでしたら、反対はいたしません。しかし、小野妹子を隋への正使とお決めになるのは、もう少し様子を見てからになさって下さい」

「そうですね。それは大臣の言う通りです。妹子がどの様になるかは今後を見なければ分かりません。とりあえず小野妹子を斎祷昂弦に預けて、妹子がどの様に成長するか見届けたいと思います。決定はその後にします」

「大王が仰せのように、今回の隋への遣使団の正使は、今後の我国にとって大変重要な役割を担う訳ですから、少し秀でた才を持ったくらいの人物では役割を果たしきれないとは思いますが…

……。われならば、大和一番の優秀な若者であると評価が高いとは言え、交渉という意味において未知数の小野妹子より、手堅く以前に隋へ行った事のある春日大志を遣りますがなぁ……」

「小野妹子にこの国の将来を賭けてみたいのです。それも妹子が斎祷昂弦の下で、足りない処を自覚し補おうと努めるかどうかに懸かっています。少しだけ、吾と妹子に時を下さい」

「大王がそこまで仰せなら分かりました。一月、それ以上は待てません。貢ぎの品も、人足達の訓練も二月後には完了します。船出の準備が整い次第、良き日を選んで出帆させられるようにと急がせたのは、大王ご自身でございました。群臣にもそう仰せになっておられます故、どうかその事だけはお忘れにならないで下さい」

「分かっています。それまでに妹子に何の変化も起きないようなら、致し方ない。前に大臣と話し合った者を遣ります」


その日の内に、葛城鮑兎は小野妹子を伴って上之宮の斎祷昂弦の所に行った。鮑兎は昂弦に妹子を引き合わせた後、未真似を呼んで貰い妹子と会わせた。昂弦は、

「未真似、今日から小野妹子氏とそなたは、そなたの部屋で共に過ごすように。小野妹子氏、身の回りの物は後程、未真似に取りに行かせましょう。その事は未真似と相談して下さい。では未真似、小野妹子氏をそなたの部屋に案内しなさい」

「はっ、畏まりました」

未真似と妹子が居なくなってから、昂弦は小野妹子をどう処遇すれば良く、彼に何をすれば良

いのかと鮑兎に聞いた。鮑兎は事の次第を話し、妹子を預かって貰う期間はほぼ一月と告げた。

それを聞いた昴弦は、

「一月でございますか。それはちと短すぎませんか。人の心の中の一番大切な部分でございます。大王は、われに過大な期待をしておいでだ」

「いいえ、小野妹子にはもうずっと以前から、その素質が備わっていたと大王は仰せでした。ただ、今までは本人もそのことに気付いていなかった。昴弦師が居られるここには必ず、妹子が気付き心底そうだと思える様な環境があると大王は仰せでした。昴弦氏は普段通りにしていて下さい。われが思いますに、妹子は、一月も経たない内に自分の中の篤(あつ)い思いに気が付くのではないかと踏んでおります」

「分かりました。お預かりいたしましょう。ところで、小野妹子氏の此処での処遇ですが。常に新しくここに来た者には、水汲みから始めさせております。現在は未真似にさせております。未真以が来ましてから後に入った者がおりませんでしたので。でも未真似は今まで文句の一つも口にせず常に楽しげに朝の水汲みを続けております。小野妹子氏一人に水汲みをさせるのもどうかと思いますので、未真似の手伝いをして頂きます。宜しいですね」

「お任せします。大王は昴弦氏に従うようにとの仰せですので、此処での小野妹子の処遇一切はお任せ致します。では、宜しくお願いします。時折境部摩理勢氏が、小野妹子を訪ねて来るかもしれませんので、その時は会わせてやって下さい」

「しかと心得ましたと、大王にお伝え下さい」

鮠兎は小野妹子を昴弦に預け、一人橘の宮へ戻った。

次の日の早朝、小野妹子と未真似は上之宮の敷地内の井戸で水汲みに従事していた。妹子は、未真似が懸命に文句の一つも言わず桶に何杯もの水を汲み続ける姿を見て、

「のう未真似、そなたここに来て何年になるのだ。われが聞いたところによると、もう六年を過ぎている。そなたはこの仕事の他に何をしているのだ」

「そうですね。朝にこの水汲みを終えて、直ぐに書記の方達の食事を作り、共に食します。その後、片付けをした後は、書庫に入り夕方まで書物を読み、その後書庫の整理を致します。書物の中で分からないところがあれば昴弦師に教えを請い学んでいます。その他に、何処かへのお届物やお使いを致します」

「そうか、そなたはここの雑務一切を任されているのか。随分大変な仕事を、そなた一人で……」

「いいえ、大変などではございません。師のお役に立てることなら何でも、お引き受けしたいと思っております」

「そなた、斎祷昴弦氏がどの様な方か知っているのか。そして、何故そこまで、斎祷昴弦氏に尽くしたいと思えるのだ。そなたは境阿耀未氏に見込まれて、阿耀未氏の後継ぎとしてここには修行に来た筈だ。阿耀未氏の仕事は色々なことを調べ、上の方に報告することではないのか。それなのに自らが今仕える師の斎祷昴弦氏が何者か知ろうとは思わないのか」

「それなら存じております。昴弦師は大王が父様のように大切に思っておられる方です。そして昴弦師は大王に心からお仕えされている方です。それ以上のことをわれが知る必要などございません。ご存知かもしれませんが、ここは全国からその地の伝承や各地の豪族の昔の話などを集め記録しております。その全体の監修を昴弦師はお一人で引き受けられています。

また、大王の御用があればそれにお答えにもなります。それもこれも、新しき国造りの為だとにこやかに仰せになって、もう然程（さほど）お若くない身で寝る間も惜しんで日々働いておられるのを側で見ていれば、誰しも心動かされます」

未真似は続けた。

「しかし、ここへ来て三年ほど経った時、師からこんなことを言われました。そなたは何故、何に対しても疑問を持たないのか。何故、何時も現状を受け入れる事が自分の生きる道だと直ぐに納得してしまうのか、と。

何故、今その事を思い出したのかな」

未真似は一人で呟いた後で、

「そうか、われは妹子兄様のように、斎祷昴弦師が何者であるかとか、この様な仕事をし続けている理由は何なのかということに何故疑問を持たないのかということか。そういうところがわれに足りない部分だと、仰せになりたかったのか。

長い間の疑問が解けました。これからは、われも何某（なにがし）かの考えを持ち、疑問を感じたことは師に教えを請います。妹子兄様、大切な事に気付かせて頂いて感謝致します。有難う存じます」

末真似は長年の昴弦からの指摘に今やっと答えが出せて、嬉しそうに妹子に話した。妹子は、

「それは良かったな。われはそなたがどの様な所に居るかや斎祷昴弦氏という方に会いたいと言っただけなのに、何故ここに留まることになってしまったのだろうか」

と、反対に末真似に聞いた。

「さあ、どうしてでございましょうか。もしかしたら、われと同じではないでしょうか。妹子兄様も何か足りないところを探すようにと言われませんでしたか」

「あっ。ああ、そう言えば、人を思い遣る心と大切に思ってくれる人のことを考えよと、大王は仰せであった」

妹子は今まで自分が他者にどの様な感情を抱いてきたか振り返っていると、

「妹子兄様、手が止まっておられます。次の仕事がありますから、急ぎませんと」

「ああ、すまなかった。考えている暇などなさそうだな」

と言って、上之宮に来て初めて末真似に向けて少し微笑んだ。

末真似の一日は午前中に肉体を思い切り動かし、午後は頭を使い知識の吸収にいそしむという明確に分けられたものだった。共に行動する妹子は、午前中は末真似に従って働き、午後は書庫で末真似の質問に答えてやるという日々を何日か続けた。妹子は自分の中で、何かが変わってきた気がしていた。

妹子が上之宮に留まるようになってから、既に二十日を過ぎていた。その間に何回か境部摩理勢が妹子を心配して上之宮を訪れて、昴弦に土産と称して貴重な米や雑穀、干物等を差し入れていった。その時は必ず妹子に足りない物があったら遠慮なく言えと、実の兄の様な心遣いを見せた。妹子は初めの内はぎこちなく受け答えしていたが、日が経つにつれて摩理勢の思いやりの深い人柄を真に知り、慕うようになっていく自分を不思議に感じていた。

四、勝鬘経（しょうまんぎょう）の教え

時は二か月程前に遡る。それは上宮が勝鬘経の講義をすると決めて慧慈に教えを請うようになって一月ほど経った日の事だった。

上宮は早朝から仏教の師慧慈（えじ）と勝鬘経（しょうまんぎょう）の講義について、その内容やどう話せば大后達に分かってもらえるかを話し合っていた。

「勝鬘経の中の主人公である勝鬘夫人という方が、如何に素晴らしい方であるかをしっかり学ばせて頂くことが出来て、吾も仏教に帰依する者と致しまして真に誇らしく感じます。吾が大后様や王族の女人達に、仏教について一つ一つ細かい説明をしたりしなくともこの勝鬘経を読み慧慈師の講義を聞いて頂ければ、それだけで十分な気がします。どうか、大后様はじめ王族の女人達に慧慈師自ら勝鬘経の講義をして頂けませんか」

「申し訳ございません。この勝鬘経は、初めから大王が講義なさるということでお教えしております。経の中の事で何か分からない事がございましたら、何なりとご質問下さい。また大王がご講義されている中で、大后様方からのご質問に対し直ぐにお答えになれない時は外に控えております故、人伝に拙僧に仰せ下さい。直ぐに出せる答えならその場で、もしそれが難しいようでしたら次の講義でお答えするということで如何でございますか」

「分かりました。そうでした、大后様から吾に依頼された事でした。吾が講義をしなければなり

ませんね」

「左様にございます。大王が講義をなさるということは、大王が一番勝鬘経を深くお知りになれるということにございます。しっかり理解していなければ、人に分かるように講義するなど出来ないことですので」

「如何にも、慧慈師の言う事は正しい。自分が一番確かな理解をしていなければ他の者の理解など得られるものではない。確かに、確かに……」

上宮は確かにを連発し、慧慈から講義の続きを受けた。


数日後、慧慈が講義をしていた時、上宮は日々大きくなっていく不安を抑えきれず意を決し、慧慈に打ち明けた。

「講義の途中に申し訳ないのですが、この御経を教えて頂く内に少しずつ不安が生じており、これをどう解決してよいやら、答えが出せずにおります。それ故、今日はその事の解決方法について共に考えて頂きたいのです」

「分かりました。その不安とは、如何様(いかよう)な事でございますか」

「維摩経(ゆいまきょう)の内容を教えて頂く以前は、仏教について何も分からない状態でした。

吾は慧慈師から直接維摩経の講義を受けて、皆よりも仏教には随分親しんでおりますが、それでもこの勝鬘経の中で初めて触れる経本の言葉が難しく理解できません。吾に理解できないものは皆に講義出来ませんし、そんな吾の講義を聞いて皆が分かる訳がないと思うのです」

「大王にこの御経の中に理解できない言葉があるのは当然でございます。われらは日がな多くの御経に向き合い、この御経の中には、どの様に重要な意味が込められているのかを考えながら読誦（どくじゅ）し、師に教えを請い僧侶達の中で意見を交換し合い理解を深めております。一人では到底理解できない事も皆が集まり話し合うことで解決いたしております。ですが、釈尊の時代から長い間に著された数々の御経の中の言葉には、現在の世には理解できないことも多いのです。そのような状況の中、隋におきましては難しい経典の内容を解説する書物が出されております」

「では、勝鬘経にもその解説の書があるのでしょうか」

「こちらが勝鬘経の注釈書にございます。維摩経を講義した時は、拙僧自身も維摩経を十分に学び自らの中で熟成させておりましたので、本国から維摩経を注釈した書を取り寄せなくても講義できました。

しかし勝鬘経については、維摩経ほどしっかり研究できていませんでした。それで今回大王が講義される上でも必要になるかと存じ、先の講義でほぼ理解して頂いたかと思われます維摩経の注釈書と共に、勝鬘経のものも取り寄せました。

注釈書を取り寄せてはみましたが、長く仏教を学んでおります拙僧にもなかなか難しゅうございます。理解できない箇所やどう解釈すれば良いのか分からない箇所などもございました。勿論、大王がこの勝鬘経の理解をする上におきまして、拙僧も出来る限りの協力をさせて頂きます」

「勝鬘経を、大后様達にお教えすることを引き受けた吾の肩にかかっているということですか。

吾も覚悟を決めねばなりませんね。お教えすると言った以上、我が理解なくしてお教えすること
など出来ません。この御経の一つ一つを正確に理解し、現在の我国ではどう解釈すれば良いか分
かるまで考えましょう。どうか慧慈師、とことん吾にお付き合いください」
「勿論でございます」
上宮の仏教に向かう姿勢に接した慧慈は、仏教を学ぶ者はこの様でありたいと思った。
「一つ提案が浮かびました。申し上げて良いですか」
「何でしょう。どうぞ言ってください」
「拙僧と考え議論し理解し終えられた部分を、どなたか身近な方に御経と共にお見せして理解で
きるかどうか試して頂くのです」
「それは良い考えです。一番理解できるのは、善信尼様だが……。それでは講義を受ける女人達
とは、仏教に対する理解の度合いが違い過ぎますね」
「では、これから講義を受けられる中で一番仏教に関心がある方は、どなたでしょうか」
「それなら、蘇我から嫁した刀自古でしょう」
「ああ、成程。善信尼様から、刀自古様が斑鳩での講義の他にも善信尼様の所に質問をされに来
られるとお聞きしたことがございます。熱心に聞き入られて、その質問の内容が大変深く、驚く
ことがあると言っておられました」
「刀自古が善信尼様のところにですか。しかし何故慧慈師が、その様なことを知っているのです
か」

「先日、善信尼様が刀自古様の質問の返答に窮されて、法興寺に慧総様を訪ねて来られたのです。その時慧総様が講義中でお会いになれなかったのです。そこへ偶然拙僧が通り掛かり、困っておられた善信尼様にお声を掛け、その質問にお答えしたということがございました」

「そうですか。その様なことがあったのですか」

上宮は刀自古との深い縁を感じた。刀自古も自分と同じ様に仏教を深く知ろうとしているのかと思うと、直ぐにでも会いたくなった。その気持ちを抑えて、

「では、吾の講義が理解できるかどうか試す相手は、刀自古に致しましょう。それで慧慈師がお持ちの維摩経と勝鬘経の注釈の書ですが、吾に貸して頂けないでしょうか」

「これは大王に差し上げるために持ってきた物です。遅くなって申し訳ございませんでした。弟子に正確に写させておりましたので、今日になってしまったのです。かえって講義が難解で、御苦労をお掛けしてしまい申し訳ございませんでした」

「いえ、そのようなことはありません。吾等が、御経によって深く釈尊の本意を知ることができるのは、慧慈師の様な御僧侶が居てくださればこそ。吾は慧慈師にお会いするまで、仏教が何故多くの国の人々を救うことができたのか分かりませんでした。そこに何が書かれ、何を言わんとするのか深い意味も分からずに、唯大切な高邁な教えだから日々読誦さえしていれば良いと言われても納得できなかったのです」

「僧であるわれ等のなすべきことは、素晴らしい仏の教えであると言葉で言うばかりではなく、難解な御経の意味が分からないと困っておられる方々に分かり易くお教えすることです。そし

て、そのための努力を決して惜しまないことだと、拙僧は常々我が弟子達にも教え、自らも実践しようと心に決めております」

「吾は、いいえ、わが国はその様に考えて下さっている慧慈師を仏教の師匠としてお迎えできたことに、心から感謝致します。これからも、どうか未熟な吾等を仏教の真髄に導いてください」

上宮は慧慈の仏教の僧侶としての覚悟を聞いて、心底感激した。慧慈は勝鬘経の注釈書を見せながら、

「それでは、今日はこれを参考にしながら、もう少し進めましょう」

と言って、上宮に勝鬘経の注釈書の写しを渡した。


次の日、上宮は早速斑鳩の岡本へ行き、刀自古に昨日慧慈と話したことを聞かせ、了解を得た。

「これが勝鬘経という御経ですか。見ただけでも難しそうですね」

「おお、それが大和の女人の中でも自ら進んで仏教の教えを求めているそなたの正直な感想なのか。これでは、他の方々に吾が勝鬘経をお教えしようとした時、理解することが随分難しそうだと思われるのだろうな」

上宮は刀自古の素直な感想に対し、少なからず落胆した。

「大王、和（私）の第一声にそのように落ち込まないでくださいませ。きっと、何度も難しく理解できないと申し上げると思います。その時に、どこがどう難しくどの様に説明すれば皆が理解

するのかを和でお試しになりたいのでしょう。大王御自ら此処へお出でくださったのには、この様な理由があるからですね」

　刀自古の意見は尤もだと思った。


　上宮は忙しい中で、岡本の刀自古の元へ通い勝鬘経の予講をすることにした。

「では、宜しくお願い致します。初めから読んでご説明ください」

「読むところから、始めねばならないか。そうか、講義の時は、御経の一区切りを他の誰かに読んでもらいながら、吾がその説明をおこなおう。そして、その者に質問もさせる。朝議の時の進行役のような者がいるのだな」

「大王、では今は和が読ませて頂いても宜しいでしょうか。読み方が分からない部分もあろうかと思いますので、その時はお教えくださいい」

「分かった。読んで、あっ……」

　刀自古が勝鬘経を読もうとした時、上宮もその勝鬘経に顔を寄せたので二人の頭が勝鬘経の紙面の上でぶつかった。上宮は声を出したが、刀自古は衝撃で声も発せなかった。上宮は体も頭も大変立派で、女人としてはごく普通の体躯の刀自古との差は歴然だった。

「刀自古、大丈夫か」

「だ、大丈夫と申し上げたいのですが、大王の頭突きに勝てる者は僅かでございましょうね。痛いのを通り越して、目の前がくらくら致します。暫くお待ちくださいませ」

少し黙ってじっとしていた刀自古は、何かに気が付いたようだった。

「あ、あのう。この勝鬘経の写しはこれだけなのでございましょうか。大后様のお手元には、御経の写しのような物をお届けになられましたか」

「いや、未だ用意できていない。だが、吾が講義を始める迄には何部か出来あがる筈だ」

「もし、宜しかったら、此処の者にもそのお手伝いをさせて頂けないでしょうか。それと、沙羅(後の片岡皇女)も和(私)が大王とお話をさせて頂いているこの場に、今後は参加させてやってくださいませんか。大王と沙羅の過ごす時間は、他の皇子達に比べても少のうございますので」

「そうか。そうだな。沙羅は大人しく聞きわけも良い。吾等がしている難しい御経の話を沙羅が理解できるかどうか分からないが、分からないなりにも何か心に残るかもしれない。何よりも共にいる時は大切だ。そうしよう。今度から、沙羅も共に。今、沙羅はどうしているのだ」

「香魚萌(あゆめ)に、地方に伝わっていたという昔のお話を読んで貰っています。葛城鮠兎様が斎祷昂弦氏から言付かってきたと、先日持って来てくださいました。もう何度か、この様なことがございました。和は大王からのご依頼かと思っていましたが。違いましたでしょうか……」

刀自古は初め嬉しそうに話していたが、終(しま)いには怪訝そうに上宮を見た。

「……。いや、吾ではない。鮠兎から何も聞いていないが、それは良かった」

上宮は斎祷昂弦が幼い子達の情操教育にも心を配っていてくれることを初めて知って感心した。将来国の中心となって国の政事に関わるであろう者達へ、幼い頃に地方から集めた色々な話を読み聞かせることは、大変素晴らしい教育だと感じたからだった。

「香魚萌は、沙羅に話を読んで聞かせてやれるほどの教養を身に付けているのか。それと、香魚萌が沙羅の教育係りになったという話を吾は聞いていない様に思うが……」

「いいえ、もう何年も前にお願いし、大王のご許可も頂いております。また、和の話をちゃんとお聞きにならず生返事をなさったのですね。あの頃は、国にも大王の身にも色々なことが沢山起こっていたことを和も十分に承知いたしておりましたが、矢張り覚えておいでではなかったとは悲しゅうございます。ご自分のお子のことだけは、お心のどこかに常に有り場所を作っておいて頂けませんか。和もそうですが、菩岐岐美の所には最近いつ行かれましたか」

「菩岐の所か……。最近は行っていないな。そなたも知っている通り、吾はこの頃政務で非常に忙しいのだ。久瑠実（刀自古の私的な呼び名）の所にも、もう何か月も来ていなかったではないか」

「それではいけません。大王ご自身の家族とて、国の民でないでしょうか。和は時に思います。大王の家族も、この国の民なのです。大王が国を豊かに、民の幸せを願っておいでなら、われ等も大王のその様なお気持ちと共にありたいと。そうするには、時々でも家族と会われて気持ちの確認をしてほしい。これは正直、和の願いでもあるのです。和がこのようなお願いをするのはいけないことでしょうか。差し出がましゅうございますか」

　自分が大切に思っているというだけでは、中々相手には伝わらない。時には会って言葉を掛けることの大切さを、刀自古との会話から学んだ上宮だった。

「刀自古、今日の本題に戻って良いか。そなたが今話してくれたことを、これからは決して忘れない。勝鬘経を語る度に思い出すだろう」

「すみません。和も言い過ぎました。お許しください。少し気分を変えるために、梅湯を持って来させましょう」

「ああ、それなら沙羅も呼んではくれないか」

刀自古は、控えている侍女に沙羅を呼ばせ、梅湯の用意を頼んだ。少し経って、沙羅は梅湯を運んで来た香魚萌と共に、二人の居る部屋へ入って来た。

「父様、お呼びでございますか」

「沙羅様、父様ではなく大王でございます」

後ろで直ぐ側に控えている香魚萌は小さな声で沙羅に教育係として諫めた。

「いいえ、和にとっては父様です」

「沙羅、香魚萌が正しい。言い直しなさい」

刀自古は、沙羅に言い直させた。

「申し訳ありません。大王、お呼びでございますか」

上宮は、三人の僅かな会話の中にも刀自古と刀自古に信頼されている香魚萌の行き届いた教育を見て、自分の周りには素晴らしい人々がいてくれることに改めて感謝した。

「今日から、仏教の中の勝鬘経（しょうまんぎょう）という御経の話をそなたの母にすることとなった。これはいずれ、大后様を初めとする王族の女人の方々に講義をさせて頂くための予講だ。難しいかも知れないが、沙羅も共に聞いてはどうかと思って、呼んだのだ。一緒に聞くか、どうするか沙羅が決めなさい」

「共にお聞きします。それでは、香魚萌も一緒にお聞きしても良いでしょうか」

　上宮は、少し躊躇（ためら）った。上宮や沙羅と侍女の香魚萌の身分は言うまでも無く随分かけ離れたものだった。上宮は普段その様なことをあまり気に掛ける人ではなかったが、世の中では身分の差を大いに気にする者が当然のごとく多数を占めていた。他人の口に戸は立てられない。もしこの事が誰かから身分の貴賤を気にする者の耳にでも入ったら、上宮が大后達に御経の講義をすること自体が無くなってしまうかも知れなかった。そのようなことであろうと上宮の思いを察した香魚萌は、

「沙羅様、わ（わたし）は外でお待ち致します。どうか、ごゆっくり大王と母様とお過ごしください」

　敢えて身分のことには触れず、沙羅と両親の水入らずの久しぶりの時間を大切にと告げて、香魚萌は部屋から出ようとした。すると刀自古が、

「大王、香魚萌を控えの間で待たせておいても良いでしょうか。お話が分からなくなって沙羅が眠ってしまうかもしれません。その時のために」

「そうだな。では、そんな時のためにも、香魚萌にはあちらの控えの間に居て貰おう。それが良い。そうしよう、な、沙羅」

　沙羅は、母刀自古の機転で、直ぐ側の控えの間に香魚萌が居られるということに納得した。直

ぐ側の控えの間なら、上宮の良く通る声がはっきりと聞ける。沙羅はそこまでのことは分からないが、刀自古が香魚萌を大切な友のように思っていることは分かっていた。

上宮は、勝鬘経の一節を刀自古に読ませる前に、この経の中の主人公の勝鬘夫人について触れた。

「今から随分昔に、勝鬘夫人は舎衛国の波斯匿王の王女として生まれ、後に東方の国に嫁されました。この勝鬘経の正式な名称は、勝鬘師子吼一乗大方便方広経といいます。勝鬘とは人々を幸せにする素晴らしい花飾りという意味です。しかしここでの勝鬘というものは、表面的な美しさを指しているのではありません。釈尊の教えによって真理を悟り、大乗仏教を自らも広めるという善行によって輝かしい境涯を得た夫人の話が教えとなった経です。その夫人が真理の教えを説く時、百獣の王である師子（獅子）のように何事にも怯むことなく堂々としている様子を例えて師子吼と言います。ここまでで、何か質問はありますか」

「舎衛国とは何処にあった国ですか。波斯匿王や勝鬘夫人は実際に居た方でしょうか」

「舎衛国は天竺（現在の印度）の中ほどにある大国です。釈尊が未だ王子であった頃の釈迦族も舎衛国に属していました。波斯匿王もその王女だった勝鬘夫人も実在の方々だということです」

「では、獅子とはどの様なものでしょうか。猪や鹿のようなものですか」

刀自古達が知る、「しし」と呼ばれている物は、猪や鹿などその肉を食用にする獣のことだった。

「ああ、そうだね。ここで言う獅子とは西域の国や天竺に居る固有の動物で、仏様や王様の守護をすると言われ大切にされている。何時だったか、河勝達が大陸から伝わった舞を舞った時に付けていた面にもあったのだが……。わが国では吾を含め獅子の本物をこの目で見た者はいないな。今度までに、西域から来ている者の中で実際獅子を見た者に説明させて、黄文画師（きふみのえし）に獅子の絵を描いて貰おう」

「有難うございます。勝鬘とは二つの意味があり、外面的な美しさと内面的な美しさということですね。内面的な美しさとは如何なるものなのか。次の展開が、楽しみです」

　刀自古は、可愛い沙羅を見ながら微笑んだ。沙羅も難しい話の中で今母が言った言葉だけは理解して、微笑んでくれた母に微笑でかえした。

「さあ、それでは本題の御経の内容に移ります」

　上宮は、やっと勝鬘経の中に書かれている内容を説明し始めた。刀自古が漢文で書かれた御経の一説を読むと、上宮はその一説を大和の言葉に直し、そして説明を付け加えた。それから、刀自古に分からない言葉を聞き意味を解説した。上宮は予め高句麗僧の慧慈からしっかり解説して貰い、しかも自分自身でもう一度読み直して十分理解していた心算（つもり）でいたが、刀自古からの質問の全てには明解に答えられなかった。上宮は自分と刀自古とでは気になる箇所が違う事や、未だ自分自身も理解が充分でない事が解って、刀自古に予講をして良かったと思った。

　区切りが良かったので、

「今日はここで終わりにしよう。吾も久瑠実（くるみ）の質問攻めにやや疲れた。そなたも疲れたであろう」

刀自古も頷いて、沙羅を見た。意外にも、沙羅は眠らなかった。上宮はそんな沙羅に、

「父と母の話が分かったのか」

そう聞かれた沙羅は、

「いいえ、分かりません。でも、大王と母様の何か分かりませんが一生懸命話し合われるお姿を見ているのは楽しゅうございました。それに勝鬘夫人はここに美しい花の飾りを付けた身も心も美しい方だと聞いて、和（私）も早くそのお話しの意味が分かるようになりたい」

沙羅は自分の頭を示しながら、ここに美しい花飾りがあると良いなと子供の意見を悪びれずに言った。

これが素直な幼女の感想であり、御経に関心を持つ一つの手掛かりになる。上宮はこの事も忘れてはいけないと、素早く御経の隅に書き留めた。刀自古は、まだ子供だと思っていた沙羅が大人びた感想を言ったことに少し驚いていた。また刀自古は幼い時、花飾りに興味を持ったり自分の姿形を美しいかどうか考えたりなどあまりしなかったとふと思った。

馬子の娘刀自古郎女（とじこのいらつめ）が上宮の妻となったのは、上宮が太子となる以前のことだった。上宮の父橘豊日皇子が用明大王となった時に、大臣の馬子から持ち込んだ縁談だった。流石の馬子も上宮が大王にまでなるとは予想していなかったが、大后の嫡男で将来は日嗣の皇子と決まっていた竹田皇子の側近にしたいと思っていた優秀な上宮の将来の伴侶は、刀自古郎女をおいて他には考え

られなかった。用明大王の皇后となった穴穂部皇女と馬子はその頃あまり芳しい間柄とは言えなかったが、大后の口添えもあって刀自古は上宮に嫁ぐことができた。上宮の妻となった刀自古は幼い頃から色々なことに興味を持ち、あらゆる分野の書物を読み、身に付けていた。ただ大臣家の習わしと王家の習わしには大きな違いがあったため、穴穂部皇后から派遣された躾係の朱痲に初めの内は悩まされた。しかし、やがて刀自古は厳しい躾係の朱痲にも認められるようになっていった。上宮はそんな刀自古を妻としては勿論だが、話し相手としても非常に大切にしたのだった。

　そして上宮が太子となり、大后からの命で菟道貝蛸皇女を娶ることになった。上宮が大王となり皇后となった菟道貝蛸皇女は、大后の祭事の長になるための指導を受けながら皇后として立派に大王を支えられるようになった。

　その後、上宮は大臣の馬子の後をほぼ継ぐような形で膳部を取り仕切るようになった膳氏との関係を密にするためもあって、膳加多夫古の娘菩岐岐美郎女との縁も結んだ。菩岐岐美郎女は斑鳩の里で穴穂部皇女から上宮大王の妻の一人としてのあり方を学んだ。

　上宮は勝鬘経を学ぶことで、母や来目皇子に以前から言われていたが今まであまり真剣に取り組もうとしなかった女人の考え方や生き方を改めて深く考えるようになった。そして勝鬘経の教えをどの様に講じれば、将来の女人の生き方がより良い方向に進むのか等を考えた。母からも様々な助言を貰った上宮は、予講の最終日に刀自古の所へ向かう前、三井の館に住む菩岐岐美郎女を訪ねた。

三井の館は膳加多夫古が、娘菩岐岐美郎女に頼まれて上宮に許可を得て造った館だった。菩岐岐美郎女の暮らす館はいつも何かしらの花が咲いていて、館の中からも賑やかな話し声や笑い声が聞こえていた。上宮の突然の訪問に驚いた家従達が、大王の訪れを奥に告げている様子が手に取るように分かる。菩岐岐美郎女は大きくなった腹を抱え、侍女たちに抱きかかえられるようにして姿を現した。

「出迎えずとも良いと、侍女には伝えたのだ。その様な身で表まで出て来ずとも吾が足を運ぶものを……」

侍女を自分の側から離れるように言って菩岐岐美郎女は息を整えながら、

「久しくお目に掛かれていなかったので、つい嬉しくなって。少しでも早くお会いしたかったものですから」

嫁いで来てもう何年も経つ妻であったが、何時までも娘の頃の初々しさが残る可愛い人だと上宮は相好を崩した。

「そなたの居所へ戻ろう。立っているのも辛そうだ」

「いいえ、大丈夫です。もう臨月ですが、いきなりこうなったのではございませんから。少しは不自由ですけれど、立ったり歩いたりゆっくりならば何でも一人でしております。折角お越し頂いたのですから、共に庭を散策して下さいませんか」

「そなたの体に負担がないようなら、それも良いかもしれない。では、案内してもらおう」

上宮は菩岐岐美郎女から子供達の近況や咲いている花の名を聞きながら、母として過ごしている女性に一つの幸せの形を見ていた。菩岐岐美郎女と僅かな時を過ごした上宮は、刀自古と勝鬘経の最後の予講をするために岡本の館へと急いだ。


岡本に着いた上宮は講義を始める前に、刀自古郎女に真顔で話し出した。

「実は、今までの講義のことで久瑠実（くるみ）（刀自古）に聞いておきたいことがある」

「何でございましょうか。いきなりその様に改まられて……」

怪訝な顔で刀自古は反対に聞き返した。

「いや、他でもない。そなたはこれまで勝鬘経の吾の講義を聞いていて、どう思ったか聞きたいのだ。吾の説明で、勝鬘経はどの様な教えであると思ったか聞きたい」

「はあ、実は殆ど分かりませんでした。一生懸命にお聞きしていましたが、初めて聞く難しい言葉の意味が分からず戸惑っておりました」

「そうだったのか。では何故その時直ぐに聞かなかったのだ」

「すみません。ですが、分からない事だらけでございましたのであまり次から次へとお聞きするとお困りになるのではないかと、分からない言葉を書き続けておりました」

「えっ、ではそなたが懸命に書いていたのは、そういう事であったのか。吾は重要な点を纏（まと）めているのだと思っていたのだが……。ではその分からなかった言葉を書き連ねた物を見せてくれないか」

「畏まりました」

刀自古はもう既に束となった木簡を侍女に持って来させた。木簡は穴が開けられたところに糸が通され幾つかの括りに分けられていた。その木簡の裏には、上宮に講義を受けた日と順番がはっきり書かれていた。

「これ程分からない言葉があったのか。これでは経の内容が分からないというのも無理はない。だが今日この言葉の全てを説明する訳にはいかない」

「何故でございますか。今日で皆様にどう説明すれば分かって頂けるかの仕上げをなさるお心算だったのではないのですか」

「そうだったのだが……。吾の側に居る女人の中でもそなたは一番仏教を深く理解できる人だ。それなのに、この御経を説明する上でそなたにとってこんなに分からない言葉が多くあるとしたら、他の方々は吾が説明をしても、何を聞かされているのかさっぱり理解できないだろう。この言葉の意味の全てを説明するには膨大な時を要する。一体どうすれば良いのだろうか」

上宮は御経で使われている言葉を以前習い始めた時に難しいと思ったことを全く忘れてしまっていた。そして今更ながらこの教え方では駄目だと刀自古に教えられた。また、刀自古が分からないと木簡に書いた言葉は、平易な言葉に置き換える事が出来るものは少なかった。分かっていた心算(つもり)の自分も果たしてこれ等の言葉一つ一つを心底理解していたのだろうか、と困り果ててしまった。その時刀自古が、

「あのう、意味が分からない言葉も沢山ありましたが、この経の中には勝鬘夫人が釈尊に対し仏の教えを守り抜いて生きる覚悟と、自分や自分の身内だけでなく広く世の人々のために善い行いをしていこうとする女人の生き様が表されていると感じました」

刀自古が上宮の勝鬘経の講義を聞いて感じるところがある様子だったので、上宮はもっと刀自古の考えを聞かせてほしいと言った。

「大王が皆に講義をなさったら、そのとき皆はこの勝鬘経を理解するためにこの経に出てくる難しい言葉の意味を理解したいと思うに違いありません。そうしなければ、経が何を表そうとしているのか分からないからです。上宮様なら他の方より誰よりも強くそう思われたのではないでしょうか」

「その通りだ。吾は慧慈師に質問攻めをして、どう理解するのが正しいのかはっきり分かるまで、絶対に諦めはしなかった」

上宮は今まで分からないことを決してそのままにはしておかなかった。どんな時もどの様な学問の師にも自分が納得できるまで質問し続けた。自分が納得のいく答えを師から聞けなかった時は、幾日も考え続け納得のいく答えを自分で探し出して、今度は師に自分が出した答えが正しいかどうかを確かめた。

「でも、大王と違い和（私）にとっては御経の教えが納得できるかどうかは、理屈ではなく感覚的なものなのです。つまり、同じ気持ちになって感動出来れば、素直に受け入れることが出来るのです。でも言葉の意味が分からなければ、感じるのも難しいのではないでしょうか」

「成程。矢張り、言葉の説明を書いたものを随時渡した方が良いということだな。先程、そなたは大まかな感想を言ってくれたが、その他にも何か思うところはなかったか」

「未だ最後まで勝鬘経をお教え頂いておりませんが、今までのところで特に良いと思ったのは二か所でございました」

「おお、その二か所とはどこなのだ。教えて下さい」

上宮は、師に聞くように言った。

「分かりました。一つは、勝鬘夫人のお父様とお母様が、釈尊の素晴らしい教えに接した時のことです。勝鬘夫人のご両親は釈尊から素晴らしい教えを聞かれ大変幸せな気持ちになられた時に、自分達の子である勝鬘夫人にも同じように幸せになってもらいたいと思い釈尊の教えを伝えられました。それは親として当然の行為です。それに子の勝鬘夫人も直ぐにご両親のお心に素直に応じ、釈尊の教えを受け入れました。そういうところです。

もう一つは、王妃の勝鬘夫人は生まれる以前から釈尊との縁がずっと長い間続いて、自分でも知らない内に既に不退転の境地に達している、そしてこれからは自分のためだけではなく、多くの人々に対し不退転の菩薩として仏教の教えを説いていくと誓いを立てられるところでございました。ただ不退転は理解できますが、菩薩と仏の違いが分かりません」

菩薩はいずれ仏になると約束されてはいるが、現在は人と共にいて人々を仏の道に導こうと日々精進している。そのような姿を見せながら人々と共にいる存在なのだと、上宮は刀自古にかいつまんで説明した。

上宮はそんな話をした後、刀自古との勝鬘経の予講を最後までやり終えた。そして上宮は刀自古に、勝鬘経の教えの中で一番戸惑っていることは何かと聞いた。刀自古は、

「今生（こんじょう）とか、次の世に生まれ変わってくるとかということを、どの様に理解すれば良いのか分かりません。このことは仏教の教えの中に、元から備わっている考え方なのでしょうか」

「そのようだ。そうだな、そなたが言うように、わが国には今までこの様な考え方はなかった。釈尊が生まれ育った地域（天竺（てんじく））においては、過去も現在もそして次の世においても、この身は滅んでも身体とは別の魂というものは無くならずにずっと続くという考え方があるようだ。吾がこの様な話をしても皆は直ぐに理解できないだろうな。説明の仕方を考えねばならない。

そなたが分からないと書いてくれた言葉を見てみても、説明するには難しいものが多い。これを全てわれが説明できたとしても、勝鬘経の意味深い教えの内容を理解して頂けるのだろうか」

不安そうに言って、上宮は考え込んだ。

少し考えた後で、

「そう言えば、そなたが先程話してくれた二か所に感じ入って、何か自分の考えに変化が生じたのではないか」

「仰せの通り、確かに心の中に変化が生じました。この勝鬘経は一人の女人を通して、感動を与え、何かをしようという気にさせてくれました。それでこれからは和（私）もより善い生き方を

していきたいと思ったのです」

「それで、久瑠実は具体的に何をしようと思ったのだ」

「はっきりと、これをしようと決めた訳ではありません。でも今までと同じではなく、自分の家族の幸せだけを追い求める様な狭い考えではない生き方をしたいと。それは他者の喜びや幸せが自分の幸せだと感じることが、本当の幸せではないかと思うようになったからです」

刀自古は、嬉しそうにそう言って微笑んだ。

「刀自古、吾が勝鬘経を通して教えたいと思ったことは、今そなたが言ったことに他ならない」

上宮はそう言うと、刀自古の手を取って、

「こんなに沢山の分からない言葉があったにも拘らず、勝鬘経を正しく理解してくれて本当に有難う」


上宮はこの日、刀自古が新たに分からないと書き加えた木簡を貰い受け、橘の宮へ持ち帰った。改めて木簡に書かれた言葉を、自分で説明しようと試みてみたが適当な良い説明が出来ず、最後は慧慈を頼った。


上宮は、慧慈にその中の如来蔵という言葉から聞いた。

「如来蔵と申しますのは、全ての衆生に具わっている『悟りの境地に達する可能性』ということです。如来蔵は衆生の自性清浄心(じしょうしょうじょうしん)、心の本性がもともと清らかなものであることを指しています。勝鬘経では衆生の全てに如来蔵が備わっていると教え、仏道を行おうとする気持ちを起こし修行すれば、皆悟りの境地つまり仏となる道が開かれるのだと述べられています。以前にもお話ししていますが、法華経では仏性という言葉で表されております」

慧慈は、既に上宮と維摩経、法華経の話をした時、仏性という言葉を何度も口にしていた。

「では、如来蔵とは仏性と同義語なのですか。その方が、皆さんには分かり易いですね」

「拙僧もそう思います。ただ、勝鬘経ではまだ仏性という言葉では表しておりませんので、如来蔵を説明される時に、仏性と同じだと説明された方が良いのではないでしょうか」

上宮が説明できないその他の言葉を、慧慈は丁寧に一つずつ説明してくれた。

そして何日か掛かって慧慈のおかげで勝鬘経の難しい言葉の意味を皆に優しく説明できるようになった上宮は、やっと勝鬘経の講義を開くことが出来ると思った。

上宮は勝鬘経の講義の準備をする傍ら、神と仏の関係について考えていた。この国の民は仏の教えは直ぐに信じられなくても、国中(くになか)に坐(い)ます神々の事ならば昔から信じている。信じるという行為はこの国の民にもあるのだから、以前からの神々と共存するような形にすればどうだろうか。そう思案する内に、上宮は以前大后が言っていた言葉を思い出した。

「仏もわが国の神である」

仏教を興隆させようとした時、仏をこれからは国に坐(い)ます神々と同じく扱うと、国の祭事を担う大后自身が宣言した。その強い発言に群臣は従ったのだった。上宮の気持ちは定まった。

菟道貝蛸皇女は上宮から勝鬘経の講義を受ける人達の選出と講義の日程を組むように頼まれていた。その名簿が出来上がり講義の日程も決まったと、上宮は菟道貝蛸皇女から報告を受けた。

講義の予定日は例年なら暑さが残るような時期だった。上宮は昼間の暑さを避けて講義を行うことにした。そして、昼間の時間を使って女性達が午後の講義も楽しみだと思えることは何か無いかと考えた。

今回の勝鬘経の講義は大后から依頼があって始まったことだったが、刀自古と勝鬘経の予講を行なう内に、講義は王家の女性達も新しい国を建設するための重要な人材として育てる良い機会だと上宮は捉えるようになった。


講義前日から橘の宮付近には王家の女性達が寝泊まりし、華やいだ雰囲気になった。講義初日の早朝、上宮は気を引き締め講義の場に立った。

上宮は前列中央に居る大后と母の穴穂部に対し軽く会釈した後、居並ぶ王家の女性達に向き直り、

「少し難しい講義になろうかと思いますが、理解できない言葉等は一区切りごとに説明致します。それ以外にも難しいとお感じになる言葉がありましたら、皆様の前に有る木簡に書いておいて下さい。出来る限り夕方の講義の際に答えるようにします。では、講義を始めます」

上宮は、刀自古に話した時と同じ様に、勝鬘経に語られている知りうる範囲の国や人物の紹介を行い、勝鬘夫人の人柄について話し出した。そして、皆が座る前面に勝鬘夫人らしき絵図を手伝いの女官に掛けさせると、その美しい勝鬘夫人の絵に会場からため息が漏れた。

「これは西域から来た絵師に書いて貰ったもので、その頃の天竺地域の王族の女性の姿だということです。今からお話しする勝鬘夫人はほぼこの様なお姿ではなかったかと思います。暫しご覧ください」

美しい絵に女性たちは目を奪われた。殆どの人が、一応その絵を眺め終わったと思われる頃に、

「さて、この様に勝鬘夫人は女人として理想の姿に描かれているのですが、その人が大変素晴らしい教えを聞いたからという両親からの勧めで仏教に出会います。勝鬘夫人が素直に両親の思いを受け入れ、仏の教えを知りたいと強く願った時、釈尊が勝鬘夫人の魂に話し掛けてきました。そして勝鬘夫人は釈尊と直接話しているが如くに仏の教えを聞き、歓喜し感動します。

その時、勝鬘夫人は自分が感動した仏の教えをどうすれば広めていけるかとの思いに至り、まず夫である国王と自分の子供たちに仏教の素晴らしさを語る事から始めました。そして国王と共に国民に仏の教えを説き、国民と共に幸せへの道を歩もうと思われたのでした。

次いで、勝鬘夫人は釈尊を前にして、仏教の教えに従うことや今後は人々に教えを広めるために自利利他、つまり自分自身の善い行いによる功徳で他者を救おうとの精神で心身共に全力を尽くすと、釈尊に誓います。その誓いは十大受（じゅうだいじゅ）として具体的に示されます」

上宮は、次に十大受の説明に入った。

「十大受とは十の誓願のことで、一から五までは勝鬘夫人自らへの戒(いまし)めであり、六から十はこれ以後他者に対しどのように接していくのかという誓いです。これは勝鬘経の中でも大切な部分ですので、先ずはお聞きください。

一、仏教を信奉するために守らなければならない戒めを決して犯すことはいたしません。

二、年長者や師を敬い尊ぶ心を忘れません。

三、常に生きとし生けるものに対し、怒りの心や害する心を興(おこ)しません。

四、自分と他人を引き比べて、その姿、持っている物が優れていてもその事に対し妬(ねた)む心を持ちません。

五、内外の法に於いて慳心(けんしん)を興しません。慳心とは物惜しみする心であったり、意地悪い心、頑なな心を抱いたりする行為のことです。

五つの誓いまでは、ご理解頂けましたか」

殆どの人達が、頷いた。

「五の誓いまでは、勝鬘夫人の自身の戒め、つまり自利の行(ぎょう)なのです。六からは、他者に対してどのように接していくのかの誓いを立てます。

六、これからは自らのためにではなく、貧苦の民や身寄りのない人々を救うために蓄財をいたします。

七、自分自身のためには、四摂法を行うことはしません。四摂法とは、人々を救うための四つの方法です。

その第一は布施。仏の教えや財を施すこと。

第二は愛語。誰に対しても優しく愛情のこもった言葉をかけること。

第三は利行。他人のためになる行いをすること。

第四は同事。お互いに協力して社会的貢献をすすんで行うこと。

この布施、愛語、利行、同事の四つは人々と上手く付き合っていくためには大変重要なことですが、これは自分の利益のためにするのではありません。つまり、自分が何かになりたいというような心算で人々を助けるのではなく、大きな気持ちで人々を救いましょうということです。

少し難しい説明の仕方をしますと次のようになります。自分自身のためには四摂法を行うことはしないということは、自利を完成させたいという心から離れて、完全に利他行へと向かう心構えを説いているのです。無心に利他行を行うことによってのみ自利行の完成もなされるのだと、説かれています」

上宮はここまで話し一呼吸置いてから、

「聞くだけでは、難しくて理解できないかもしれませんが、勝鬘夫人があと三か条の誓願をしていますので、もう少しこのまま聞いて下さい。

八は、抜苦与楽。人々の苦しみを除き、必ず安穏ならしめると誓います。人が生きる内には様々なことに遭遇します。その中で心身を病む人や、貧しさのために罪を犯してしまった人、大災害に遭ってそれまで一生懸命造り上げ守り続けていたものを失ってしまった人々等、困っている人がいることを知ったならば、即座に必ず手を差し伸べて救う。その後その人々が困っていることから抜け出せるまで見届け、心が安らぐまで見守ることを宣言しています。

この八の条は六の条に似ていますが、より具体的に困っている人を見て放置する様な無慈悲なことは決してしないと誓っているのです。

九は、摂受（しょうじゅ）と折伏（しゃくぶく）。摂受とは優しく諭し教えること、折伏とは強く説き伏せることです。王と共に王妃として仏教を国教として承認した限りは、仏教の教えに背いた者には国の法により摂受と折伏で対応します。

つまりその人に合った教え方をすることによって、聞く方の人がより聞き入れ易くなるからです。どうしてその様に仏教を説いていくのかと言うと、素晴らしい仏の教えをより多くの人々に広めることこそが、長きに渡って多くの人々の幸せをもたらすのだと理解されたからです。

最後に十は不退転。今後、仏の教えを堅持して決して忘れることは致しません。仏の教えは人々が幸せになるための真実の法です。もしそれを一瞬でも忘れたりすることがあれば、正しい生き方が出来なくなって真の幸福を得ることが出来なくなってしまうからですと、仏教の精神である六波羅蜜（ろくはらみつ）を頑固に守ることを誓って、勝鬘夫人が釈尊と交わした十大受の誓いは締め括られています」

上宮は勝鬘夫人の十大受を話し終えて、

「初めて聞く仏教の言葉で、理解できないことや難しい言葉等が沢山出て来て大変な思いをされているると思いますので、ここで午前の講義を終えましょう。午後からは、この十大受の中に出て来ることで皆様が分からなかった部分なり、もっと詳しくここが知りたいと思われたことをお聞きして説明したいと思います。質問は木簡に書き残しておいて下さい。では、暫しお寛ぎ下さい。また午後に」

午後の講義が始められた。

「では、朝の講義から出た質問に答えたいと思います。最初の質問は、仏教がどの様なことを教えているのかを知りたい。それから、次の質問は、仏教を学べば何が良くなるのかを具体的に教えてほしいとの質問です。

最初の質問の答えは、仏教は人が生きていく際にどの様に考え、他人と対話し行動すれば、自分と周りの人々が幸せになれるかを教えている、ということです。答えとしては短いですが、ここは非常に重要な点だと思います。

次に、仏教を学べば何が良くなるのかという問いに対しては、精神的な安らぎ、これは究極の悟りという言葉で表現されるものですが、それが得られるということです。勝鬘経においては、如来蔵という表現によって全ての衆生は悟りを得られる可能性の種を持っていると説かれています。

悟りは釈尊だけが特別に得られるものだとつい最近まで吾も思っておりました。しかし違うのです。

　如来蔵はまた他の経典の中では、全ての人は生まれながらにして仏種を持っているとか、仏性が具わっていていると表現を変えて説かれています。その仏種なり仏性があることを自己で確信できたならば、人は皆、日々仏の教えに従い精進することで仏の境地に至ることが出来ると説かれています。しかしなぜ何度も何度も言葉や譬えを用いてこれらのことを執拗に教えるのかというと、そのことを信じることこそが仏と同じ境地に至る唯一つの道だからに他なりません。仏の境地とは、何が起こっても精神的に安定していることです。

　しかし、それを実感できなくて信じることができないのは何故なのか。それは衆生が存在する世界にはそのことを実感させまいとする煩悩というものが如来蔵を覆いつくしているからだと、勝鬘経では説かれています。

　皆様もそうでしょうが、昔の方々もいきなり如来蔵とか、仏性が具わっていると言われても直ぐに信じることなどできなかったのではないでしょうか。そして、それらのことを信じられなくする煩悩とはどういう事だと思いますか」

　上宮は少し間をおいて聞き入る女人達に考える時を与えた。そしてその後、

「煩悩は、心身を乱し悩ませて衆生を苦しみに満ちた迷いの世に繋ぎとめておく内的外的原因となるものです。その煩悩を断ずることができれば如来と成る道、仏の境地に進む道が開ける。では、どうすれば煩悩を断ずることができるのかという具体的な方法が、勝鬘経では勝鬘夫人の十大受として示されているのです」

上宮はそう言って、一人一人に十大受を今後も覚えていてほしいと思い、勝鬘夫人の十の誓願を書いた紙片を皆に配った。

講義を受けている女人達が配られた紙片に目を通し終えたのを確認した上宮は話を続けた。

「如来に成れる可能性が内在していると言われても、今日聞いたばかりの皆様には直ぐに理解することが難しい。しかし、それは永遠不変の真理が煩悩に被い隠されることで分からなくされているからなのです。煩悩に被い隠された如来蔵の中に、永遠不変の真理が具わっていると分かることこそ大切なのです。皆様はどう感じたでしょうか。

吾は幸せになるための永遠不変の真理があると知った時、心底歓喜しました。その時の感動を、今もはっきり思い出します」

上宮は少しの間、目を閉じて興奮した心を落ち着かせた。

「吾は気付きました。

釈尊は、本来清浄な魂を持つ全ての衆生が幸せになるためには、十の誓願を実行することに依って煩悩にまみれた魂から自らを救い出すことだ、との思いから教えを説き続けたのではないかと。

釈尊の時代も今も衆生はあらゆる争いによって不幸せとなる現実があります。それは幸せになれる可能性を持ちながらそのことに気が付かず、自分が不幸なのは全て他者のせいや変えられぬ運命のせいだと諦めるからなのです。釈尊は、その様な考えを根本から変えて、皆で幸せになれる道を説きました。これが仏教の始まりだったのです。

それでは次回は、具体的に他者と自分、双方の幸せを心から願えるようになるにはどうすれば良いのか。修行すれば幸せになれると気付いても中々思うような境涯に至れないのは何故なのか。その原因と、解決方法を話したいと思います」

上宮は一回目の講義の最後に述べた。

「吾は皆様より少し前に、如来蔵、すなわち全ての衆生の中に仏と同じ境涯に至れる可能性が具わっていると知った時には感動しました。これが仏教を学んで良かったことの一つです。そして仏教は一人だけではなく、皆で幸せになろうとする教えだということも知りました。そうであるからこそ、自分で日々仏の教えを学ぶだけでなく、自分が知り得た仏の教えを自分以外の人々に教えることも大切だとの思いに至りました。

仏教は学ぶだけのものではないのです。どの様な教えにも共通いたしますが、教えを受けた後には勝鬘夫人のように実践するということです。この実践はとても大切です」

講義を聞いていた大后（炊屋姫）は、上宮が人々の幸せを願い、この様に講義をしていることが仏教の自利利他の精神そのもので、今学んだばかりの崇高な行為だと感じた。

その後、上宮の講義を聞き終えて館に戻った大后は、一人静かに考える時を持った。勝鬘夫人の国には、仏の教えが広まる前に宗教らしいものは無かったのだろうか。神々の存在はなかったのだろうか。いや、そんなことはあるまい。わが国にもわが国の神々が坐(い)ますように他国にも神々は存在するはずだ。では仏の教えでは、先に存在した神々とどの様に折り合いを付けたのだろうか。この質問は是非とも上宮にしてみたいと、二回目の講義を楽しみに思い、眠った。

次の日は上宮の意向で講義が休みだった。一日目の仏教の講義を熱心に聞き、多少の疲れを感じた菟道貝蛸皇女は刀自古郎女と共に、午前の講義終了時に緊張した人々の疲れを何かで癒したいと考えた。二人で知恵を出し合って考案したのは、甘茶の中に葛で作った小さな餅状の物を入れた喉越しの良い飲み物だった。小さな葛の餅の中には塩漬けされた梅の実が細かく散らされた形で入っていて、噛むとほのかに梅の香りと優しい酸味が口の中に広がった。二人は皆がどの様な反応をするのか、感想を早く知りたいと思った。

二回目の講義が始まった。上宮は最初の講義の要点に触れてから、

「衆生が仏教に帰依したいと願う心（善心）を阻み、修行しようとの思いを邪魔するものが煩悩です。その中で最も悪質な三種の煩悩を仏教では三毒と呼んでいます。

その三毒とは、貪欲（むさぼり）、瞋恚（いかり）、愚痴（愚かさ、無知）です。どうすれば吾等はその三毒を克服できるのでしょう。勝鬘経は八正道でそれらの困難を乗り越えるようにと教えています。

八正道というのは、仏教を信仰する上でとても大切な正しく生きるための基本的精神です。一つずつ項目別に、お話しいたしましょう。

一に正見。正しい見解、物事に対する正しい解釈や評価をする。

二に正思。思いを巡らせ考えて物事の是非や道理を正しく判断する。

三に正語。正しい言葉使いをするよう心掛ける。言葉は、心に何を思っているのかを表現する一つの方法です。その言葉によって、相手をこの上ない幸福に導くことも、絶望のどん底へ落とすこともできます。正しい言葉とは他人を良き方向へと誘うものであるのです。言葉で以って、決して人を悲しませたり、苦しめたりしてはならないのです。

四に正業。身体の行いを正しくすることです。正しい行ないによって自らと他人とを共に悟りの道に導こうとする行動です。

五に正命。日々、人として正しく生きるということです。つまり、正見、正思、正語、正業（行）を心して生きるということです。ここまでのところは、理解頂けましたか」

殆どの人が頷いたので、上宮は話を先に進めた。

「六からは、五迄で述べた事柄を具体的に実際の仏教者として、どの様に実践し向き合うのかを示しています。

六は正精進。仏教に於いての正しい精進（努力）とは、在家として生きながら戒律を守り、禁忌を避け心身を清らかに保ち、信仰に励むことです。

七は正念。正しい思念で、常に正しい行ないをすると心掛ける。思念とは智慧のことです。

八は正定。正しい精神統一です。これは禅定と言いまして、心静かに瞑想し仏教の真理は如何なるものかと考えることです。日々に七までの正しい行ないをして、一日の終わりに精神統一（禅定）することによって、その日一日を自分は八正道を守り正しく過ごせたかと自らに問う。そして、出来ていたら良かったと思い、そのことはそのまま明日も続けて、もし出来ていなかったことがあった時には反省をして、明日にはできる自分であろうと願うのです。そのような日々の正しい願いは必ず皆様自身の清らかな魂に届き、いずれ見事な境涯を得られる。

しかし修行僧のように修行ばかりに没頭する生活ではなく、日常の生活の中で在家の人として、この八つの正しい道を貫いて生きていくのは、そう簡単なことではありません。良いと分かっていても正しい生き方をするのは、何故困難なのか。それが今日の講義で一番初めに言った三毒というものなのです。今日は、八正道を覚えて実践してみて下さい。ここに八正道を短くまとめたものを用意しましたので、今から配ります。午後からは仏教の修行を妨げる三毒について、しっかり話したいと思います」


講義を聞いていた人々の緊張した顔が少し和らいだように見えた。それまでは、皆が上宮の仏教の講義を一言も聞き逃すまいと、終始真剣な面持ちだった。そんな人々を前にして、上宮も自らの仏教の講義が後々この人達の考え方に変化をもたらし、その人生が幸多きものになってくれることを切に願った。

午前の講義が終わったとき、菟道貝蛸皇女は刀自古と共に考え作らせた小さな葛餅入りの甘茶を皆に振る舞った。皆は嬉しそうに面白いと口々に言いながら飲み干していた。

午後の講義。

「朝の講義で話した通り、三毒は最も修行の妨げとなる悪質な心の動きです。しかしこの様な心の動きを起こしたいと思っておこす者はいません。これは自分でもどうしようもなく自然に心の中から湧いてくるもので、この様な嫌な気持ちは出来ることなら誰も感じたくはありません。それを感じないように、また湧き上がってこないようにするにはどうすればよいのでしょうか。

それには自分を含めて周りの環境を整える必要があります。だからこそ、自分の周りも巻き込んでの自利利他共に修行することが大切なのです。自分だけでいくら修行をしていても、周りが三毒にまみれた生き方をしていたのでは自分もその影響を否が応でも受けて仕舞います。

三毒のうちの貪欲とは、貪りだと申しました。この貪りというのは、欲が果てしなく続き決して満足しないことです。人は満足することで幸福を感じます。満足できないということはそれ自体大変不幸なことといえるでしょう。

瞋恚は、異常な憎悪の感情で、怨みを抱く様な強い怒りや憎しみです。皆様の殆どはこの様に強い憎悪の感情を持たれたことはないと思いますが、非常に深い憎しみを人や世間に対し抱かざるを得ない状況に至ることも人にはあるのです」

この時、ふと上宮の脳裏に何故か物部守屋の笑っていた時の顔が一瞬浮かんだ。守屋の嫡男久梨埜は、もしかしたら生きているかもしれない。彼がもし生きていればこの様に深い憎しみを持っていても不思議ではない。しかし彼の魂のためにもそうでないことを祈りたいと上宮は心の中で手を合わせた。

「愚痴は、物事を正しく認識することや判断することができない、知識があっても智慧を働かせることが出来ない愚かなことです。これら、三毒なるものは、衆生の心中深くに具わっている幸へと導く如来蔵に衆生を達せさせまいとする邪気なのです。仏教ではこの邪気を魔（煩悩魔、悪神の天魔など）とも言い、魔は三毒という形で心に働きかけ、仏教の教えを学び修行に励むことを妨げます。

この魔は外からだけではなく、内的つまり己の心中にも潜んでおります。幸せへの道を阻む、この魔との戦いに己自身が勝ってこそ、衆生の中に本来具わっている永遠不変の真理に辿り着くことができます。

ですが、勝鬘夫人も永遠不変の真理に辿り着いても、如来（仏）と成るには未だ多くの時がいるのだと教えられます。煩悩に阻まれてはいるけれど自己の中に如来蔵があると信じ、弱い自己に負けずに日々を送り切ったところに、将来において仏と同じ境涯を得ることができると教えられています。

皆様は一人ひとりがわが国の未来において勝鬘夫人と同じ境涯になられる方々だと吾は信じています。皆様は幼き頃からあらゆることを真摯に学ばれ、物事の善し悪しについてはもう十分に分別が出来ておられる。日々の暮らしの中で三毒（さんどく）と呼ばれる精神状態から最も遠く、仏教で教える正しい生き方である八正道を日々念頭に置きながら、心身共に真直ぐに生きている方々であると思っています。

皆様もお気付きだと思いますが、仏教の八正道と儒学の道徳の教えの根本は非常によく似ています。ですから仏教の話は初めてだと思っているかも知れませんが、正しく生きるという点では今までの教えと仏教は何ら変わるものではありません。何が今までの教えと違うかというと、人が正しく生きようと懸命になっても阻まれるのは何故かとの理由が、仏教では詳しく述べられているということです。それが煩悩であり、魔の三毒であると仏教では教えています。

普通に生きる者にとっては、色々な人々と日々関わっている中で、知らない内にそれらの人々から大きな影響を受けるものです。その時、仏への道を阻もうとする煩悩や三毒と接する時もあるでしょう。でも、どうかその様な魔に負けないで下さい。負けそうになったら、今日のこの吾の話を思い出して、自分自身と周りの人々のために、魔などに負けてはならないとご自分に言い聞かせてほしいのです。吾もそんな時は、自分を叱咤激励しております。皆様は一人ひとりがわが国における民の生き方の手本であり民を導く指導者です。この吾にとっても大切な方々です。我国が平和で実り多く民達が安心して暮らせるような希望に満ちた国に将来なれるように、勝鬘夫人のように心清らかな皆様に吾は力を貸して頂きたいと心から願っております」

上宮は二回目の講義を終えた。そして次の講義は一日の休みを取らずに明日の朝から行なうこととし、勝鬘経の講義の総括の後に聴講した人達の感想を聞きたいと告げた。

翌日はそれまでの日と様子が違い朝から雨が降っていた。その雨は初めは春の様な優しい降り方だったが、講義が始まる頃になると空が真っ暗な雲で覆われ雷鳴と共に激しく降りだした。講義に集まった女人達の殆どの者は、目を閉じて耳を手で塞ぎ身を小さくしていた。何度もの雷鳴が鳴り響いた後、近くで閃光が走った。その直ぐ後に今までの音ではない異常な音と共に地響きがした。上宮は、雷神の怒りではなく稲を実らせる時に起こる雷の稲交（いなつるび）だと直感した。

ざっと降った雨は先程の落雷の後小降りになり、黒雲が去って日が顔を出した。橘の宮は朝の雨で清められた新鮮な空気に包まれ、木々に付いた雨の雫に日が当たって美しく輝いた。

講義を始めようとした上宮に、大后は少し話をさせてほしいと言った。

「勝鬘経の講義が終わる今日この日に、皆が揃っているここで稲交を体感できたことには大きな意義があります。天と地の神々はわれらが懸命に学ぶ姿をご覧になっていて、多大なるご褒美を下さったのです。そしてこの時期の稲交によって稲の結実を促（うなが）し、今年の豊作を約束して下さいました。

和（私）もここで勝鬘夫人のように誓いを立てましょう。これからはこの国の将来のために、和に出来ることを力の限り致しましょう」

菟道貝蛸皇女はじめ他の女人達も皆が大后の話と決意を称賛した。

古来、秋の稲交は稲を結実させるために必要な現象の一つとされていて、天の神から地への、今年は豊作であるとの貴重な啓示の一つであった。長きに渡って国の祭事を司（つかさど）ってきた大后は誰よりもその事を瞬時に感じ、言わずにはいられなかったのだ。そして誰がその事に触れるよりも大后が触れたことで、上宮が仏教の講義をしたということの神聖さは増した。大后が仏教を学ぶ場において古来の伝承を話したことにより、仏教を学ぶことが国の神々を決して蔑（ないがしろ）にはしていない、いや寧（むし）ろ国神が仏教を承認していると印象付けたことになる。上宮は大后の賢明な計らいが何よりも有り難かった。

「大后様、有難うございます。賛同くださった皆様にも感謝致します。そして吾が勝鬘経の話をどんなに上手にまとめるよりも、大后様のお話とご決意は素晴らしいものであると思いました。そして皆様も大后様に賛同して下さった。勝鬘経の講義を聴かれた皆様がこれからを如何に過ごしていかれるか、吾は本当に楽しみでなりません。

生きていく上では様々な困難が待ち受けていて悲しいことや苦しいことがあるかもしれません。しかしどんな困難にも乗り越える方法はあり、悲しみや苦しみも永遠には続かないと信じ前へ進みましょう。

勝鬘夫人の両親が遠くに居る娘を常に心に掛けて、自分達が良い教えだと思った仏教の教えに導こうとした時の様に、必ず皆さまにもその様に思って下さる人がいると思います。大切に思ってくれる人がいる。それは本当に素晴らしいことなのです。皆様を大切に思ってくれる人のことを大切にして、日々少しずつでもご自分も含め幸せへとつながる仏教の教えの輪を広げて下さるようお願いいたします。

では、今から皆さん一人ひとりにこの講義を受けての感想を述べていただきます」

上宮はそう言って、まず母の穴穂部前皇后を指名し、その後順次皆に感想を述べてもらった。仏教が幸せになるための教えであることが分かった、王族の一員として女人の自分達も国造りのために役立ちたい、子にも仏教の素晴らしさを教えたい、など多くの感想が感激の面持ちで次々と語られた。

上宮はそれらを頷(うなず)きながら聴き終え、講義を締め括る話しをした。

「それでは最後に、勝鬘夫人が釈尊に対し誓われた三大願、三つの誓いを確認しておきましょう。
一、世尊に誓いましょう。われの真(まこと)の心に誓って、あまたの衆生たちに利益(りやく)をもたらす徳を積み重ねた善根で以って、いつの世でも真実の教えを理解できますように。
二、真実の教えを理解しえたならば、途中で怠けたり厭になったりせず多くの衆生にこの教えを説き続けます。
三、われはこの真実の教えを広めていくにあたって、心身共に尽くし、この正しい教えを尊び守ります。仏教を護持し、布施心を興します。
これで、吾の皆様への勝鬘経の講義を終わります」

勝鬘経の講義と自らの思いを話し終えた上宮は、聴講していた人々に深々と頭を下げた。大后はじめ上宮の話を聞いた人々はそれぞれに感謝の意を述べた後、暫しの間その場で頭を下げた。

後日、大后(炊屋姫)は上宮の勝鬘経講義に感動し、大后が所有する播磨国の土地を仏教興隆のために施入した。この大后の行動は、上宮の勝鬘経の講義を受けた王族の女性達にも良い影響を与えた。

皇后は私財を投じ、秦河勝の妻安美に手伝わせて機織りを全国に広めたいと申し出た。皇后は妹の桜井弓張皇女も含め様々な事情で夫を亡くし寡婦となった人々が、日々を安心して暮らしていけるように何かできないかと以前から考えていたのだ。倭国の織物は外の国々にも大変評判が良かった。女性達の暮らしを豊かにする仕事として機織りは需要が伸びていくだろうと、上宮は皇后の提案を大変喜んだ。

また、穴穂部前皇后は斑鳩の領地内に尼寺を建てることを発願した。刀自古郎女と菩岐岐美郎女は、斑鳩の薬草園の土地を広げるのに必要な経費や、薬師や薬草園の管理をする人を育てるための費用を提供することを申し出た。

上宮は勝鬘経の講義で、女性たちに仏教の素晴らしさが伝わり、心穏やかな日々が訪れるようにと心から願った。

五、隋への道

　勝鬘経の講義を終えた二日後、上宮は大臣と側近達を集め、隋へ遣わす使者達の選考の会議を開いた。

「今回派遣する者達はこの様な少人数で良いのですか。長い時をかけて、漸く何もかもの準備も整っての遣隋です。我が国には、隋へ行きたいと願う多くの若者がいるのです。選ばれなかった者たちはきっとがっかりしてやる気をなくし、今後の勉学への熱意も弱まるに違いないと、われは考えます」

　上宮達に人選を任せきっていた蘇我大臣は、人数を知らされて異議を唱えた。法興寺の学問所で今まで教育してきた者たちの半分にも満たなかったからだ。

「折角の機会だということは重々承知しています。しかし隋が我国の学生(がくしょう)や学僧達をどれくらい受け入れてくれるのか分からない状況において、闇雲に大人数で向かわせることは出来ません。それに彼らの滞在費用も如何程になるか、まだはっきり掴めておりません」

「隋の配慮もあり滞在費に関してはほぼ掛からないと聞いております」

　蘇我大臣の異論に対し、上宮に隋への派遣使節団の計画を任された葛城鮠兎が冷静に答えた。

「しかしそれは、唯滞在するためだけの基本的な費用のことです。それだけでも助かりますが」

「ああ、まあ少し前の情報だ。それが今も隋で行われているならいいのだが……」

「大臣の情報は今も有効で、違ってはいません。しかし吾より大臣の方がよくご存じだと思いますが、隋で我国の者たちの待遇を良くしてもらったり何かと便宜を図ってもらったりするには、それ相応の費用が掛かると聞きました。その費用も用意しなければならないのです。吾も学僧にしても修学生にしてもできれば今回決めた派遣人数の倍の者たちを送りたかったのです。

ただ、費用だけの理由で今回の遣隋使の人数を少なくした訳ではありません。国内のあらゆる分野の部署でも人材不足の現状があります。国内にも優秀な人材が必要なのです。隋へ送った使者たちがそれぞれに一応の学びを終えるまで、どのくらいの期間が必要かも分からぬ現在において、優秀な者を全て外に出す訳にはいきません」

「左様でございますね。これはわれの考えが至りませんでした。しかし国費ですべて賄おうとなさるのは、無理があるのではないでしょうか。われも闇雲に人数を増やした方が良いとは思っておりません。飛鳥の学舎で現在学んでいる最優秀者の中の半数を隋へ送り、半分の人材を国内の主要な部署に配置することはわれも賛成です。

これはわれが一人でまだ考えている段階の案ですが、お聞きいただけるでしょうか。勿論、大王のご判断で用いていただけない場合はここだけの話として、忘れるように致しますが……」

「言ってみて下さい。唯、人選はここに居る皆の賛意を得られる者に限ることと、あくまでも公平にとの考えは変えません。大臣の案とはその事を踏まえた上でも発言できるものですか」

「まあそう厳しく考えずに、先ずはわれの話を聞いてください。実はこの度の遣隋の選考から漏れそうな者達の縁者から、以下のような申し出があったのです。その申し出とは隋での滞在費や諸費用に関して全て自費で賄うので、船の人員にもし余裕があるのであれば乗せてほしい、またとないこの機会に隋で学ばせたい、というものでした。

その時は、大切な公の事柄において実力の伴わない者にその様な手心を加えることなど考える余地もない、と強く叱り付けて帰らせました。ですが、同じ子を持つ親として、落胆し肩を落として帰っていく後ろ姿に哀れさを感じずにはいられませんでした。彼らが子を通して、新しい政権に何某かの役に立ちたいと思う心も嘘ではないのではないか。少なくともわれにはそう映りました。

そこでご相談なのですが、われもこのままの成績ではいくら隋への渡航費用を出すと言っても他の者に示しがつきませんので、半年後にもう一度機会を与えてみるというのは如何でしょうか」

「境部摩理勢、大臣の案をそなた、どう思う」

上宮は敢えて、大臣蘇我馬子の弟で遣隋使団の人選責任者の副官境部摩理勢に質問した。

「大臣が仰せの子を持つ親としての心情、われにもよく分かります。しかし今回の人選では最優秀な組の中でも半数の者しか隋への同行を許されておりません。もしその次の優秀な者の組から何人かの者を選び隋へ同行させるとしたら、今まで懸命に学び最優秀な組にいながら隋への派遣団に選ばれなかった者たちの中から不満に思う者が出くるのではないでしょうか。何事も最初が肝心です。人選はあくまでも公平公正であるべきだと存じます。

実は昨日、現場の者から護衛の者の人数を少なく見積もり過ぎていたと、報告が上がってきました。そこで今の大臣からのご提案を受けて、今回の選考に漏れた者の中から武術に特に秀でた者数名を、そこに充てては如何でしょうか」

「大臣、摩理勢の考えどう思われますか」

「学舎で今まで勉学に励んできた者たちを、たとえ成績が最上位でないからといって護衛兵にしてしまうのは、とても良い案とは思えません」

大臣は上宮と摩理勢に反対の意を示した。上宮は、

「文化の先進国である隋をその目で見られるとすれば、それは広い意味で大いなる学びとなるに違いない。摩理勢の案を採用しましょう。少しでも多くの者を学ばさせるようにすることは大臣の考えとも一致するでしょう」

「分かりました。では、せめて優秀者の中で武術にも秀でた者を選んでください」

大臣はそこまでなら譲れると言った。


「次の議題、隋への国書に移りましょう。鮠兎、国書の三例をここへ」

「はぁっ、畏まりました」

葛城鮠兎は、斎祷昂弦たちと作り上げた隋への三例の書簡を側にある木箱から取り出して上宮に手渡した。その三例の書簡は、上宮からの要請を受けて鮠兎や斎祷昂弦が第一回の遣隋使達から聞き取りした結果を深く考察し、隋とどの様に向き合うかを考え作成したものだった。

「何故、国の書簡を三例も用意されたのですか」

馬子は、上宮の真意が分からないと素直に疑問を投げかけた。

「今後、どの様な形で隋と関係を持つのかは、今回の国書と遣隋の使者達の言動に大きく左右されると言えるでしょう。わが国が隋にそれなりの国として認められなければ、高句麗や百済との関係もこれまでの様な友好的なものではなくなるとも考えました。

三つの書を用意したのは、この中のどの書簡を持たせれば一番良い結果を出すことが出来るか、大臣や皆の意見を聞きたかったからです」

「それではどの書を持たせるか、まだお決めになってはいないのですね」

「そうです。それで現在の段階で、大臣の意見を聞いておきたい。大臣はこれらの書をどう思われますか」

上宮は、三例の書を馬子に渡した。一つ目は、対等の国として堂々とした文体のもの、二つ目には健康や季節に関してのみ記されていて特徴はないもの、三つ目は終始隋の素晴らしさを褒めその様な国と末永く国交を樹立したい旨の文言が続き、隋に従う国として冊封（さくほう）されても良いと受け取れるものだった。その一つ一つに丁寧に目を通した馬子は、

「この様な同等の国として等……。難しいというより、隋の国王の怒りを買うだけに終わるとしか思えません。これはいけません。

われはこのごく普通の二つ目の書簡をお薦め致します。新羅の様に、初めから隋に隣国から守ってもらいたいがために自ら冊封されて良いというような内容を含むこれもいけませんが、一つ目は大国に対してあまりにも強気な態度で無謀ではないでしょうか」

「無謀ですか。それでは、国書についてはもう一度練り直し、決定は時機を見て検討会議を開いて行うことにします」

上宮の本音は対等とも取れる国書にしたいと押し切りたいところだったが、馬子を説得するのは、大陸から帰国する紫鬼螺（しきら）たちの報告を受けてからにしても遅くはないと判断した。上宮は馬子が無謀だと言ったことに関して疑問符を投げかけただけで強く反論をしなかった。国書の決定はまだ急がなくても、今日は馬子が無謀だと言った一つ目の国書が候補に残っていることを示すことに意味があると思ったからだ。

隋は大国である。軍事、経済、文化、どれをとっても倭国が太刀打ちできるものでないことを上宮は各種の情報から知っていた。しかし、倭国として高句麗や百済との関係を考えると、隋に対して強気に出ざるを得ない。また、隋との交流が叶ったとしても、倭国としてその後の関わり方を考えれば、小国といえども存在感を高めておかなければならない。上宮はそう考え、側近や飛鳥の学舎の博士らと共に一つ目の国書を作成した。その書は、隋が仏教を復興させたことを踏まえ、致書（注1）という形のもので書かれた。致書は、仏教者のごく親しい、例えば同じ師に教えを受けた兄弟弟子間の書状にみられるものだった。

「では次は、隋への献上の品々について、膳臣加多夫古氏から報告をしていただきます」

境部臣摩理勢は、打ち合わせ通り冷静に次の議題へと移った。

「はぁっ、ではこれをご覧ください」

加多夫古は巻物状の物を卓上に広げながら説明した。

「ここには食に関する記載がないがどうしたのだ。そなたが一番得意とする分野ではないか」

大臣の馬子は、少し怒ったような顔を見せた。

「も、申し訳ございません。現在まで各地を巡り懸命に集めてまいりましたが、お申しつけの量に至らぬ物がございます。今年は海が荒れている状態が長く続いておりましたので、特に海産物の干し鮑（あわび）や海鼠（なまこ）が不足しております。できますれば、東国の方にもお声がけ下さいませんか」

「今になってこのような状態で、任された身として無責任ではないか。どうするのだ。格好がつかぬ。何としても今月中、いや来月中には必ず用意せよ」

大臣は発言しながら自らの仕事の後任者の加多夫古に対しだんだんと怒りを露（あら）わにしていった。

「大臣、足りないというのが事実ならば、王家の蔵や阿部氏が管理している食膳の蔵、大蔵が管理する蔵から協力して頂くことも可能ではありませんか。先ずは、各所を管理している者を呼び調べさせましょう」

殖栗（えくり）皇子が言った。

「えっ、ええ、まあそういうことも言えますかな。ですが、阿部氏の管理する蔵に関しましては、大后様のご許可が無いといけません」

普段おとなしい殖栗（えくり）皇子の発言に驚いたのか馬子は静かになった。祭事における食膳管理を担っている阿部氏に対しては大后の許可が必要だという事は皆が知ることだった。

「殖栗皇子の意見にも一理ある。海産物の不足分については、初めに王家の蔵を調べさせよう。他の物の準備は整っているのか」

「はぁっ、玉(ぎょく)（翡翠(ひすい)）につきましては越(こし)の国から順調に産出しておりまして、昨年採れた物の中には大振りで大変上質の物があったと聞いております。これ迄に届いております玉を用いての勾玉(まがたま)や腕輪および首飾り等は、献上品として素晴らしきものに玉造の地で製作されております」

「織物全般は秦氏が責任を持って納期までに仕上げてくれるだろうが、その他の物品等全ての確認は怠りなくしておくように。よいな、膳臣加多夫古」

上宮は黙っていたが、馬子は加多夫古に厳しく命じた。

「畏まりました。様々な不備とそのためにご迷惑をおかけしたことをお詫び致します。早々に手配し揃えるように致します」

加多夫古は馬子ではなく上宮の方を向いて心から詫びた。

上宮達が遣隋使の準備を進めていた頃、隋と高句麗の両国に変化が起きていた。

隋は何度攻めても落ちない高句麗を攻略するために北の運河を完成させた。この運河は隋の初代皇帝となった楊堅（後の文帝）の頃に南陳を攻め滅ぼす準備として造られ始めた。しかし運河が完成する前に陳は滅び、楊堅も亡くなった。

楊堅が死んだ後も北の運河の建設は隋の二代目皇帝楊広へと受け継がれ、続けられていた。この大運河は、黄河と淮河(わいが)を結ぶためのもので通済渠(つうさいきょ)と名付けられ五八七年に着工し、隋暦の大業元年（六〇五年）に完成した。

　完成した大運河は、高句麗征伐の兵器や食料の輸送路として利用されようとしていた。通済渠があれば大量の物資を運ぶ大船を難無く高句麗の近く迄移動させることができると隋は考えていた。この様な隋の動向は色々な国の経路から高句麗にも伝わっていた。その様な状態の中でも、隋は度々高句麗の王に朝貢するようにと使者を送っていた。


　高句麗王の側近の乙支文徳（いっしぶんとく）が嬰陽王（えいよう）に聞いた。

「王様、昨日隋の皇帝からの使者が朝貢の催促の書簡を携えて国境付近に到着した、との知らせがございました。今回も何か持たせて送り返して宜しいでしょうか」

「そうだな、もう何回になるかな。今回はどこの国へ行ったついでなのだ。隋が建設予定の運河の完成はいつになるのだろう」

　高句麗の嬰陽王（えいよう）は、昨年亡くなった宰相魁想燈（かいそうとう）が重臣達の反対を押し切って王の側近にと推薦した将軍乙支文徳（いっしぶんとく）に、誰よりも厚い信頼を寄せるようになっていた。乙支文徳は国内外の情報収集能力と分析力に優れ、隋への対応においても高句麗の中で彼の右に出る者はいなかった。

「はっ、先の文帝の時代から何度もの催促です。そしてこの度はどこかの国へのついでではありません。どうも今回の使者は我国だけではなく周辺諸国にも向かったようです。隋の二代目皇帝の盛大なるお披露目のためということのようです。しかも我国には、王様ご自身が朝貢する様にと言ってきております。

運河の方ですが、昨年に淮河と黄河を結ぶ通済渠の完成をみたばかりで、使役した人民が疲弊しているというのにも拘らず、隋の楊広は今度は黄河と海河の間の運河（後の永済渠）を三年で完成させよと命じたとか。さらに南から物資を運ぶための運河（後の江南河）も建設するとのことです。

隋の内務官僚の中には、流石にこの様な時期に運河を建設することには反対を唱える者達も多く出てきているそうです。隋の将軍や大臣には、運河の建設をやめて我国を攻めることなく冊封する方向に持っていった方が得策だと、しきりに進言している者もいると漏れ聞こえてきております」

「そうか、しかし隋の皇帝が一度公に言ったことだ。皇帝の沽券に関わるから、引き下がることなどしないのではないか」

「そうだと思います。ですが我国にとって、出来れば運河の建設などされないに越したことはなく、造られてしまえば今後に大いなる不安の種を持つことになります。今回は正式な朝貢の使者を出してみられては如何でしょうか」

隣国の新羅は、隋への朝貢を毎年怠っていなかった。高句麗は倭国に頼まれ倭国の客人を伴って、開皇二十年（六〇〇年）に隋へ朝貢したのを最後に、隋からの再三の訪問命令を何かと理由をつけて断り続けてきたのだった。

「今更してみたところで、隋がもう一つの運河の建設を止めるという保証など微塵もない。隋は交戦しようとしていない我国に対し勝手に攻め込んできて、失敗に終わると負けた戦の責めを我国に負わせる。そんなことが何度も繰り返されてきた。

我国の先王（平原王）はもうこれ以上の戦いは双方にとって良いことではないと、隋との今後の安定と和平を願って祈るような気持ちで、横暴な隋へ戦いに勝ったにもかかわらず高句麗から詫び状を出した。

しかし隋は我国の近隣諸国を既に配下とし、とうとう本格的に半島の征服に照準を合わせた。その手初めに半島三国の中で隋と国境を接している我が高句麗を何とかせねばならないと考えている。

そんな国に対し今更朝貢をしたくらいで、我国に対し友好的に成るなどあり得ないことだ。それより隋がそこまで我国を滅ぼしたいと思っているなら、こちらも覚悟して隋の進攻を防ぐためのあらゆる方策を考えねばならない。

この様な状況を知りながら、そなたは我に隋へ行けと言うのか。一体どういう了見だ」

高句麗王は、乙支文徳の真意を測りかねて怒りを通り越して落胆した。

「勿論、王様に隋へ行って頂くことなど、全く考えておりません。しかし、運河が出来たら隋は必ず、我国へ向けて今までにないほどの大軍で攻め込むに違いありません。その時、周辺諸国で我国に味方してくれる国はありましょうか。

今回、隋に正式な使者を送り、隋の国内事情をつぶさに調べてこさせようと思っております。その使者たちが我国に隋の弱点を持ち帰ると共に、隋の中の不安要因となる者と常に通じ合える関係を作るのです。隋の現在の様な皇帝の下では、必ず多くの不満を持つ者たちがいます。そこには付け入る隙も出来るというものです。

　それに倭国も今回、百済と共に向かうことを決めていると聞いております。倭国にも働きかけましょう」

　高句麗の王は、乙巳文徳(いっしぶんとく)の説明を聞いて冷静さを取り戻した。

「そうだったな。今回の件はそなたに任せよう。あらゆることを考慮した上でのそなたの判断だろうから……。隋との長年に渡る戦いや、周辺諸国とのせめぎ合いも加わって民は身も心も疲れ切っているのではないだろうか。何とかして、この隋からの攻撃に耐えきって、高句麗の国土を皆のためにも守り抜かねばならん。

　そなたが我国の将軍で良かったと我にも民たちにも思わせてくれ。流石、魁想燈(かいそうとう)が残した逸材だと、良き人物を育ててくれたと思わせてほしいものだ。そしてそのためにも、そなたを今日この場で、空席になっている大臣に就任させることとしよう。正式には、後日公に任命する」

　こうして乙支文徳は正式に高句麗の大臣となり、高句麗と隋との交渉は今後彼が全面的に担うことになるのだった。


　大和に高句麗から使者が来て、いつもの様に倭国の王に挨拶した後で大臣の馬子に言った。

「王様と大臣に、直接高句麗の王からの伝言がありますので、是非とも時間を作って頂きたいのです」

　大臣の馬子は深刻そうな使者の様子を見て、即座に了解し上宮にそのことを伝え、密かに三者で会う場を島の庄の館に設定した。

島の庄での三者会談の場で、上宮に促された大臣馬子は高句麗の使者に問うた。

「高句麗の王からの伝言、お聞き致しましょう」

「はぁっ。倭国は今回、隋へ行かれるのでしょうか」

「質問からでしたか」

馬子は使者が自国の王の言葉を伝えるのではなく、倭国への質問から始めたことについ聞き返し、上宮を見た。上宮は馬子に答えて良いと頷いた。

「左様、百済からの誘いもあり前回は高句麗にお連れいただいたので、今回は百済と共に隋へ向かおうと計画致しております」

馬子の答えに使者は礼をしてから、

「お聞き及びかもしれませんが、高句麗と致しましては今回の隋からの招聘には乗らないと決めておりました。しかし国の方針が変わり隋へ伺うこととなりました。唯、倭国と共に参りますことは、隋と我国の関係上反対に倭国へご迷惑をおかけいたします。そのため倭国と百済が無事隋へ到着されたことを確認した上で、我国として使者を出すことに致しました。

それから、隋にお着きになられました後も、暫くは隋にあります我が高句麗館への立ち入りはご遠慮ください。隋の監視のもとにある高句麗館に近付くことは、倭国にとっても良きことではありません」

「分かりました。そう致しましょう。しかし、もっと重要な要件があるのでしょう。そのために来られたのではありませんか」

「恐れ入ります。実は、隋が黄河と淮河を結ぶ通済渠を完成させたことはご存知だと思います。これは元々隋の文帝が南陳を滅ぼすため着工したものでした。それから、南陳が滅びました現在は我国を滅ぼすため、新たに運河を黄河と海河の間に作り始め、もう直ぐ完成します」

「隋は何としても高句麗を滅ぼさんとしている。しかしその状況を知った上で、何故今回隋へ使者を送られることに決めたのだ。そこを説明してくれないか」

　初めて上宮が口を開いた。

　その時、呼ばれていた慧慈が到着した。上宮の質問に、高句麗からの使者は答えた。

「お答えいたします。この度高句麗におきましては、先の大臣魁想燈の後任を乙支文徳が継ぐこととなりました。その者が申しますには、できれば隋との交戦は避けたい。避けられないならばせめて、こちらにも準備の期間を少しでも長く持ちたいという意図がございます。

そして隋と交戦せねばならぬ時には、倭国にお願いしたいことがございます」

　これが本題だと、上宮も馬子も分かった。

「聞こう。申してみよ」

「我国が隋と交戦せねばならなくなりました時、どうか新羅と百済に睨みを利かせて下さるようお願い申し上げます」

「新羅に対しては分かりますが、百済にもとは何故」

　大臣の馬子は、使者の願いを怪訝そうに聞き返した。

「百済は現余璋王が治める時代になって、国内事情が不安定になっております。先代の百済王が抑えていた反対勢力は、密かに隋に通じ隋の力を後ろ盾として我が高句麗を挟み撃ちにしようとしているのです。

もう既にご承知かと思いますが、新羅は新羅で隋との交流がこの頃特に親密な状況です。しかもその事を我国に知られまいとして、出来る限り表沙汰にならぬように工作するようになりました。そのやり方は国としてではなく、隋にいる僧侶と帰国した僧侶との書簡の遣り取りの中で、隋の政府に対し我国を攻めるように新羅王が強く願っているという意志を伝えているのです。このような情報を、我が方は最近知りました」

高句麗の情報収集力は凄いと、上宮達は感心した。

百済は以前、同じように高句麗を攻撃してほしいと隋に請願した時、高句麗にそれを知られ、反対に高句麗から攻め込まれて多くの百済の城を奪われたことがあった。百済もそれに懲りて、今度は高句麗とは和親条約のようなものを結んで表向きは仲の良い振りをしていた。しかし密かに隋に通じているという情報も高句麗はしっかり掴んでいたのだ。

百済の高句麗政策の失敗とその後の動向を観察していた新羅は、国として動くのではなく隋で修行をして帰国した仏教の高僧円光に上表文を書かせ、密かに隋へと送ったのだった。しかし高句麗の情報収集力は優れていて、百済や新羅がどんなに巧妙に隠しても太刀打ちできるようなものではなかった。

「現在、百済にも王位継承問題が起こっているのは知っていましたが、そこまで百済国内が不安定になっていたとは……」

百済の情報を常に探らせている大臣の蘇我馬子は、高句麗の使者の言葉を直ぐには信じがたいと思いながらも落胆を隠せない様子で呟いた。

上宮はそんな大臣に対して、

「高句麗の置かれた状況は分かった。だが大臣、吾は高句麗の王への返事は少し待って頂こうと思う。慧慈師も構いませんね」

「はっ、われに異存はございません」

高句麗の使者の前で、倭国の言葉で急に上宮から同意を求められた慧慈だったが、そつなく返事をした。上宮の常の行動を熟知している慧慈は、上宮はやらないことに関しては即座に判断し返答するが、行おうとする時には熟慮すると分かっていたからだ。

高句麗からの使者は、大福にある迎賓館に戻り倭国の返事を待つことになった。その使者を送り出した後に残った上宮は慧慈に、

「先程ここに居た使者を見知っていますか」

「知っております。高句麗におりました頃に慧慶尊師(えけいそんし)の下で共に修行しておりました拙僧の弟弟子の兄です。あの方はその頃、小隊を任されている武人でしたが、今は文官として仕えているようです」

「そうでしたか。ではあの使者の話したことは、ほぼ確かな情報なのですね」

上宮は馬子の方に向き直って、

「大臣、早急に百済と新羅の正確な情報を取り寄せて下さい。

それから慧慈師には申し訳ありませんが、個人的に使者と会わないでください。これからの我国の方針が決まり次第、高句麗の使者の方にもう一度会いますからその時にお国のことやお身内の話などして頂ける時間を設けます。それまで暫くの間ご辛抱ください」

「承知いたしております。今回の使者は、国の一大事のために来た者です。重々承知致しております。では、これで失礼いたします」

慧慈は倭国が高句麗の情報を聞いたからには、倭国の人々に一刻でも早く動いてほしいとの思いから早々にその場を去ろうとした。

「少しお待ちいただけませんか。慧慈師にはまだ聞きたいことがあるのです。今回の高句麗の使者からの情報はそれとして、慧慈師は百済や新羅と高句麗の間柄について現在良好ではないと思いますか」

「はぁ、難しい立場におりますので、お答えしにくいことでございますが。ご参考までにと、付け加えさせて頂いた上でならば……」

「分かりました。参考までにお聞きしたい」

「百済は、今までに数え切れない程わが高句麗と国境を争って参りました。その上、新羅も国力を強めてきた昨今、百済と新羅がしきりに隋へ使者を出し高句麗に戦いを仕掛けさせようとしていることは確かなことでしょう。その百済や新羅の願いは隋の悲願とも一致しており、隋が黄河に建設しつつある二本目の運河の完成と共に隋の高句麗攻撃が現実のものに成る、と恐ろしい想像をしております。

隋は国の威信にかけて次の高句麗との戦いには大勝利を収め、長年の決着を付ける心算（つもり）なのでしょう。そのための二本目の大運河なのですから。でも、もし高句麗が隋に滅ぼされるようなことになったら、次に隋が狙うのは百済だと断言してもいいでしょう。だからこそ、百済の主流派は長年の高句麗に対する遺恨を収め、倭国に間に入って頂いて和平を結んだのでした。

わが高句麗は隋から攻められ続けております為に、一応国内は一つに纏まっているものと思います。しかし百済の中には高句麗への長年の遺恨を捨てきれない者がいるのもまた現実かと思います。百済にはそんな反高句麗派がいて、高句麗と和平を結んだ後も隋と結びついてわが高句麗を攻め滅ぼす手助けの活動をしているのが現状かと存じます」

「成程、高句麗と百済は、長い間国境を挟んで戦い続けてきたのでしたね。百済のことは理解できました。しかし新羅はその昔、我国と戦い存亡の危機に遭遇した折、高句麗によって何とか国体を維持するに至ったと聞いています。現在はその時の恩に報いようとは思わない国なのですか」

「我が高句麗はある意味その時から新羅を配下に収めたのもとして対応してきたのです。新羅にとっては助けて貰ったことは過去のこととして、現在の境遇に甘んじてはいられない国内状況があるのでしょう。時代と共に王が代わり王の周りや民心も変化致します」

「成程、新羅の国内に於いても様々なことが長い年月の間に変化した。高句麗の配下として長きに渡って様々なことを経験したことによって、高句麗に対して昔の恩よりも恨みの方が多くなってしまったのか。

しかし、もし高句麗が隋に滅ぼされるようなことになれば、百済だけでなく新羅も隋に滅ぼされる。その様な危機感を何故持たないのか、不思議です」

「拙僧も、そう思います。百済や新羅とてその位の想像力は持ち合わせている筈です。隋が高句麗を攻め滅ぼす程の軍事力を以てすれば、百済や新羅は一度の攻撃で跡形も無く滅ぼされてしまうと思います」

隋が高句麗を攻め滅ぼし、その上で百済や新羅に対し戦いを挑んだとしたら、百済と新羅は持ちこたえられるとでも思っているのだろうか。高句麗が隋に何度も攻め込まれていても、それは所詮他人事であり彼らにとっては現実の出来事ではないのだろう。想像力が不足していると上宮は思った。

上宮は、日常の生活の中では誰もが極悪と認識する殺人という行為が、戦争となると戦功として称賛される現実を理不尽だと感じていた。仏教では殺人を極悪として禁じている。

仏教を国教として保護し自らも仏教徒を公言している隋の皇帝が、国内の平定以後も更に国の領土を拡大するために国の民を周辺諸国との戦いに駆り出す意味が分からない、と上宮は慧慈に聞いてみた。上宮が慧慈になぜそのようなことを聞いたかと言えば、慧慈は少年の頃からその才能を見出され、大陸の中心の地で仏教を軸として様々な文化を学んできた人物だったからだ。

「中原の国は、今そこを治めている隋の皇帝もそうですが、人々が暮らす大地の全ては、自分たちのものだと信じて疑っておりません。中原の国を治める者は天から認められた者であり、どのような国も従うことが当たり前である。もし従わないならば、攻め滅ぼされることを覚悟せよ、従わぬ者が悪いのだという思想なのです。この様な思想は、伝承の国家殷の頃には既に基本的に確立されておりました。そして残念なことに、現在高句麗が治めている領土の一部は、かつて中原の国が治めていた時もあったのでした」

「確かに史記にはそのように書かれていますね。そのころから随分長い年月を経ており、幾つもの国が建っては滅びました。国の興亡が繰り返されても、矢張り中原を統一した現在の隋の皇帝は、自分こそ天帝から選ばれた者との強い誇りを持っていて、その強い思いが他国に服従を迫る原動力という訳ですか」

書物の中で知っていたことが、その場の皆の前に現実問題として突き付けられている。暗い気持ちになりながらも上宮は、

「広範囲に敵を作ることは、殷の紂王のような結果になると知っているのに、何故同じことを繰り返すのでしょう」

昔、殷の紂王の暴虐を誰も止めなかった。唯一人、懸命に諫めていた紂王の叔父箕子は最後に己が命を以て諫言したが聞き入れられなかった、と記してあったことを馬子も思い出した。そして、箕子はその場で周の武王との戦の将軍を命じられ戦場で憤死した。馬子はこの様な王に仕えた箕子を哀れに思ったのだった。

上宮は沈んだ空気を掻き消すようにさわやかな声で、

「慧慈師、色々教えていただき有難うございました。また率直なご意見をお聞かせください」

慧慈が帰った後、黙りこくっていた馬子の方が先に口を開いた。

「大王、大国隋は我国に対しても同じように思っているのでしょうか」

「どの国に対しても変わらないのではないでしょうか。唯、我国が隋にとってどのような位置にあり、どの様に当たればよいかをこれまで以上に十分に考慮いたしましょう。

それより今は、高句麗の使者にどのような返事をするか、早急に決定しなければいけない」

「来年の我国の遣隋の使者達は、百済と共に向かうことになっております。先代から続く同盟国の百済との繋がりも大切であることは勿論ですが、高句麗との間も軽んずる訳にはいきません。さて、どの様に返事をいたしましょうか」

「高句麗の使者にはこう伝えることにしましょう。一つ、百済の事情を見極め、百済から得た隋の情報と百済の動向の情報を高句麗に知らせる。二つ、隋からの攻撃が始まる前に我国が何らかの手を打つ。

二つ目については大王軍の当麻(たぎま)将軍を久米氏と共に筑紫へ向かわせる準備をしていると伝えます。しかし兵の大半はあちらの大伴氏と胸形氏に出させ、肘角雄岳に当面の間大王軍としての訓練を頼むことにしましょう。

百済にはこのことは飽く迄も国内防衛のためとし、高句麗から要請があったことは決して漏れぬように気を付けて下さい。勿論百済と離反するのではありませんから、その点は理解しておいてください」

「分かっております。唯、大王ももうお分かりかと存じますが、百済の王権はあの事件以来二派に別れたままの状態が続いております。表だっての争いにまでは今のところ発展致しておりませんが、今回の件の様に国が一つの方針で他国と手を組まねばならない時に国の方針が定まっていないとなると、信用を失うことになりましょう。高句麗と百済がまた以前の様に敵対する事態になれば、新羅や隋の思う壺であり我国にとっては一つも良いことはございません。またそれ以上の最悪の事態を招きかねません。何としてもそのようなことは、我国が阻止せねばならないでしょう」

「その通りです。百済との連携をより一層密にお願いします。吾も外からの情報が届き次第、大臣に知らせます。大臣の方もお願いします」

「承知いたしました。では、この問題を解決しつつ、遣隋使の準備は滞りなく進めましょう」


数日後、上宮は葛城鮠兎と共に斎祷昂弦のもとを訪れた。

「どうですか、預かって頂いた彼の様子は……」

「驚くほど日々成長しています。ここで彼が身に付けるべきことはほぼ身に付けたと思います。彼はもう自分の事ばかりではなく、他の者が何をし、何を考えているのかにも大いに興味を持ちながら、その中で自分自身が何をすべきかを理解できる者となったと感じます」

「昴弦氏がそう言って下さるなら安心です。それで彼は今、何処にいて何をしているのですか」

「書庫に居ります。そこで国書の整理と清書を手伝わせています。この国の成り立ちを教える内に自然に手伝うようになりました。その上、今ではここの誰よりも上之宮の在り様を心得ている者と成りました。その他この屋敷内のことは勿論、国内外の事情もしっかり把握しております」

「そうでしたか。それでは、その様に成長した彼をここへ呼んで下さい」

斎祷昴弦は側の者に小野妹子を呼びに行かせた。凛々しくしかも以前に比べて自然な笑顔が上宮に好感を与えた。暫くして、現れた妹子は一目で見て取れるほどの成長ぶりだった。

「おお、こんなに変わるものなのか。同じ者とは思えない程だ。昴弦氏に託して良かった」

上宮は思わず声に出して言った。その言葉を聞いた斎祷昴弦が、

「彼はここに来た時から、ここに居る人々の仕事を自ら進んで何であれ手伝うようになりました。仕事の内容を正確に把握し、ここで扱われている資料やわれ等が集めた国中の色々な出来事を書き記した木簡の整理も手伝ってくれています」

「そうでしたか。では小野妹子、ここから出て明日から橘の宮での出仕を申し付ける。明日からは葛城鮠兎の側で、宮の内官としての仕事を覚えてもらう」

「ははぁ、畏まりました」

「大王、今宵はここで小野妹子氏の送別の宴を開いても宜しゅうございますか。今では、ここにおる皆は小野妹子氏を元から居た同志のように慕っております。お願いいたします」

「分かりました。小野妹子、明日の出仕は午過ぎで良い」

小野妹子から昴弦の方に目線を映した上宮は、

「それから後で、境部臣摩理勢を来させます。それで明日の出仕の件ですが、小野妹子は摩理勢に託してくださいますか」

妹子の変化を葛城鮠兎に知らせ、一度上宮にその事を伝えて欲しいと頼んだのは摩理勢だった。

「承知いたしました。仰せの通りに致します」


上宮と鮠兎が帰った後、境部摩理勢が上之宮に来た。橘の宮で待っていた摩理勢は、上宮から小野妹子が明日から橘の宮に来て仕えることになったと聞いたからだ。

「斎祷昴弦氏、これ等をお納めください。こちらの皆さまにも小野妹子氏が大変お世話になりました。心ばかりの品でございますが、どうか皆様でお使いください」

摩理勢はあの時以来、妹子のことを自分の大切な弟分と思い、妹子が上之宮で過ごすようになってから上之宮に度々訪れて、食品や反物等生活に必要な品々を差し入れていた。

「摩理勢氏、いつも有難うございます。妹子氏を預からせて頂くにあたっては、大王からも多分にご配慮を頂いております。しかも妹子氏がいてくれたお陰でここの仕事も随分前に進めることが出来ました。

小野妹子氏が明日から、大王のお側で立派にお仕えされるのは喜ばしいことですが、ここ上之宮の皆は随分寂しくなります」

「そうですか。昴弦氏やここの皆さまにとっても小野妹子氏は、そのように大切に思って頂ける者となりましたか。嬉しいことでございます」

妹子は、昴弦と摩理勢の会話を静かに聞き入っていた。摩理勢は、

「昴弦氏、今宵は妹子氏の送別の宴を開かれるのでしょう。われも参加させて頂いても宜しいでしょうか」

「ああ、そうですね。是非参加して下さい」

昴弦は微笑みながら妹子の方を見た。

「有難うございます」

妹子はそう言うのがやっとだった。それ以上言葉を続ければ、周りの人々の好意があまりにも嬉しく胸がいっぱいになって不覚にも涙を落としそうだったからだ。妹子はここに来ることになった切っ掛けの小墾田宮での出来事を思い出した。もしあの時、摩理勢と出会わなかったら。また、大王に出会わなければ、今も思慮分別をしっかりと弁えた人格の何たるかも知らない、知識だけを頭に詰め込んだ者のままだったに違いなかった。

上宮は飛鳥の学舎で非の打ちどころのない秀才と誰からも認められた小野妹子の人としての重大な問題点を見つけ出し、その解決を斎祷昴弦に委ねた。斎祷昴弦の下で自分を見つめ直した妹子は上宮達の期待に応え、見事に成長した姿を見せた。上之宮での斎祷昴弦たちとの生活は、元々優秀だった妹子の人格形成を助ける大切な時間となった。

上之宮の人々は礼儀正しく、何か手伝うごとに妹子は感謝の言葉を聞いた。そしてそれはいつしか妹子の身にも染みついて、妹子も今では常に感謝の気持ちを自然に表せるようになった。

「ありがとう」というその言葉を口に出して言う度に、今まで硬くなっていた妹子の心は少しずつほぐれて、周りが驚くほどわずかな間にその表情は包容力に満ちた柔和なものに変わっていた。人と助け合い、感謝を忘れず、共に進む喜びがそこには溢れていた。

上之宮という場所の成り立ちは上宮の父用明大王が、窮地に立たされたかつての斎祷昂弦を助けたことに始まっていた。斎祷昂弦はその時受けた大恩を片時も忘れたことがなく心から感謝し続け、ここで周りの者達に素晴らしい影響を与えているのだった。

上之宮で小野妹子の送別の宴が開かれた翌朝、境部摩理勢は小野妹子を飛鳥の橘の宮へと送り届けた。

「おお、境部摩理勢氏。そちらが小野妹子氏ですか」

「これは、摩須羅氏。今日からお世話になります。小野妹子氏、こちらは橘の宮の管理全般を任されている方で維摩須羅氏です」

「はじめてお目に掛かります。生まれは近江小野郷で名を妹子と申します。今日からお世話になります。どうか宜しくお願い致します」

「こちらこそ。ここでの暮らしで分からないことがございましたら、何でもお聞きください。では、大王と大臣がお待ちですので、どうぞこちらへ」

摩須羅はそう言って、奥の部屋へ摩理勢と妹子を案内した。

「摩理勢にございます。小野妹子を連れて参りました」

中から、馬子の声がした。

「入りなさい」

小野妹子と境部摩理勢が入ると、その場には上宮、馬子、葛城鮠兎が居た。上宮が言った。

「そなたを小野臣妹子とする。臣を授けられたという事の意味をそなたに問う。どのような意味か」

「はぁっ、大王から臣を賜るという事の意味は、国のために臣下として生涯を捧げる身の上になったという事にございます」

「国の法十七条を正しく理解した答えではあるが、臣を授かった直ぐには実感として分からないというのが本当のところだろう。だが何れ、そのことを実感する時が来よう。今日から三月の間、この宮において吾の側近葛城鮠兎の補佐の任に就くことを命ずる」

「小野臣妹子、今日からは大王の側近として内政に関わる諸問題の解決方法と、外交に関して必要な知識ややり方を学ぶように」

大臣の馬子は次に、

「境部臣摩理勢は明日難波津へ赴き、難波吉士等のところで通事（おさ）（通訳）の訓練を受けている鞍作福利をここまで連れてくるように。隋への主な人員をここへ集め顔合わせをしておく必要がある。だが、大王はその前に小野妹子と鞍作福利を会わせて内々に伝えておきたいことがあると仰せなのだ」

「承知いたしました。他に御用がないようでしたら今から難波津へ向かい、明日朝には鞍作福利を連れて参りましょう」

「摩理勢、そうしてくれ。鮠兎、難波津への伝達文を頼む」

上宮は鮠兎に命じた。

「畏まりました」

葛城鮠兎と境部摩理勢が連れ立って部屋を出て行った。

「大臣、問題の高句麗の使者への返事をせねばなりません。先程、宿舎まで呼びに行かせたのでもう直ぐここへ着きます。大臣も同席して下さい」

「分かりました。では、小野妹子下がりなさい」

大臣がそう言うと上宮は、

「いいえ、小野妹子も同席させます」

「えっ、この者も共にでございますか……」

「この者にも、今後の外交の手ほどきとなりましょう。隋のことだけではなく、半島の三国についてもよく知っておくべきだと思います。これにはこれなりの意味があります」

馬子は上宮の性格をよく理解している。近江では今も過去に対立した息長氏の勢力が強く残っていた。そんな近江から来た者に対して大和政権内では警戒心を持つ者も未だにいる。小野妹子は山城に近いとはいえ、一つ山を越えた近江から来た者であり、しかも息長氏と縁のある和邇(わに)氏や春日氏を頼って大和へ来たのだ。妹子がいわば敵から送られた者だとみる者がいる中で、大王と大臣が率先して妹子を信じるという姿を見せようとしている。

上宮が近い将来、この国の外交の長としての全権を小野妹子に任せようとしている以上は、国の大臣である馬子も小野妹子を全面的に信頼してほしいと願っているのだと馬子は思った。


少し経ってから、先程摩理勢と部屋を出た鮠兎が高句麗の使者を連れて来た。高句麗の使者は、上宮達の前に進み出て礼をして、大王からの言葉を首(こうべ)を下げて待った。

「先日の高句麗王からの要請は理解した。今後の方針について細かくは言えないが、高句麗王が懸念されているような事態が起こらぬよう我国は百済に働き掛け続けよう。これを高句麗王に」

上宮はそう言葉を付け加えて、側にいる葛城鮠兎に二通の書簡を渡した。鮠兎は、離れて畏まっている高句麗の使者のところまでその書簡を捧(ささ)げ持ち、使者へ渡した。

その二通の書簡を恭しく受け取った使者は上宮に礼をした。大臣の方にも向き直ってもう一度礼をした後、

「倭国王のお言葉と、これらの書簡確かにお預かり致しました」

そう言って、高句麗の使者が上宮達のところから去ろうとした時、大臣の馬子が声を掛けた。

「ああ、少しお待ちください。この者が送ります」

馬子は小野妹子を高句麗の使者を送る役人として示した。

「それから、一つお願いしたいことがあるのですが宜しいですか」

「はっ、何でございますか」

「貴方は隋の国に使者として何度か行かれたことがあると聞きました。できれば、できる限りの隋の情報を、この者に貴方を送る間に話してやってほしいのです」

「畏まりました。我の知ることならば何なりとお答え致します」

「宜しく頼みます」

大臣の馬子の言葉と共に妹子が深く礼をした。馬子は、先ほどの上宮の意を確かに酌んで高句麗の使者への頼みごとをした。


翌日の午後、高句麗からの使者が宿舎で帰国の準備をしていると、高句麗僧慧慈の公式訪問を受けた。その場には葛城鮠兎と小野妹子が同席していた。慧慈は、使者と対面すると直ぐに聞いた。

「こちらでのお役目はもうお済みですか」

「倭国の王様は、我国の要望をしっかりお聞きくださいました。それは慧慈師のお力添えもあろうかと存じます」

「いいえ、拙僧に力などございません。それは偏に倭国王のご采配です。国と国との折衝ごとに拙僧が入る余地などございません。唯一つ言えることは、この国はこれからどんどん発展していくと感じています。そういう時に、倭国に来る機会を与えて下さった王様には感謝しています。

もし拙僧の師慧尊（えそん）に会われる機会があれば、そうお伝え下さい」

「お伝えいたしましょう。それから、宰相がご病気であったことは、もう聞かれていますか」

「倭国の大王から、お聞きしました。宰相の魁想燈（かいそうとう）氏の病状は如何でしょうか」

「我がこちらに旅立つ少し前に亡くなられました。前王様の頃からお仕えになっておられた宰相でもあり、王様のお嘆きは相当深いものであると、側近でない者でも分かるほどでございました」

「そうでしたか。王様は魁想燈氏をとても頼りにされていたのですね」

　慧慈は倭国へ来る前に魁想燈から言われたことを思い出した。自分とはずいぶん考え方が違う人だとあの時に思い、魁想燈にはあまり良い印象を持たなかった。しかし隋との関係が良いとは言えない中で、高句麗王にとって強い味方だった魁想燈という人物は国家にとっても大切な宰相であったに違いない。そんなことを思いながら慧慈は、是非聞きたかったことを話し出した。

「以前、倭国の王から要望があった、紙を作る職人達と墨作りの職工をとの件はどうなっていますか」

「本国では、王命によって製紙技術者の育成を行っている最中です。もうしばらくお待ちください」

「そうですか。それで今回は、貴重な上質紙をあれ程沢山持ってきて下さったのですね」

「倭国へはいつも大変なお願いばかりしているからと、王様からの心を込めた贈り物でございます。慧慈師から尊師やご家族に伝言などがありましたら、お聞きいたします」

「ではこの書簡を、尊師にお渡しください。家族には、元気にしていると伝えて頂ければそれだけで十分です」

「どうかお身体を大切に。ですが、国に居られた時よりお顔の色が良いような気が致します」

「あ、いや、そうでしょうか。異国に居りましても楽しいと思うことも沢山ございます。特にこの国の若い方々の学びに対する強い心持ちは素晴らしいのです。反対にこちらが教えられることもあります」

そう言いながら慧慈は目を輝かせていた。

「そうなのですか。それは慧慈師のためにも良かった」

使者は、今まで緊張で強張（こわば）らせていた顔をやや柔和にした。国のためとは言え他国に派遣された慧慈は、十年という歳月を過ごした今も祖国である高句麗へ帰れる見通しすら立っていない。現在も隋と緊張関係にある高句麗から倭国に遣わされ上宮の仏教の師となった慧慈は、いまだその任を続行中だった。今回の高句麗からの使者は慧慈と話すまでそんな彼を少し不憫に思っていたが、慧慈の様子からまだまだこの国で自国との友好に使命感を持って貢献しようとしている人の心意気を確認して救われる思いがした。

「慧慈師、もっと話していたいのですが、明朝早くに国への帰途につかねばなりませんのでこの辺で失礼いたします」

慧慈は真剣な顔に戻って高句麗からの使者に別れを告げる礼をした。

高句麗からの使者達を送り出した次の日、上宮は十七条の法と冠位十二階の諸国における豪氏族達の理解度に関して馬子から報告を受けた。

「以前の様な無理解が原因の反発ではなく、理解した上で反抗する豪族が出て参りました。特に南国や東国に反抗の芽が育ち始めているとの、かなり信憑性の高い報告を受けております」

「そうですか。対策が必要ですね。こちらが何らかの手を打ち出せば、地方豪族達も大和政権からの縛りが強くなることにも思いが至り、反発や王権に対する反乱に繋がりかねない。既にその兆候が現れているなら、地方における屯(みやけ)（役所）の増設を更に急ぎ、屯倉(みやけ)の整備を着実に進めましょう。吾らが進める政策が彼らにとっても有益になる事をしっかり理解してもらうのです。大臣は若き頃に吉備の五郡に白猪(しらい)の屯倉(みやけ)を設置する際、自ら出向かれて尽力されたと聞いております。その後も少しずつ屯倉を増設してきていますが、未だ全地域にまでは及んでいない現状を一日も早く改善したい。このことに関して文官を数名選び、優秀な武官と共に地方へ送ります。そしてその地方へも屯倉を増やしていきたいと思います」

屯倉は王家のためだけの政策ではなかった。その地方の発展のための開墾や治水など、新たにその地で働く民の移住も含めて国を挙げての取り組みであった。

「それでは、上野(こうずけ)（上毛野(かみつけの)）方面には以前から関わっている秦氏を送りましょう。越の国や科野(しなの)（信濃）方面、尾張地方には今まで関わりがなかった氏族ですが川辺氏や巨勢氏では如何でしょうか。現在、人材育成において優秀と認められている者達を管理官とし、その配下に技術者を送り、また彼らの警備も含め東漢《やまとのあや》氏を刑部《おさかべ》として伴わせます。屯の役人には大伴氏、久米氏など学舎の精鋭から選びましょう」

「それは良き案です。大和周辺諸国については、これまで通り蘇我氏が主導して頂きたい」

「はぁっ、謹んでお受けいたします」

「それから、南国には現在は長官となって立派に刑部を率いている肘角雄岳《ひじかどおだけ》がいますので、久米氏配下で彼の養父でもある肘角雄葛《ひじかどおふじ》を使者として行かせます。筑紫の周辺地域は大和政権に協力的な胸形氏に任せるというのはどうですか」

「胸形氏一氏だけを頼りになさるのは感心致しません。筑紫は外交を担う地としても、これから政権にとって最も重要な拠点の一つになっていきます。彼の地には大伴氏の基盤もあります故、大伴氏にも力を発揮させる場を与えた方が両者の力の均衡を保てます。それは政権運営の上でも大事なことだと思います」

「成程、将来を見据えた深い考えです。そのようにしましょう」

　難波津では、境部摩理勢が通事《おさ》（通訳）の訓練生鞍作福利《くらつくりのふくり》と共に妹子達を待っていた。福利の先祖は大陸からの渡来人で、正式には鞍作漢人福利《くらつくりのあやひとふくり》という。境部摩理勢は高句麗の使者に、

「この者は通事見習いの鞍作福利と言います。明日、われ等とこの小野妹子が筑紫那津官家《なのつのみやけ》までの帰途をご案内致します。今夜はこの館でゆっくりお過ごし下さい。では明朝、この者達とお迎

えに上がります」

小野妹子が次回の遣隋使の候補の一人であることは、既にこの高句麗の使者には話してあった。

次の日、高句麗の使者達と境部摩理勢、小野妹子、鞍作福利を乗せた船は難波津から出港した。船は数日かけて内海(うちつうみ)を航行した。その船内では、小野妹子と鞍作福利は高句麗の使者に隋の言葉や隋での朝貢使達の振舞いと作法について詳しく聞いた。

筑紫の那津(なのつ)に着くと、現在の筑紫総領(つくしのそうりょう)(筑紫大宰(つくしのおおみこともち)(注2)の長官)を務めている膳臣歌具良(かしわでのおみかぐら)が港に迎えに来ていた。高句麗の使者は難波津での大和政権の高官たちによる見送りと筑紫総領自らの出迎え等から、倭国が高句麗との友好関係を今までより一層大事にしようとする姿勢を感じ取った。

高句麗などの半島三国と倭国との歴史には様々な状況があったが、高句麗との間はあまり仲が良いとは言えない時期が長かった。高句麗は半島三国の中で常に百済や新羅よりも強国であった。

しかし世の中は思いも寄らないことが起こるものだ。かつて高句麗と敵対関係にあった倭国が今や新羅をけん制する強い味方となり、倭国と高句麗との関係は今までで最も良い状況のようだと、使者は思った。高句麗の使者は難波津から送ってきた倭国の者達と別れを告げ、高句麗へ帰っていった。

　高句麗からの使者を見送った直ぐ後に、小野妹子と鞍作福利は筑紫の胸形志良果（むなかたしらか）が用意した船で百済へ渡った。隋使としての様々なことが順調に運ぶように、百済で隋のことをよく知る要人と打ち合わせをしてくるようにとの上宮の指示に基づくものだった。


　上宮が大王となり多くの新しい政策がどんどん打ち出されたが、その政策は国として始まって以来の試みとあって、実施してみると多くの問題点が明らかになった。新政権は旧来の豪族たちからも広く意見を聞き問題点を改善し、打ち出した政策をより充実させようとした。豪族たちにはこれからの国にとってこれらの政策は必要不可欠だとの理解を深めさせ、新政権に寄り添うように導くための作業も怠らなかった。

　倭国は新たに登用された多くの人材が国造りに各方面で携わるようになり、国家としての形を少しずつ整えていった。そして、より高度な文化国家として成長するために欠かせない隋への二回目の渡航の準備が着々と進められた。

　幸いなことに、この年の五穀は近年に無く豊饒な実りをもたらしてくれた。新たな国造りを力強く進めようとしている上宮達は勿論だが、豪族達をはじめ百姓達にとっても大変喜ばしい年となった。

六、旅立ち

年が明けて、鳳凰四年（六〇七年）の正月朔日。年賀の儀式と共に、毎年恒例となっている冠位昇格と新たな授与のための式典が執り行われた。新たに冠位を授与された者達の中には、隋への遣使にと教育を受けた小野妹子や鞍作福利らも含まれていた。

隋への正使として決まった小野妹子は五番目の冠位大礼と姓の臣を賜り、通事となった鞍作福利は六番目の小礼と姓の首を賜った。未だ若年の二名に対しいきなり冠位を授けるにあたっては反対する者達もいた。しかし大和政権としての思惑もあり大王たっての願いとあって、大臣の蘇我馬子が群臣を説得し、今回の冠位の授与はそれなりの形に収まった。上宮の思いとしては、隋への大使となる小野妹子に対しては、もう二階級上の冠位を授けたかったが、内々に相談した馬子に反対された。馬子は今まで何の功績も上げていない若輩の小野妹子にいきなり大仁を授けるのは、群臣たちの多くから認められないだろうと意見を述べた。そして、国の官吏の上級に属する三番目の大仁の位は、今回の遣隋が成功した時に妹子へ授ければ良いと大臣は説いた。馬子の言うことに納得した上宮は、妹子達が遣隋使として十分な成果を収め帰って来るのを待つことにした。

その年賀の儀式が滞りなく終わった後で、小野妹子は境部摩理勢から呼び止められた。

「大臣から少し話しておきたいことがあるそうだ。それで急なのだが明日、大臣の館まで行ってもらいたい」

「はぁっ、畏まりました」

今まで大臣から直接の声掛けなど一度もなかった妹子は、一瞬何を言われるのかと我知らず厳しい面持ちをした。

「ああ、決してお叱りを被ることではない筈だ。それから、われも共に行くからそんなに怖がらずともよい。大丈夫、今のそなたは以前と違って随分しっかりしている。人に慣れたのか、以前と変わらず好奇心旺盛ではあるが、それを咎められると異常に怯えた様な眼差しをするところはすっかりなくなっている。僅かな期間に成長したものだ」

境部摩理勢は妹子の以前の姿に対しての自分の率直な感想を交えながら、妹子の成長と出世を自分の事の様に嬉しそうに言った。そして妹子の肩に手を置き、また明日にと言葉を残して飛鳥での自らの宿舎へ戻った。

一方摩理勢に一人残された妹子は、未だに自分が少しのことで感情の変化をすぐさま表してしまい、しかもその変化を摩理勢に知られたことに自分の不甲斐なさを感じて愕然（がくぜん）としていた。自分がこれから担わなければならない外国との交渉の場において、心の中を他者に見透かされることは決定的な失敗に繋がるのではないか。妹子はこんな未熟な自分が一国の代表として、大国隋への使者の任を果たせるのかと改めて不安になった。

次の日、小野妹子は境部摩理勢と共に、大臣の館に入った。以前蘇我大臣の館に来た時と違って妹子は、今度はゆっくりと辺りを見回す余裕があった。大臣の館の庭は広く寒い季節にも拘らず、木々は美しく整えられていて少ないながら花も咲いていた。また、大臣の館は、何か色々な雰囲気が渾然一体となっている不思議な空間だと感じた。その雰囲気は生まれ育った近江の地でも、飛鳥に来てからも妹子が感じたことがない独特なものだった。

摩理勢は速足で妹子を、馬子の居る所へと案内した。

「大臣、境部摩理勢氏と小野妹子氏が来られました」

大臣の部屋の外から家従の樫太棲納（かしたすな）が声を掛けた。

「入りなさい」

二人が入ると馬子の部屋には、先日共に冠位を授かった遣隋の通事（おさ）として任命された鞍作福利が既に来ていた。大臣は、

「そなたたちは高句麗使の見送り及び百済での遣隋の打ち合わせも恙なく終えて、あとは大后様に良き日を選んで頂いた上で隋へと旅立つ。

そして今日ここに来てもらったのは、大王より準備せよと前々から仰せつかっていた隋の皇帝との謁見の儀式に際しての儀礼服を渡すためである」

そう言いながら、小野妹子には目を見張るような美しい深紅の布で作られた官服を、鞍作福利には薄紅色の官服をそれぞれに手渡した。

「摩理勢には、遣隋の使者達を那津官家まで送る使者としての役目を申し付ける。大王からこれを渡すようにと仰せつかった」

大臣から渡された官服の色は、十二階位の中にはない色味の美しい浅緑色の物だった。

「ははぁ、謹んでお受けいたします」

境部摩理勢は妹子に出会って以来見守ってきた日々を思い出して、不覚にも泣きそうになるのを何とか堪えた。

「秋までは半年あると気を抜いてはならない。半年などあっという間に過ぎる。献上品の確認も三人でしっかりおこなうように。また、隋での生活に必要な布やあちらでの貨幣の代わりとなる玉（翡翠）などは、西漢（文）氏に用意させているが、それらの最終確認は摩理勢が責任を持って船への積み込みまでを怠りなく行え。よいな」

「ははぁ」

境部摩理勢、小野妹子、鞍作福利は各々に返事をした。


その後、大臣は小野妹子だけに残るように言って、二人を先に部屋から出した。

「小野妹子、今回の遣隋を何が何でも成功させるのだ。将来、あの大国の隋と良い関係を結べるかどうかは、今回の遣隋使の長であるそなたに懸かっているのだということを一時も忘れてはならない。

そなたを遣隋の正使とすることには、そなたが若く、外国との交渉経験もほとんどないため多くの反対があった。しかし大王が大国隋へ正使として送る者は現在の我国にはそなた以外にはいない、絶対に他の者では駄目だと仰せになったのだ。われはあれ程強硬にご自分の意見を押し通そうとした大王を見たことがない。大いなる驚きだった。それ程、そなたは大王に信任されているということだ。そなたは何としても大王の大いなる期待に応えねばならないぞ。まだ若く経験の少ないそなたにとっては大変な重荷であろう。しかしそなたの後ろには大王が居られることを一時も忘れてはならぬ。

大和政権は他国と対等な立場を築くにあたり、中央集権国家へと体制を整えつつある。新しい国家建設を主導する大王の下で、国の威信を懸けて臨む今回の遣隋使の派遣だ。成功させてこそ、大王が群臣にこれからも強い支持をされ、将来も順調に国家の運営を続けられるのだと、心に深く刻み付けよ。そしてそれは、そなたの様に大王に認められ国家の大役を頂く者たちの将来をも左右するのだ、ということも覚えておくように」

「この国の行く末と、大王の厚いご信任と大王がわれに掛けて下さった期待を胸に抱いて、何としても隋とわが国とが良い関係を築くことが出来るよう懸命にお役目を果たす覚悟です」

妹子は若者らしく素直に馬子の意見に対し自らの意見を述べた。

「そうか、そなたもそなたなりの覚悟が出来ているようだ。そなたは未だ大王との交流も少ない故、あの方がどれ程の方かよく分からないと思うが、これからは冠位を頂いた臣下として、大王の素晴らしさに触れる機会が増えるだろう。そうなればきっとそなたは、今日のわれの話の意味を知る。

然程（さほど）のないそなたを法興寺の学舎で見出して大抜擢し、反対する者達の意見を押し切って大国隋への外交の要の使者として推薦されたのだ。それは誰あろう大王なのだということを忘れるではない。そなたの活躍は、そなたを信任して下さった大王が、大王になられてから打ち出してこられた数々の施策が正しかったことをも証明する事例の一つとなる。諄（くど）いようだが、このような状況を踏まえた上でもう一度心を定めよ」

小野妹子は、大きく目を見張り蘇我大臣を見上げた。そして一度静かに深く息を吸い込んだ後、深く礼をした。

小野妹子に厚い信頼を寄せている上宮とは違い、馬子は妹子を頼りなく思っているようだった。妹子は、遣隋の正使を任せるには年齢的に若過ぎると思う方が当然であり、自分のことを遣隋使として適任ではないと馬子は考えているのだと感じた。妹子は大王がその様な大臣達の意見を押し切ってまで推薦してくれたからには、自己の出来る限りを尽くすしかないと、決意を胸に深く刻んだ。

上宮は役目を与えるには決して年齢などではなく、その役目を果たせる人物かどうかが重要だと考えていた。小野妹子は、上宮をして大事な遣隋の使者を託そうと決断させるほどの人物だった。

馬子の館を出た境部摩理勢は小野妹子と鞍作福利にこう言った。

「ここから少し上之宮の方向にある館へ二人を案内するようにと、大王からご指示いただいている。付いて来てください」

二人は、怪訝そうな顔をし、言われるままに摩理勢に付いて行った。辺りには手入れの行き届いた田や畑が広がっていて、そこここの家々からは機を織る音や藁を打つ音などの生活音が遠く近くに聞こえていた。

小野妹子は生まれ故郷の近江小野郷を思い出して、ふと立ち止まり北の空を見上げた。そう言えば故郷を出て、和邇氏と姻戚関係がある大和の春日氏を頼り、法興寺の学舎で過ごすようになってもう随分長い年月が経っていると、いつも考えないようなことを思った。懸命に学び過ごした日々が、走馬灯のように脳裏に浮かんだ。

摩理勢がすぐ側に付いて来ていた筈の妹子の気配がしなくなったことに気が付いて後ろを振り向くと、一人ぽつんと道の真ん中に立っている妹子がいた。鞍作福利をその場で待たせて妹子の方に戻りながら大声で呼びかけた。

「どうした。日が沈んでしまうぞ、駆け足だー」

そう笑いながら言った。妹子が寂しそうにしている様に見えた摩理勢は、その様なことには頓着せぬ振りをして戯れ言で妹子を笑わせようとした。妹子は摩理勢の優しい思いに気が付いて、

「ああ、すみません。ここが少し故郷に似た風景でしたので懐かしくて、足が止まったのです。お二人をお待たせしてしまって申し訳ございません」

妹子に近付きながら摩理勢は、

「そうか。そう言えば、そなたがこちらに来てもう随分になるが、未だ一度も故郷に帰ったことがないと聞いた。そなたはこちらへ来てから学びを一日も休んでいない数少ない者の内の一人だったな。元々、優秀な上に人一倍の努力をし、しかも体も丈夫。そして何かこう強い意志とか気概の様なものを感じる。上手く言えないがなぁ、そう思わないか、鞍作福利氏」

「はあ、その様ですね」

福利は気の無い返事をしたが、摩理勢は福利が隋へ向かうようになった自分のことで頭がいっぱいなのだろう位にしか思わなかった。しかし、共に隋へ派遣される妹子はそんな福利の様子が気になった。妹子は摩理勢の居ないところで、福利とはゆっくり話しておいた方が良いと感じた。

先を行く摩理勢が立ち止まって、

「ほら、あそこがこれから行くところだ」

その建物は、少し小ぶりだが木々の香りがまだ漂ってきそうな真新しい館だった。中には何人かの人の気配がした。摩理勢は館の一番大きな棟のところまで行くと外から声を掛けた。

「境部摩理勢、小野妹子氏と鞍作福利氏を連れてきました」

「どうぞ、入って下さい」


中に入って摩理勢が連れて来た二人を紹介すると、中にいる者達がそれぞれに、正式な肩書で葛城臣鮑兎、三輪君阿多玖、細臣香華瑠、高直紫鬼螺、秦造河勝、維摩須羅と自己紹介をした。卓を囲む形で、あらかじめ空席になっていた香華瑠と摩須羅の間に妹子と福利は席を勧められて座った。摩理勢が鮑兎の隣に座ると、三輪阿多玖が言った。

「ここに集まったわれ等は、この国の将来を左右する今回の遣隋を大成功させるために、日々試行錯誤を重ねている。

ここなる葛城鮑兎氏は新しい国造りに当たっての人材発掘と育成に関わっておられる。そしてこの度はそなた達と隋へ向かう人々を警護する者の人選を担当してくださっている。われは小野妹子の郷と鞍作福利の郷へ大神（三輪）の分社を設けるための指示と実際の建設に関わっている。薬博士の細香華瑠氏は現在指導している若い薬師の中から許可が下りたら隋へ連れて行ける薬師の人選を、高紫鬼螺氏は大陸及び半島の情報収集をする者達の育成を担当している。秦河勝氏は隋への献上品の機織物全般の手配と、学僧や学生たちの滞在費用など隋で生活に欠かせない費用の準備などを担っている。境部摩理勢氏と維摩須羅氏は常にそなた達の警護や支援をしていることは既に知っていることと思う。それから、ここにはいないがこの他にも多くの人々が、遣隋使たちを送るために日夜たゆまぬ働きをしている。

この様なこと、今更われが言う必要もないかもしれないが、今回は数年前の様に隋へ唯挨拶に行っておかしな国だと言われて何の成果も上げずに帰ってくる、という様な遣隋使であってはならないのだ」

三輪阿多玖は第一回の遣隋使達に対して不満を持っている風に取れる発言をしたが直ぐに、

「いや、勿論、あの第一回の遣隋使たちが齎した大陸の国々の様々な情報が無ければ、今回もどの様な準備が必要か分からなかった。第一回の遣隋もそれはそれで色々なことを学んで帰ってきてくれたと思う」

「そうでしたね。だからこそ、今こうして優秀な小野妹子の様な大使と鞍作福利の様な通事も育ったのですから」

と、摩理勢が言った。

葛城鮠兎が話し出した。

「今日ここにお二人に来てもらったのは、大王のご提案によるものです。お二人は国の代表として隋へ行かれるのですが、前回の高句麗に連れて行って頂くという形ではなく、倭国として初めての隋への表敬訪問となることは承知されているでしょう。

勿論一回目の遣隋使たちがその役目を十分に果たし得ていれば、何の恐れも不安もなくそなた達は、堂々と先人の後に続くことが出来た筈だ。しかし、前回の遣隋の使達は大国との付き合いが建国以来ほぼ初めてだったことで、言葉の壁もありわが国の説明を十分にする術さえ持っていなかった。それらは遣使達の失態ではなく国としての準備不足であったと、そのころ太子であられた現大王は深く考えられ次回こそ十分に何もかもを整えてから、隋との繋がりをしっかり持てるようにしたいと仰せになった。それ故、今回はあらゆる事に準備を怠りなくと、大王自ら細心の注意を払われた。そうだったからこそ、そなた達は何年もの歳月をかけて選ばれ、その上に十二分に訓練を受けてきたのだと思う。

だが、どれ程の訓練を重ねても、いざ現地に行ってみるとどうして良いか分からなくなることも出てくるだろう。国が違えばその国で育った人々が、何をどう思い、何を一番大切なこととするか、またどの様な時にどう行動するか分からない。全く想像もできないようなことに遭遇してしまうかもしれないという不安や心配もきっとあるに違いない。

そこで、ここに居るわれらがそなた達に一つでも二つでも何かできたら、助けになれたらと思っている。ここに居る者達は、国から命じられている仕事も持っているが、今回の隋への遣使が成功することを心から願っている者達だということを忘れないでいてほしい。そして、何か不安なことや心配に思うことがあれば、何時でも相談に乗る準備があるから声をかけてもらいたい」

葛城鮠兎は、二人へ向けて熱く語った。

「有難うございます」

小野妹子はそう応え、次に鞍作福利の方を見て発言を促した。

「有難うございます。それでは、われの悩みを聞いて下さい。われは、通事としてこのお役目を頂戴して以来、不安で夜になっても眠れずにおります。どうすればこのような状態が改善するのでしょう」

そう言った鞍作福利の方を皆が一斉に見つめた。見られた福利は、さっきよりもっと体を小さくして下を向いて震え出した。

「それは薬師の香華瑠師がよくお分かりになりますね」

鮠兎は香華瑠を見て言った。

「そうですね。鞍作福利氏には、後でしっかり話を伺いましょう。ところで、小野妹子氏は大丈夫ですか」

「小野妹子氏にも何かそんな兆候があるように感じたのですか」

妹子を弟分の様に考えている境部摩理勢は、香華瑠の言葉に敏感に反応した。

「緊張されているだけなら良いのですが、自分では中々自分の心の中の変化に気付きにくいものですから。小野妹子氏、何か以前と食の好みが変わったとか、そういう日常の小さな変化を感じたことはないですか。ここ二、三か月以内に」
二、三か月以内とは鞍作福利と共に遣隋の使者を拝命してからだ。聞かれた妹子は、
「そうですね。そう言えば、この頃食事を美味しいと思えていません。以前は食べることが学ぶことの次に楽しみだったのですが……」

「三か月程前より、少し痩せられたようにお見受けしたので。矢張り食べられていませんか……。ではお二人とも、後程、われと共に医博士のところへ参りましょう。鮑兎様、先ずはこのお二人には心身共にお元気になって頂かなければ、この度の大切な遣隋の使者としての十分な働きが出来ないと思いますので」

その場の者達が少し騒めいた。

「ああ、そんなに深く心配なことではありません。大きなお役目を頂いた時には誰もが大なり小なり経験することです。皆さまにも有ったのではありませんか。ましてやこのお二人は、皆が経験したことのない大役を仰せつかったのです。これほどの大役を頂いて緊張するのは至極当たり

前のことです。唯、その緊張を良い方向に導くためには、自分で上手く心を落ち着かせられるようにならなければなりません。それは、自分の気持ちを自分で上手く管理するという様な事でしょうか」

「ああ、それならわれも教えていただきたい。いつか兄、いや大臣の前でも平然としていられるようになりたいと思っているのです。是非そうなれる方法を教えて頂きたい」

境部摩理勢は顔を赤らめて頭を掻きながら言った。一瞬の静寂の後で、その場の皆はどっと笑った。

「可笑しいですか。われにとっては大変重要な問題なのですが……」

「確かにそれは大きな問題だと思います。しかしそれは、このお二人の問題が解決してからまたゆっくりお聞きしましょう。後程、必ず伺います」

香華瑠は、皆は笑い飛ばしたが摩理勢が真剣に悩んでいることを知っていた。

次の日、細香華瑠は小野妹子と鞍作福利を伴って国の医博士劉喘（りゅうぜん）のところへ行った。香華瑠は海石榴市（つばきいち）で放浪していた幼少の頃、用明大王が未だ橘豊日皇子だった時代に見出されて引き取られ、その類稀（たぐいまれ）な嗅覚と努力によって現在国の薬博士として若者たちを指導する立場にあった。

劉喘は用明大王の依頼を受けて香華瑠を医博士にするための指導をしようと思ったが、香華瑠が薬草に強い興味を持っていると知り薬師への指導に変えた。劉喘は、薬師として一流になれば、いずれは医博士と成ろうとした時にも大いに役に立つと分かっていたからだった。また、香華瑠はどういう経緯か分からないが、両親の顔も自分の名もいまだに思い出せていない。彼は橘豊日皇子に助けられてからは、そこを自分の唯一の居場所として上宮達と離れどこか他の場所に行くことを頑(かたく)なに拒んでいたことも、劉喘は医師としてというより人として理解していた。

「お久しぶりにございます。昨日、お話しした二人です。こちらは小野妹子氏で、そちらが鞍作福利氏です」

「それでは、早速だがそちらの鞍作福利氏から話を聞いていきましょう。香華瑠はここに残りなさい。小野妹子氏は、控えの部屋でお待ちいただこうか。朝希(あき)、こちらの方を別室へお連れして」

朝希と呼ばれた若い女性は、小野妹子を連れて別室へと出て行った。

「師匠、あの方はどなたですか」

香華瑠は劉喘が以前は薬師としてさえ認めなかった女性を、自分のすぐ側で働かせているのを見て驚いて聞いた。

「ああ、先程の者はわしの末娘だよ。今、ここでわしの助手をしておる。まあ、詳しい話は後でするが……。先ずはこの方々のことだ」

医博士(いはかせ)劉喘は、福利の身体を詳しく診察し、問診に移った。隋への通事(おさ)として選ばれる以前と以後に、福利自身が自覚できる範囲で自分の心境にどのような変化があったかをゆっくり考え思い出させた。福利はここ何日も不眠であると告げた。

　劉喘は問診を終えて、硬い表情が少し和らいだように見える福利に言った。

「不眠の原因は大役を受けたことによるものと分かったから、もう心配しなくとも大丈夫。今の状態が改善できる薬を処方しよう。ところで今まで飲食した物の中で体に異常を生じさせた物はなかったか。また好みの食べ物と嫌いな食べ物や飲み物などあれば、全て言って下さい」

「好き嫌いは、ございません。ですが、家族の中に貝を食べて亡くなった者が居りましたので、それ以来家族全員貝類を一切口にしなくなりました」

「そうか、それなら赤貝や鮑は処方できないか。別のものを考えねばならないな」

　劉喘は独り言のように呟きながら、少し困った顔を見せた。不眠に赤貝や鮑（あわび）は薬効がかなり期待できる物だったからだ。

「貴方の今の状態を改善するためにいくつかのことをして頂きます。後で、薬師の方から方法を詳しく説明させましょう。先ずは一月間、その方法を試してみて下さい。一月後に、もう一度診ましょう」

　劉喘は少し前に戻って来た香華瑠に、

「香華瑠、控えの間にこの方をお連れして、待って頂いている方をここへ」

　診察を終えた福利は、

「香華瑠師、劉喘医博士のところに連れてきて下さって有難うございました。何かこう今まで重かった気分が少し軽くなった気がします」

「そうでしたか。それは良かった」

控えの間には、妹子が一人で静かに目を閉じて座っていた。今度は福利を一人残して、香華瑠は妹子を劉喘の所に連れていった。


福利と妹子の診察を終えた医博士の劉喘から二人の治療に関する指示を受けた薬師の細香華瑠は、

「分かりました。隋使の派遣は国の威信を懸けて行うもので、是非とも成功させなければなりません。博士の診察結果と治療方法を大王にご報告し、先程の博士のご提案も含め話をさせて頂きます。宜しゅうございますか」

「ああ、そうしなさい」

「有難うございます。博士のお陰で、良き方法が見つかりました。もし何の解決策も見つからなかったら、われが隋へ同行しなければならないかと思っておりました」

「そなたが隋へとな、それはならん。そなたは、今の倭国にはなくてはならない薬師の長じゃからのう」

「これ等の方法で妹子氏と福利氏の不安が解消されれば、われが隋へ同行するという考えなど持たなくて済みます。では、一刻も早く大王に報告します」

立ち上がった香華瑠の心が急いていると分かっていたが、劉喘は香華瑠をもう一度座らせた。

「大きな事の前に不安になる人々を何人も診て来たが、福利氏は、その中でも幸い軽い方だった。今日ここに来て自分のことを話せたということは、心の中の頑なな部分が少しずつほぐれていくに違いない。彼は、自分がこの様な不安を抱えていることを、今まで誰にも話せなかったのだろう。話せたのでもう大丈夫とは思うが用心に越したことはない。旅立ちまで、くれぐれも用心するように。

小野妹子氏の方は、福利氏の不安が消えれば大丈夫だ。共に行く福利氏が不安げにしているのを心配しているだけだから」


季節は春から夏に変わろうとしていたが、その日の朝は遅霜が心配されるほどの寒さだった。

大后（額田部皇女）と皇后（菟道貝蛸皇女）は、隋への船出の良き日を決めるために精進潔斎し七日目の祈りの時を迎えていた。二人が祈りを捧げ終えた時、七日目の日（太陽）が空を美しい柿色に染めながら静かに昇り始めた。

それまで二人はずっと共に無言であった。そして日が昇り切った時、皇后が大后に向き直り尋ねた。

「今年の良き日は二日ございました。これは正しゅうございましょうか」

「和（私）も二日とみました。明日には最良の日を決定しなければなりません。明朝には、斎宮の酢香手姫からのご宣託が届けられる。和たちが選んだ二日の内のどちらかに決まるであろう。

明日を待とう」

大后が緊張した面持ちで答えた。皇后はそれに応えるように頷いた。

大后と皇后が七日目の祈りを捧げている時、上宮は葛城鮠兎と三輪阿多玖を伴って甘樫丘にある神殿の礼拝所に居た。上宮達もまた遣隋の使節団が無事に大陸へ渡り隋との交渉が成功することを国神に祈っていた。

いよいよ明日には、遣隋への使節団の出発の日が決まる。そう思うと、これまでに準備してきた数々の事柄を思い起こし、隋への期待が上宮達の胸の中で大きく膨らんだ。その様な思いを巡らせている間に今日の日が静かに昇り始め、空は山々の稜線辺りが群青色から一瞬青にそれから白色へと変化し、そしてそれは瞬く間に美しい柿の実が熟し始める頃の黄色からやや赤みを帯びた黄赤色になった。日（太陽）が完全に姿を現すと、空は天気の良い日の青色に変わった。

三月の終わりのこの日、明日四月朔日（ついたち）の朝議における重大発表準備のために、上宮達は甘樫丘を下って小墾田宮（おはりだのみや）を目指した。そして、宮の艮（うしとら）（陰陽道での鬼門とされる）の方角に設けられている神の依代（よりしろ）である神社へと向かった。その神社は日神坐神社（ひのかみのいますじんじゃ）と呼ばれ、小墾田宮造営の時に小墾田宮を守るために丹波国の日坐神社（ひのいますじんじゃ）（現在の元伊勢（もといせ）神社（じんじゃ）一宮）からの分社によって建てられたものであった。

上宮達が姿を現すと早朝の掃き清めに精を出していた神官たちは、恭しく礼をしてから奥の拝殿まで付いて来て、上宮達に倣（なら）ってその後ろで拝礼した。

境内から出て、小墾田宮の建物内に入るとそこにも明日の準備をする者達が既に忙しそうに働いていた。上宮は太子の時も、より忙しい大王となってからも宮内での国神への祈りを欠かしたことは無かった。また上宮は側近の者達と共に毎月朔日から始まる朝議の前には、小墾田宮にある飛鳥日坐神社への拝礼を恒例としていた。隋へ送る使節団が、隋に認められる者達であることと、彼ら若者たちが倭国の将来を切り開いてくれる力を持っていることを上宮達は切に願った。彼らの交渉次第で倭国が大切に扱われるか、また今後倭国からの学生や学僧の留学を認めてもらえるかどうかが決まるのだ。

上宮が太子の時に派遣した第一回の遣隋使は、隋に倭国をれっきとした国として認めさせることが出来なかった。しかしこの第一回の遣隋使を行かせていなければ、今日という日もなかった。第一回の遣隋使は事情があって同盟国の百済ではなく、隋との関係があまり良好とは言えない高句麗の案内で正式な国書を持たせず旅立たせた。長い間統一されていなかった大陸の中原を一国によって纏め上げた、隋という大国の様子を見に行かせるだけの計画だったからだ。見ておかなければ、今後の外交方針をどの様にすれば良いのか決められないと、上宮達は考えた。

上宮達がこの様な理由で隋の様子を見るだけの心算（つもり）で行かせた使者達は、思いもかけず皇帝の謁見の場に遭遇した。正式な国書の用意をしていなかった倭国の使者は、慌てた。ところが、その皇帝謁見の場で、その場にそぐわない身なりの倭国の使者に興味を示した時の皇帝楊堅（後の文帝）は、倭国の国体について使者に質問した。皇帝からのいきなりの質問に答えない訳にもいかず、使者は懸命に自分が知る限りの言葉を駆使して、話してよいと思われる倭国の事情を話した。その話の内容と皇帝の反応は次のようなものだった。

開皇二十年、倭王。姓阿毎、字多利思比孤、号阿輩雞弥。遣使詣闕。上令所司訪其風俗。使者言、倭王以天為兄、以日為弟。天未明時出聴政、跏趺坐、日出便停理務、云委我弟。高祖曰、此太無義理。於是訓令改之。王妻号雞弥。後宮有女六七百人。名太子為利歌弥多弗利。無城郭。

開皇二十年（六〇〇年）、倭王あり。姓は阿毎、字は多利思比孤、阿輩雞弥と号す。使いを遣わして闕（隋都・大興城）に詣る。上（皇帝・楊堅）、所司（役人）に風俗を尋ねさせた。倭国の使者が答えて言うには、「倭王は天を以って兄となし、日を以って弟となす。天未だ明けざる時、出でて政を聴き跏趺（あぐら）して坐し、日出れば便ち理務（政務）を停め、我が弟に委ねん」と。高祖曰く、「これ太だ義理（道理）なし。道理に適うように改めよ」と、訓えた。王の妻は雞弥という。後宮には六、七百人の女がいる。太子を名づけて利（和）歌弥多弗利という。城郭はない。

この時、政事は上宮太子が、祭事は大后の額田部皇女（炊屋姫）が担当していた。使者はその事を素直に説明しただけなのだが、上手くその内容が伝わらなかった。時の皇帝楊堅は、倭国の使者の説明を聞いて、訳の分からないことをしている国だと一笑に付した。

第一回の遣隋の使節は何の成果も出せないまま帰国したというように見えた。だが倭国にとっては大国隋を直に見たというだけで大きな経験となった。あれから六年の歳月が流れ大王代行だった大后にその全権を上宮は委ねられ大王に就任した。上宮は第一回の遣隋の結果に学び、第二回の遣隋を成功させるための準備を怠りなく行ってきたのだ。

斎宮の酢香手姫皇女からの報告を受けた大后と皇后菟道貝蛸皇女は、遣隋使派遣の良き日を大王上宮に告げた。

鳳凰四年（六〇七年）四月朔日、多くの群臣の前で遣隋使出発の日が蘇我馬子大臣から発表された。

「遣隋使節団の出帆の日程を申し渡す。来る夏六月朔日、難波津を出でて、秋七月筑紫の港から隋へ向かうことが決定した。遣隋使節大使に小野臣妹子、副使に春日臣大志。通事（通訳）司馬鞍作首福利と通事補佐難波吉士磐音、前に出なさい」

第一回に副使として隋を訪れた春日大志は、大臣のたっての願いと今回も何かの役に立ちたいという本人の希望もあっての任命となった。上宮は春日大志には国に残って後進の指導に当たってもらいたいとしていたが、今回の成功が無ければ後も考えられないという大臣の強い思いを受け入れたのだった。

「ここに居る群臣の皆と共に、ここなる遣隋使節団の役割達成と無事の帰還を、今日ただいまから毎朝の祈りの第一の願いとする」

神殿の一番前に上宮大王、次いで蘇我大臣、そしてその後ろには群臣たちが揃い、神殿の奥に坐ます天つ神々に向かい、更なる国家の繁栄に力を尽くすと心を新たに誓ったのだった。

上宮は今後国家として様々な政策を実現可能にするための方法を話し合おうと、朝議を終えた後に重臣たちを橘の宮に集めた。

「大臣、現在の我国の財政状況の報告を」

「畏まりました。ここ数年は豊作の年が多く、五穀の備蓄は過去の最高水準を保っております。また、大風による被害、大雨による川の氾濫や土砂崩れもほぼ無かったと全国に派遣した調査官から報告を受けております。若干海産物が昨年の一時期収穫が少なくなりましたが、その後回復し、全国からの五穀以外の貢も多くございました。

ただ、第一に以前から継続しております大都の建設費用、第二に国家の中枢を担う官吏育成に掛かる費用、第三に他国からの文物の輸入や他国へ派遣する遣使の費用などと、出ていく先が以前より非常に多くなっております」

「分かった。それでは少なくとも今年は、国の財政が上手く回っているのだな」

「はっ、ですが、今後に不作の年が無いとは言い切れません。一度でも不作の年がありますれば、五穀の備蓄などあっという間になくなります。大蔵を預かるわれと致しましては、この際に五穀の備蓄の倍増を含め国の財政を常に潤沢にしておく手立てをお考え頂きたいのです。まずは、国家の財政を潤沢にする方法を考え、ゆっくりと政策を実行に移していかねば財政が破たん致します」

「そうか。吾が国造りを急ぐあまり、大蔵の財政状況をきちんと把握していないと言いたいのか。確かに、大臣が言う五穀の備蓄が今は潤沢であっても、農のことは天候次第であり不安定なのは分かる。その他にも確実に国家の財政を賄い続けられる方法があるとすれば、それはどの様なものだろう」

上宮は何かありそうだと、考えを巡らせた。大臣は、

「実は、全国への屯倉の増設を、との大王よりの先年の命を受けて、早急に屯倉を増設出来得る所が地方にどれ程あるのかと調査をさせた役人たちの報告が、われの下に入ってまいりました。その中に興味深い三氏の報告があり、われの方でその三氏に関し再調査をさせておりました。この件に関しては詳細を掴むまでに非常に手間が掛かり、ご報告が遅くなりましたことお詫び申し上げます」

「いや、大臣が何か不審なことに気付いたため、しっかり調べさせた上で吾へ確かなことを報告せねばならないとの判断だろう。理解している故、その興味深い三氏のこと、話してもらいたい」

「はっ。調査の結果、この三氏は国が管理を任せている、外国（そとつくに）への貢（みつぎ）用の地方の特産品を私物化し、その地方独自で外国（そとつくに）と密かに取引をして私腹を肥やしているという事実が判明いたしました」

「なにっ、そのようなことがあったのか。分かった。三氏が行っていた不正を取り締まった上

で、大臣は地方の特産品の今後に目を向けたという訳か」

話の流れから、上宮は地方が私物化していた特産品の外国との取引を国の管理にすることによって多くの財が手に入ると、大臣が言いたいのだと理解した。

「左様にございます。地方豪族が中央へ差し出している特産品は、その地方によって量の多少がございます。今まで、中央へ差し出される特産品については国の大蔵としては蘇我が、膳部（ぜんべ）としては阿倍（あべ）、膳（かしわで）が管理してきました。しかし、その他の特産品については地方の豪族らに一任しておりました。地方にも随分屯倉が出来ており、屯倉を管理する中央から派遣している役人が地方でもしっかり目を配っておると信じていた、われの不徳の致すところでございます」

馬子は余程後悔の念が強いのか、居並ぶ重臣たちの眼も憚（はばか）らず額突いた。

「大臣、お立ち下さい。不徳というなら、吾も同じです。その上、吾はその情報を大臣から知らされる今の今まで知らずにいたのですから。分かったのですから、分かったことには早急に手を打ちましょう。その不届きな豪族は、どこの誰ですか」

「不届き者は、吉備（きび）氏、筑後の大伴氏、常陸（ひたち）の佐伯（さえき）氏にございました」

「佐伯氏は常陸の多氏の配下だ。多氏が知らない筈（はず）はない。少なくとも監督不行き届きということになり、いずれにしても罪は免れぬ」

「左様にございます。常陸の多氏と言えば、中臣程記（なかとみていき）のたっての願いによって先年息子の珠記（たまき）、いえ改名して弥気（みけ）と名乗るようになった者が、嫁を娶った氏でございます。大后様が、余命幾何（よめいいくばく）もないと思われた中臣程記を哀れに思召して、お許しになったものを。恩を仇で返すようなものです。われは常陸の多氏が一番許せません」

馬子は怒りが込み上げて来たのか、声を荒げ顔を赤く染めた。

「大臣、分かりました。この情報を知ってから一人で心を痛めておられたのですね。吾の情報網が、このような情報を掴めていなかったことが残念だ。このことを大后様がお知りになったら、中臣氏と多氏との婚姻をお許しになったことをきっと後悔されるに違いない。どうか、大后様にはご内聞に」

上宮は大后には何でも話してしまう大臣に釘を刺した。上宮は大后が中臣程記を哀れに思い、程記に対して恩情を示したのだと理解していた。大后を大切に思う大臣も、この情報は今初めて話すのであり、大后の耳には絶対に入れたくないと上宮の意見に同意した。

「常陸の多氏に関しては、吾なりに注意を払っていたのだが……。未だその様な報告が入ってきていなかった。早速、信頼のおける者を常陸へ遣り多氏縁の佐伯氏だけでなくその周辺も含め調査させよう。全国にもっと詳しい調査が必要だ。他にも、このような例があるかも知れない。

そう言えば……。吉備氏、筑後の大伴氏と常陸の多氏だが、この三氏には共通点がある」

「共通点ですか……。ああ、三氏が治める地域は常に豊かな実りを報告し災害も少ない。よって、政権への貢も全国の中で上位に入っております。そういうことですか」

政権へ献上品を多く貢ぐ地方豪族達は政権内からの覚えも良い。また、中央から派遣された官吏達にも自分たちの悪事に目を瞑ってもらうために賄賂を渡す。そんな時、欲に目が眩んでしまう官吏達もいる。地方において少々の目溢しをしても、遠く離れた中央政権には自分達さえ口を噤んでいれば知られることなどないと。

　中央からの厳しく正しい通達は、十七条の憲の法によって地方に一応発布されたものの、未だ全国一人ひとりの官吏の心には浸透していなかった。その法の崇高な精神を心に染め実行に移す官吏も居るにはいたが、地方へ赴くと通達の内容を一途に守り抜くことの難しさを知るのだった。

「それともう一つ。いずれの地も近くで、政権に対し大きな反乱を起こした氏族がいたという過去があります。これは今後も気を付けねばならないことです」

「大臣、貴重な情報を有難うございました。このことの他に、大臣から緊急に話さねばならないとお考えの事項はありますか」

「いいえ、この事が大変気掛かりだったのです。大王が、解決策を提示してくださいましたので安堵致しました。大王の本日の議題へお戻りください」

　大臣が納得して穏やかに言った後、上宮は場の空気を変えるように爽やかな声で言った。

「それでは話を先程の財政の根本問題に戻します。大臣の話でも分かるように、近年五穀の実りは豊饒な状態が続いている。これは偏に、天つ神々国つ神々の御蔭と民人の弛まぬ努力の賜物だ。田植えの後の祭りを盛大に行うことにしよう。阿多玖、神官の長三輪高麻磋にこの旨伝えよ」

「畏まりました」

「では、先程の不正の疑いのある三氏についてだが、東国へは秦氏に行ってもらおう。秦河勝、今回は相手にこちらの動きが分からぬように、そなたが自ら東国へ赴き調査の指揮をとれ。筑前の大伴氏の調査は肘角雄岳（ひじかどおだけ）（刑部靫部日羅（ゆぎべにちら）の遺児・刑部伊那斯果（いなしか））に頼むとして、吉備の国は、誰が適任だろうか」

「額田部比羅夫氏は如何でしょうか。今ちょうど、任地の出雲から帰還されております。額田部比羅夫氏自身も誠実な人柄であり、吉備には任地の出雲への街道が通っております。そこを額田部氏がいつもの様に通ったとしても、誰も調査のためなどとは思わぬのではないでしょうか」

「葛城鮠兎、良き案だ。大臣、この者達で良いな」

「この者達の他に適任者はいないでしょう。われも賛成致します。では、額田部比羅夫にはわれが事の次第をよくよく話し、一日も早く任地の出雲へ戻りながらこの任をしかと果たすよう伝えます」

「そうして下さい。火の国（肥前・肥後）の肘角雄岳の方へは、吾の方から人を遣ります。そして、これからは大和周辺だけでなく広く全国に大和政権が常に目を光らせていると示すことも必要です。そのためにも、全国への屯倉の創設は急がせねばならない。大臣、これからも若き者達を叱咤してください」

　少々くたびれてきた大臣の目を覚ますかのように、少し声を大きくした上宮に、大臣は目を見開いた。上宮は続けた。

「それから、もう一つ。先日、向丘（むこうがおか）の銭工房を見に行ってきました。まだまだ不良な出来の物もありましたが、七割方の銭は良い出来栄えになったと工人の長から聞けました。試行を重ねた結果どうやら現在の鋳造方法で大丈夫そうですね」

「はあ、しかし流通貨幣としての量産には、未だ何年掛かりますか」

「大丈夫です。他国に出来ることが、我国に出来ぬ道理がありません。何時になるか分からなかった法興寺の大きな仏様の像ももう直ぐ完成ではありませんか」

　人が成そうとして成せないことはないという上宮自身の強い信念がそう言わせた。上宮は成功に導くまでの不断の努力と不屈の精神が最も大切だということを、もう一度自分自身に強く言い聞かせた。

　五月半ば、難波津には安芸(あき)の国と武庫の浦でそれぞれに建造された立派な遣隋船が二隻入港した。上宮は到着した遣隋船の最終確認をするために、大臣と主だった側近を伴って難波津へ赴いた。

　上宮達の最終確認を無事に終えた遣隋船には、既に用意されていた献上品の数々が搬入されていった。そして、五月下旬には全ての作業が終わった。

　難波津出港を二日後に控えた日、正使の小野妹子をはじめ主だった遣隋の者達と船長および操船の熟練者達が連れ立って住吉津(すみのえのつ)の住吉大社に詣でた。住吉の神は航海の神であり、船乗り達から厚く信奉されていたため、隋への航海の無事を祈ったのである。住吉三神の護符を受けた後、一行は小船に分乗して住吉の細江（現在の細江川）を通り難波津へと向かった。

六月朔日、その日は晴天の筈だったが、早朝から激しい雷雨にみまわれた。皆が晴の旅立ちの日に水を差す雨がいつまで降り続くのかと心配したが、その雨は長くは続かず止んだ。今まで降っていた雨の粒が草木に露として残り、雨が地面のあちこちに大小の水鏡を作った。そこに日の光が差し美しい景色を見せていた。難波津に新しく建てられた迎賓館の難波館（なにわのむろつみ）の方角から、太鼓の音や笛の音（ね）がかすかに聞こえてきた。時間と共に音は徐々に近付き、太鼓や笛を吹く人々が隊列を組んで現れた。その楽隊の後から、人の背丈の四、五倍はあろうかと思われる幡（ばん）を掲げた者が二列になって三人ずつ計六人続いている。雨上がりの爽やかな風に幡が心地よさそうに揺れるその後ろから隋への使者達の姿が見え始めた。使者達は皆緊張した面持ちで、六竿の幡に従いながら、徐々に用意された遣隋船へと近付いて行く。いつの間にか沿道を埋め尽くした見送りと見物の民衆の興奮を一層高めるかのように、楽隊の奏でる曲が今までよりも高く大きく響いた。遣隋使達が遣隋船の真下に到着した時、楽隊が大きく響かせていた楽曲は突如として終わり、辺りに静寂が戻った。

その時、遣隋船の中から立派な王の装いをした上宮が数名の側近たちと共に現れた。その場にいる民衆の中の何人もがそれに気付き、囁き合って皆が高い所に居る上宮達を見上げた。

「さあ、遣隋の使者達よ。乗船せよ」

蘇我馬子大臣がよく通る声で遣隋使船の真下に居並ぶ使者達に命じた。その声と共に先程の楽団の太鼓がどんどんと音を立てた。続いて笛などの音も一層高らかに響く中、使者達は王の乗船している船ともう一方の船に分かれて乗り込んだ。上宮が居る方の船には、遣隋正使の小野妹子と正通事の鞍作福利以下十六名と境部摩理勢が、もう一方には副使の春日大志たちが乗船した。

境部摩理勢は今回の遣隋船が危険な対馬の海域を無事に乗り切れるよう、筑前の胸形志良果に熟練の船頭の手配を直々に頼むという役割を担っていた。摩理勢と志良果はすでに面識があった。

上宮は来目皇子が新羅征伐の大将軍となって筑紫へ向かった時に付き従っていた阿燿未から、筑前の胸形氏の長である志良果のことを詳しく聞いていた。その時から今後、志良果と交渉する人物は誠実な摩理勢が適任だと思い定めていた。

ぼぉうという今までに聞いたことがない音がして、そののち大太鼓がどうんどうんと響くと、小太鼓たちがとことんとん、とことんとんと軽快な音を響かせた。遣隋使達が二艘の遣隋船に乗り終えると、大太鼓がどうんと一つ打ち鳴らされて楽団から聞こえていた音はぴたりと止んだ。

上宮は乗船してきた境部摩理勢に胸形志良果への書状を渡し、小野妹子に国書の入った箱を手渡すと船を降りた。

船から降りると上宮は船長（ふなおさ）に合図を送り、船長はその合図で数本の太い艫綱（ともづな）を岸から解くように陸上の手下に命じた。朝凪の中、遣隋使船は水夫（かこ）達によって少しずつ岸から離れて行く。上宮達はその船影が遠くに見えなくなるまで、無事に皆が隋へ到着し、責任を果たして帰国することを願いながら見送った。

その上宮達の願いをよそに、船上では出港して少し経った頃に異変が起こっていた。その主はあろうことか、遣隋使達を筑紫まで送る役目の境部摩理勢だった。

「摩理勢氏、どうぞこちらへ」

船長（ふなおさ）は早くも船酔いした大男の摩理勢を、比較的揺れの少ない船の中央部分にある客室の寝台へと誘った。

青い顔をした摩理勢は船長に、

「すまないが、小野妹子氏をよ、呼んできて、貰いたい」

「承知いたしました。暫くここで横になっていて下さい。小野妹子様を直ぐにお連れ致します」

船長（ふなおさ）は、船酔いした摩理勢に丁寧に言い残して小部屋を出た。船長が出ていくと摩理勢はあっという間に意識が薄れ、深い眠りに誘われた。摩理勢は船酔いをしたことがなかった。しかし、隋への献上品の管理と最終の積載確認、そして遣隋使達を無事に筑紫まで送る役目を賜り、多忙と緊張のあまりここ何日かゆっくり休めていなかった。緊張と睡眠不足に加えて、無事に出航できたことで急激に緊張が解れ身体に異変をきたしたのだ。呼ばれて来た妹子は、摩理勢の寝顔を見て安心し、そっと部屋から出た。

遣隋船は内海の児島や防府などに立ち寄りその地での荷を積み込みながら順調に航海を続け、数日の内に筑紫の那津に到着した。

那津では、筑紫総領の膳臣歌倶良とその地方を仕切る豪族の胸形志良果がそれぞれに大勢の部下たちを連れて出迎えた。

船中で一番に船酔いした境部摩理勢は、本来の剛毅な姿に戻り何事もなかったかのように悠然と、遣隋使達の先頭に立って船を下り陸に上がった。

「出迎え、有難うございます。こちらは、この度の遣隋の正使で小野臣妹子氏と副使の春日臣大志氏です。そしてこちらが通事の長で鞍作首福利氏です」

大和政権から筑紫まで遣隋使達の見送りの長を任じられた摩理勢は、遣隋の役割を担っている者達を長官である膳歌倶良と豪族の胸形志良果に紹介した。

「お待ちしておりました。内海の船旅は如何でしたか」

膳歌倶良が挨拶代わりに聞いた。

「ああ、良き旅でした。小野妹子氏、そなたはどうであったか」

船酔いのため、少しの間船内の客室で眠っていた摩理勢は当たり障りのない返事をして、そつなく妹子に膳歌倶良からの質問を振った。

「内海は穏やかで、こちらの鞍作福利氏と海に浮かぶ大小数々の島々を眺めておりました」

鞍作福利は声は出さず、こくりと頷いて見せた。二人は既に何か月か前に、百済国への往復を経験しており、内海の船旅に関しては余裕を見せた。

「それは宜しゅうございました。先ずは皆様を筑紫館（つくしのむろつみ）へお連れ致します。では、どうぞ」

港に係留されている遣隋船には、筑紫で調達された献上品が積み込まれることになっている。船の安定性を考えて、大和から積まれてきた荷も一度降ろされ積み直しが行われる。その時の積み荷の最終確認をするためにも、境部摩理勢はここまで共に来る必要があった。

筑紫（筑前）にある宗像大社（むなかたたいしゃ）は、筑紫と大陸に続く半島とを結ぶ海上交通の守護神として、古くから篤い信仰を集めていた。筑紫の那津（なのつ）から旅立つ遣隋使一行は、天候に詳しい宗像大社の神官から旅立つのに最適な日が告げられた。遣隋使達はそれぞれに期待と不安を胸にその日の朝を迎えた。

隋への旅立ちの日は、快晴で波も穏やかだった。これは宗像大社の祈祷の御蔭であると見送る側になった境部摩理勢はにこやかな顔で言った。

大陸に繋がる半島と筑紫との間には急激に変化する潮の流れがあり、船乗りたちはその潮の流れに翻弄させられていた。この海では潮の流れを熟知した船乗りでも、急に変わる天候によって激変する潮の流れで命を落とすことも稀ではなかった。しかし、この複雑な潮の流れは豊かな漁場をもたらし、危険を顧みずこの海に出て大漁を得た者は確かな地位を築くことができたのだった。

豊かな漁場を抱える海の向こうには、古くから多くの国が栄えあらゆる文化の中心となっている大国へと続く道があった。筑紫から半島を越えて大陸へ行くには、相互の国の公人や私的なつながりを持つ商人達も、荒々しい海を渡るために熟練の海人集団を頼るのが当然の習わしだった。今回の遣隋使達にとっても、胸形氏率いる海人集団は非常に頼りとなる存在だった。

船体に朱を施した二艘の船が水夫(かこ)達によって晴れ渡った青い空に吸い込まれるようにすると港を出て行った。

倭国の代表たちの雄姿とも見える二艘の船は、変化が激しく荒いと恐れられている潮の流れを、胸形氏から借り受けた熟練の船頭や水夫たちと宗像大社および住吉三神の霊験あらたかな護符を頼りに挑み渡るのだ。最初に目指すのは、百済。それから百済の遣隋の使臣たちと共に、隋の新都の洛陽へ行き、さらに朝賀の儀が行われる最終目的地の大興(だいこう)(長安)へと旅は続く。未だ先は長い。

境部摩理勢は小野妹子達が乗り込んだ二艘の船影が全く見えなくなるまで、身じろぎもせずにずっと見送っていた。

七、筑紫からの知らせ

妹子達の乗った船を祈るように見つめていた摩理勢の姿にその人となりを見たのか、胸形志良果が声を掛けた。

「境部臣摩理勢様、そろそろ筑紫館(つくしのむろつみ)へ戻りましょう。先程、筑紫総領の膳臣歌倶良様は大和から使いが来て急いで帰られました。その際われに摩理勢様を今日の内には館の方までお連れせよとの言伝(ことづて)がございました」

「膳歌倶良氏も直接われに声を掛ければよいものを……」

「ああ、いえいえ。膳臣歌倶良氏は、何度も境部臣摩理勢様に声を掛けておられました。お耳に届かなかったのか、返事をなさらなかったので。大和からお使いが来たということだけは必ず伝えるよう、われに言い残されたのです。境部臣摩理勢様のお気が済むまで見送らせて差し上げるようにとも付け加えられて、先に館に帰られたのです」

「左様であったか。いや、すまなかった。よく分かりました。それでは、われらも戻りましょうか。ずいぶん待って頂いたのですね。

もう、日があんなに高くなっている……」

最後の一言は、誰に言うでもなく呟いた。

胸形志良果は、

「先程は、筑紫館へお帰り頂くと申しましたが、その前に……。実は我が方に是非ともお話し致したきことがございまして……。わが館に、お立ち寄りいただく訳にはいかないでしょうか」

何度も言い淀みながら遠慮がちに話す胸形志良果を気の毒に思った摩理勢は、

「膳歌倶良氏が、待っているのではないのか。そなた先程そう言ったではないか。それは良いのか。われが聞いて何とかできることかどうか分からないが、われが話を聞くことでそなたの気が済むのなら、聞こうか。そなたの館へ向かおう。このことを膳歌倶良氏は確かに、承知しているのだな」

ことに当たるに際し慎重になっている摩理勢は、胸形志良果に念を押した。

「大丈夫です。ご理解頂いております」

「そうか。そなたがそう言い、膳氏にも了解済みならわれに異存などない。そなたの館へ案内して頂こう」

「はぁっ、有難うございます」

二人は待たせてあった馬に乗り港を離れた。


胸形志良果が指で差し示す方向に屋敷らしい建物があった。それはかなり立派な建物だった。

胸形氏は、大和王権と戦って敗れた磐井一族に替わって筑紫一円を手中に収める大豪族となった。大和王権に反乱を起こした磐井氏に対し、海人集団を率いることで勢力を伸ばしつつあった胸形氏はその時大和王権に味方して、現在の地位を築いた。

摩理勢は父稲目の時代の壮絶な戦いの結果を、ここ胸形氏の屋敷にも見た気がした。若かりし頃大和でも最後の勢力争いがあり、それに自分も参戦したことを思い出して少し心が沈んだ。もうあのような時代はごめんだ。これからは上宮様が常に言っている様に、われらも民も共に力を合わせて良き国造りに邁進していくのだ。摩理勢も一人の領主として、自分の元に身を寄せている領民の幸福を誰よりも願っていた。

摩理勢が胸形志良果に案内されたところは、屋敷の中でも中央の奥にある真新しい館であった。

「どうぞ中へお入りください」

胸形志良果が摩理勢に声を掛けて開けた扉の向こうには、若く美しい女(ひと)と幼い子がいた。摩理勢は、どうぞと言われたが部屋の中に居る二人を見て一瞬足が止まった。その幼い子の顔を、どこかで見たことがあるとすぐに思い至ったのだ。

「こ、この方の御父君は、もしかして……」

言ってしまいそうになるのを、摩理勢は堪(こら)えた。以前、思ったことを軽々に口に出してはならないと上宮から厳しく叱られたことを思い出したからだ。摩理勢のそんな様子を見て志良果が言った。

「お分かりになりますでしょう。年々あの方に……。これ程、似ておられなければこのまま我が一族の者としてお育てし、生涯われも娘の飛菜炊(ひなた)も口を閉ざしてさえおれば良いと思っていたのです。ですが、この子があまりにも身罷られたあの方によく似てきたので、こちらだけで判断してよいものかどうかと、先ずは書簡にて大后様にお知らせしようと思ったのです。

その時期はくしくも、こちらに遣隋船をお迎えするための準備に入るようにとの命が下った少し前でございました。そして大后様からのお返事には、遣隋船の見送りに筑紫へ来られる境部臣摩理勢様に全て話すこと。そしてその上で、皇子様が残された証拠の書付と娘に下されたお品を大和まで持ち帰って頂くようにとのご指示がありました」

「……。何と、何と申し上げて良いか……。ああ、いやぁ……」

「それで、これがその大后様からの書簡です」

そう言いながら、胸形志良果は大后からの書簡を摩理勢の方に差し出した。摩理勢は驚愕の事実を知らされて、震える手を抑えながら書簡をやっとのことで手に取り、読んだ。

確かにそこには今、志良果が話した通りのことが書かれていた。摩理勢は上宮のことが急に心配になった。

「胸形氏、大王はこのことはご承知なのか」

「はっ、大王も既にご承知です。こちらが、大王から昨日届いた書簡にございます」

摩理勢は、大王からだと言って二巻の書簡を見せられた。

「こちらは、われに届いた物です。もう一方は、摩理勢様へとなっておりましたので、お預かり致しておりました」

次から次へと、自分が知らないところで大変な出来事が大きく動いていることに摩理勢はただただ驚くばかりだった。摩理勢は、この場に上宮が最も信頼している沈着冷静な葛城鮠兎が居てくれたらどんなにか心強いだろうと思った。しかし今ここに居るのは自分だけなのだと自身を鼓舞し、上宮から自分への書簡の封を切り、目を通した。

　そこには、王族に関する重要な事柄を信頼する摩理勢に託すとした上で、十分に証拠の品を吟味し本物だと分かったら、大和までその品々を大切に持ち帰ってほしいこと。そしてその品々でその子が確かに皇子の子であろうとなった時には子供にも会って、胸形志良果がその子の将来をどう考えているのか、また大和政権に対し何を求めるのかなどの要望を詳しく聞いてくるようにと書かれてあった。摩理勢は重い責任を感じた。

　摩理勢は幼い頃から長兄の馬子に薫陶されて育ったこともあって、大蔵にある他国から王家に送られてきた財物に馬子の側で身近に接していた。また興味深く見ている摩理勢に馬子はよく財物についての話をしてくれた。摩理勢は王家に送られてきた品々の品質や謂(いわ)れを馬子から詳しく教えられて、財物に対する造詣が自然に深くなっていった。成長すると、武将として興味を持った馬具や武具についても自分なりに詳しく見るようになった。そして財物を評価する能力は周りの者にも知られるところとなり、馬子のお墨付きもあって今回の隋への献上品に関する総責任者に抜擢された、という経緯があった。

　境部摩理勢が、胸形志良果から見せられた品々は、確かに王家の人々しか手に出来ない貴重な物だった。そして最も決定的だったのは、皇子本人が胸形志良果の娘の飛菜炊(ひなた)へ宛てた書簡三巻だった。
摩理勢は志良果の了解とそこにいる娘飛菜炊の了解も得て、その書簡の中を見た。一巻目には、
「日々、このような状況の中で、飛菜炊と居る時だけが心安らぐ時だ。しかしまだ何もここで成し得ていない今は、大和へそなたを娶りたいとの許しを請えない。不甲斐ないこの我をもう少し待っていてほしい。現在の状況を好転させて、必ずそなたとの仲を公認のものとさせる。
だから、これ以上会うと別れが辛くなるからと言って、もう会わないなどと、どうか言わないでくれ。

愛しい人、飛菜炊へ」

「有難う。我を信じて待つとの返事、三日後には我も休みがとれる。そなたが教えてくれた例の場所まで行こう。昼（午の時）までには。ああ、早く会いたい。時を超えてそなたの元へ飛んでいきたい。

恋しい人、飛菜炊へ」

それらは確かに、摩理勢が知る皇子の字だった。摩理勢は二巻の在りし日の皇子の恋文を読み終えて、堪えきれず嗚咽を漏らした。側で胸形志良果と美しい娘の飛菜炊も泣いている。飛菜炊の横に座っている子は大人たちが泣いているのを静かに見ていた。
やっとのことで気を落ち着かせた摩理勢は、二巻とは異なり、分厚くなっている書簡に手を伸ばした。

「明日には、大和へ向けて出発しなければならない。一時でも、そなたと離れるのは心が引き裂かれそうだ。だが、身重なそなたを今直ぐに大和に連れて帰る訳にはいかない。この度の、新羅との交渉は成功した。大王が何か褒美をくれると言ったら、そなたをわれの妻として迎えたいと伝える。

われが大和に着いたら、王族の束ねであられる大后様の承認を頂く。そして我が一族から、胸形志良果氏の元へ正式に人を立て、そなたを迎え入れたいと思う。色々と、時が掛かると思う。しかし、身籠っているそなたのことを考えると、こちらでの様々なことを何もかもわれが引き受けるのは当然のことだ。

そなたは身重の身で一人親元に残り、われが側に居ないのは心細く寂しいと思う。離れていてもわれがそなたの側に常に居ると思い、心を強く持って無事に産んでくれ。そして出産の後には、直ぐに大和のわれへ伝えてほしい。ここに飛んで帰って来よう。子の名前は、男であっても女子であってもわれが考える。良いな。呼び名は、そなたが考えてくれるか。楽しみなことだ。

愛しい我が妻、飛菜炊へ」

皇子の嬉しさがあふれるその書簡には、安産を願っての守り袋が添えられていた。皇子の心の底からの思いの丈が、文の一字一句に滲み出ていた。

摩理勢はそれらの書簡を大切に元通りにした後で、

「皇子様の思いを記したこれらの書簡。確かに、このわれが責任を持って大和の大王へお届けいたします。そして、これは大王のご意向なので伺うのですが、こちらのお子様のこれからのことをどうお考えなのか。胸形臣志良果氏とされましては、何かご希望されることはありますか」

胸形志良果は、直ぐに返事が出来ずにいた。摩理勢は長年の重い荷を今やっと下ろした様子の志良果の心情を思い、志良果が口を開くまで自身も心を落ち着かせながら待った。

志良果は意を決したように重々しい声でゆっくり話し出した。

「叶いますならば……。この地で、今までの様に、娘とこの子と共に暮らしたく存じます。皇子様が身罷られておられますので、王族の一員としてお認め頂くことは難しいと存じます。この子が大和へ迎え入れられたと致しましても頼りとなる後ろ盾や主たる養育親も決めて頂けるかどうか。その様な不安を抱え、将来に希望を持てないところへ一人でやってしまうのは不憫でなりません。

しかも、娘は皇子様とのお約束はございますが、生前に王族に正式に嫁いだわけではございません。正式に妻と認められていない娘飛菜炊はこの子と一緒に大和へ行くことは出来ないのではないでしょうか」

志良果は、大和に知らせたことを今になって後悔しているようだった。今回のことは、少し前に、あまりにも生前の皇子の面影を残す孫を、皇子に会ったことのある近隣の豪族に見られたことから始まった。大和へ知らせたら、解決することがある一方で、それが孫と娘との別れに繋がる可能性や孫の将来に対する不安を抱えることになったと、志良果は思い至ったようだ。

　それにしても、皇子にそっくりな姿の子であり、皇子に直接仕えていない摩理勢でさえ皇子の御子であると知れる。筑紫が大和から離れて遠い地であるとはいえ、近い将来知られるようになるのは間違いないだろう。だから志良果も観念して、大和に知らせたのだろうが……、と摩理勢はそんな志良果を気の毒に思った。

「分かりました。胸形志良果氏のご希望とお気持ち、確かにその通りにお伝えいたします。ただ、大王と王族の束ねの大后様、皇后様がお決めになられたら、それには従って頂かなくてはなりません」

「はぁっ、いかなる御沙汰も心してお受けする所存でございます。恐れ多くも、大和の大后様へ事の次第をお伝えしようと、娘ともよくよく話し決心をし、報告させて頂いたのです。この先、どの様なことになりましょうとも、大和政権に対するわれらの忠誠心が変わることなど決してございません。

ただ……、皇子様が大和へ帰還される途中に身罷られたことが今となっては返す返すも無念でなりません」

　そのことは、皇子を知る誰もがあの時思い、ましてや皇子を慕うこの人たちには今も心に深く残る思いなのであろうと、摩理勢には感じられた。

　境部摩理勢が胸形志良果の屋敷で色々と驚かされていた頃、小野妹子達を乗せた二艘の遣隋使船は対馬近くの激しい潮の流れの真っただ中にあった。那津(なのつ)の港を出帆した時には晴れ渡っていたのに、二艘の遣隋船が海流のほぼ中央部分へ差し掛かった頃に天候は一変し、空一面が黒雲に覆われてしまった。

船上では、半島との海峡を渡り慣れた熟練の船長(ふなおさ)の采配で、船子達が瞬く間に帆を下ろした。船長は小野妹子達には荒波を被っている船上にいると危険だからと、船の中央にある小部屋に天候が落ち着くまで居るようにと告げた。

「前に百済まで行った時には、これほどの揺れはありませんでしたね。小野妹子様、大丈夫ですか」

鞍作福利が、青ざめた顔をした妹子を労わるように言った。

「だ、大丈夫。しかし、この大きな船がこんなに揺れるとは、まるで嵐の様だ」

妹子がそう言い終わるのを待っていたかのように、今まで以上に船は上下に揺れ左右にも揺れた。

流れの速い海流と急激な悪天候による船の揺れは、荒波に不慣れな者達に一時(ひととき)の恐怖の時間を経験させて終わった。その後の百済への航海はほぼ穏やかに進んだ。

倭国の遣隋使達は海の色々なもてなしを受けながらも百済に無事到着し、百済から隋へ共に向かう人々と合流した。そして次の日、それぞれの船で百済の港を百済の人々に見送られ出帆した。

百済から隋へは黄海を百済の海岸線に沿って北上し、高句麗領の遼東半島と隋領の山東半島の間の渤海海峡を越える。そして山東半島の東萊郡（注３）の港竜口に到着した。倭国の港を秋七月に旅立ってから、隋の東萊郡までほぼ半月を要していた。

東萊郡は前年まで萊州と呼ばれていた。萊州の萊という字は、草が茂った荒れた地という意味だ。小さな漁村でひっそりと静かな佇まいの土地だったのかと、妹子は想像した。そんな漁村の港に外国から船が来るようになって発展したようだ。

船を下りた竜口には、倭国の雰囲気と違った風景があり、今まで嗅いだことの無い異国の匂いを感じた。小野妹子達遣隋の使者達はこの港に船を残し船長や水夫達とも別れ、陸路を隋の新都洛陽、そして朝賀の式典が行われる大興（長安）へと向かうことになっている。妹子達使者は馬に乗り、従者は徒歩でほぼ六十日（注４）かかる見込みだ。

船から荷車に積み替えるために下ろされてくる、隋への多くの献上品や学生達の費用に充てるために用意された品々を妹子は入念に確認した。

「あの、先程から今まで経験したことの無い香りと言うか、匂いと言うべきなのか。そこここから漂ってくるこの匂いが、どうも腹の虫を刺激致しますが。妹子様はどう感じておられますか」

鞍作福利が側で荷の確認に忙しくしている小野妹子に言った。

「われも先程から気になっているのです。福利氏、現地の役人に聞いてもらえますか。われらも、食事する必要があるでしょうから」

福利の腹の虫が大きく鳴いたのを、妹子は聞き逃さなかった。

「では、早速聞いてきます。水夫達も、何か食わねば力が入りますまい」

そう言って鞍作福利が妹子から少し離れた所に居る現地の役人らしき人物に近付こうとした時、共に来た百済の遣隋副使が福利に何か耳打ちした。福利が百済の言葉で、「そうですか」と頷いたのを妹子は見ていた。福利はその副使と話しながら一緒に小野妹子の方へ歩み寄ってきた。

百済の副使が、

「小野臣妹子氏、国でも話しましたが、全ての荷を下ろした後で隋の役人たち立ち合いのもとで、献上品の目録を見ながらの確認が必要です。また役人たちへの、その、お礼を渡さなければ、我らは此処から先へは進めないのです。そのことはこの前に我が方へ来られた際にもお話ししておいた筈ですが」

「理解していた積りでしたが、もう此処からそれが必要になるのですか。分かりました。では献上品の検分を終えるまで、皆に我慢してもらわねばなりませんね」

ここからだと知っていたら、船中で干飯とうるめでも水夫達に食べさせてやれば良かったと、妹子は小さく独り言ちた。それを聞いたか聞かずか、百済の副使が、

「われらはこのような時は、船中において交代で何か腹に入れているのです。そちらも何か食する物をお持ちなら、何人か交代で腹に入れておいた方が良いですよ。若し何もお持ちでないなら我が方から何か持って来ましょう」

「ああ、いえ。この様なことになると聞いていながら、準備していなかったわれの失態です。何かあると思います。探させますので。教えて頂いて、感謝いたします」

百済の副使は、何かの時にはまたお声をお掛け下さいと、そういう挨拶の言葉を常套句(じょうとうく)の様に言い、情を残さず自国の船へ戻って行った。側で妹子と百済の副使のやり取りを聞いていた福利は、

「ここの港からこの様な状態では、先が思いやられますね。それに、到着地の港で検分をするのは隋から派遣された歴(れっき)とした国の役人ではありませんか。皇帝への献上品を遠き国から運んできた他国の正式な使者達に対し、何故この様な扱いをするのでしょうか。ここは確かに隋の領土内ですよね。少し前の我国の地方豪族の様な行いが未だに横行しているとすれば、この国の皇帝の威厳もここまでは及んでいないのでしょうか。われにはこの様なこと納得できません」

腹の空いた福利は腹立ち紛れに誰にもぶつけられない怒りを、妹子に一方的にぶつけた。

「そんなに怒ると益々腹が減りますよ。まあ、ここは我国ではありません。生活習慣においても、役人の在り方にも色々我国とは違ったことが沢山あるのではないですか。先ずは何か腹に入れましょう。水夫達もきっと腹を空かせているに違いない。百済の副使が教えてくれたように、船の中で交代しながら何かすぐ食べられる物を食べさせましょう。福利氏も水主達に配ってやったら、一緒に食べてきて下さい。そして貴男の腹の虫が収まったら、われとここを交代してください。ここには誰か居て荷卸しを指図しなければなりません」

「良いのですか。すみません。ではお先に行かせて頂きます」

妹子は、船中に食を求めて嬉しそうに行く福利の後ろ姿を見送りながら、最終目的地の大興に到着するまで後何回この様なことがあるのだろうと、天を仰ぎ見て無事に到着できますようにと祈らずにはいられなかった。

国から派遣されている官吏が職権を濫用し何かにつけ要求する賂（まいない）のことは、自国では現大王が十七条の法で禁じたが、守らねばならぬ法として発布してから七年の歳月が流れた現在も未だ国中に周知徹底されていない。一方、この国では賄賂の要求が当然のこととして行われている。国を出る時に隋についてある程度のことは聞いていたが、それ以上に何があるか分からないということを知って、妹子は不安になった。

船から下ろされた荷物が荷車に積み替えられた。これら多くの荷を乗せた荷車を引く人夫の数が大和から連れて来た者達だけでは足りなかったので、現地で雇った。そんな時、百済の遣隋副使から妹子に一言あった。

「荷車の管理には注意を払った方が良い。各荷車には必ず一人は自国の者を管理者として付けた方がいい。前後に一人ずつ配置できれば猶良い」

それは長年大陸との付き合いの中で百済が学んだことのようだ。兎に角、皇帝に届けるような貴重な品々だ。隋都まで誰にも盗まれないように細心の注意が必要なのだ。しかしこう教えられたが、船の管理保全のために水夫の半数を残さなければならない現状を考えると、百済が教えてくれた人数を確保するのは難しそうだった。今の状態ではとても荷車の管理へ回すための人手が足りない。どうすれば良いのかと思案していると、百済のもう一人の使者が倭国の船の人々が自分たち百済の船に残す人々と協力し船の管理してくれるなら、お互いに港に残す人数が半分で済むがと、提案してきた。それなら、船も荷もお互いに守れるということで、妹子は船長の承諾も得て百済からの提案を受け入れることにした。

宿に着いてから妹子は、ここまでのことを渡航記録として残そうと貴重な紙の束の中から丁寧に一枚取り出して、思い出す時のきっかけになる文字を書いた。

「秋七月半、到着隋国港。有薫異国、無経験香。下船後、積替荷。要陸路運搬人、自国必管理。乗馬至大興、四十余日。徒歩至大興、要六十余日。我選馬上人」

港での一悶着を何とか処理した倭国の遣隋使一行が、竜口(ろんこう)の港を出発したのは三日目の朝だった。港の周りにある宿や小さな食堂が立ち並ぶ市街地を通り過ぎると、目の前には荒涼たる大地が見渡す限り続いていた。

夏から短い秋へと季節が変わり、風の向きが変わった。夏には海洋から吹いていた風は今は大陸の遥か彼方から乾いた大地に黄色い砂埃を巻き上げながら吹いてくる。この地の春を知らない妹子にも、この荒涼とした大地には少し前、何か農産物が植えられていたことを収穫した後に残る小枝の切れ端が教えてくれていた。

畑は次の年に種を蒔くまでの間休ませているのだと、現地の案内人が説明してくれた。大地に障害物がなくなったせいで、強風がその地を行く妹子達に情け容赦なく吹き付けた。こんな日は荷車に重い荷物を載せて前に引き進むことはまず不可能だと、近くの宿の者が話していたことを鞍作福利は小野妹子達に告げた。

東萊郡から少し南下しながら西へ西へと向かう。小野妹子らは馬に乗るが、荷車を引く従者や護衛の兵達は徒歩のため、大興への旅はほぼ二か月を要する。広い農地が続いた後、遠くに高い仏塔が見えてきた。

時々現れる目標ともなる仏塔が異国での長い旅路の一時の安らぎを妹子達に齎してくれる。嬉しそうに鞍作福利が、

「妹子様、街が近いようですね。竜口の港からいくつかの街を経てきましたが、今度の街は随分大きく感じます。名の通った街なのでしょうか」

「さあどうだろうか。だが、街が近いようだから、この辺りで少し休むとしようか。案内人にそう言ってくれますか」

「分かりました」

馬から降りて、側に居る案内人に福利が告げようとした時だった。案内人の方から福利に声が掛けられた。

「急いで、ここを遣り過ごしてください。ぐずぐずしていると、賊に目を付けられます。早く、早く」

案内人が指をさす方向を見ると、遥か山の麓から砂煙を上げながら近付いてくる何かがあった。先を行く小野妹子のところまで急いで追いかけて行った鞍作福利は、妹子に事の次第を話した。妹子も近付きつつある一つの塊を見て、自分達一行の一番後ろの荷車の者達にまで、見えている街まで力の限り急ぐよう指示を出した。

勿論、前を行く百済の一団にも同じように伝えた。いつもより随分長い時間荷を引き、疲れていた妹子達遣隋の一行だったが、最後の力をふりしぼり全速力で街へと向かった。

しかし賊と思われる集団は、妹子達にどんどん近付いて来るのがはっきりと分かった。しかもそれと時を同じくして、一番後ろに居る荷を運んでいた人夫が荷を放り出して前に居る妹子達を追い抜いて一目散に逃げ出した。それを見ていた他の人夫も同じように逃げ出そうと荷から離れようとしたが、今度は妹子達の護衛の兵に止められた。そうこうする内に、賊らしき集団が近付いてきて妹子達に襲い掛かろうとした、まさにその時、賊の後ろにこの国の兵士らしき者達の集団が見えた。

妹子達は、今ここで何が起きているのか皆目見当もつかない状態に置かれた。だが、妹子は即座に判断を下した。賊が進み来る反対側の荷の後ろに隠れるよう皆に指示を出し、その身を守らせた。賊の集団と兵士の一団がどの様に動くのかと目を凝らし、息を潜めて待った。

賊の集団は初め兵士の一団に猛獣の様に襲い掛かっていたが、暫くすると兵士の一団の方が優勢に転じた。賊と兵士達が戦ったその後には、事切れた賊の頭目らしき者と多くの賊の死体、そして投げ出された槍や大刀が、血に染まった黄色い大地に残されていた。

賊の襲来と離散の後、不思議にも強い風が止んで黄色い大地は秋の終わりにしては強い日差しに晒された。賊を蹴散らした兵士の一団の中の若い一人の兵が、妹子達に目もくれず前に居る百済の使者のところへ行って話しかけた。

妹子達はとりあえず難を逃れたことを実感して、胸を撫で下ろしていた。しかし妹子は今自分達がどういう状況に置かれてどう解決されたのか、はっきり把握しておく必要性を感じ、鞍作福利に百済の使臣に聞きに行くよう命じた。

福利が、百済の遣隋使一行の中で事情を分かりそうな人物に聞いたところによると、港の竜口(ろんこう)から新都洛陽への道は途中の都市北海部（唐代には青洲(せいしゅう)と呼ばれる）に至るまでに然程(さほど)大きな街がないため、昔から旅人が賊に襲われる危険が多い所だということだった。妹子達の様な遣使達ばかりではなく商人たちもこの道を通り都へと向かう。そのためたくさんの貢物を携えた遣使達や、多くの商品を運ぶ商人達を盗賊団が待ち構えているのだ。勿論、隋も国の威信をかけて盗賊団一掃のために手を打ってはいたが、相手は広い荒野のどこからいつ出て来るか分からない輩なので、盗賊らを退治するのはなかなか難しかった。盗賊団を撲滅すべく見回っている国の兵士たちが、商人達を襲撃中の盗賊団に出くわせばその場で退治することも可能なのだが、そんな偶然はまれだった。

以前から大陸との繋がりがある百済政府は、国から使者を派遣する際には前もって都までの道程の護衛を頼んでいることが常であった。しかし今回は本来なら竜口の港まで来る筈の護衛の兵士達が来ていなかったのだ。事情を話してくれた百済の者は、何故そうなったかまでは分からないが、ここで賊に襲われる寸前に助けられて幸いだったと言って、福利の前から百済側に戻って行った。

　福利の話を聞きながら、妹子は違和感を覚えた。第一に、百済の一行が竜口に到着して出発するまでの間になぜ隋の兵士たちが来なかったのか。第二に、この様に盗賊等が横行している危険な状態を知りながら、この地までなぜ百済の遣使達は臆することもなく街道を進んで来たのか。そして第三に、盗賊団が襲ってきた時、慌てふためき恐怖を感じた妹子達と違い百済の使者達はなぜそれほど慌てているように見えなかったのか。

　もしかして、と妹子は閃（ひらめ）いた。百済の少なくとも使臣は隋の兵士と打ち合わせをして盗賊団に守りの手薄なところを見せて誘（おび）き出し、使節団が襲われそうになったところで隋の兵士が現れ成敗するという手筈が整っていたのではないかと。

　あれこれと考えを巡らせていた妹子だったが、隋の兵や百済の使臣達はそんな倭国の人々の様子など気にしていなかった。百済側からも隋側の兵士の隊長とみられる者からも何の説明もなされないままに、何事も無かったかのように今日目指す街への道を百済の遣使達が再び歩み始めたので、妹子達もそれに従った。鞍作福利が最後尾にいる護衛の兵に声を掛けた後で、前方の妹子の側に来て言った。

「妹子様、百済側に何も言わずにいるお積りでしょうか。何も知らされていなかったわれらは、隋と百済との内々に打ち合わせた作戦の中で盗賊団への囮（おとり）とされたに違いありません。われは、一言抗議を申し立てたく思います。お許し頂けますか」

「それはなりません。われも福利氏と同じ気持ちです。ただ、襲われる前に事なきを得ており、百済側と内々に打ち合わせてあったとしてもその証拠は何処にもない。それに現在は未だ隋の大興への道程のほんの一部分を進んだに過ぎない。ここで百済と揉めたりするのは我が方にとって得策とは言えません。このようなことは腹に据えかねますが、少し我慢をしましょう」

　福利は、不服なようだったが妹子の考えを聞いておとなしく矛を収めた。


　到着した北海郡の中心街には妹子達の様な外国の要人をもてなすための迎賓の館が広い敷地に幾つも建っていて、それだけでも隋の繁栄ぶりが感じられた。迎賓館で二日間の休養を取り、今度は百済と共に正式な形で隋に護衛の兵を頼み、次の宿所である斉郡（せいぐん）（唐代には斉州（さいしゅう）と呼ばれる）へと向かった。

　妹子は、盗賊に襲われたのを助けてくれた隋の兵士団の隊長と北海郡で別れる際に、習い覚えた漢語を駆使して助けてくれたことへの謝意を述べた。そうすると反対に隋の兵の隊長から、

「こちらも、あなた方の御蔭で今回やっと盗賊団の中でも手を焼いていた賊の頭目と一味をせん滅することが出来て満足している。百済側が良いと言うので、密かに護衛をしていたことが功を奏したようだ。ここからの道程は、我が軍で鍛えた精鋭が堂々と護衛していくから、あのようなことは二度と起こるまい。安心されよ」

　聞いていなかった。隠れて護衛し、賊を安心させて自分たちを賊に襲わせて捕まえるという計

画なら前もって知らせておくのが道理というものではないか。妹子の清廉な面持ちが乱れたのを隋の兵の隊長は見逃さなかった。

「何も奪われなかったのだ。このような時、我が方では皆こう言う。没問題、没問題也。それからもう一つ良いことを教えよう。百済の使臣も、隋の我もそなた達には一つ借りが出来たということにもなる。これは覚えておくと役に立つ時があるかも知れぬ。

さあ、我らは手柄を携えて一足先に都へ向かう。では、再見（さよなら）」

精悍な顔立ちの隋の兵の隊長は平然と、返す言葉も見つからない妹子達の前から兵達と共に去って行った。その場には遠ざかる兵達たちが巻き上げた砂埃だけが風に舞っていた。

【遣隋使の経路図（隋国内）】

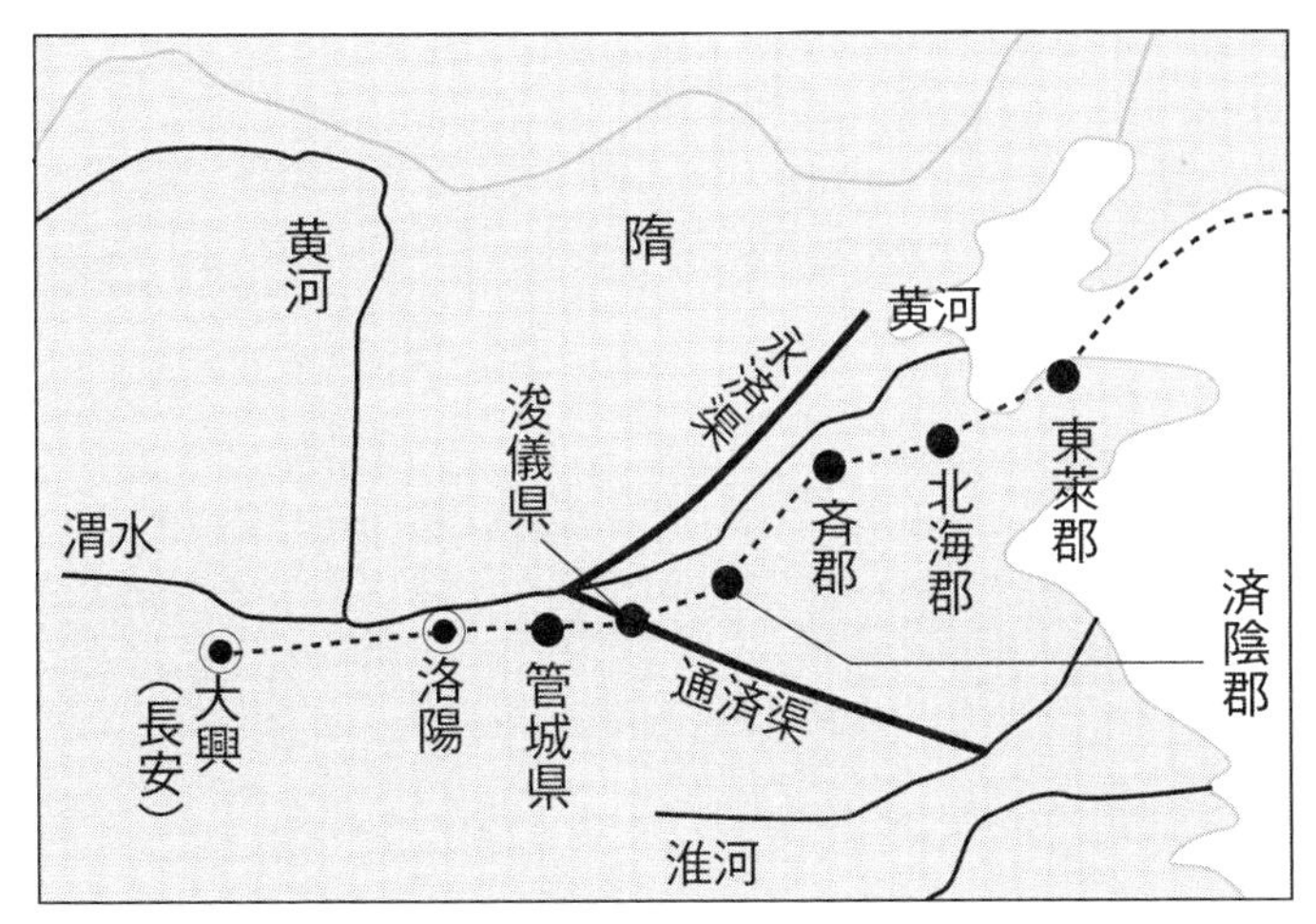

氣賀澤保規編『遣隋使がみた風景』の図を元に作成

妹子達遣隋の一行は斉郡から済陰郡（唐代には曹州と呼ばれる）を経て、昨年正月に完成した新都洛陽を抱く洛陽盆地へと進み始めた。洛陽に至る途中には、発展したもう一つの都市滎陽郡浚儀県（唐代には汴州と呼ばれる）がある。隋代に完成を見た淮水（淮河）から引かれた大運河はこの滎陽郡浚儀県を通り偉大なる大河の黄河へと注ぎ込む。大運河が出来たお陰で街は物流の要衝の地として大いなる繁栄を遂げていた。妹子達は初めてこの素晴らしく発展した街に到着した時、あまりの美しさに感動し呆然と立ち尽くした。そんな中福利は独りはしゃいで辺りを飛び回っていた。屈託のない福利のその姿に驚きながらも、妹子らは微笑んで歩みを進めた。

　そして街の入り口から中へ進もうとした時、前を行く百済の遣隋使達の一団から慌てて走って来る人が見えた。その者が、手で止まれと合図している。走りながら近付いてきた百済の者が妹子達と話が出来る至近距離までやってきて、息を整えて言った。

「我らの前に、役人と揉めている商団がいます。暫しここでお待ちください。何とか夜までには役人との交渉が出来るようにしておりますので、決して騒いではなりません。後々難儀なことになりますので。どうか、静かにお待ちくださいますように」

　百済の使いの者は、流暢な倭国の言葉でそう話すとまた直ぐに自分の国の者達のところへ走って戻って行った。

「何を揉めているのでしょうか。それにしても先程の若者の倭国の言葉遣いは、素晴らしい。われも同じほど百済語を話せているのか。どうでしょうか」

　何にでもすぐ反応する鞍作福利が、小野妹子に聞いた。

「百済語も漢語もちゃんと話せていると思いますよ。福利氏は、われが知る人の中で一番の通事です。わが国の偉大なる大王にも認められて、遣隋の正通事に選ばれた方なのです。これからも頼りにしていますから、自信を持ってください。それにしても、何を揉めているのでしょうか」

そんな話をしながら、前方に気を取られていた二人に後ろから近付き、漢語で声を掛ける人がいた。

「矢張りまたここで時間をとられる遣隋使の方々がいるのか。また、何かとけちを付けているのだな。役人風を吹かせおって。我が一喝を食らわせてやりましょう。直ぐに通れるようになりますから、ご安心を」

そう言うと、その人は馬の腹を少し蹴って妹子達の側を通り過ぎ、瞬く間に百済の一団をも追い越して前へ進んでいった。

「あっ、あなたは……」

そう言った妹子の声が空しく後に残された。

八、親心

遣隋使達が筑紫の那津(なのつ)を出発してから約一月が経っていた。筑前の胸形志良果(むなかたしらか)の元に大和から葛城鮠兎が使者として来るという知らせが届いた。志良果は娘の飛菜炊(ひなた)に、

「三日後に大和から、大王の側近の葛城鮠兎という方がわれらに大和の意向を伝えに来ると書いてある。使者がこの方ということは、あまり期待するなということだろう。何を聞いても、心静かにな」

父の志良果は、来目皇子の生前に妻として正式に認めてもらえなかった娘を慰めるように言った。志良果は葛城鮠兎が王家と近しい関係にある者だという事を、全く知らされていなかった。

「大丈夫です。あ(私)は、初めから大和の方々に何の期待もしておりません。この子がこんなにあの方に似ていなかったら、この子にも生涯父親のことは話さぬ積りでいたのです。もし、この子が大きくなって父親のことを聞いても、立派な方であったとしか話さぬと心に決めておりましたのに……」

「それなのに済まない。われがあのような者を連れて来たばかりに。そうでなければ知られずに済ませられたものを。飛菜炊にも海斗(かいと)にも申し訳無い。すまない、すまない……」

志良果は泣きながら白髪交じりの頭を何度も下げて、娘や孫の海斗に詫びた。

「父様、もしこの子の命を差し出せとの仰せならば、大和政権と戦ってでもこの子の命だけは助

けて下さい」

「な、何ということを考えているのだ。それは決してない。いや、その様なことは絶対に許さない。そのような事態にはならないと思うが、もし万が一にもその様なことになった時にはこの地の皆で大和政権と戦う。そなた達のことは守り抜いて見せる。何としてもな」

しかし、志良果はそのようなことにはならないだろうと思っていた。今までの大和政権とは違う何かを今の政権には感じていたからだ。

約半月前、大和へ戻った境部摩理勢は上宮に胸形志良果から預かった品物を渡し、聞いた話の全てを伝えた。

上宮は全てを確認した後、皇后(きさき)の菟道貝蛸皇女と共に大后に面会を申し込んだ。そこに来目皇子の妃である桜井弓張皇女にも来てもらった。王族と繋がりの深い葛城鮠兎も上宮の意向で同席していた。上宮は、その時から大后たちの意向を大切にすることと、筑前には自分の分身でもありまた生前の来目皇子が幼き頃から兄と慕う鮠兎に行ってもらうことを決めていた。

皆それぞれに複雑な思いを抱えていたが、そんな思いを一番抱えているのは当然のことながら桜井弓張皇女だった。特に来目皇子が相手の人に宛てた書簡の一つに目を通した時には、大きな瞳から大粒の涙がとめどなく流れ落ちた。大后はそんな娘の姿を見ていられずに、

「瑠璃(るり)、由利(ゆり)(桜井弓張皇女)と少し二人で下がっていてはどうか」

そう声を掛けた大后自身の声もいつになく震えていた。大后から瑠璃と呼ばれた皇后が席を立

とうとした時、

「いいえ、この場に居ります。あの方が身罷った時に涸れたと思っていた涙が久しぶりに姿を見せました。今これを読んで、和（私）は悔しいのではなく懐かしくて涙したのです。これを書いた時、あの方は正にこの世に生きておられたかと思うと……。この場に居て全て確認いたしたく存じます。どうか和が泣くのを見苦しいと思わず、ここに居させてください」

　由利（桜井弓張皇女）は、涙を流しながらも自分の正直な気持ちを述べた。

「そうか、分かりました。ではそうなさい」

　桜井弓張皇女にそう言った後で大后は、上宮に向き直って話し始めた。

「胸形志良果は、今になって何故申し出たのでしょうか。その経緯を境部摩理勢から聞いていますね。話してください」

「分かりました」

　上宮は大后に返事をした後で来目皇子の妃桜井弓張皇女に対して、

「辛くなった時には、言って下さい。途中で、話を止めて頂いても結構ですから」

　桜井弓張皇女は涙を拭きながら頷いた。

　上宮は大后たちに、現地で境部摩理勢が直接胸形志良果から聞いた話をそのままの形で伝えた。そして子供の存在を大和に知らせるに至った経緯と、今後の身の振り方については全て王家の意向に従うということも付け加えた。

上宮からの話を聞き終えて、最初に口を開いたのは意外にも桜井弓張皇女の姉の皇后だった。

「いくらそのお子が来目皇子に似ていても、公に認めるわけにはまいりません」

「えっ、きっぱりした言い方ですね。何故その様なことを言うのか理由を話して下さい」

普段から物静かで余程のことでない限り、自分の意見をはっきり言わない皇后が厳しい表情で言い切ったので、上宮は非常に驚いた。それは他の人々も同じだったらしく、その場の人々は次にどの様な言葉が出てくるのかと皇后の方を視た。

「もしこのことが公になれば、あの大軍を率いて筑紫に出かけ、長い時間をかけて交渉を積み重ね、新羅との難儀な問題を解決したという実績に対し、穿った見方をする者が出てこないとも限らないからです。交渉の最中に、倭国の大将軍がその地の豪族の娘と懇ろとなり子まで儲けていたなど本来はあってはならないことです。長い時間が掛かったのはこの様なことが理由だったのかと言う者さえも、もしかしたら出てくるかもしれません。

あの時新羅と戦わずして交渉で事なきを得たことに対し、良かったという群臣もいれば、戦って新羅の領土いえ任那府のあった加羅地域だけでも奪い返した方がわが国にとって得策であった、と陰で言う群臣も未だにいると聞いております。

和（私）は勿論戦わずして交渉によって、新羅に多くの譲歩を約束させたのは大将軍の作戦の勝利だと信じております。ただ、そう思う身内の和でも、このお話はとても喜ばしいものだとは思えません。公にすれば、必ず先の新羅との交渉の是非についての議論が再燃し、反対派がこのことを理由にして無理を言ってきかねないと心配するからです」

菟道貝蛸皇女の意見は、大后から引き継いだ情報網と自分に仕えている侍女たちの情報網から導きだされたものだ。大后の後継ぎとしての役目を十分に果たしていると思えるものだった。

「そなたは皇子の妃として、話を聞いてどう考えるのか。ここには身内しかいない。皆そなたのことを深く心配する者ばかりだから、心の内を話してご覧なさい」

大后にそう言われた桜井弓張皇女は、

「子供にとっては、公にすることが将来を約束されることに繋がるのでしょう。でも、あの方にとっては名誉な生涯における汚点にもなりかねない。お皇后様のご意見には一理あると思います。

ただ、和にとってあの方のお子は和の子でもあります。ぞんざいな扱いは、致したくございません。その子の母も、その子が近隣の豪族に見咎められなければ生涯誰にも話すことなどなかったと言っているということは、あの方の立場をしっかり考えていたことの表れだと思うのです。大后様、何か良き方法はないでしょうか」

「そなたは、皇子と胸形志良果の娘とその子が許せるのですか」

「許すも許さぬも、あの方は既に身罷ってしまわれておりますし、胸形志良果の娘とて和と同じようにあの方を亡くして胸の潰れるような思いをしたのです。しかも残された子は、皇子様によく似ていると……」

「そなたは、それ程までに来目皇子を恋い慕っていたのですか……」

大后は、「そなた達に随分すまないことをしていたのかもしれない」と心の中で詫びた。目の前の我が娘が悲しみや苦しさにどう対処してよいか思い惑っている姿を見て自らの来し方を振り返った。

そして国のために遠く離れた地で夫を亡くした娘の境遇にも自分が介在していたことや、政略的な婚姻を結ばせた皇子や皇女のことなど王族として普通だと考えて行(おこな)ってきた数々の事が思い出され、大后の心は千千(ちぢ)に乱れた。当然そんな思いになった大后には、桜井弓張皇女が期待するような良い考えは浮かんでこなかった。静かに流れるこの場の空気が、上宮の発言で動いた。

「吾は矢張り公にすべきだと思います。ただ今直ぐにではありません。現在は胸形志良果の元で豪族の子息として養育されているその子を、時間をかけて王族の一員として迎えるための教育をいたします。そして、教育をしている間にその子の後ろ盾と成れる者を探し、見合いをさせるのです」

大后は、桜井弓張皇女の方を見た。皇女は頷いて、上宮の意見を受け入れる様子を見せた。

「では、その後ろ盾を探す役目を和に任せてもらいたい」

「大后様、有り難いことでございますが……。申し訳ございませんが、そのことは皇后に任せてやっては下さいませんか」

上宮は未だに大后に頼りがちになる皇后と、皇后を独り立ちさせられない大后にそれとなくそれぞれの成長を促すように言った。

「分かりました。では皇后、和（私）も相談には乗るとしてそなたにこの件は任せましたよ。良き後ろ盾を探してやってください。それでは、今日のこの件について斑鳩の方へも全て話して了承を得ておいて下さい。頼みます」

大后は皇后の独り立ちへの配慮を上宮に指摘されて、皇后に対し優しい言い方をした。皇后も大后に分かりましたと素直に答えていた。

桜井弓張皇女が上宮に尋ねた。

「あの、公にはする。けれど今直ぐではないとは、どれ程の時を掛けるのですか」

「現時点から十年経った時と考えています。その子は現在四歳なので、十年経てば十四歳となります。確かな後ろ盾を持ち王族の一員として、皆に紹介できる年齢となります。そして十年も経てば、将軍の評価もゆるぎないものとなり、新羅との交渉の是非を問う者も最早稀となりましょう。

今であっても吾が誰にも何も言わせませんが、十年の間に吾が率いるこの政権をより盤石なものにします。そうなればもうこの件に関してどうこう言う者もいなくなるでしょう。吾がその子と来目の名誉を必ず守ります」

力強い上宮の言い方と発言の内容に皆、納得した。

穴穂部皇女が斑鳩に暮らすようになって、もう十数年の時が経っていた。本来なら、炊屋姫の後を引き継いで大后となる筈の穴穂部皇女だったが、実の弟達が物部守屋と共に時の用明大王に対し反乱を起こしたことによって皇后だった姉の穴穂部皇女は窮地に立たされた。一部の王族達から、戦いが終わったすぐ後に穴穂部皇后から皇后の位を剥奪すべきとの進言がなされたが、用明大王は勿論のこと、王族の長の炊屋姫と強い基盤を持った蘇我大臣家らの反対によってその訴えは即時に却下された。しかし、その時王族からの要望によって穴穂部皇后が王族の束ねの大后になるという道は閉ざされることになった。身内から反逆者を出した穴穂部皇后の償いだとの、王族達が出した要求には従わざるを得なかった。

穴穂部皇后は弟たちの起こした事件によって、大和の都飛鳥の地から出て難波から飛鳥に向かう要衝の地平群（へぐり）（後に斑鳩（いかるが）と命名）に暮らすようになったが、大后の要望もあり祭事においては大后の次の地位を与えられていた。また現在の皇后菟道貝蛸皇女が大后から王族の束ねの地位を譲渡されるまでの間、その養育にも携わった。そして今、穴穂部皇女は大后と皇后からのたっての願いにより尾張皇子の娘の橘姫を、上宮の次の妃にすべくその養育を任されているのだった。

子供の成長は早い。もうそろそろこの子を手放さなければならない時期が来るのかと、その日の穴穂部皇女はしみじみと女の子から娘へと変わりゆく橘姫を遠目に見ていた。その側には久しぶりに母のご機嫌を伺いに来た殖栗（えくり）皇子がいた。

殖栗皇子は用明大王との間の三人目の皇子で、現在は兄の上宮に仕える臣下として飛鳥にも拠点を置いていたが、領地は山背にあってその名の由来になっている殖栗郷に館を構えていた。

穏やかに時を過ごす二人に、皇后（菟道貝蛸皇女（うじのかいだこのひめみこ））が来たと告げられた。葛城鮠兎が共に来たことを知った穴穂部皇女は、いつもとは違う雰囲気を感じ、別棟の離れに二人を通した。

「お二人でのお出ましとは、何か大王にありましたか」

「殖栗皇子が来ていると聞きました。同席して頂きましょう」

皇后は今までの雰囲気ではなく炊屋姫（大后）の様な威厳を感じさせる言い方で、穴穂部皇女に言った。

「え、ええ。それでは、同席させましょう」

と言って、穴穂部は侍女に殖栗を呼んでくるようにと指示した。

殖栗皇子が席に着くと、皇后が話し始めた。

「今日、和（私）がここに来ましたのは、筑紫へ大将軍として行かれた来目皇子に関わることでございます。本来ならば、大王御自らお話しされるべき事柄でございますが、現在王族の束ねとしての任を受けているこの身が、王族の代表として話をすることをご了承ください。

では、本題に入ります。先年、来目皇子が新羅征伐軍の大将軍として筑紫へ赴（おもむ）かれましたのは皆の知るところでございます。その地で、新羅とは戦わずして、幾度もの交渉を経て、倭国優位の結果に導かれたのが来目皇子でした。

しかしその間、大将軍としての皇子の苦労は、大和に居るわれらには想像もできない程のものであったと、思われます……」

感情を抑えていた皇后の表情が暗くなり、涙声に変わった。それでも皇后は、任を果たさねばと流れ出る涙を拭きもせずに話を続けた。

「そんな遠征の地において、軍の男達では細やかなお世話も出来ないからと側近が筑紫の豪族に相談したところ、その地を預かる胸形志良果なる者のところに条件に適(かな)った娘がいると紹介されました。その娘が来目将軍の身の回りの世話をするようになると、それまで難航していた交渉事が順調に進むようになり、程なく新羅との交渉を成功させ、来目将軍は大和へ帰還される運びとなったのです。

この様な事態を筑紫にいる少数の者は知っておりましたが、将軍が帰還される時、突然身罷ることとなり、人の口に上ることもなくなっていました。しかし先頃大后様の所に、その胸形志良果から書簡が突然届いたのです。その書簡には、胸形志良果の娘が来目皇子との間に御子を儲(もう)けていたことが書かれてありました。取り敢えず、事実かどうか調べなければと、その時遣隋使を筑紫まで見送りに行っていた境部摩理勢に現地で確認をさせました。結果、確かに来目皇子の御子であることが分かりました。境部摩理勢は証拠となる品々を胸形志良果から預かり、大和へ持ち帰ってきました」

穴穂部皇女は来目皇子の母として、来目皇子がその娘と特別な関係にあったに違いないと感じた。兄の上宮や今側にいる殖栗ならそんなことは思わなかったが、幼い頃から素直に喜怒哀楽を表す来目皇子は人を愛することにも素直だったから、そんなこともあるかもしれないと自然に思えたのだ。筑紫へ赴く時、来目皇子の性格をよく知る桜井弓張皇女が筑紫へ付いて行きたいと母の大后に駄々を捏ねたことを、穴穂部は思い出した。

「その書簡には、何と書かれていたのですか」

母の胸中など知りもしない殖栗皇子が率直に聞いた。

「その書簡には、その娘が来目皇子様によく似た子と暮らしていると……。ごほん、ごほん。す、すみません。む、胸が、胸が……」

極度の緊張からか、話の核心部分に入ったところで皇后はむせかえって、声を出せなくなってしまった。

「分かりました。よくこらえてここまでの話をして下さいました。きっと、随分お心を痛められたことでしょう。未だお話が続くようでしたら、少しお休みになってからにしませんか。若し、胸の苦しさが無くならないようでしたら、ここなる葛城鮠兎に代弁させてはいかがでしょうか。鮠兎、そなた全て分かっているのであろう」

穴穂部は皇后の背を優しく撫でながら、鮠兎に聞いた。鮠兎は、即座に頷いた。

「皇后様もご存知でしょうが、鮠兎の両親は正当な王族の血筋です。幼き頃より上宮達と共に、和(私)が育てました。ここに皇后様がご在席なら、鮠兎がこれから話すことの間違いも正せましょう。皇后様のご心労を考えれば、鮠兎に代弁させてはと思うのですが」

「いいえ、大丈夫です。もう落ち着きました。一応の話の最後までは、どうか和に話させてください」

皇后はそう言うと、胸形志良果が今になって何故、筑紫に来目皇子の子が居ると申し出たかや皇子の書簡のことなどを話した。そして大后、大王、桜井弓張皇女と葛城鮠兎の同席による話し合いが行われたこととその結果を伝えた。穴穂部は菟道貝蛸の話が終わるまで、時々頷きながら黙って聞いていた。

「分かりました。そのお話について和が何か言うとしたら、勇貴、いえ来目がこの様なことをしてしまったことに対し、大后様、皇后様と妃の桜井弓張皇女様に心からのお詫びでお答えするしかございません。お詫びくらいで済まされることではございませんが……。

　その地で大和政権を支えてくれた豪族の胸形志良果氏の子女に手を付けて、子まで儲けるなどあってはならぬことです。今まで何も知らず、国のお役に立って身罷った命を唯々愛おしいと思い、過ごしてまいりました。でも色々な方々に多大なご迷惑をお掛けしていたかと思うと、申し訳なさで胸が一杯になります。来目に対してのお叱りは、亡き今に至ってはどの様な罰も和が代わってお受けいたします。

　ただ、お聞き届け頂けるものならば、その子供には寛大なご処置を賜りますようにお願い致します」

　穴穂部は、桜井弓張皇女の姉である皇后に心から詫びた。皇后は、そんな穴穂部に対して、

「お止めくださいませ。義母様がその様に詫びられるようなことではございません。来目皇子は立派な成人の男子、大将軍としてそのお役目を立派に果たされたのです。しかし、大和を遠く離れ、難しい交渉事を成功裏に収めるためには大変なご苦労があったとお察しいたします。その場での最高責任者として、誰にも相談できずにお一人で一年にも及ぶ交渉を進める心労は、軍を率いて戦うことよりも過酷なものではなかったかと。常にその様な戦い、いえ、色々な交渉をなさっている大王をお側で見ておりますと和にはその様に感じられるのです。

ですから、義母様。そのことは、桜井弓張皇女もよく分かっております故」

穴穂部は、皇后からそう言われても直ぐには納得できなかったが、残された遺児のことが気掛かりだった。

「有難う存じます。でも、その子のことが大和に知れた以上、今後その子の処遇はどうなりましょうか」

皇后はその事については上宮が提案したことをそのまま述べた。

「そうですか、それなら……」

と安心した様に穴穂部は呟いた。来目皇子が最後にこの世に残した子が消し去られることはないのだと安堵の色を見せた。その時、側で今まで一言も発しなかった殖栗皇子が、

「もし、われにもその資格があるのでしたら、その子の後ろ盾の候補として、是非ともご検討をお願い致したいのですが……。どうか、お願い致します」

落ち着いた口調だが、その物言いには決意した人の強い意志が感じられた。皇后は、この場でその様な話が出るとは思ってもいなかったので、

「この場では、和が何かを決めることなど出来ません。ただ、今日は来目皇子に纏わる筑紫での出来事の全てと、今後解決せねばならない事柄をお伝えするために参ったのです。でも、殖栗皇子のお気持ちは大王に必ず伝えましょう。義母様のお心の内も、大后と桜井弓張にできるかぎり正確にお伝えしておきます。付け加えますれば、我が妹はそのお子のことを憎んでなどおりません。愛しいとさえ申しておりました」

そう言った後、皇后は涙を拭った。

胸形志良果の下に大和からの書簡が届いて三日後、大和政権の使者として葛城鮑兎が到着した。

筑紫へ使者として行った葛城臣鮑兎は、来目皇子の遺児に関係する大和の人達の思いを胸形志良果達に話せる範囲で話した。志良果は、娘と来目皇子の遺児である孫に向かって、良かったな、良かったな、と繰り返し言いながら今までの苦しみから解き放たれたように、子供が驚くほどの大声を出して泣きじゃくった。鮑兎は志良果が泣き終わるまで待ってから、

「来目皇子様の遺児に関わる大和の方々の思いをお伝えしましたが、次に皇子様と胸形志良果氏息女の御子の今後のことについてお伝えせねばなりません。

今からお伝えすることは、大王はじめ大后様、皇后様とこのことを知っておられる数人の王族の方々によって決定された事柄だということを理解した上で聞き、従って下さい」

「ははあぁ、畏まりました」

この決定事項には決して逆らえないと、胸形志良果と娘飛菜炊は鮑兎の次の言葉を畏まって聞き入った。

「大王のたっての希望で、来目皇子と胸形志良果氏の娘御のそちらの御子は大和の近くで然るべき王族の預かりとなり、然るべき時が来れば来目皇子様の御子として大和政権において何らかのお役目を頂くことになります。ただ、王族として認められても、相当な努力と才能が無い限り優

遇はなさらないのが現大王です。その事も含めて覚えておいて下さい」

志良果が小さな声で、

「娘は、矢張り共に行くことは叶わないのでしょうか」

「……。御子にも娘御にも酷なようですが、娘御にはここに残って頂かなくてはなりません」

「母としてではなく何らかの別な形で、例えば侍女としてでも駄目でしょうか」

「お身内としては、未だ年端もいかぬ御子を遠く知る人もいない大和へ一人で遣ってしまうのはご不安やご心配もおありでしょうが、あちらにはこの御子のことをあなた方と同じくらい大切に思われている、来目皇子様の母である穴穂部皇女様やご兄弟がおられます」

鮠兎がそう言っても、胸形志良果達は会ったことのない穴穂部皇女や来目皇子の兄弟がどの様な人物か想像もつかない様子で、

「それはそうかも知れませんが……」

と言ってため息をつき、その後は項垂(うなだ)れ黙ってしまった。

「実はこのわれも幼少の頃、ある理由から両親と離れることとなり、御縁があって用明大王と穴穂部皇女様に引き取って頂くことになりました。そして、皇子様方と共に育てて頂いたのですが、お二人とも、それは愛情深い方々でした。われは現大王の上宮様や倭国の大将軍となられた来目皇子様達と兄弟同然に何不自由なく育てて頂いたのです。今のわれがあるのはその様な方々のお陰であり、心から感謝しています。きっと、この御子もその様な状況の中ですくすくとお育ちになられると思います」

胸形志良果は地方の一豪族に過ぎない者に対し葛城臣鮠兎が本来話さなくてもいい話をしてくれたのは、偏に自分たち親子を心から気遣ってのことだと察した。そうでなければ、大和政権に仕える大王の名代として来た葛城鮠兎が、自分の生い立ちの話などする訳がないと思ったのだった。

鮠兎の方は、この場に居る親子がもう直ぐ別れなければならない運命にあることが何とも不憫で、少しでも安心できる情報を与えて遣りたくて、自らが幼い時期に受けた用明大王達への恩について言及したのだった。

「葛城鮠兎様と言われましたが、大和の名士と言われている葛城氏に今は入られたのですか」

「このことも大王が推挙して下さったお陰です」

胸形志良果は鮠兎の話す内容や目の前にいる彼自身の人柄を見て、鮠兎が一般の高官たちと違ってただ命令を伝えるだけでなく、人の気持ちに寄り添うことのできる信頼がおける人物だと感じた。そして、大和政権の大王がこの件の使者として、葛城鮠兎を選んでくれたことにも人の温かい心を感じ取ったのだった。

だが、それでも、愛しい孫のために聞いておきたいことがあった。

「では、葛城鮠兎様は成長された後、ご両親に会われましたでしょうか」

「母が病の床に伏したため、成人する前に会いました。その場に父もおりました。ですが、われの時と随分事情が違います。将来、御子は来目皇子様の正式な王子として認められることになります。少々時が掛かりますが、その時には密かにではありますが親子の対面が出来るよう取り計らうと、大王は仰せでした」
「分かりました。そこまでお考え頂いているとなれば、もうこれ以上お聞きすることはございません。われらで、海斗と名付けましたこの御子を、大和の方々と貴方様を信じお任せ致します。どうか、どうか何分幼き子故、宜しくお願い致します」

志良果は我が子を離すまいときつく抱きしめている娘から、やっとのことで孫を引き離した。静けさが流れていたその場に、母の慟哭が聞こえた。子との別れの辛さに堪え切れず、母の腹の底から出てくる悲痛な叫びだった。その息子の海斗は意外にも唇をくっと真一文字に結び一言の泣き言も言わなかった。その姿が鮠兎には何とも切なかった。

その日、来目皇子と胸形志良果の娘飛菜炊との間に生を受け海斗と名付けられた子は、葛城鮠兎に連れられて筑紫の祖父と母の元を離れ大和へと向かった。

筑紫の那津(なのつ)港から船で来目皇子が眠る防府へ向かう途中、それまで晴れていた空を少しずつ雲が覆うようになって、弱い雨が降り始めた。やがて雨雲が切れ、日が射して鮠兎と海斗の行く方向に、うっすらと虹を見せた。その虹はだんだん色を濃くしながら、鮠兎と海斗の側まで近付いてきた。海斗はその虹に手を伸ばし、そこに何かを見ているような目をして何言か囁いていた。鮠兎には何も見えず何も聞こえなかったが、海斗はその虹に向かってしきりに微笑みかけていた。雨が止んで虹が消えると海斗は鮠兎に微笑みかけて、

「美しい虹でした。葛城鮠兎様は、虹が好きですか」

海斗のその声は幼い頃の勇貴（来目皇子の呼び名）にそっくりだった。鮠兎は思わず海斗を抱きしめて泣きながら小さな声で、

「勇貴、勇貴。もう心残りはないのだな。大切に育てるから、安心しなさい」

二人の頬を爽やかな風が撫でていった。

九、隋での難事

隋で小野妹子達を盗賊の手から守ってくれた兵士団の隊長が、その地の役人に何か言ってくれたのだろう。その後速やかに列が進んで、日が沈む頃には決められた宿泊所に着くことが出来た。

「妹子様、如何程ここで滞在するのでしょうか」

「さあ、どれ程だろう。そう言えば、まだ百済の方から使いが来ませんね。もうあちらは、われらより随分先にここに着いて落ち着いている筈なのに……」

この旅が始まってから百済は今まで倭国に対しその場の事情を中々説明しようとしなかった。妹子は百済の使者達に誠意が見られない理由を知りたいと思い始めていた。その時、やっと百済の方から使いが来たと知らされた。会うと、先程長い時間待たされている時に静かに待っていると告げに来た者だった。

急ぎの時の伝達者なら正使や副使でなくても良いが、この様に落ち着くべきところに落ち着いているにも拘らず下役の者に来させるとは、といかに小野妹子が物静かで我慢強くても堪忍袋の緒が切れる寸前だった。その下役の者はそんな倭国の雰囲気を察知して、倭国の正使の小野妹子に対しあたかも臣下の様に平伏して、

「我が方の正使がご挨拶に来るべきところではございますが、先程の混乱の中でこの地の役人と

我が方の正使及び副使が問題を起こしたとされ、この国の役人の詮議を受けることとなりました」

「え、それで今も詮議を受けておられるのか」

驚いて妹子が聞き返すと、

「いいえ、もう既にこの宿舎に入りはしました。倭国の皆さまも我が方の副使からお聞き及びだと思いますが、我が方の正使は副使に頼り切りでございまして。詮議の最中に、いやこれは言って良いものか……」

下役の使いの者は、言い淀んでしまった。

「何かあったのですか」

鞍作福利が、何気なく聞くと、

「はあ、それが気を失ってしまったとか。いえ、飽くまでも側に付いていた者が我に話したことです。正式に皆様にお伝えして良かったかどうかと……」

「では、それ程この国の詮議は厳しいものなのですか」

「我もその場に居りませんでしたので、確かなことは分かりません。我が方の正使は、此度が初めての大国隋への旅でございまして、ここまでの道程で大変な疲労が溜まっていたのではないかと、我なりに推察いたします。

この度我国がご案内すると申し出ておきながら、倭国の方々には非常に申し訳ないことでございます。今までの数々のこちらのご無礼や不手際をどうかお許しください。倭国の言葉を解する我が、臥しておりますし正使から命を受けまして、下役にも拘らずこちらに訳を話しに参った次第です」

福利は腹を立てていて、

「正使が来られないのは分かりました。しかし、副使はどうしたのです。倭国の言葉を話すそなたが来たのは分かったが、正使は休んでいたとしても副使はどうして来ないのだ」

と、百済の使いに対して少し乱暴な言い方で聞いた。

「ふ、副使は正使の世話を……。申し訳ございません」

自分たちが倭国の人々を軽んじた行動をとっていたと感じた使いの者は、その場に再び伏して謝った。妹子はその使いの者に腹を立てている福利に、

「怒りたい気持ちはよく分かります。しかしこの方に腹を立てるのは少し違うのではないですか」

それから百済の使いに対しては、

「ところで、いつもあなたが使いとして来られるのは、倭国の言葉に精通しておられるからでしょうか。それと、百済の使者の方から正式にあなたを紹介されていないのは何故でしょうか」

妹子は、怒っている福利の心情にも百済の使いの事情にも配慮した物言いをした。

百済の使いは、

「あ、これは申し訳ございませんでした。我は副使補佐で倭国との通事も兼ねております白玄快（はくげんかい）と申します」

「あなたがそうでしたか。あなたのことは、国を発つ前に燿阿観（ようあみ）（阿燿未（あようみ）が他国で使用する名前）氏から聞いています。これで合点がいきました。今までご挨拶できずに申し訳ありませんでした。われは倭国の遣隋の正使の任をうけた小野妹子、こちらが正通事（おさ）の鞍作福利です。今まで気付かず申し訳ないことでした」

「いいえ、こちらこそ。燿阿観氏から、小野妹子様がお気付きになるまではそっと見守ってほしいと言われておりましたので、名乗りもせずに失礼いたしました。

ですが、今の話は此処だけのことになさって下さい。我が……その」

「分かっております。あなたの立場としては、言わない方がこちらにも都合がいいと思います。でも、百済の隋使の方々の中であなた以外に、われらに良い感情を抱いておられる方はいないのでしょうか」

「もう一人おります。しかし、御味方として表立った形では行動できない方なので、小野妹子様方との連絡係は我ただ一人になります。これもまた申し訳の無い話なのですが、国を発つ前には、我の様な者があと一人居たのですが流行り病で急逝してしまったのです。その事を倭国にお知らせした時には、もう大和から発ってしまわれた後だったこともあり、もう一人を補充できずに今日に至ります。実はそのこともあって正使の金冬峰氏が。いえ、これはこちらの事情です。御察し下さい」

小野妹子にはその事情が直ぐに分かった。そのもう一人の味方というのが、百済の遣隋正使なのだ。そうであれば表立って動けないことも、またもう一人の倭国との連絡係が急逝したことも含め百済の正使には多大な心の負担になっていたに違いない。百済の事情が少し把握できた妹子は、使いの者に言った。

「今までの事は全て了解いたしました。われらの態度は、これからも以前と変わりなく致します。何かあった時も一方的に百済から、つまりは使いとしてあなたからの伝達を待つということでいいですか。それとも、たまには百済側に何らかの申し出なり、文句なりを言いに行った方がよいでしょうか」

「仰せの通り、たまには文句の一つも言った方が良いでしょう。百済の人々は自分たちに何か不都合なことがあると必ず声を上げます。黙っているのはそれで良いということだと、手前勝手な理解を致します。上の者は皆その様な者だと思います。倭国も同じではありませんか」

「わが国は上の方々も、民もあまりその様なことは、ありません。と言って、文句がない訳ではありませんが。陰でこそこそと話している者は多少なりともいますが」

「そうですか。でも、我が方にはお教えした方法をお取りください。何も言わないと蔑ろにされ兼ねませんから」

　白玄快はくれぐれもと念を押した。そう聞いた小野妹子は、

「もう一つ知っていれば教えてほしいのですが」

「何でしょう」

「ここに来る途中で、盗賊団に襲われそうになった時、隋の兵達に助けてもらいましたが、あの

時の隊長の方の名をご存知ですか」

「いいえ、存じません。ですが、あの方はどうも副使のお知り合いのようです。あの方は、常に副使と直接話をされるので、我が同席したことがないのです。大興に着くまでには、何らかの方法でお調べいたしましょうか」

「お願いします」

側に居て聞いているだけだったが、福利の怒りは既に収まっていた。妹子は矢張りあの二人は繋がっていたのかと心に痛みを覚えた。

妹子と福利は、百済の使いの者を丁寧に見送った。

妹子はその後、連れて来た数人の学僧の中から一番若い一人の僧に声を掛け部屋に来るように言った。

「恵慎（未真似）、そなた頭（阿燿未の事）から何か聞いてはいなかったか」

「聞いていました。ですが、妹子様から聞かれるまでは伏せておくようにと、頭から言われておりました」

「そうか、それなら聞くが、そなたは何を知っているのだ。そなたが頭から教えてもらった全て、今話せるか」

「申し訳ありませんが、全てという訳にはいきません。ここまででお話しできることは、お話し致します」

「分かった。頭からそう言い聞かされているなら、従おう」

「ここまで色々とございましたが、その殆どの事柄は頭の予想どおりでした。ただ一つ、盗賊団に襲われそうな場所が有るが、それまでの段階で隋の軍兵が合流してくるから盗賊団が襲ってくることはないだろうと言っていました」

「では、矢張りあの時我らは、あの隊長の手柄のために囮にされたのか。そして、百済の副使もそれを知っていてそうさせたのだな。許し難いことだ。百済と倭国の使臣たちの命と我らからの貢を守ったことを、己らの手柄に替えた隋の隊長も、その隋の隊長と手を組んで何らかの見返りを得たであろう百済の副使にも必ず、我らが天神（あまつかみ）の」

常に穏やかな妹子が倭国の国神に、二人の不届き者に天罰が下るよう祈ろうとした時、恵慎（未真似（みまね））に止められた。

「お待ちください。あの隋の兵の隊長は、きっと何時か妹子様の助けになると思います。あの隊長が妹子様との別れ際に言ったことをお忘れなきよう」

妹子は思い出したが、その隊長が残した言葉で印象に残ったのは、

「没問題、没問題。と大きな声で笑いながら去って行ったのだ。何が、没問題か。こちらにとっては、大いに有問題だったのに」

「この国では自分が何か相手に悪いことをしたと思った時でも、自分は悪くない。それはそちらの運が悪かっただけだ。たまたまその場に自分が居合わせてしまったのであって自分には何の責任も無い、という国柄と言うか民の性質らしいのです」

「この国には、その様な者ばかりがいるのか」

「そういう訳でもありません。自己反省はほとんどの人がしませんが、立派な方も、誠実な人もいます。何せ孔子先生のお生まれになった国ですから。

でも、ここの国土の広さと、民族と民の多さは倭国では考えられない程なのです。その様な中で、各地から一族の期待を担って立身出世を切望する者達は、利用できるものは何でも利用する。そうでもしなければ、地方で待つ一族の期待に応えることなど出来ぬほど、人が多いということではないでしょうか。

まあ、ここ近年において高句麗との戦いで随分多くの人が亡くなったそうですが……」


そういうこともあったなと、妹子は倭国に使者として来ている仏教の師慧慈の顔を思い浮かべた。その慧慈から名を恵慎と付けてもらった阿耀末の愛弟子の末真似は、この国の一つの特徴を妹子に知ってもらえるようにと話し続けた。

「倭国なら外国(そとつくに)から筑紫の那津(なのつ)に着けば、数日の船旅で大和の玄関口の難波津に到着いたします。ですが、ここ隋では玄関口の一つである竜口港から何日経っているでしょうか」

妹子に大国隋の国土の広さを実感させようと、恵慎は質問してみた。

「そう言えば、もう四十余日もかかっているのに都の片鱗すら見ていない。最終目的地の大興は、まだまだ遠いのか……」

妹子は、恵慎に言われてこの国土が如何に広大であるか認識を新たにした。気を取り直して妹子は、

「明日は、この街の様子など少し探索してみようかと思うが、何か気を付けねばならないことがあったら教えてほしい」

「先ずは、その服装では出歩かれない方が良いと思います」

「では、そなたの様な僧侶の格好なら良いか」

「いえ、いえ。われが明日この街に合う服装を調達してまいりましょう。その時、街で危ないと思われる場所もあると思いますから、把握しお教えいたします。それまではご不便でもどうかこの中でお過ごしください」

「色々なこと、教えてくれて助かった。それで最初の質問に戻るが、その件だけは今聞いておきたい」

恵慎は、百済の内情や白玄快のこと、また隋における人々のことについて聞いていることを話した。そして何故今まで、何も教えなかったかについても言及した。

「妹子様と鞍作福利様が、国で教えられていたことと随分違うと感じられることも、後に続く者達にしっかり伝えるためには必要だと頭（かしら）は申しておりました。それでも、妹子様達に出来る限り危険が及ばない様にと百済国の方にも頼み、われも付いて居るようにということで、われもここに居ります」

成程と、妹子達は納得した。

夏の終わりに大和を出発する際には田の稲穂が青々としていて、秋に筑紫を出帆した時にはその稲穂が成長しもう直ぐ実りの季節が来ることを予期させていた。しかし、隋では倭国と同じような風景は全くなく、荒涼たる黄土の大地がどこまでも続いている。ここ、滎陽郡浚儀県（汴州）に来てやっと水を滔々と湛え流れる大河を見た。

浚儀県は妹子達が今まで通って来た隋の中の、どこよりも繁栄していた。この地は、楊広（隋の二代目皇帝）の時代になってから、国の食糧庫で綿花の大生産地の江南方面と黄河を繋ぐ巨大運河である永済渠が隋暦の大業四年（六〇八年）に造られた後、重要拠点となり大いに繁栄するようになる。

小野妹子達が遣隋使として派遣された大業三年（六〇七年）末には、その永済渠の完成が間近となっていた。大運河永済渠の土木建設工事現場には、多くの人や物が集められて、街には日が沈んでも明々と灯が燈り、灯が届く範囲では昼間と同じ位の明るさで人の顔もはっきり分かるほどだった。

しかし、恵慎（未真似）が街に妹子達の服を調達しに行った時、多くの危険な人物を目にしたことやまた危険な場所も多々あると知って、妹子達にはこの街は散策しない方が賢明だと報告した。

繁栄し人が多く集まる華々しい街には表の顔と裏の顔が存在する。暗躍する者達は表の人々の弱みを見つけて初めは味方をする振りをして懐に入り込む。弱みを握られてしまった人々は気が付いた時にはその身が滅ぶほど何もかも奪われてしまう。

この様な報告を恵慎から受けた妹子は、

「そうか、どの様な所かこの目で確かめてみたかったが、朝賀の儀が行われる大興城に無事到着し皇帝陛下に謁見させて頂き、我国を認めて頂くのがわれらの最大の使命だ」

それを聞いて福利が尋ねた。

「妹子様、帰りにもここを通りますか」

「ああ、多分通るのではないだろうか。百済側がどうするかまだ聞いてはいないから、はっきりとしたことは分からない。何か街へ出たい用でもあるのか」

「ええ、いえ、これは個人的な希望です。国の役目を帯びているわれが、その様なことを思っているのは、不届きなことですので、お忘れください」

「いや、われも実は出来れば個人的に購入したい書物があるのだ。この館に来るまでの間に何軒かの書物を売る店を見たので、是非そこへ行きたかったのだ。だから、福利氏の思いも分かる」

「あっ、やっぱり妹子様は違いますね。われの興味は、恥ずかしくて……」

そう言いながら、福利は国で待つ歳を取った祖父にこの国の日持ちしそうな甘い物を土産に買っていきたいのだと、頬を染めながら話した。

「そうだったのか。それは、祖父にとってそなたが無事に帰国した時の喜びに加え嬉しいことだろう。そなたは、爺様に可愛がられたのだろうな」

「はあ、われは祖父にとって一番末の孫でして、仕事に忙しい父の代わりをしてくれ、日々色々な話をしてくれました。われにとっては、父以上の存在なのです。その祖父が、われが出発する少し前に倒れ病に伏してしまったのです。その祖父が無類の甘党ですので、われが隋で素晴らしく美味い菓子を買ってくるからそれまでに元気になっていてほしいと言って旅立ってきたのです」

福利は国の祖父を思い出して涙ぐんだ。

「それは心配だな。だが、ここで買わずとも、隋の都は此処の何倍もの店が連なっているだろう。それに、帰りにこの街を通らずともどこかの街には立ち寄る筈だ。まだ、機会は何度でもある。もし、何処の街でも外へ出歩けないようなら、恵慎に言って買ってきてもらおう」

福利は、分かったと頷いて子供の様に妹子に泣き笑いして見せた。

浚儀県からほぼ西方向に進んで行くと、滎陽郡管城県（唐代には鄭州と呼ばれる。河南地方）に至る。ここ管城県は浚儀県とは違った風景を見せていた。今まで通ってきた街は荒涼とした大地の真っただ中にあった。しかし黄河の扇状地の上に造られたこの街は、豊かな水資源によって畑には何かしらの農作物が育っていた。国の食糧庫である南の豊富な食料や綿花の集積地でもあり、それを現在の都洛陽や、その先の今も西都として機能している大興（長安）へ運ぶための拠点ともなっていた。

倭国からの使者達は、倭国では見たことも無い街の繁栄ぶりや忙しく働く多くの人々に非常に驚きながらも、大都へと歩みを進めていった。

管城県を過ぎる頃になると、右手には黄河が左手には山が迫ってきて道は増々険しく、荷を引く者達の歩みは否応なく遅くなった。先を行く百済の一団に妹子達は懸命に付いて行った。険しい道のほぼ頂上にやっと辿り着き振り返ると、妹子達は大変危険な崖ともいえる道を随分長く歩いてきたのだと分かった。

管城県から少し進路を北西にとって来たこの道には、三国志でもその名が知られる虎牢関（汜水関）という要塞の高い城壁がそこを通る人の前に立ちはだかっていた。ここは戦国時代の秦が堅固な要塞を築いた所で、歴代の王朝もそれに倣い防衛の要所としてきた。

小野妹子達は、百済の副使から少し前にこの虎牢関の話を聞いていた。その話によると、今まで通ってきた他の関所では考えられない程の行く手を阻む堅牢な壁ができており、そこを通らずには新都洛陽に入ることが出来ないのだという。如何程に堅固かは、その目で見て確かめると良いと、百済の副使は妹子達の驚きの姿を想像してにやりと笑って見せた。

「おお、おお、これは何という高い壁だ」

しかし意外にも、その高くそびえる壁を見て、一番先に大声あげたのは、百済の正使の方だった。その正使の直ぐ側にいた百済の副使は正使の声に慌てた。

「昨日お教えしたではありませんか。その様に大きな声を出しては、何も知らぬ田舎者だとあちらに侮られます。お静かに」

「ああ、すまなかった」

正使は大声を出したことを、年長の副使に素直に謝った。
百済の使者の一団と並列にいて、その要塞の関所ともいうべき場所を通してもらうために待っていた妹子達にはその遣り取りが手に取るように分かった。百済語の細かい部分まで理解できる鞍作福利はその遣り取りを聞いて、吹き出すのをやっとのことで堪えていた。

しかし、そんな穏やかな雰囲気は、その要塞を守る兵士達の恐ろし気な出で立ちを見た途端、一変した。百済の遣隋の一団からも倭国の者達からも笑顔が消え、皆の表情が厳しくなった。兵士たちはあたかも今直ぐにでも戦闘に向かうかのような鎧と兜を着用していたからだ。

百済の副使が呼ばれて要塞の門を守る役人の長官から何か色々と聞かれ説明していた。その後戻ってきた百済の副使に、小野妹子と通事の鞍作福利も長官から来るように言われていると聞いて要塞の長官に挨拶した。すると、

「お前たちは、倭国から来た使者だと聞いたが、そのことを証明する何かを持っているか」

小野妹子は、一瞬たじろいだ。証明と言って、確かなものは大王から渡された隋皇帝陛下への国書以外思い付かなかったためだ。

「こちらをどうぞ」

と言って、倭国特産として半島を経てこの国へも運ばれているという翡翠(ひすい)の勾玉(まがたま)や首飾りを、僧侶としてではなく使者としての姿をした恵慎が差し出した。それを見せられた要塞の長官は、

「おお、成程。これが噂に聞く倭国の上質なる翡翠か。分かった、ここを通るのを許可しよう。

だが、この先も百済と行動を共にするのが条件だ。良いな」

　そう言うと、長官は恵慎が差し出した勾玉と管状の首飾りを次にここを通る倭国の使者の証の見本になるから預かっておくと満足げに自分の懐に仕舞い込んだ。そうなるだろうと予め阿燿未から聞いていた恵慎は、妹子にこれで良いのですと目で合図した。

　少し時間は掛かったものの、通行を許可されるのが難しいと言われる虎牢関（ころうかん）を百済の副使の説明と恵慎の機転によって昼過ぎには無事に通ることが出来た。


　流石に虎牢関を過ぎてからは、盗賊の様な輩（やから）には出会（でくわ）さなくなった。坂道を慎重に下って行くと、川を行く船に乗る港に着いた。百済の副使が妹子の側に来て、

「ここからは、われら他国の使臣も船に乗って良いという許可が出ております。倭国の皆さまもご一緒にどうぞ」

　そう言って副使が指で差し示した方向には、隋が用意したのか立派な川船が停泊していた。

　百済の一行と倭国の者達がその大きな川船に乗り込むと、船は帆に風を受けて川を滑るように進んだ。妹子達はこの国の何もかもに毎日驚くばかりで、隋都に到着するまで身が持つのかと思うほど興奮する日々を送っていた。

十、遺児の後見

妹子達が隋の滎陽郡浚儀県（汴州）に居た頃、上宮は漸く来目皇子の遺児の海斗に会うことが出来た。上宮が海斗に会うまで随分時がかかったのは、後ろ盾となる王族を選ぶことに大変難儀をしたことと、あまりにも来目皇子に似た海斗を、来目皇子を知る者が多い大和に身罷って未だ何年も経っていない内に入れるのを憚ったからだ。現在、海斗は祖母である穴穂部皇女のたっての願いで、茨田皇子が河内茨田郷の館で預かっていた。ここは少し前、物部氏が治めていた地だった。海斗のことを知った殖栗皇子は自ら後ろ盾となり預かりたいと思ったが、自分が治める山背の殖栗郷では来目皇子を知る者が多いので、今は来目皇子を知る者が少ない河内茨田にいる末弟の茨田皇子に頼み預かってもらうことにしたのだ。茨田皇子はあまり乗り気ではなかったが、殖栗だけでなく上宮にも頼まれたので断り切れず了承した。

実は海斗を預かりたいと願ったのは、殖栗だけではなかった。祖母の穴穂部皇女、来目皇子の妃の桜井弓張皇女も預かりたいと願い出た。情報が何処から漏れたのか尾張皇子は、大和から遠いこともあり安全だろうからと尾張で預からせてほしいと言ってきた。尾張皇子が何故知ったかということは後から知れたが、同母妹の桜井弓張皇女からもし自分が預かれなかった時には是非預かってほしいと頼まれたのだ。

海斗は自らの身上に起こる数々の出来事にも、幼き子であるにも拘らず一切動じなかった。この子本来の強さなのかと、筑紫から長いこと一緒にいた葛城鮠兎は海斗を見守っていた。

上宮は、来目皇子の遺児を目の前にして未だ一言も発していなかった。

「大王、何かお声をお掛け下さい」

鮠兎は表情に少し陰りが見え始めた海斗を気遣って、上宮に何か言ってほしいと促した。

「ああ、そうであった。そなた、今年で歳は幾つになるのか」

海斗は、葛城鮠兎の方を向いて、鮠兎が頷くのを見てから答えた。

「今年、五歳になります」

はきはきとしたその声には聞き覚えがあった。不覚にも、上宮はその声を聞いた瞬間に自分の眼からはらはらと涙がこぼれ落ちたのに自分で驚いて、確かめるように手で涙を拭った。それを見た海斗は鮠兎に、

「何故泣いておられるのですか」

と、大人びた言い方をして小首を傾げてみせた。その仕草も来目皇子のものだった。鮠兎は海斗と幾日も過ごす内に、もう何度も来目皇子を知る人々が覚えている仕草と声に遭遇していた。

「悲しいからではありません。何度も申し上げましたが、理由は唯一つ。海斗様が、皆様の大好きだった方とあまりにもよく似ておられるので、その方にまた会えたようで懐かしく嬉しいのです」

「嬉しくて泣いておられるのですか。われの母様はよく悲しそうに泣いておられましたので」

　海斗は大人と違いまだ幼く、涙は悲しい時にしか流さないものだと素直に思っている。鮑兎と海斗のそんな話を聞いているだけでも、上宮の心は震えてくる。上宮は海斗を抱きしめたい衝動に駆られた。いきなり抱きしめられた海斗は、上宮の腕の中でじっとしていたが顔面がだんだん赤くなった。

「上宮様、強く抱きしめ過ぎです。海斗様の顔が……」

　鮑兎に言われて、上宮は自分の腕の力を抜いた。そう言えば、来目皇子とこうして抱き合ったのは、もうずいぶん前のことだったと思い出した。

「海斗という名は、誰に付けてもらったのだ。爺さまか」

「いいえ、亡くなった父様がつけて下さいました。男子ならまっすぐに（斗）生きよ、海に出て皆を守り戦う爺様の様な者になれ、と父様が言っておられたと母様から聞きました」

　海斗のその話を聞いて、これから自分が手を打つべき色々なことが上宮には浮かんだ。

「海斗、ここの暮らしはどうだ。何か不自由なことはないか」

　海斗はまた鮑兎の方を見た。鮑兎は、

「何でも聞いて下さるとは限りませんが、海斗様が思っていることを言っていいのですよ」

　海斗は神妙な顔つきになり深呼吸して、

「母様と爺様にはいつ会えますか。ここは良きところですが、われはいつ帰れますか。皆さまと会って、最後に大王にお会いしたら帰れると聞いてきました。明日には帰れますか」

　ああ、そうだったのか。海斗は父の大切な人々に会うために大和へ向かうと教えられていたのかと、上宮は理解した。また鮑兎も海斗が今まで素直な良い子にしていたのは爺の胸形志良果や母の飛菜炊にそう言い含められていたからだと初めて分かった。しっかりしているとはいってもまだ幼い子だ。上宮は、このまま長い別れになるとは言えなかった祖父や母の気持ちが、鮑兎には痛い程分かった。

そんな大人たちの素振りの中に自分の身の危機を感じたのか、海斗は筑紫を出てから初めて悲し気な表情をした。

「いつ帰れますか。早く帰りたい。母様や爺様に会いたい、会いたいのです。いつ帰れるのですかぁ……」

海斗は初めて大きな声を出して泣いた。その泣き方も、来目皇子が心から悲しい時の泣き方に似ていた。上宮は、

「今から話すことは、そなたの父様が言っていることだと思って聞いてほしい。吾はそなたの父様の兄で、豊人（とよひと）と呼ばれている。そなたも今日から、こうして二人で会っている時はそう呼びなさい」

海斗は、また鮑兎の方を向いた。

「海斗様、ちゃんと豊人伯父上にお返事を」

「分かりました。豊人伯父様」

父の兄だと告げた上宮の顔を、泣き止んだ海斗は真正面からしっかりとした顔つきで見た。

「われは父様に似ていると皆が言いますが、豊人伯父様はわれとあまり似ておられません。本当

に父様の兄様ですか」

「ああ、皆そう言うが、確かに吾はそなたの父の兄だ。多分、吾は吾の父に似ておりそなたの父は吾らの母に似ておるのだ。そなたも会ったであろう。そなたの父の母様に」

「われの母様と同じ位美しい方でした。父様はあの方によく似ておいででしたか」

「ああ、吾らは男兄弟四人と歳の離れた妹（佐富皇女）が一人いる。五人の内、吾と二番目の弟（殖栗皇子のこと）は父である用明大王に似ていて、そなたの父と妹は母の穴穂部皇女によく似ているのだ。ここの館主で三番目の弟である茨田は、どちらとも言えない。怒ると父に似ていて、笑うと母に似ているのだ。複雑な顔だな」

海斗は同席していない茨田の顔を思い出して、くすりと笑った。

「海斗、そなたの筑前の爺様や母様、そしてここにいる人々は皆同じようにそなたを大切に思っている。そなたが生まれて四年余りの間、吾らは生まれたことすら知らずに過ごした。それを知った時、吾らはそなたに会いたくてたまらなかった。

そして吾らは、そなたの爺様と母様に、出来ればそなたの将来も考えここで養育させてくれないかと頼んだのだ。二人は初めそなたと別れるのが辛そうだったと聞いた。しかしどうすることがそなたのためになるかと考え、吾らに預けて下さることになったのだ。そなたは今まで母様の周りの人々だけが自分の家族であると思ってきただろうが、ここにもそなたを大切に思う吾らがいることを分かってほしい」

そう話しながら、上宮は来目が幼くして一人久米氏に預けられたことを寂しがってすねていた昔のことを思い出した。親子とは同じような経験をするものなのかと、不思議な気がした。

「では、母様や爺様の所へはまた帰れるのですか。母様は、大和に居る父様の縁者の方々にお目に掛かったら、帰れると言いました」

「そなたの爺様は何と言っていたか、覚えているか」

「爺様は大和の学問所でしっかり学んできなさいと言っていました。われは学び終えて、直ぐに帰ってきたいと言いました」

「そう、そなたがここ大和で学び、もう学ぶことがないとなり、どの学問の師匠からも教えることがないということになったら、直ぐにでも筑前の爺様や母様の所に帰そう」

「分かりました。約束です。そうなったら、絶対帰してください。約束を破ってはなりません」

海斗は強く願うように言った。

「約束する。吾らが寂しく思っても、必ずこの約束はそなたの父に誓って守る」

海斗は自分の努力次第で、可愛がってくれた爺の胸形志良果や母の飛菜炊の元へ出来る限り早く帰れるという約束を上宮から取り付けて、覚悟を決めたという顔になった。

海斗が河内茨田郷での生活に慣れた後、上宮は海斗を河内茨田皇子の子として皆に紹介し、正式に斑鳩の学舎に入学させることにした。海斗の後ろ盾は海斗の祖父胸形志良果からの切なる願いもあって鮑兎の義父葛城臣烏那羅を任命することを決めた。

葛城氏は用明大王に娘広子を嫁がせて麻呂子皇子（当麻皇子（たぎまのみこ））と現斎宮の酢香手姫（すかてひめ）皇女を儲けた他、古くから蘇我氏との縁も深い。今は大和政権の軍の総大将として独り立ちした麻呂子皇子も、長い間葛城氏に何かと世話になっていた。現在もその交流は続いていたが、当麻が欽明大王の末娘舎人(とねり)皇女との婚姻によって播磨に領地を得たこともあって、葛城氏は一応後ろ盾の任を解かれていた。そのため、海斗の後ろ盾になることを快諾した。

十一、東都洛陽と西都大興

倭国の遣隋使達が東都と呼ばれる首都洛陽に着いたのは、秋も終わりに近く冬の便りが届くような頃だった。東都洛陽には隋皇帝楊広（後の煬帝）が君臨していた。小野妹子達が大和で遣隋使としての教育を受け始めた頃、隋都は大興（長安）に有った。

隋歴の仁寿四年（六〇四年）初代皇帝楊堅と独孤皇后が皇太子だった長男の楊勇を廃した後、次男揚広を皇太子にした。程なく皇太子の楊広は楊堅から皇帝の座を譲られると、その年の末には都を洛陽に移すことを計画した。次の年を大業元年（六〇五年）と定め、漢魏時代の古都洛陽城の西方に新都洛陽城を造営せよと命じた。

大興城には及ばないが、それでも広く大きな洛陽城は毎月二百万もの人員を動員したことによって、僅か一年という短い期間で大業二年正月（六〇六年）に完成した。新都洛陽城が整い始めると古都の漢魏時代の洛陽にいた住人などが新都に集められ、古都洛陽は捨て去られた。

妹子達が新都洛陽に着いたのは、新都完成ほぼ二年経った時だった。遣隋使達は何もかもが真新しいその都に、隋の港竜口（ろんこう）から二か月以上の月日をかけて数々の困難を乗り越えやっと辿り着いた。

洛陽という名は、黄河に注ぐ洛水（河）が流れる日（太陽）当りの良い場所というところからきている。洛水を南に有し、南の斜面の地はほぼ日に向かう土地だ。遠い昔よりこの地はその時の王達がこぞって都を置きたいと思った所だ。また洛陽の北には邙山（ぼうざん）と呼ばれていた山があって、王侯貴族たちの多くがその山からの秀麗な景色を好んでここに埋葬して欲しいと願った。洛陽周辺は確かに美しいと、小野妹子は感じた。この国の昔の、いや今もここに都を置きたいと思う王の気持ちが他国の自分にも分かる気がした。

この洛陽に至るには先日難儀をしてやっと通ることが出来た東の虎牢関（ころうかん）があり、洛陽の西には函谷関（かんこくかん）がある。その函谷関もまた通るのが大変難しい場所であると妹子達は前回の遣隋使達から聞いていた。

洛陽は政治より経済を中心に発展してきた土地だった。前皇帝の文帝は、それをよく承知した上で、今後大帝国を築くための大都として長安を選んだ。そして自らが初めて所領の長を任された地に聳（そび）える大興安嶺山脈からその名をとって、長安改め大興としたのだ。その大興の方に政治の中心を移し経済の中心を洛陽に定めた。

しかし二代目の楊広は父の方針に反し、首都機能をもう一度洛陽に戻すため新都洛陽城を建設させた。ただ、大興は文化の中心として各国の様々な宗教の建物などがあり、文化はそのまま温存させていた。

新都洛陽は倭国の都の何十倍もの広さがあり、あらゆる国から集まった人々の多さに妹子達は圧倒された。自国がどれ程頑張ってみても、まともに太刀打ちできる相手ではないことが、今その大都を前にしてはっきりと分かった。そしてこんな大国と戦って未だその戦いに負けることなく、毅然として持ちこたえている慧慈師の故郷高句麗という国の底力にも妹子は感心した。

ここまで何日も掛け多くの街や地域を通りながら、この国を観察してきた。広い国土、海の様な自然河の黄河や人工河の大運河、街にあったこれまで見たことも無い品々等だ。農夫が持つ農機具一つ取ってみても、そこには先進の技術が満ち溢れていた。妹子は話に聞いていたよりも、この国が政治、文化、そして軍事において、自国の遠く先を進んでいることを理解した。余程気を張って皇帝の謁見に臨まなければ、宮廷に入った途端恐れをなして足が竦み一歩も前に進めなくなってしまう。妹子はそんな自分を想像して震え出しそうな体に力を込めぐっと気を引き締めた。

妹子達の宿舎は鴻臚寺の敷地内にあった。鴻臚寺と言っても寺院ではなく、外国使節の接待および朝貢などを司る官庁の一つである。隋王朝以前の漢や北斉の時代には玄蕃寮と呼ばれ、隋代に鴻臚寺とその名を変えた。他国から遣隋使節として来た者達は、鴻臚寺の敷地内で皇帝からの謁見の許可が下りるのを待つ。そして謁見が叶った後も帰国までの間の殆どをここで過ごす。

洛陽城に到着し鴻臚寺の宿舎に旅装を解いたことに安心したのか、百済の一団も倭国の者達も漸く厳しい表情を和らげていた。洛陽の街は、賑やかで美しく楽しい雰囲気に満ち満ちていた。

ここで過ごす日々を、妹子もまた生涯忘れないだろうとの思いが胸の中に溢れていた。鞍作福利は早々に祖父への土産を買い求めたかったが、それは大切な役目を果たして帰国する際にしようと思った。

美しい洛陽の街、しかしここで遣隋使として小野妹子は大きな問題にぶつかることになった。新都洛陽に着いて幾日かを過ごした頃だった。百済の正使が副使を伴って、倭国の正使小野妹子に面会を申し入れてきた。副使の春日大志は所用で外出していたので、妹子は通事の鞍作福利と二人で対応することにした。妹子は、洛陽に到着して直ぐに提出した皇帝への謁見願いの許可が下りて日取りが決まったのかと思い、久しぶりに会う百済の正使に向かって質問した。

「謁見の日取りが、決まったのですか」

「いえ、そうではございません」

百済の正使は、申し訳なさそうに断わってから、言葉を続けた。

「実は、そちらが先日提出された国からお持ちの……。つまり倭国の王から皇帝に宛てられた書のことで、我等に問い合わせがあったのです」

「問い合わせですか。それならわれらに直接聞いて下されば良いことでは」

「そうなのですが、どうも難しい問題のようなのです。このままでは我等の方まで、お叱りというより罰せられてしまうことになりかねない状況だということです」

「何がどういけないのか、はっきりお教えください」

百済語で、妹子達に遠慮がちに言う百済の正使に対して、鞍作福利が通事として妹子の意思を伝えた。百済の副使が正使の言い方に苛々した結果、口を挟んだ。

「はっきり申しますと、そちらが提出された倭国からの書は皇帝を侮辱するような内容が書かれているということでして、倭国をお連れした我国が大変なお怒りを買ったのです。

我等は、鴻臚寺の役人から急ぎ来るようにとの連絡がありましたので今伺ってきたところです。しかし、何せ国書のことですので我が方と致しましてはどうしようもありません。そちらで何とかして頂かないと問題の解決はありませんので、明日にでも役所へ行って頂きたいのです」

「具体的にどのようなことを、言われたのでしょうか」

妹子が、隋側が何に対しどのように怒っているのか聞くと、百済の副使は、

「倭国の国書は、蕃夷の書だと言っていました」

妹子達は百済の副使から発せられた言葉に耳を疑った。

「わが国の国書が蕃夷の書とは……」

妹子の声は怒りに震えていた。

妹子が携えて来た国書は、妹子が心から尊び敬う大王上宮が現在の倭国の知識の粋を集め認めた書だ。また心から隋という国を慕い、漢の武帝以来やっと中原の国を統一した隋の二代目皇帝へ提出した国書である。その国書が侮辱されたのだ。

百済の正使と副使は、普段は冷静で物静かな小野妹子が初めて見せた物凄い形相に恐れをなした。正使は項垂れ震えて何も言えず、副使がやっとのことで口を開いて、

「わ、倭国の方針が決まりましたら、我等の方までお知らせ下さい」

といって、そそくさと百済の宿舎へ帰ってしまった。


隋暦の大業三年（六〇七年）に、倭国の王が隋皇帝に対し送った国書はほぼ次のとおりであり、使者の小野妹子によって隋の外交を司る鴻臚寺の役所に提出された。

「日出ずる処の天子、書を日没する処の天子に致す、恙（つつが）なきや。聞く、海西菩薩天子、重ねて仏法を興すと。故に遣わして朝拝せしめ、兼ねて沙門数十人をして、来たりて仏法を学ばしむ」

致すと記された書簡の致書（ちしょ）とは、親しみを込めて目的を以って差し出された書のことだ。

百済の使臣たちが居なくなり暫く経って、やっと今後どう行動するかということに考えを巡らせられるようになった妹子は、側にいる福利に、

「今から、役所へ行く。今まで百済を頼り過ぎていた。国家としての大切な事柄を人任せにしていたことがこの様な結果を招いたのだ。自らが動かねば、何も解決しない。役所まで行って、直接役人から詳しい話を聞かなければならない。今後どのようにすれば謁見が叶うのか。わが国が提出した国書のどこが悪い部分なのか。悪いならそこをどの様に変更しなければならないのか。そうなれば本国に居られる大王に、事の経緯をご報告して、新たに国書を送って頂かねばならないかもしれない。

兎も角、鴻臚寺の役人に詳細を尋ね、その上で善後策を講じねばなるまい。福利、付いて来て

くれ」

妹子は福利に対し、初めて部下に言うように命じた。言われた福利も妹子の迫力に気圧されて、

「心得ました。お供致します。では、準式服にお着替えください」


小野妹子と鞍作福利は、数名の護衛を連れて鴻臚寺の中央にある役所へ向かった。ところがその日何度懇願しても、鴻臚寺の役所の中へは一歩も入ることが出来なかった。日が暮れ鴻臚寺の役所の門が閉められてしまったので、とりあえず宿舎に帰って対策を考えることにした。妹子達が宿舎に戻ると、副使の春日大志が恵慎と共に帰りを待っていた。春日大志は妹子に話したいことがあると言った。

「恵慎からお二人が急いで役所へ向かわれたと、先程聞いたので。ここまで来る途中で役人や門兵が賄賂を要求したことを覚えておいでだと思います。ところで、今日役所へ行かれた時に、門番に何か渡されましたか」

妹子は今日の門番が取り次ぎさえしなかった訳をやっと理解した。

「あっ、何も持って行きませんでした。駄目だったのは、矢張りそういうことでしたか」

福利は顔を真っ赤にして、

「気が付かず、申し訳ありません」

春日大志は、

「仕方ありません。頼りにしている百済の使者達から突然抗議されてしまったのです。慌ててしまうのは、当然でしょう。しかし大事なことは、この局面をどう乗り切るのかです。そこでわれからの提案ですが、先ず明日は門番に相応の物を渡すこと。問題を抱えた我が方と百済が一緒に行ってくれるとは思えないのですが、せめて紹介状を書いてもらっては如何でしょうか。これからの我国との付き合い上、それ位はしてくれると思います」

「分かりました。良い案だと思います。紹介状のことは百済側へ申し出ます」


次の日、春日大志の示した案を採用した小野妹子は百済に対し紹介状を書いてほしいと願い出た。百済の正使は共に行かないことを詫び、自ら紹介状を書き副使にも名を連ねさせた。妹子は紹介状をもらい受けたその足で役所へと向かった。

役所に着き門番に声を掛け、最早（もはや）通行料の如くなった物を手渡すと、門番は直ぐに知らせてくるからと言って、門外で待つように告げた。だが、それから随分時がたっても、門番は妹子達の前に現れなかった。別の門番に声を掛けたが、何の返事も返ってこなかった。役所側のあまりにひどい対応に福利は腹が立って声がだんだん大きくなっていき、妹子はその福利をなだめようとして二人は門から少し離れた所で揉めるような形になってしまった。

二人が揉めていた時、後ろから声を掛ける人がいた。

「そこの人、おお、そなた達のことだ。こんなところで何を揉めているのだ。こんなことをしていると、取り締まりの役人に捕まるぞ」

その声と顔には、妹子にも福利にも覚えがあった。

「あ、あの時の兵士の隊長」

言葉を全て理解できる福利の方が先に気が付いて言った。洛陽までの道程で、盗賊に襲われた時に助けてくれた隋の兵士達の隊長だった。

「役所に用があって来たのですが、中々取り次いでくれないのです。しかし何故、ここにいるだけで役人から取り締まられるのでしょうか」

「ああ、何だかんだと通行料を取ろうとするのだ。だが、倭国からの使者がここに何の用があるのだ。少しは時がかかるだろうが、待っていればここに来なくとも、役目を終えて帰国できるだろうに」

不思議そうに隊長が聞いた。妹子は福利に今までの経緯の一部と、鴻臚寺の役所の中に入れてもらえない状態が続いていることを説明させた。

「何だ、そんなことか。我に付いて来い」

そう言うと、自分が先に歩き出した。

「妹子様、どう致しましょう。付いて行って大丈夫でしょうか」

「あ、あのう。もし宜しかったら、お名前をお教えください。我は倭国からの遣隋の使者で、小野妹子。この者は鞍作福利と申します」

「そうか。未だ名乗っていなかったな、我は幡亮葦（ばんりょうい）。では行こうか」

福利は強引な幡亮葦を警戒していたが、

「今は、この人を頼るしかない。付いて行こう」

妹子はそう言って、幡亮葦と一緒に役所の門前まで来た。幡亮葦は馬を従者に預けると、門番と話し何かを渡した。少し離れたところで待っていた妹子達を手招きして側まで呼び寄せると、

「我も今日は此処で人と会う用がある。もしかしたら、その人がそなたらの役に立ってくれるかも知れないから、我と共に行こう」

幡亮葦は妹子達の返事も聞かずに、従者たちを門に入ったばかりの所にある休憩所に止め置いて、

「さあ、こちらへ」

と妹子達を奥にある役人たちが執務に使っていると見受けられる建物に誘(いざな)った。妹子と福利は、中々入れなかった役所の門を瞬時に越えて、誰からも咎められずにその奥の建物にまで到達した。妹子はあっけにとられながらも、少しずつ何か希望が見えてきた気がした。

その役所の建物は自国の中心地大和の小墾田宮(おはりだのみや)より大きかった。建物の前に佇(たたず)んだ妹子と福利はその大きさに驚き顔を見合わせたが何も言わなかった。先を歩く幡亮葦には、幸いその顔を見られずに済んだ。

幡亮葦は建物の前に居る護衛の兵に、長官に自分が来たと取り次ぐように言った。言われた護衛兵は一礼をして建物の奥に入り、少しの間をおいて戻ってきた。

「失礼ですが、今日のお約束でしたでしょうか。今朝早くに宮廷からのお召しがあり長官はお出

かけになったということです」

「そうか、確かに今日の約束だった。宮廷からのお召しならば、お帰りは何時になるか分かるまいな」

「はぁっ、中の者もそう申しております。副官もご一緒に行かれたということです」

「そういうことなら、尚更帰りの時刻は遅くなりそうだな。そうだなぁ、では、長官の縁戚で先頃入省した裴氏（はいし）の者が居たな。名を、その何と言ったか」

　常に奥との連絡係をしている護衛の兵が、

「その方なら、文林郎秘書省（ぶんりんろうひしょしょう）に配属された裴世清（はいせいせい）氏ではありませんか」

「そうだ、その裴世清氏を呼んでくれ」

「お約束はないのでしょう。ではお呼びしても、来て頂けるかどうか分かりません」

「ああ、もうまどろっこしい。中の者に我が直接交渉する。この様に寒い外でいつまで待たせれば気が済むのだ。我は今日義伯父上と約束をしてここへ来た。何か我に言い置いた言葉の一つもなかったのか。中の者なら何か知っておろう。もう入るぞ。そなた達も一緒に」

　そう言うと、護衛の兵が止めるのも聞かず建物の中にどんどん入って行った。妹子達がぐずぐずしていると、

「ここは我の義伯父が長官をしている。今日我に会うという約束を忘れる訳がないのだ。その約束が守れなかったのには、きっと宮廷で大変なことが起こったからに違いない。帰られるまでには時が掛かりそうだ。中で我と待とう。さあ、入られよ」

幡亮葦に促（うなが）されて、妹子と福利は建物の中に入った。妹子達は、良いのか悪いのかとてつもなく強引な人物に遭遇したようだと内心思った。

建物の前に居た兵がいつ帰るとも分からないと言っていた長官だったが、幡亮葦と小野妹子達が建物の中の待合に案内されて落ち着いた頃に戻って来た。初めは幡亮葦だけが呼ばれて、少し時が経ってから妹子達が呼ばれた。

そこには、幡亮葦の姿はなく一人の若い役人らしき人が待っていて、妹子達が部屋に入るとその人が話し始めた。

「初めてお目に掛かります。我は、文林郎秘書省（ぶんりんろうひしょしょう）に属する裴世清（はいせいせい）と申します」

何と久しぶりに聞く倭国の言葉で二人は驚いた。鞍作福利が通事として咄嗟に隋の言葉で、

「倭国の言葉がお分かりになるのですか」

「ほんの片言です。以前大興城に居りました時に、倭国から学僧として来られた方と親しくさせて頂いており、少し教えて頂いただけです」

福利に合わせて、今度は国の言葉でゆっくりと話した。

「幡亮葦様から、何かお困りのことがあると伺い、我でお役に立つことならと参りましたが、お困りのこととは何でしょうか」

小野妹子は、この裴世清なる人が幡亮葦とどの様なつながりを持ち、自分たちが困っている問

題をどう解決できるのかに疑念を持った。それを察した裴世清は、

「ああ、そうでした。初めて会って、お互いどの様な者かも知らないのに、そちらにとってはお国の大事をそう易々とお話しされる気にはなられませんよね。また国として、その様な方を国の大事な使節として派遣するようなことはしません。

私の職務も話さず、そちらのお名前も伺わずに、直ぐ本題に入ってしまいました。申し訳ございません。私は他国との外交問題に対処する者です。お名前を伺っても宜しいでしょうか」

「われは小野臣妹子、この度倭国から隋に遣わされた使節の大使です」

「われは鞍作福利と申し、通事です」

「困り事は、倭国の大王からこちらの皇帝陛下に宛てた国書が、受け付けて頂けないということです。百済の遣隋の正使に預け提出させて頂きました。しかし、その国書の内容が問題だという事なので、どこがどういけないのかを教えて頂きたいのです」

小野妹子は倭国の言葉で要点を速やかに話し、福利が上手く漢語に直した。裴世清は驚いた。

そして少しの間何か考えていたが、

「多分その百済の方々は、こちらの言葉を伝える百済の通事の間違いに気が付かれなかったのでしょう。そちらの通事の方ならお判りでしょう。我が思いますに、我が方の通事は失礼千万の書と言ったのだと想像されます」

そう言うと、裴世清は書棚から文箱を取り出してきて、

「こちらが、倭国の王からの書簡で間違いないですか」

「間違いございません。ですが、何故ここにわれらの国書があるのですか」

「わが国は、大変多くの国々と交流がありますので、火急の要で陛下にお見せしなければならない書でない限り、一度ここを通ることになっています。また、外国から齎された書簡に関しましては、我等で処理して良いものかどうかをこの鴻臚寺内の役所で検討し、然るべきところにお渡しすることになっているのです。

勿論、倭国の王からのこの書簡は此処を経た後、皇帝陛下の元にお届けすることになっております。しかし、確かにこの書簡には問題の個所がございました。この書簡を最初に担当した者は、我の上役でこの所内で最も厳しく物事の判断を下す者です。

ですが、百済から貴国が言われたというような失礼な言葉を言ったりする者ではありません。百済の聞き違いであり、誤解でしょう」

小野妹子は、もしかしたらその上役なる人物が厳しい人なら、本当は蕃夷の書という言葉を百済の使臣の前で言ったのかも知れないと思った。しかしそう思いながらも、目の前にいる裴世清の優しさに甘えることにした。これ以上その様な自国にとって忌まわしい言葉を言ったか言わなかったかということの追及をしたところで、一つも良いことはないからだ。異国で聞いた自国へ投げられた侮蔑的な言葉を忘れることは出来なくても、自分たちの胸に仕舞い込むことで大王の心や国まで傷つけずに済むと判断したのだ。

それよりも本来の問題、国書を隋の皇帝に提出して謁見を可能にするにはどうすれば良いかを考えなければならない。

「裴世清氏の説明で、こちらが提出した国書はこのままでは皇帝陛下にお見せできないことは分かりました。しかし、どこがどういけないのかということが、理解できておりません。そちらが問題と言われる個所をお教えください」

「ここに書かれています、日出所天子という個所の『天子』が一番の問題です」

「『天子』……」

妹子はずっと昔に近江の片田舎で自分に漢語を教えてくれた老人から聞いた、『天子』という言葉の持つ意味を思い出そうとして目を閉じた。すると、頭の中に老人と『天子』について話している場面が浮かんだ。一瞬にして、妹子はことを理解した。

「ああ、もしかして『天子』は此処隋国の皇帝陛下唯お一人だけを指す言葉だということでしたか」

裴世清は、妹子がそれを知っていたことにほっとした様子で、

「そうです。それを我国に少なくとも使者を以て国書を送られる国の王が知らなかったなどという事は、大いなる失態と取られても致し方ないのではないでしょうか」

小野妹子は、返す言葉が無かった。

裴世清が言うことは尤もなことであり、そのことを知らなかった大王を支えるべき自国の重臣達も同じ失態を演じたのだ。しかし少なくとも、大王に仕える学者たちがそのことを知らない筈がない。そしてどういう理由か、どの部分だったのか分からないが、大臣の蘇我馬子は今回の国

書の内容に反対した箇所があると聞いていた。今、妹子が想像するにそれは『天子』という言葉ではなかったのか。ではそれを知った上で、大王はより深い考えの上でこの言葉を用いられたのだろうか。それは何のためだったのだろうか。

妹子の心中は数々の疑問と複雑な思いで一杯になった。どうすれば、わが大王の本来の真摯なあり方を分かってもらえるのだろうか。我が大王はどういう意図があって、『天子』という言葉を用いて、隋への国書を書こうとしたのか。『天子』と書いたのが意図的なのか失態なのか、今の妹子には計り知れなかった。そして、どうすれば倭国は今後この国と速やかに国交を結ぶことができるのか。

妹子は混乱する中、『天子』という言葉が使われていた突厥から隋の楊堅（楊広の父で後の文帝）に送られた書簡の写しを見たことを思い出した。東突厥の王の啓民可汗（けいみんかかん）から送られたその書簡は、隋が東と西の突厥を離反させるため啓民可汗に隋が公主（天子の娘。皇女）を降嫁させた縁により出されたものだった。

啓民可汗が、『天子』という言葉は中原を制覇した皇帝だけが使える言葉だということを知っていたかどうか、妹子には分からない。だが、少なくとも、啓民可汗は楊堅（文帝）によって隋王朝の身内となり縁続きとなっていたのは紛れもない事実だった。啓民可汗から天子という言葉を使った書簡が楊堅に届いたのは、長い間の突厥との争いが漸く収まった時だった。この上ない充実感を味わっていた楊堅は、啓民可汗が『天子』と記した書簡を目にした時、無知な者と一笑に付しただけだった。という話を妹子は思い出した。

そうか、これだったのか。しかしそれは飽く迄も、前皇帝楊堅が突厥の問題を解決できた喜びの中で、公主を降下させて身内となった突厥の啓民可汗に、その時に限って許したことに過ぎなかったのだ。

『天子』。この大国の皇帝となった人達は、自らをその時から天子と称し、他者にも他国にも自分が『天子』であると認めさせる。天子とは、この世の全てを司る天に住まう天帝に選ばれた、地上を治めることのできる唯一無二の者という意味を持っているのだ。そして今は隋の皇帝楊広が、この世で唯一人天子と名乗れる者だということなのだ。

「知らなかったこととは言え、皇帝陛下へ提出する国書にこの様な他国の王が使ってはいけない言葉を記してしまいましたことは、わが国の大失態でした。

もしかして、この書のことを皇帝陛下はご存知でしょうか」

「この書は、先程お教えした箇所が問題でしたので、ここに留め置いております。しかし、国中で起こった重要な事柄についての報告が、必ず毎日陛下に報告されます。それで、倭国からの使節が来たという報告も既にされておりますし、国書が届いているということも報告済みです」

「では、この書の内容のことも既に皇帝陛下はご存知なのですか」

「先程も申しましたが、この書には少し問題の個所があり鴻臚寺にて問題の解決を急いでおります、と申し上げました」

妹子は、このままの状態でこの書を隋の皇帝に見せればきっと大変な問題に発展するに違いないと感じ、身も心も震えた。

「このわが国の国書を取り下げて、倭国から来た使節として皇帝陛下にお目に掛かることはできるのでしょうか」

「それは無理です。国書は、国と国との間を取り持つ挨拶の初めにあるもの。国書なしで、皇帝陛下への御目通りは叶いません」

「では、この度の朝賀の儀への参加は……」

「今直ぐに問題の個所を解決させた新たな国書が届いたとしても、年初めの朝見の儀式には間に合いません」

「では、次なる朝見の儀式は、およそ一年後の年の初めとなるのでしょうか」

「朝見の儀式への参加やその他の拝謁に関しては、陛下が直々にお決めになることですから、我等下役の者は何とも言えません。それに、貴国の場合は先ず国書の問題を解決せねばなりません。お国の方に知らせて新たに国書を持って来て頂くのが、我は最善策だと思います」

　小野妹子は、『天子』という言葉を倭国の王がどういう意図で使ったのかという理由を説明したいと思った。そこで、

「分かりました。我国の国書は、隋国の皇帝陛下に対し礼を失したものであることはよく理解致しました。わが国の王は仏教を国教とされ目覚ましい発展を遂げられている大隋の皇帝陛下を心から尊敬し憧れています。その気持ちが、この国書の菩薩天子という言葉に現れたのだと思うのです。今回のわが国の国書の件は、まだまだ学ばねばならぬことを沢山抱えた育ち盛りの子供が

失態を演じたことと、どうかご寛大なご処置を賜りますようお願い申し上げます。

また、国書の再提出につきましては、われが帰国し詳しく事の経緯を説明しなければなりません。出直すということになりますか」

「確か、貴国の使節団が国を出発されたのは七月と聞いています。ずいぶん遠くから、長い時間をかけておいでになったのですね。

うーん、それ程長くかかるとなると、そちらが出直されるのにも何かと大変でしょう。それから倭国の大使の小野妹子氏の話を一応お聞きしましたが、我の一存では何とも言えません。上役と相談してみます。明日一日で結果が出るかどうか分かりませんので、三日後の午後にもう一度来て下さい」

「その時は、門番に裴世清氏と約束していると言えばいいでしょうか」

「そう言って下さい。ああ、少しお待ち下さい」

裴世清はそう言った後、そこにあった紙片に裴世清客人小野妹子と書き、木札と共に妹子に渡した。

「数々のお教え感謝いたします。あの、裴世清氏に会わせてくれた、先程ここに居た幡亮葦氏にご挨拶して帰りたいのですが、何処に行けばお目に掛かれるでしょうか」

「そうですね。長官と約束があったようですから、まだその用が終わらぬのでしょう。長官が直接呼ばれたのですから、こちらから人を遣ってお呼びするのは憚られますが……。ここでお待ちになる事ぐらいでしたら、我が方は大丈夫です」

「有難うございます。大変な事態の解決に繋がる裴世清氏に会わせて下さった方です。直接会って、お礼を言いたいと思います」

何もまだ問題は解決していなかったのだが、そうあって欲しいという妹子の気持ちがそう言わせた。

「それでは、役所が閉まるまでで良かったら、ここに居て頂いても結構です。長官の所にいる幡亮葦隊長には、あなた方がここで待っておられることをお伝えしておきましょう」

裴世清はそう言い終わると部屋を出て行った。


「妹子様、大変なことになってしまいました。妹子様は、国書の内容をお聞きになっていなかったのですか」

「国書は国主から国主への書簡なのだ。われは大王からお預かりして、無事にこちらの皇帝陛下の元にお届けするのが役目だ。われがその書簡の概要を教えて頂くことは可能だが、直接文面を読ませて頂けることはない。

大王は菩薩天子と書かれておられる。日出所つまり隋からは東にある国の仏教を信奉する国主として、同じように仏教を信奉されている西に位置する国主に敬意を以ってご挨拶を差し上げたのだ。『天子』という言葉については、お互いに仏教を信奉する慈悲深い国の王という意味で菩薩天子という言葉を使われたに過ぎない。しかし、そういう使い方はこの国では通用しないのだな。隋の皇帝以外に『天子』という言葉を使ってはいけないのだ。

だが、この国でその言葉自体を使うことが許されないと言うなら、大王の側近や国の博士と言われる方々が、誰一人として気付かなかったことには合点がいかない。気付いて、何か違う文言に代えるように進言された方が居なかったのだろうか。もし他の言葉に代えていればこの様なことにはならなかったに違いない。もしかしたら、その言葉一つだけのことではないかもしれない。ああ、何なのだろうか……」

妹子は頭を抱え込んで、床に膝を付いた。福利は打ちひしがれている妹子がどうにか立ち直る切っ掛けはないかと、前回の遣隋使のことを思い出させようとした。

「前回の使者は、確か国書は持参していなかった筈。どうして、国書もなかった我国の者達が皇帝陛下に拝謁する機会を得たのでしょうか」

頭を抱え座り込んでいた妹子は顔を上げて、

「あの時の隋の対応は、隋が高句麗と同盟を結んでいる倭国に興味を抱いてのことだったのだろう。また長い間国交を開いてこなかった珍しい国からの使者に会って、膠着状態にある高句麗との問題解決に繋がればということではなかったかと思う。倭国が高句麗にとって力強い味方となり得るか否か、前皇帝陛下は倭国を品定めされたのではないかと思う」

「それで結果は、どうだったのでしょうか」

「良くも悪くも分からなかったが故に、掴みどころのない国だが少なくとも百済や新羅が味方としたい国であることは確かだと。そして今は隋が攻めても常に勝利できない高句麗が、強い味方と思い親しくしている国であるという事実は大きかったのではないだろうか」

「われがお聞きしておいて、何なのですが。ここでこのような話をして、この国の誰かに聞かれたら」

倭国の言葉を理解する者などいないから鞍作福利の思う様な心配は殆どないと妹子は思っていた。しかし福利の心配も杞憂ではないかもしれない。

「そうだな。もうよそう。もう、ここを出なければならない時が近い。幡亮葦様にはまたの機会にお礼を申し上げることにして、今日はもう帰ろう」

小野妹子は大変疲れた様子の通事鞍作福利のことを気遣った。そして帰ろうと扉を開けようとした時、大きな足音が近付いてくるのが聞こえた。

その足音の主は幡亮葦だった。幡亮葦は屈託のない笑顔で、扉を開けた妹子達に話し掛けた。

「おお、問題は解決したのか。いやその顔では、まだ解決していないのだな。優秀な裴世清でも、他国の方が困り果てている問題を直ぐには解決できはしないか。良かったら、我に話してみよ。何か力になれることがあるかも知れない」

小野妹子は、幡亮葦に話してよい所だけを掻い摘んで話した。

「そうか、もし本国へ誰かを送り返すような事態になった時には、我を頼れ。兵を付けて早馬で、そちらが船を置いている確か竜口（ろんこう）と言ったかな。その港まで無事に送り届けてやろう。後は裴世清氏からの返事次第だな」

妹子と福利は、窮地の中で異国の善意に触れた。有り難いことだと感謝の念を伝えると、「我もそなた達の御蔭もあって、やっと少しは落ち着けるところに居られるようになった。その礼だ」

少し照れながら幡亮葦は、ではまた会おうと告げて去って行った。

裴世清は小野妹子と面会した後、上官で幡亮葦の義伯父裴世矩(はいせいく)から重要な話を聞いていた。

裴世矩は隋の楊広(第二代皇帝)が特に国際政策や外国との交渉関係に関して信任する側近だった。現在の国際関係における一番の課題は、高句麗征伐を如何に成功させるかであった。その高句麗は倭国を頼りとしているが、倭国とはどの様な国なのか。隋が高句麗を再び攻めた時高句麗の強い味方となり得るのか。だが、今まで隋にとって倭国は視野にも入っていない遠方の小国で、その情報はほぼ無いに等しかった。そこで倭国が隋の二代目皇帝楊広への挨拶を、百済を通じて申し出たこの機会に、倭国がどれ程の国家であるのか見定めようとしていた。

楊広は父の楊堅が攻略できなかった高句麗を、何とか自分の代で攻め落としたいと考えてはいたが、高句麗の守りは常に堅固であった。この頃の楊広は高句麗征伐をどうすれば良いか、もう攻め落とすことが無理なら和平を結ぶべきか、と迷うようになっていた。

しかし、和平を結ぶ場合であっても高句麗に屈服した形の和平交渉であってはならないと、裴世矩からの進言を受けた。楊広はその進言を受けて、高句麗が頼りとする倭国の情報を集めるよう指示した。

倭国がどんな国なのか、それを知り今度こそ高句麗を我が物にせねば大国隋の名折れである、と裴世矩はじめ海外政策強硬派の臣下達は楊広に強く意見した。

外交関係を任されている裴世矩は、皇帝の臣下達が高句麗征伐を急がせる中で、先ずは外交で高句麗に揺さぶりを掛けようと高句麗と倭国との関係性を脆弱なものにするため動いた。

百済に居る親隋派に働きかけて、倭国を隋へと導かせた。百済としては、倭国から多くの者が直接隋へ学びに行く事については、自国が今まで担ってきた文明の間接的な供給者としての利益がなくなる事や軍事の面からも不利益が多いとの考えが主流だった。しかし強国隋からの要請ならば、致し方ないと百済国王は方針を変えざるを得なかった。

その頃、倭国では今までの様に百済や高句麗から間接的に文化を導入するのではなく、直接隋のような大国へ行って多くの事を現地で学ばせたいとの機運が高まっていた。そのため大和政権内では再び遣隋使を送るとの政策が固まり、隋へ行くための準備が整いつつあった。また、前皇帝（楊堅）に許されて大興で学んでいる者たちの消息も気掛かりだった。そのような状況の中で百済から声が掛かった。倭国は今まで中々連れて行こうとしなかった百済が何故急に態度を変えたのかとの疑念を持ちながらも、百済と共に遣隋使を送ると決めた。

小野妹子を大使としての遣隋使節団は、上宮が王になって初めて正式に隋への挨拶として国書を携えて行ったのだった。

裴世清との約束の三日後、妹子と福利は裴世清の元を訪ねた。裴世清は、倭国へ使者を送るよう告げた。裴世清は裴世矩が話した内容を胸にしまい結果だけを、鞍作福利を通して小野妹子に伝えた。

「百済国も含め倭国の使者の方も皇帝陛下にお目に掛かれる許可がおりました。しかし皇帝陛下との謁見の前段階として、そちらに承諾して頂くことがあります。

それは倭国の使者の方々が帰国される時、隋から送る使節団を伴うということです。このことは決定であり、我国からのある意味通達とお考えください。倭国からその事を確かに了解したとの返事がなければ、皇帝陛下との謁見は勿論認められず、現在大興でお預かりしている倭国の学生や学僧は、即刻本国へ帰国して頂くことになるでしょう。その事も含め、倭国へはお知らせください」

何を言われても正確に伝えようと、小野妹子は裴世清の話を神妙に聞き入っていた。全ては、大王が決めるのだ。大王が正しい判断をするためにも、今自分が出来ることは相手国の言うことと状況を正確に伝えることだけだ。

裴世清は冷静に話を続けた。

「倭国の王は、大変賢明な方だと伺っております。その王が使者として送ってこられた貴方と話をすれば、それも嘘ではないことが分かります。きっと、貴国の若き王は何もかもすぐに理解されるでしょう。そして、我国の使者を喜んで受け入れられるに違いない。今までの問題と、これからの課題を早く倭国に知らせ、倭国からの良い返事をお聞かせください。

それから、あなた方が倭国へ伝達の使者を送られる時、幡亮葦氏が兵を伴って竜口まで送ると申し出られています。上役から既にそのことの了解も得ております。

そして皇帝陛下との謁見の日取りですが、倭国からの返事が届いてから決めるということにさせて頂きます。また、朝賀の儀への参列はできませんので、倭国と百済の使節団は大興城へは行けず、倭国からの返事がくるまで、ここ洛陽城に滞在して頂きます」

もう何も迷うことはない。本国へ使者を送り、事の次第を詳しく伝え、その後自分たちは隋の使者と共に帰国するのだ。そうすることが、倭国にとって今できる最善の策であり、これは隋からのある意味命令なのだ。

妹子は通事を通さず自ら漢語で謝意を述べた後、幡亮葦にも感謝の意を伝えてほしいと言った。

裴世清は漸く硬い表情を崩して、

「貴国にとって、色々厳しいことを申しました。

それから、幡亮葦氏があなた方のことは大切な友だと仰せでした。洛陽に来る途中で、あなた方を随分驚かせてしまったとか。しかし倭国の使臣達は一度も自分を責めたりせず、またそのことを取り上げて何かしてほしいという様な事もなかったと、幡亮葦氏は感心していました。

ああ、どうか我国の使者達を快く受け入れて頂けるよう、貴国にお伝えください」

裴世清はこれが隋と倭国の平和的外交の初めになればお互い国益に繋がり喜ばしいことになる

のだがと、心の中では思った。しかしそれは隋の外交の一端を任されている者として口にすべきことではない。武器は使わないが、外交もまた国と国との国益を賭けた静かなる戦いに違いなかったからだ。

小野妹子は宿舎まで戻り、隋で起こった数々の事件、問題、事柄などを急ぎ認（したた）めた。妹子が書いた書簡を抱えて僧衣の恵慎（えしん）（未真似（みまね））は馬を乗り換えて倭国へ向かった。

出来る限り急いだ恵慎だったが、倭国の大和に帰国できたのは隋都を出発してから一月余り経った正月も半ばを過ぎた頃だった。

「何、未真似（みまね）（恵慎）だけが帰って来たのか。直ぐ、ここへ通せ」

まだ夜の闇が辺りを包んでいた。家人の摩須羅から報告を受けた上宮は、夜具を跳ね除けて自ら身支度を整えた。

「鮠兎も一緒だったのか」

未真似は相当旅で疲れているらしく鮠兎に抱えられていた。

「はぁっ。昨日、造営中の難波津を秦河勝と検分致しておりましたところ、阿燿未に伴われた未真似が現れました。その未真似が隋に居る小野妹子から大王への書状を持ち帰ったと言うので、共に参りました。先ずは、書状をご覧ください」

阿燿未は隋から帰った未真似の代わりに隋へ送れる者を手配し、橘の宮にその者を連れて来るからと、王の側近である鮠兎に未真似を頼んだのだ。

「ああ、鮠兎。未真似をここへ座らせてやれ」

書状を受け取りながら、上宮は倒れそうな未真似を気遣った。しかし、書状を読んだ上宮の顔からは血の気が引き、書状を持つ手は小刻みに震えた。未真似から直ぐ話を聞きたかった上宮だったが、未真似は今にも倒れそうな様子だった。

上宮は、既に意識が朦朧としていた未真似を少し休ませることにした。摩須羅を呼び、未真似が事の次第を正確に話せるようになるまで別棟にある部屋へ連れて行かせた。摩須羅が未真似を連れて出て行った後で上宮は鮠兎に妹子からの書状を見せた。

「こ、これは……」

「急ぎ、大臣にこのことを伝え、ここに来てもらってくれ。それから、斎祷昂弦氏にも」

「畏まりました」


鮠兎が馬子の屋敷に着く頃には夜が明け始め、晴れた空に朝日が山の稜線を照らし出した。馬子は既に起きていて、館の門前で馬を降り息を弾ませながら来る鮠兎を迎えた。

「この様に早く、何が起こったのだ」

「はぁっ、先程隋から使者が小野妹子の書簡を携えて帰り来ました。

大王が大臣にそのことをお知らせし、宮までお越し頂くようにとのことにございました」

「おお、そうか。小野妹子達が帰って来た訳ではないのだな。直ぐ支度をしてくる。そなたは、すぐ戻るのか」

「あ、いえ。これから上之宮の斎祷昂弦に知らせ、連れて来るようにと指示されております」

「おお、それは良い。では、急げ」

馬子は隋で相当大変な問題が起こったと直ぐに分かり、大王が大臣である自分だけでなく物知りな斎祷昂弦を呼ぶのは妙案だと思ったのだ。そんな馬子の言動は馬子自身の百戦錬磨のなせる業であり、流石何人もの大王に国をここまで長い間任されてきた大臣だと感じ入りながら、鮠兎は上之宮へ馬を走らせた。


急いで橘の宮に駆け付けた大臣の蘇我馬子は、隋に遣った小野妹子からの書簡を大王に見せられた。書簡を読んだ後、馬子は少しの間目を閉じて口は真一文字にぎゅっと閉じ白髪交じりの口髭に手を遣(や)った。そして、暫くは何も言わずに考えている様子だった。

「大王、隋とどの様な付き合いをなさるのか。ここでもう一度立ち止まって、しっかりお考えになった方が良いのではないかと思います。今、われが申しあげられるのはこのことだけです。隋から戻った未真似にも、色々聞かねばなりません。その内、斎祷昂弦氏も着くでしょう。兎に角、未真似から隋での様子を詳しく聞いてからでございます」

漸く口を開いた馬子は自分の意見もその時に言いたいと、その後また黙ってしまった。上宮は、摩須羅に未真似の様子を見に行かせ、未真似が回復していれば連れて来るように指示した。

葛城鮠兎が斎祷昂弦を連れて戻った。そのすぐ後に、未真似が埃だらけの衣服を清潔な物に着替え身繕いを正した姿で摩須羅に伴われて再び上宮の前に現れた。上宮は摩須羅に、建物に近付く者がいないように警備の指示を出した。

上宮は妹子からの書簡によって知らされた隋からの要求に対し、今後どうするべきかを考え始めていた。未真似へは自分の気が付かないことに気付きがちな馬子に、先に質問をさせた。

馬子は、

「未真似、隋での待遇はどの様なものだ。まさか囚われて牢獄に入れられたりしているのか」

「いいえ、囚われてなどおりません。待遇は百済と変わりございません。ただこれは他の国もそうですが、洛陽城の中を自由に歩き回ることはできません。入ってはいけない場所や、建物の前を行き交いながらその建物の中を垣間見ることすら禁止されている場所もございます」

「そうか、では小野妹子達が役所へ行く時は、隋の兵士が付いて行っているのか」

「大使の小野妹子様と通事の鞍作福利様は役所までの通行を許可されていますので、そこを往復する時だけは自由にされていました」

妹子達の待遇が、百済と変わらないと聞いた馬子はほっとした顔をした。上宮も昴弦もそれは同じだった。

「では、隋の都までどれ程の時を要したのか」

「ほぼ四か月掛かりました。予定では三か月でしたが、途中百済の大使が体調を崩されたり盗賊に襲われかけたりと色々な出来事に遭遇いたしましたので、予定通りには参りませんでした」

「盗賊。それは大使の書簡にも記されていたが、隋への献上品も、皆も無事だったのだな」

馬子は盗賊に襲われた事については未真似の口から直に聞きたかったらしく、盗賊に襲われても事なきを得たという言葉に安堵した様子を見せて、大王に自分の質問はこれだけだと言った。

上宮は、

「斎祷昂弦氏、未真似に何か聞いてみたいことがあれば、聞いて下さい」

斎祷昂弦は上宮に一礼してから質問した。

「この他に未真似、そなたから何か言いたいことが有れば聞こう。それと、そなたが隋をその日で見て感じたこと何でも良いから聞かせてほしい」

「われが言いたいことや感じたことにございますか……。隋の国土はとんでもなく広大で、河幅も向こう岸が見えない程広いのです。隋の都へ到達するまでに、立ち寄った街も大変な繁栄ぶりで大和の海石榴市が何十個も常設されているような様子でした。人が巷に数え切れないくらい多く、物も溢れるほど豊富でした。

隋都洛陽城はその役所の一つが大和のどの宮よりも大きく、その様な役所が沢山ございます。われらが百済の使臣達と入った宿舎も、難波津の迎賓の館よりも随分立派なものでした」

「それでは、何か気になる……」

斎祷昂弦が次の質問をしようとした時、馬子は未真似の隋が随分立派だという言い分に、倭国の大臣としての誇りを汚された気持ちになったのか、斎祷昂弦に質問の順番を振っておきながら割って入った。

「随分立派な国なのだな。しかしその様に立派なだけではあるまい。何か隋の弱点はないのか」

　未真似はいきなり割って入って来た大臣に対し臆す事無く、斎祷昂弦に一礼してから大臣の方に向き直って、

「それは沢山ございます。先ずは第一に、国土が広過ぎるために国の中心へ辿り着くまで相当な日数を要します。西の端で国の異変が起こりましても、中央政府はそれを直ぐに知ることが出来ません」

「だが、各所に大人数の軍隊の大隊を置いておけば、政変が起ころうと災害が起ころうと対処できるであろう」

「彼の国は、われらがここで想像することが出来ないくらい広大です。一国が統治するには、広過ぎるのではないでしょうか。

　ただ今は、各地方の軍隊の長官達が皇帝陛下に従っている様でした。幹道の整備や、広く長い運河の建設も順調です。現在の皇帝陛下（楊広）が新都として建設した洛陽城は前皇帝陛下が都とした大興城の東方にあります。何故建設の途中にあった大興城を捨ててまで、また新都を建設しようとしたのかは不明です。

　しかも絢爛豪華な様は大興城を凌ぐともいわれる新都洛陽城は、驚くほど多くの民の昼夜兼行の使役によって短期間の内に建設されたと聞きました。

　その他に海から直接大船が入れるような広い運河や道路や新しい街の整備など、隋二代目の皇帝は就任してからの短い期間に、凄まじい勢いで何もかもをやり遂げようとしております。その

ために、国の中には少なからず不平不満の民が……」

未真似の説明は続いていたが、その声を遠くに聞きながら、

「そうか、吾は親子が皆同じ思いだと思い込んでいたのか……」

上宮はぽつりと独り言のように呟いた。

新しい皇帝楊広は天子という言葉は天帝の子である自分以外には決して許さない人柄である事を、側近も分かっている。天子という言葉を高句麗の国主も、百済の国主も絶対に使いはしない。仏教の中にある菩薩天子という言葉も、引用したりはしないのだとはっきり分かった。

今は自分が持たせた国書が、小野妹子達を窮地に追い込んでいる。妹子達を窮地から救い、隋とまともに付き合うためには間違った言葉を使ったと心から詫びて、大隋の皇帝陛下楊広に許しを請わねばならないと、上宮の心は決まった。

未真似の話が再び上宮の耳に届いた。

「街も表は大変な繁栄ぶりを見せていますが、ちょっと裏へ回ると驚くような悲惨な風景が待っています。役人たちも、其処へは踏み込みません。裏には裏を牛耳る者達がいるのです」

上宮はやっと未真似に自ら声を掛けた。

「そうか、よくそこまで見てきてくれた。そなたのことだ、妹子達にはそのことを注意してくれたのだろう。都まで、一人も欠けず着けたのだから。それで、誰も病に等なってはいないのだ

な」

「はぁっ。われが使者として帰国の途に就くまでは、どなたも病など起こさずお元気そうでした」

「良かった。それから、そなたが情報を集めている内に、現在の皇帝の人柄や、前皇帝との比較などを耳にしたことはあるか」

「はぁ、大きく違うところは、前皇帝と比べると仏教全般に対しての思いや扱いが軽くなったこと。そして前皇帝を何事に関しても大きく越えようとされ、新都建設や街造りも急がせています。これは飽くまでも街内の噂でのことです。われが直接、皇帝陛下にお目に掛かれることはありませんので、実際に感じたことではございません」


しかしいくら宮廷内からあまり出ない皇帝であっても、日頃の行いの何某（なにがし）かは民の暮らす街に流れてくることは大いにあることだ。しかも国の政策に関しては民にも関係することが多く隠しようもない。街での民の噂も単なる憶測だと侮ることは出来ない。巷に流れる噂にはそれなりの原因や理由があることを、上宮達は理解していた。

「分かった。未真似は少し休むといい。返書は、阿燿未が連れて来るという別の者に託そう」

「大王、われごときが申し上げることではございませんが、返書の使者としても是非われをお使い下さい。共に隋へ遣わされました小野妹子様達が、われの帰りを待っていてくださいます。われが大王にお会いしてどの様なやり取りが有ったかを、われの言葉で伝え安心して頂きたいのです。
どうか、われにもう一度隋への使いとしての役目をお与えください」
「そなた、この様に疲れ切った体で、再び隋へ赴くと言うのか。命を落とすやもしれぬに。ならぬ、そなたには隋からの使者を迎えるための準備に加わってもらう。分かったな」

上宮は未真似の話から、隋と比較して自国はあらゆる分野で遅れていると思い、隋からの使者を迎えるまでに少しでも体裁を整えたいと考えた。そのためには、現在の隋を見聞してきたばかりの未真似から、迎えるための準備に何を一番に揃えればよいかという意見をしっかり聞きたかった。上宮は大臣たちと相談の上、阿燿未（あようみ）が未真似（みまね）（恵慎）と共に訓練してきた阿素見（あすみ）に、隋への二通と小野妹子宛の一通の書を持たせた。隋への書の一つには礼を失したことへの詫びと隋の使節団歓迎の文が、もう一つには隋との国交樹立挨拶の差し換え文が書かれていた。

倭国から阿素見（あすみ）が新たな国書を携えて隋へ向かっていた頃、妹子は以前に高句麗の遣隋使と共に隋に来た学生や学僧達に会いたいと考えていた。しかし国書の件で妹子達は正式な国賓として未だ扱われていないため、洛陽から学僧たちが居る大興へ行くことの許可を出して貰えなかった。

困った妹子はそのことを、時々気にかけて訪れて来てくれる幡亮葦に話した。幡亮葦に話すと、その後直ぐに鴻臚寺の役所から連絡があり、大興に居る倭国の学僧の内ひとりが洛陽を訪ねるくらいなら良いとの許可が下りた。そして、大興にいる恵光が代表として、洛陽の妹子達を訪問することになった。恵光は、元は木珠という名の孤児だったが、葛城鮠兎に預けられ、後に自らの希望で慧慈を師として僧となった。

恵光は、隋に来てから学僧の仲間達と一緒に書き写した仏教の経典や沢山の書物を妹子達に渡すために洛陽を訪れた。恵光達が隋に渡ってから七年の歳月が流れていた。隋国内に居るのに中々会うことが出来ず、やっと恵光に会えた妹子は胸が一杯になって、どんな言葉を掛けて良いか分からなかった。すると、

「初めてお目に掛かります。恵光と申します。この度は、遠路何かとご不便もおありだったと存じますが、無事に隋都まで着かれましたことお喜び申し上げます」

「ああ、有難う。到着したにはしたのだが、色々と問題が起こりました。あなたにももっと早く会いたかったのですが、長く待たせてしまい申し訳ない。

これは大王からの書簡で、こちらは葛城鮠兎様と斎祷昂弦氏から恵光氏への物です。こっちの方は他の方々への物です」

恵光は不思議そうな顔をして、

「あの、大王とはどなたのことでしょうか」

その時、前回とも遣隋使の一員に任じられている春日大志が入ってきた。

「失礼します。おお、恵光、いやもう恵光師ですね。立派になられて……」

春日大志は恵光に会うと、込み上げてくる感情を抑えられず涙を流しながら恵光の手を取っ

た。恵光は、

「春日大志様は、今回も来て下さったのですか。お目に掛かれて嬉しゅうございます。本国の皆さまは、お元気でしょうか。上宮太子様や鮠兎様はどうされていますか」

「上宮太子様は大王になられた。葛城鮠兎様は大王の側近として仕えておられる。そなた達は七年もの間、倭国で何が起こっているのか知らずにいたのか。倭国からは、百済を通じて時折、知らせていると聞いていたが、本当に何も聞いていなかったのか」

「百済の方からは何の情報も頂いていません。上宮太子様が、大王に成られたのですか。今日初めて聞きました」

春日大志は小野妹子の方を向いて、

「矢張り、国の方で懸念されていた通りでしたね。わが国独自の連絡方法を考えねばなりません」

「確かにそうですね。恵光師、これまで国から連絡が届かず不安だったでしょう。この国に残っていた皆様は、国から忘れられてしまったのではないかと思ったりしませんでしたか」

「それは少しありましたが、ご心配には及びません。時々、我等の食糧や必要な物が無くなりそうになると届けてくれる人たちがいたので、常に国の人々と繋がっていることを疑うことはありませんでした。

ただ、その人たちと直接話をする機会はありませんでした。彼らは我らに知られないように来ていたからです。ですから、国の情報は何も入ってこなくても、これと言って我らに知らせることはなく変化はないのだと思っておりました。今日は国から来られた皆様に会うことが出来、国内の変化など色々と教えて頂きたいことが沢山あります」

「何なりと聞いて下さい」

妹子は大人であっても他国で暮らす七年は長かろうと思う。況してや、多感な少年から青年の時期に遠く離れた他国の地で暮らしながら学ぶことの難しさや大変さは如何ばかりかと思った。

「上宮太子様が大王に成られたということでしたが、他にも国中で大きく変わったことなどあったら教えて下さい」

「あなた達が隋に来られてから三年経った年の十二月に、上宮様が太子として国の官吏の冠位を十二階位とお決めになりました。冠位十二階と言います。

その次の年の初めに上宮太子様が、大后様の強い要請を受けられて大王就任を決断されました。そして、その年の四月には十七条に亘る憲法を発布されたのです。十七条の憲法と呼ばれています。詳しくは、ここに纏めてあります」

妹子は請われるままに、恵光達が隋で過ごしていた間の倭国で起こった主な出来事を話して聞かせた。

「それから、こちらには反物類を。食品も乾燥できる物は全て乾物にしてもらって持ってきました」

「あ、有難うございます。お気遣い頂きまして……」

恵光は国での様々な変化を聞き食品等を見せられるその時までは気丈に振る舞っていた。だが、段々と感情が抑えきれなくなり、声が震え、大粒の涙を絶え間なく流し、終にはその場に泣き崩れた。

その場にいた者達が、他国でいつ帰れるとも分からない中過ごす七年という歳月の長さを知った瞬間だった。つい最近隋へ来た自分たちにとっても、ここで暮らした半年が長いと感じられたからだ。

妹子は恵光の話や様子から、今後は定期的に倭国から連絡係を送れるような態勢を整えることが必要だと感じた。そして恵光が落ち着きを取り戻してから、自分たちが今回行くことを許されなかった大興城についてどんなところか聞いた。

長安城として知られていた現在の大興城は以前から何代もの王が都としてきた場所だ。大興城は洛陽城や東魏(とうぎ)、北斉の都だった南城(なんじょう)の良い所を見習って、隋代屈指の建築家宇文愷(うぶんゆう)が総指揮を取り建設した大都であった。しかし、二代目の皇帝となった楊広は大興城を建設途中にしたまま洛陽の地に新たな都の建設を命じた。

楊広が大興から洛陽に都を移そうとした理由の一つは、大興の地が広く開けた土地であったが低地だったため洪水に見舞われることがあったからだ。その際には大興から近い洛陽に首都機能を移し代行させることが常だった。楊堅(文帝)が大興城で治世を執っている時も洪水があり、そんな時には洛陽城へと一時避難し、水が引けば大興城へと戻った。

隋で待つ小野妹子の元に、倭国から先に提出した国書の代わりとなる物が届いたのは二月初旬だった。到着した倭国からの使者の阿素見から渡された上宮の書簡に、妹子はさっと目を通した。そして、隋へ提出する書簡を持って急ぎ鴻臚寺の裴世清を訪ねた。裴世清は、小野妹子を客室に待たせ直ぐに長官の裴世矩へ書簡を届けた。少し経って長官との話を終えた裴世清が、妹子が待つ部屋に帰って来た。

「謁見の日取りは後で知らせます。良かったですね」

妹子は、その言葉を聞いてほっとせずにはいられなかった。

「感謝します」

そう言った小野妹子は椅子から立ってその場に座り、裴世清に額突いて感謝の意を示そうとした。驚いた裴世清は妹子に、

「お立ち下さい。我国の挨拶の仕方は、倭国とはずいぶん違います。陛下の前では、この様にして頂きたいのです」

裴世清は、皇帝に謁見する際の注意点と、隋国での礼の仕方を小野妹子に教えた。

小野妹子に宮廷での礼儀を教えた裴世清は妹子を見送った後で、裴世矩(はいせいく)の部屋へ行った。

裴世矩は隋で皇帝もその実力を認める外交の第一人者であり、倭国の現在の王の近くに高句麗出身の僧慧慈が仕えていることを知っていた。裴世矩は初めに見た倭国からの国書に、高句麗僧

慧慈の影を垣間見た。そんなことを考え黙していた裴世矩は裴世清に告げた。

「倭国への使者にはそなたをと、推薦した。陛下の了承も既にいただいている」

「えっ、我を倭国の使者にと仰せでございますか。我は未だこのお役に就いて日も浅く、経験も少のうございます。我の様な下役の者では、倭国は他国と比べ随分下位に置かれたと思うのではないでしょうか」

「そうだ。それで良いのだ。倭国は我国にとって、多くの朝貢してくる国の中の一国に過ぎないのだと思い知らねばならない。我国に従えば、高い文化を学びたいという倭国の要望を叶えよう。しかし、倭国がどの様な能力を持ち、どれ程の国か我国もまだはっきりと知らぬ。だから、確かな観察眼を持つそなたに倭国へ行ってもらいたいのだ。

そなたはもう随分長い間、倭国の使臣との交流を重ねているだろう。都に着いた倭国の使者達に何くれとなく関わってきた。そうであろう」

裴世矩は最後の言葉に含みを持たせた言い方をした。

「それは、幡亮葦氏が……」

裴世清はそう言いかけて、倭国の使臣達とのこれまでを思い出した。幡亮葦の盗賊討伐は偶然かも知れない。しかしそのことも裴世矩が考えていた計画であり筋書きだった可能性も否めないとの思いが脳裏を過（よぎ）った。裴世矩がそこまではっきりとした計略を立てていたのなら、もう自分は裴世矩が考える計画の中で十分に任務を果たすこと以外にはないと理解し覚悟を決めた。これは命令であり、逆らうことなど出来ないのだ。

「承知致しました。ただ、お教えください。最も見なければならぬものは何で、最も聞くべきことは何でありましょうか」

「見るべきは、国主の人となりと国状。聞くべきは、王の周辺と少し離れた所にいる人々の本音。王自身の人柄は、会えばそなたなら読み取れるし、国状も国の中を行けば見えてくるものが必ずある」

　裴世矩は倭国との外交を担当する先達者として裴世清にその方向を示した。

「今まで倭国の使臣達の言動をそなたから聞く限り、王と使臣達の間に厚い信頼関係がありそうだ。その国が我国を手本にして新しき国造りを推し進めようとしていると聞く。

　まあ、国体もまだ定まらぬ新しい国であるのに、半島の三国からはそれなりに重要視されているのだ。それやこれや、謎だらけの不思議な国だ。それらを含め、非常に興味深い国である。しっかり見て聞いて、確かな報告をしなさい」

　裴世清は優秀だ。裴世矩は高句麗との関係性がどうなのか探れなどとは言わなかった。高句麗が現在頼りとする国の一つが倭国であることは確かだ。

「はっ、畏まりました」

　三十を少し過ぎたばかりの裴世清は、大陸から正式に赴いたことの無い倭国へ初めて遣使として行く事になった。

「ああ、だがこのことはまだ誰にも言ってはならない。倭国の遣使達が帰国する直前に、初めて明かすことにしよう。分かったな。これ以後も今までと同じように、倭国の者達との関わりを続けよ。そなた以外の者が彼らに近付かぬよう気を配れ。我とそなたの間柄を取り沙汰されると、倭国の大使小野妹子は我等の思惑に気付きそなたを警戒するようになる」

それはあり得ることだと裴世清も思った。

「気を付けます。では、色々と問題も起こりました故、百済の使臣には我が倭の専任となる事を伝え、百済の方は我の部下の者に任せても宜しゅうございますか」

「いや、その事については適任者を既に選んだ。百済の者、まあ、一人だけだが目ざとくこの様な事態を感じる輩がいるのだ。表面上は、今までと同じように振る舞うことが良策だ。明日、そなたにも知れると思うが、鴻臚寺の内部で文官の異動がある。その際、そなたの副官として我が一門の裴秦凌（はいしんりょう）を任じた。百済も倭もそなたと同じ裴氏の者なら倭を特別扱いしているとは思わないだろうからな。知っての通り、彼は文官というより武官に向いている。だが、文官としても優秀であり、何よりも実直で口が堅いのだ。彼をこれからは副官として伴い、百済との対応を少しずつ任せていくようにせよ」

「はっ、承知いたしました」

裴世矩との会話を終えた裴世清は、外交もまた武力に依らない戦いだと感じた。お互いに相手国をしっかり観察し、様々な方策と知力に依って戦うのだと思った。

裴世清は、裴世矩から多くの指示を受けた後で一人になると、行くように言われた倭という国に思いを馳せた。

大業四年（六〇八年）三月、倭国の使節団はやっと隋国皇帝楊広との謁見が許されることになった。

新都洛陽城は洛水（河）を挟んで、宮城、皇城と東宮などがある北側と、主に役所や寺院がある南側とに分かれていた。北に邙山があり、そこを源流として瀍水（河）は新都洛陽城の北側の中央を通る形で南下し、洛水に注いでいる。水利という意味でも新旧洛陽城は大興城より優れていた。

妹子達が滞在している南の端から洛水を越えて、幾棟もの建物群を進んだ先に新皇帝楊広との謁見の場になる宮城がある。宮城の周りは高い石造りの塀で囲ま

【漢魏時代の洛陽城と隋時代の洛陽城】

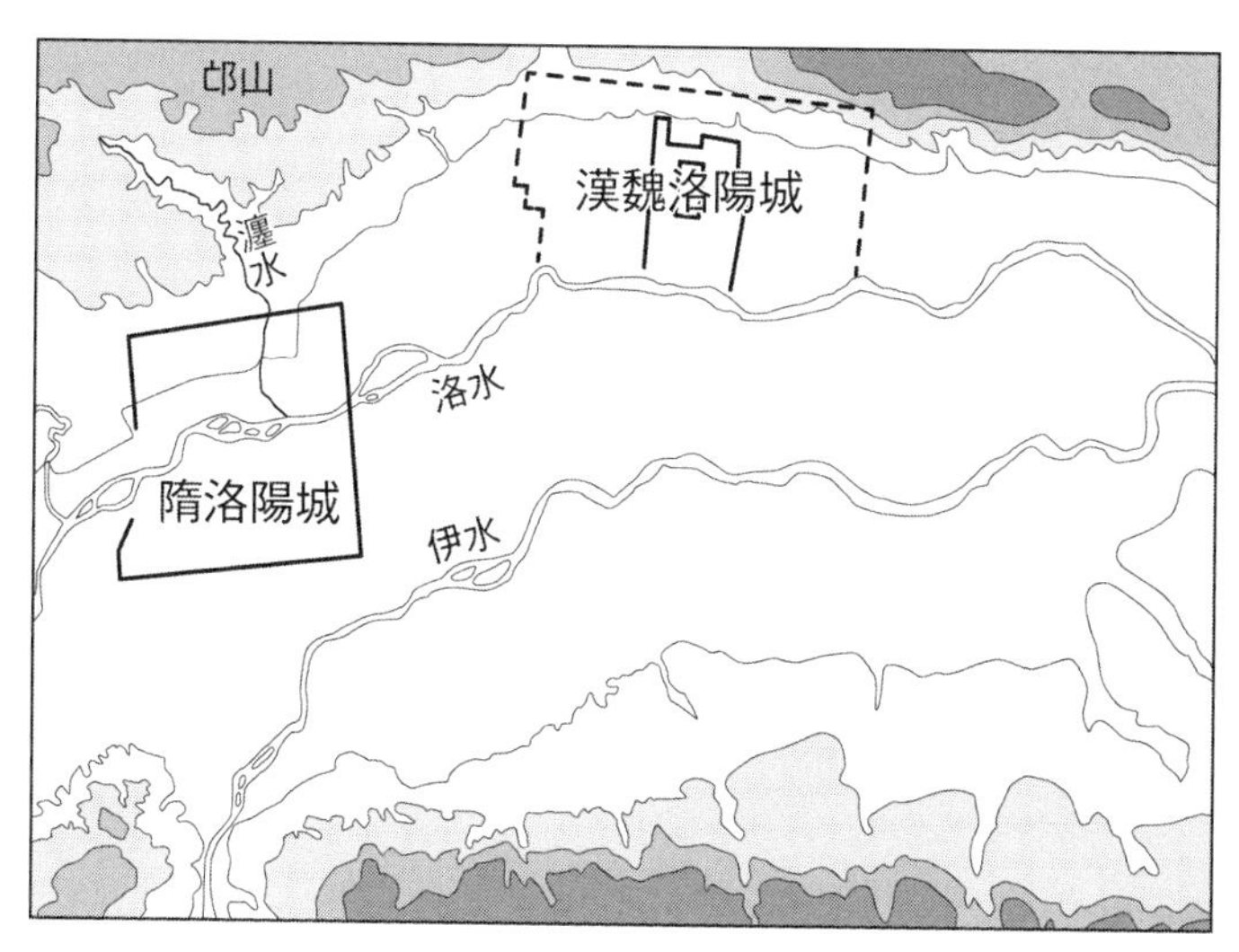

氣賀澤保規編『遣隋使がみた風景』の図を元に作成

れ、幾つかの門以外からは容易に入れないようになっていた。

新都洛陽城は大変広く、その何十分の一の鴻臚寺の敷地でさえ大和の都の面積にほぼ匹敵する位だと、妹子達には思えた。


妹子達が倭国を出発してから月日が経ち季節が進み、北からの土も凍えそうになる強い風が、砂を巻き上げて遣隋使達の行く手を阻んだのはもう何か月も前のことだった。

妹子達はそんな事をつい先日のことの様に思い出しながら、隋の皇帝が待ち受ける新都洛陽城の宮城内へと続く門を潜り抜け中へと入って行った。その都の城壁はそれ自体が堅固な砦となっていて、敵の侵入を阻んでいた。長い壁には幾つもの門があり、妹子達は端の方の門をくぐった。中央の門は皇帝だけが通ることが出来るのだ。

妹子達倭国の遣使達は百済の遣使達のすぐ後ろを進む、倭国の後ろには赤土（せきど）国と加羅舎（からしゃ）国（注5）が続いた。門から中に入ると高い壁が繋がり、目の前には宮城への数え切れない程の石段へと導く道があった。側面の壁面はあまりにも高く聳え立っているのでそこを通る人々に強烈な威圧感を与えていた。その高く聳える壁の威圧感は進むほどに強くなり、強大な隋にただただ従順たれとでもいうかのようだ、と思いながら妹子は歩みを進めた。

側壁が続く道を漸く過ぎ、やっと広く開けた場所に出た。その広い場所には、宮城の主を守るための近衛兵の一団が左右に別れ整然と並んでいた。目の前には武装した守備兵が均等な間隔で立ち並ぶ石段があり、その石の階段を一段ずつ上がって行くと丁度半分に当たる場所に平らになった広場があった。一度その場で列を整えてから再び登っていく。長く高い石段を登り詰めた所に宮城内への扉が広く開かれていた。大きな扉の前にも広場があり、そこでここまでを先導してきた者から宮城の中を案内する内官に交代する。

大きな扉を抜け、長い廊下を歩いていくと、そこで待てという合図があった。すぐ前を行く百済は既に隋の冊封下にあるため上開府儀同三司帯方郡公の使臣と呼ばれ前進し、左側に吸い込まれるように消えて行った。少し進んだ先にまた入り口があって、百済の使臣達の次に東方来来倭国との呼び方で妹子達が呼ばれ続いて入った。

倭国の使臣達の先頭にいる小野妹子は、宮城内のあまりの広さと豪華さに思わず息を呑み一瞬立ち止まってしまったが、すぐ気持ちを切り替えて所定の位置まで歩みを進めた。

未だ正式に国交を結ぶに至っていない倭国が、隋建国以来ずっと臣下として冊封下に置かれてきた百済と同列に並ばされた。そのことに百済は違和感を覚えたに違いない。倭国の後で呼ばれた南方から来た二国が入場すると、広間がしんと静まり返った。

各国の遣隋使達が整列する中で、

「皇帝陛下、御入場」

甲高い声が広間に響き渡ると、そこに居並ぶ皆は一斉に大陸の礼儀に従い、両手を前方で組んで頭は前に下げた。その広場に居る全員が皇帝を迎える準備が整った時、正面の一段と高くなっている場所に、漸(ようや)くゆっくりと皇帝がその姿を現した。

初めに百済の使臣達に、顔を上げて良いとの許可が出た。百済の使臣達の何人かから、微かにため息の様なものが聞こえた。百済からの献上品の紹介がなされた後、次に東端遠方の倭国使臣達として小野妹子達は、顔を初めて上げて隋の皇帝の姿を目にした。

皇帝の姿は重々しく、きらびやかであった。皇帝の頭上の冠には、前後に何連もの美しく輝く宝石が付けられている。身体を覆う衣服は黄金色を基本とした綾錦で、皇帝は胸の辺りに両手で白い木簡の様な物を持っていた。

その後、次の国の紹介がなされると、倭国の使臣達はまた頭を下げるように指示され、元の姿勢に戻らなければならなかった。その場に居合わせ、この日謁見の儀式を終えた者達は誰一人として皇帝の声を聴いていない。皇帝は他国から来た使臣達にその姿を見せ、自らも使臣達の姿を見たが、謁見の場で聞こえてくる声は全て皇帝陛下に仕える内官のものだった。

謁見の儀を終えた使臣達はその場を退出した後、隋が用意した宴席に招待された。その宴会の席に皇帝は全く姿を現さなかったが、隋の外交の主たる責任者の裴世矩の姿が有った。宴席では裴世矩の挨拶があり、皇帝の言葉として「今宵の宴席を心ゆくまで楽しんでもらいたい」が伝えられた。

そのすぐ後から、雅やかな音色の心地(ここち)好い音楽が宴席に満ちた。宴会場の左右から美しい衣を纏った若い美女が十数人現れて、奏でられる音楽に合わせて優雅に舞を披露した。各国からの使者達は、音楽とそれに合わせて舞う女人たちに心奪われ楽しんでいた。

そんな中、小野妹子は自分を含めここに集まった各国の使臣達に対して、直接何の言葉も発さなかった隋の皇帝に不満のようなものを感じていた。国力の差を考えれば当然かもしれない、しかしそれは妹子の心に奥深くわだかまりとして残った。

宴席で出された食べ物は、自国では見たことがない美しい色や香りがしていた。それを口に運ぶとこれまでの滞在期間に宿舎や街中では経験しなかった複雑で不思議な味がした。側で天真爛漫な鞍作福利が旨い旨いと言いながら食べているのを見て、妹子ももう一口、もう一口と食べた。出された酒は大変強いものだった。妹子は、その強い酒に酔ってしまうのが何故か嫌だと思って席を立ち風にあたろうと宴会場の外に出た。

酒宴はまだ始まったばかりだったので、外には要所に立つ兵士以外、誰の姿も無かった。前方に篝火がぱちぱちと音を響かせながら勢いよく燃えている。妹子は兵士からも篝火からも離れ、宴会場の館を背にして夜風に身を任せていた。洛陽城の辺りの空気が少し冷たく感じられたが、飲み慣れない強い酒の酔いを醒ましてくれてかえって心地よかった。

酔いが少しずつ醒める過程で、故郷での数々の思い出が蘇ってきた。年老いた寡黙な父や常に優しく笑う母、食べ盛りの弟や妹、そしてそれらの人々を全て引き受けて自分を都へ旅立たせてくれた頼もしい兄のことが脳裏に浮かんだ。お役目を果たして、もう直ぐ帰れる。そう思うと、胸に込み上げてくるものがあった。だが、ここで気を緩めてはならない、国に皆無事で帰り着くまでは気を引き締めていなければ、そう思った時残っていた強い酒の酔いが一気に醒めた。

さあ、明日からは、帰国の準備だ。大いに飲み食べている鞍作福利は泥酔しているのではないか、と気になって宴会場へ戻ろうと入口に向かいかけた時、妹子に声を掛けてきた者が居た。その方向を見ると、兵士の姿が薄暗い闇の中から現れた。目を凝らしてみると懐かしい幡亮葦だった。

「もう直ぐに、帰国ですね」

「そうなりますね。色々と大変お世話になりました。恵慎を国へ急な使いとして出した時も有難うございました。幡亮葦様の御蔭で、皇帝陛下にお目に掛かることが出来ました」

「いいえ、礼などには及びません。竜口までお送りしたのは我の個人的な行為ではありませんので、役目を果たしただけのことです。でも、あの恵慎という者は興味深い」

「えっ、恵慎が。どんなことがあったのですか」

「何日目だったたか、共に馬を走らせていた時です。辺りは全て青空が広がっていて、雲一つなかったのに、彼がもうすぐ雨になるから昼の休憩を切り上げて宿へ急ぎましょうと言ったのです」

「それで、雨が降ったのですね」

「よく分かりましたね、その通り。この季節に彼の地では、そうそう雨など降りません。よく当たったなと、皆で感心しました。未だ有ります。急ぎの旅だったので、救護要員を連れて行けなかったのです。途中で、腹を壊した者や怪我人が出た時にも、その場にある物で適切な手当てを素早く行ってくれました。倭国では、誰でもあのようなことが出来るのですか」

「いいえ、誰でもではありません。でも、天候をほぼ正確に言い当てる者は多いかと思います」

「それは何故でしょうか。我はそのようなことが出来る者といえば、歴史上では諸葛孔明師と現在では祈祷師の中でも優秀な者くらいしか知りません。倭国には、祈祷師が多く存在しているのですか」

「そうではありません。倭国の民の多くは、自然と共に生きておりますので常に空を見上げ日々の天候を気に掛けております。きっと、気に掛ける内に分かってくるのでしょう」

　幡亮葦が大国の男子にほとんど見たことが無い仕草でにこりと笑ったように見えたのは、篝火の悪戯だったろうか。

「倭国の民の暮らしは、どの様なものなのでしょう……。中へ戻りませんか、こうして二人きりで離れて話していて他の者に変な勘繰りをされてもいけませんから」

「分かりました。酔いを覚ましたかっただけです。もう、酔いも覚めましたので席へ戻ろうと思っておりました」

　小野妹子と幡亮葦は、宴会場に戻りながら話を続けた。

「ところで、小野妹子氏も気候の変化がお分かりですか」

「いいえ、われは天を見上げるより下を向いて生きて参りましたので、恵慎の様な才能は持ち合わせておりません」

「ほう、目の前の書に時を費やしておられましたか。しかし書物からだけでは、分からぬことも多くあるということですか」

「その通りです。隋へ参りまして、この目で見この耳で聞いたことは素晴らしいことばかりでした」

二人で話しながら、鞍作福利達が居るところまで戻ると殆どの者達が酔いつぶれていた。

「この様になるまで、飲んでしまって。しょうがない者達だな」

妹子は少し怒るように呟いた。

「目覚めても、どうか叱らないでやって下さい。皇帝陛下との謁見を終えた後は、殆どの者がこの様になるのです。きっと皆故郷の夢でも見ているのでしょう」

幡亮葦は軍人なのに、時に詩人の様なことを言うのだなと妹子は感じた。妹子が福利達の側で彼らを介抱し終えて、ふと気が付くともうそこに幡亮葦の姿はなかった。


皇帝との謁見を漸く終えた倭国の遣隋使達は、隋から下賜された品々と自国で調達して持ち帰る品々とを共に荷造りし、出発の日を待った。帰国の許可が下りるのを待っていると、急に隋側から指示があった。隋の使者が倭国へ向かう途中、百済に立ち寄ることが決まったので、倭国もその時は共に百済に滞在せよ、との指示である。そして、百済の遣隋使達は隋の使者を受け入れる準備をするための時が欲しいというので倭国より先に帰国させた、とのことであった。

百済の使者達は急ぎ本国へ帰ったため、倭に対して挨拶を省くことを了承願いたいとの伝言を裴世清に託していた。裴世清はそのことを伝えると共に、自分が倭国へ随行する使者であることを小野妹子に伝えた。

遣隋正使小野妹子は裴世清との面会を終えた後、隋に同行してきた者達を集め帰国に際しての訓示を述べた。隋側から使者を伴えとの命が下り、その使者が裴世清だということを知らせた。自国へ帰国する時に隋の人々が同行することを初めて聞かされた者達の中の一人が聞いた。

「小野妹子様、我らは監視されるということなのでしょうか」

「監視、とまではいかずとも観察くらいはされるでしょう。我らの一挙手一投足は、必ず国の評価の対象となるでしょう。帰国に際しても国を代表する者として常に、隋の同行者たちに対し誠実な礼儀正しい行動をとってほしい」

隋へ同行してきた者達は、初めて厳しい顔で命じた妹子に驚いた。しかし常に穏やかで優しげに見えた妹子だったからこそ、その厳しい一言は皆の胸の奥にまで届いた。妹子の言葉をしっかり心に刻んだ倭国の者達は、帰国に随行した隋の裴世清達に誠意ある対応をした。

十二、隋国の使者、裴世清

隋の裴世清を団長とした使節団の人数は、妹子達が洛陽城まで来ることを許された人数と同じだった。隋からの使者が加わったためか、倭と隋の使節団を警護する兵士が倭の船が係留されている竜口まで同行した。その警護兵の隊長は、隋の裴世清が竜口の港で乗船したことを確認した。倭に対し隋の使者達のここからの安全を託すと申し送りをした後、港で見送ると言った。

倭の遣隋使船は妹子達を待つ間、何か月も風雨に晒されていたにも拘らず、見事な整備がなされていた。それは隋の使者の代表である裴世清に、倭の印象を良くしたことの一つだった。

妹子は、裴世清を船長（ふなおさ）に引き合わせた。裴世清は随行する者達を後ろに並ばせて、ここから倭国までの船旅を左右する船長へ丁寧な挨拶をした。船長は後にこの時のことを思い出して、この時から裴世清に対して敬意を表するようになったと妹子に打ち明けた。

妹子達は裴世清達と共に百済へ立ち寄った。百済は隋からの使節団を盛大に歓迎した。その歓迎ぶりは倭国の使節団に対し挑戦的とも言えるほど、いつになく豪華なものだった。妹子は百済が見せたような豪華で盛大な歓迎を、自国が行えるのだろうかと少なからず不安を覚えた。今の倭国では、隋の使者達を迎える館や歓迎の仕方など何一つとして優れていないと思えたからだ。

妹子は百済でこの経験をした日直ぐに、本国の大王に宛ててこの状況を説明する書簡を発した。妹子は少しでも自国が隋に良い印象を持ってもらえるようにと思いながらその書簡を書いたのだった。

しかし妹子のこの様な心配は、ある意味無用なものだった。何故なら、裴世清は表面的な状況だけで判断するのではなく、物事の本質や人の心中を見定めることが出来る能力を持ち合わせていたからだ。裴世矩が未だ下役の裴世清に初めての倭への使者を任せたのは、同門出身だからということだけではなかった。

百済で数日滞在した隋の使者達と倭の使者達が、倭へ向けて船出したのは四月の初めだった。一行が向かう地は、食料備蓄施設だった那津官家（なのつのみやけ）があったところに、外交の窓口と行政官司（かんし）とを兼ねて新たに設置された筑紫大宰（つくしのおおみこともち）と呼ばれるようになった場所だ。

この筑紫大宰はかつて来目皇子が新羅征伐に遠征してきた時に造り始め、後を胸形志良果ら現地の豪族が引き継いで完成させたものだ。当時の倭国としては、他の地には無い立派な施設であった。

使者達が那津（なのつ）に到着する前から、倭国による歓迎は既に始まっていた。妹子達が乗っている遣隋使船が玄界灘にある沖ノ島を越えた頃、また一艘また一艘と赤青黄色などの布で飾り付けられた多くの船が近付き、それ等に乗船した人々がそれぞれに嬉しそうに旗を振っていた。

船の数は陸地に近付くほどに増えていき、太鼓の様な音も聞こえる。それらの船は港の周りで遣隋使船二艘を取り巻く形を作った。そうした一連の歓迎行事は終始一貫して隋からの使者と帰国した小野妹子達を、大和政権が国を挙げて大歓迎していることを示していた。

小野妹子は自分が想像していた以上の盛大な歓迎ぶりに少しはにかみながら、裴世清に話し掛けた。

「お疲れはないですか。ここがお話ししていた那津です。倭国の玄関口となっているところです」

妹子はこの頃になると通事を通さずに、裴世清が理解できるほどの会話が出来るようになっていた。

「……。えっ、何と言われましたか。周りの音が大きくて聞こえなかったのですが……」

裴世清も倭国の陸地がもう直ぐそこに見えて、やっと到着するという実感からか柔和な顔つきで、大きな音のために邪魔された妹子の話を聞き返した。妹子は裴世清との距離を少し近付けてさっきと同じことを言った。

「ここから、倭国の領域なのですか」

「いいえ、立ち寄ってはいないのですが、ここから北の方角に位置する壱岐対馬という島辺りに住む民も倭の民との認識をしております」

「先ずは民を大事になさる国風(こくふう)なのですか」

大陸では領土を奪い合うことが常であり、領土を奪われた国の民はその殆どが人として扱われることはなく、その後は奴婢として生きることになるのが定めだ。戦いに勝った国にとって民は領土と共に大いなる富をもたらす戦利品なのだった。妹子の方は裴世清がそんなことを思っていることなど全く知る由もなかった。

その時、乗っていた船が大きく揺れて、お互いに支え合う必要に迫られた。支え合ったお陰で倒れずに済んだ二人は、顔を見合わせて初めて笑い合った。裴世清と妹子の距離が少し近付いたその揺れは、船が接岸の準備に入るために大きく方向転換したことによるものだった。

遣隋使船はゆっくりと接岸し、隋からの使者達は初めて倭国の地筑紫に降り立った。筑紫大宰をこの時任されていた膳臣歌倶良が大和から派遣された使者と共に、下船した裴世清に挨拶をすべく待っていた。

膳臣歌倶良は小野妹子から裴世清を紹介されると、今度は大和から来た接待役の境部臣摩理勢と難波吉士雄成を引き合わせた。難波吉士雄成は通事であり鞍作福利の上役でもあったので、裴世清に自己紹介した。裴世清は難波吉士雄成の聞き取りやすく美しい発音に表情が明るくなった。

港での簡単な挨拶を終えた後、隋の使者達が案内された真新しい建物は、筑紫に建設中の行政と軍事の機能を併せ持った官庁の一部だった。

近年積極的に大陸の文化を導入しようとの方針を打ち立てた大和政権において、外交交渉や貿易を円滑に機能させるための施設が必要となった。今はあらゆる部署の役人や軍人を常時配置できる大和政権の出張施設を建設している最中で、小野妹子達が隋へ旅立った頃より建物の数も増えていた。大和政権の威厳を何とか保てる程の物にはなっていたが、隋で視野にも入りきらない程の大都洛陽城をその目で見てきた妹子達にとっては、裴世清達がどう思うかが気になるところだった。

「倭国は新たな国造りの最中なのですね。来て頂いた我国の新しき都洛陽城も最近造営されたばかりです」

「大興城は前皇帝陛下が中原の国を統一し建国された折に、偉大なる建築家の宇文愷（うぶんがい）士が手掛けられたと聞いております。新都洛陽城も宇文愷士なのですか」

「そうです。どちらも宇文愷士の仕事です。でもよく宇文愷士のことを知っていましたね。先の皇帝陛下の大興城は宰相の高熲（こうけい）が総責任者でした。現在の宰相は楊素（ようそ）という者で、洛陽城の造営総指揮は現在の宰相が務めました」

「現皇帝陛下が治世を始められてから、未だ数年しか経っておらぬのにあれ程の都を建設されたとは、どの様な方法を使われたのですか」

「陛下の号令でもって成し得ぬことはありません。大興城に関わっていた多くの民を、建設途中で有無を言わせずそのまま新都洛陽城の建設に回したのです。そのことが功を奏して、洛陽城の建設は順調に進み、二年も掛かることなく完成を見ることが出来たのです」

　裴世清は遠く母国を離れたからか、現皇帝のやり方に対し少なからず批判的な言い方をしたことに自覚がなかった。妹子は洛陽の街中ではもっと過激な意見を聞くこともあったので、建設途中の大興城を見捨てて洛陽に都を移したことは裴世清達にとっても相当色々と大変だったのだろうと感じた。

「わが国の印象は如何ですか」

「我は倭国のこの雰囲気を心地よく感じます。良い季節なのでしょうか。旅立った時、我国も花が咲き乱れて美しい季節でしたが、この国の色はほのぼのとして優しい。花の色も緑も穏やかな色とでもいいましょうか、癒されます」

倭国の自然が美しいと話すと、妹子にも分かるように遠くへ目を向けた。

小野妹子と裴世清達が筑紫大宰の館に落ち着いた頃、飛鳥には遣隋使達が那津(なのつ)にもう直ぐ到着するとの一報が入っていた。

「鮑兎、難波津での諸々の準備はできているのか」

上宮は少し興奮気味に、難波津から知らせの使者と共に戻った葛城鮑兎に尋ねた。

「はぁっ、港の方も難波館(なにわのむろつみ)における歓迎の準備もほぼ整って参りました。ですが、長期逗留のための用意にと建設している大福(だいふく)の方が間に合いそうもないと、今になって大伴連友敏(おおとものむらじともさと)氏が知らせて参りました」

「帰してはいないな。大伴友敏をここへ」

大伴友敏は呼ばれて、身を小さくして叱られるのを覚悟していた。

「大伴友敏、今はどの程度できていて、後どの位で完成させられそうか」

「現在、使節団をお迎えする館の建物の方はほぼ完成しておりますが、色彩を施すための染料の調達が間に合っておりません。そして今後は使節団をお世話する者達が宿泊する建物に取り掛かろうと致しましたところ、そこに問題がありました。

晴天が続けば何もかもうまく運んだのですが、いつに無い長雨のために材木が濡れてしまい建材として直ぐに使えない状態になってしまったのでございます。全て完成させるまでには後一月は掛かろうかと……」

「何という事だ。吾が十日ほど前に視察した時、迎賓の館は既に完成に近かったではないか。その時、周りの家屋にはまだ手を付けていなかったが、問題なく建設可能であるとの報告を受けた。その後直ぐに問題が出てきたなら、何故もっと早くにこの様な事態を報告しなかったのだ。隋からの使節団がもう筑紫に到着したというのに。兎に角、何とかせねばならない。そなたに考えはあるのか」

「できますれば、他からも資材を調達していただき建設に慣れた人々を出来るだけ多く大福の現場へ貸して頂けないでしょうか」

「その様な子供でも考えられるような簡単な答えを聞いておるのではない。しかも今はもう農繁期であろう。どこの氏族も貸すような人手は無く、資材を切り出す手伝いをする者も出払っている事ぐらい、そなたも重々分かっている筈だ。どこの誰に人手を頼み、何処から資材を切り出そうというのか、具体的な案が有れば言ってみよ」

「難波館を担当しておられた額田部連比羅夫氏がお使いになられていた人員と、王家がお持ちの山から資材を」

大伴友敏のその発言に対し、上宮が席を立ったその時、

「黙れ、この愚か者が」

蘇我馬子大臣が突然現れて大伴友敏を叱責した。

「大王家の山から資材を切り出せだの、大后様の縁戚額田部氏から人手を借りたいだのと。言うに事欠いて、言いたい放題だな。

大王、遅くなってしまい、申し訳ございません。大伴矢栖岡（おおとものやすおか）氏を連れて参りました」

大臣が連れて来た初老の大伴矢栖岡は大伴一族の族長であり友敏の伯父に当たる人物である。

「大伴矢栖岡にございます。この度は、わが一族の者である友敏奴（め）が請け負いました大福館周辺の建設工事に関し大幅に遅延が生じましたこと、お詫び申し上げます」

そう言いながら友敏も共に額突かせた。

「大伴矢栖岡氏、どうかお立ち下さい。友敏、そなたも」

大王から直接声を掛けられた大伴矢栖岡は、ゆっくりと立ったが、友敏を額突いたままにさせた。

「この者はこのままで。取り返しのつかない失態を演じた者、如何なる処分もお受けする覚悟で参っております」

「いいえ、吾は大伴友敏を処分する積りはありません。大福館は大伴友敏を建設の責任者として任せましたが、それは大伴氏の長老でおられる大伴矢栖岡氏からの推薦があったと大臣から聞き及んだからです。吾は大臣を信頼しており、その大臣からの助言を聞き入れ大伴矢栖岡氏が推薦する友敏を信用し、大福を任せたのです。そうならば、この現在のどうしようもないと思われる事態の総責任者は、紛れもなくこの吾ではないでしょうか」

上宮は暫くの間その質問の答えを待ったが、誰も答える者はなかった。

「総責任者は、吾です。責任はこの吾にあるのです。この国のどんな出来事にも、吾は責任を持たねばなりません。しかし、この国の全てのことに吾が常に関わることは不可能です。それ故、信頼する者達に、吾の判断でこの国の仕事を任せているのです」

一瞬辺りに緊迫した空気が流れた。

「お、お許しくださ い。幾つもの失態を演じましたが、大福館周辺の完成までは、どうか携わらせて下さい。完成の後には、如何なる処分もお受けいたします。われが悪うございました。これ以後は、日々の報告を怠らず、問題が有った時にも隠さず相談申し上げます。資材の件は、わが屋敷を壊してでも調達致します」

大伴友敏(ともさと)は大王から任された国の事業である迎賓の大福館(だいふくのむろつみ)と周辺施設の建設が、どれ程重要な意味を持っているか初めて身を以て知った。そして若い王の君主としての覚悟を初めて聞き、自分自身の至らなさを思い知った。

「分かった。そなたをもう一度信じてみよう。大伴矢栖岡氏、この事業の完成まで吾が友敏を預かります。宜しいですね」

「畏まりました。どうぞ、ご存分にお使い下さい」

　大臣が今までいた場所から少し前に進み出て言った。

「先程、こちらへまいります時に大伴矢栖岡氏から、聞き及んだのですが。実を申し上げますと、大福辺りは以前館を造営いたしました時よりも、湿気が強くなっているようなのです。数年前に、耳梨（みみなし）（成）の別業（べつぎょう）で大后様が休養されておられました時のことを、覚えておられましょうか」

「あっ、そうであった。しかし、あの時大福辺りは直ぐ水が引いて、耳梨の方が長い間水に浸かった状態が続いていたのではないか。それが何か、現在の大福に影響を及ぼしているのか」

「あの時は直ぐに水が引きました故、大福の館辺りは被害も少なく建物にも何の傷みも無いように思われておりました。しかし、その時の水はどこかに行ったのではなく大福館辺りに沈んでいただけでした。数年の間に建物の地中に埋められた柱を朽ちさせていたことが、最近知れました」

「ええっ、では大福の地が、あの洪水以来湿地と化したとでも……」

「あの洪水からどこよりも早く回復したように見えたのは、水捌け（みずは）が良いように土を砂や石を使って造り替えていたからでした。元々、彼の地は川原でした。その昔、萱（かや）や菅（すげ）などが生い茂っていた湿地を何年も掛かって田圃と成し、その後に川の港の船着き場を造った上で迎賓の館を中心に造り上げた村落だった記憶が蘇り、われは焦りました。まさかあのように土地の改良が完全に出来たと思っていた場所が、一度の洪水で建物群の柱が朽ちるような状態になってしまうとは残念でなりません」

「分かりました。そうなってしまったからには、迎賓の館は今の大福のままで良いのかどうか。しかし、そうならば迎賓の館を建て替える時、何故別の場所にした方が良いと提案して下さらなかったのですか」

「いえ、迎賓館の辺りは、従来から他の場所よりも何段も高く拵えておりました。それ故に、周りの建物を建て替えようとした時にやっと異常に湿気が多いと分かったのです。迎賓館自体は堅固でしたので」

「それで、その後周りの建物が建っている地の湿気は何とか収まったのですか」

「その時は完璧な湿気対策をすることが出来たとの報告を受けていました。しかしその後に、常の年では考えられぬほどの長雨が続いた結果、この様な事態になってしまったのです」

「もう分かりました。大臣もその頃からは、大福の状態を把握していたのですね。

今は今後の対策を考えましょう。建設に携わる人員は、膳氏と秦氏から出させます。資材は、紀氏と葛城氏に使えそうな材木が残っているかどうかを聞き取りさせて、調達しましょう。今から切り出したのでは直ぐに使えませんから。その交渉の長は大伴矢栖岡氏に頼みたい。大臣、大伴矢栖岡氏を手伝って頂けますか」

「承知致しました。ただ、葛城氏の方は葛城鮑兎氏からも一言お願いしたい」

「畏まりました。義父の方へは、われから必ず申し伝えます」

鮠兎には、必ず賛成を得られるという自信が有った。義父葛城臣烏那羅（かつらぎのおみおなら）は現在の大王上宮に友好的だった。

「念のため聞いておくが、現在の大福周辺の土地の状態はどうなっているのだ」

上宮の厳しい質問に、大伴友敏は即座に応えた。

「大丈夫です。土地改良は既に十分に行い、今度洪水が起こりましても対応できる地に改良致しました」

「そうなら良い。分かっていると思うが、隋からの使者がもう筑紫へ到着している。出来る限り完成を急がねばならない。工期は明日から一月。必ず遣り遂げよ」

若い王の張りのある声だった。


小野妹子達と裴世清等、隋からの使者達を乗せた船が難波津へ向けて那津（なのつ）を発ったのは四月も半ばを過ぎた頃だった。船は時に激しく流れる対馬海流の影響を強く受けるところから、倭国の内海（うちつうみ）と呼ばれる内海に入った。

「穏やかな海、百済からの海峡は大変荒れていたのに、ここは波立たず鏡の様に静かだ」

裴世清は、誰に言うでも無く呟いた。

遣隋使船の二艘は、筑紫からの旅の途中で二か所に立ち寄り、茅渟の海（現在の大阪湾）を目指した。

内海（うちつうみ）に浮かぶ色々な形の大小の島々に目をやりながら、小野妹子は目の前に現れた大きな島影を指して、

「この淡路島を過ぎると、わが国の迎賓館がある難波津というところにもう直ぐ到着します。下船の支度は出来ていますか」

「好。了解」


遣隋使船は茅淳の海を経て大和政権の中央に近い河内湖に到着した。難波館では隋からの使者達を盛大に出迎えた。この国を挙げての大歓迎の式典の主客接待役として大和政権が任命した者は、長官に石上連高麻呂、副官に中臣宮地連（なかとみのみやどころのむらじ）烏麻呂（おまろ）と大河内直（おおこうちのあたい）糠手（ぬかで）、通事（おさ）として船史王（ふねのふひとおう）平（へい）等だった。長官に任命された石上連高麻呂は大陸の事情に詳しい大河内直糠手と共に、隋の使者達を大福館が出来上がるまでの間様々な形でもてなした。

大和政権は、未だ出来上がっていない大福館（だいふくのむろつみ）での接待役の長に額田部連（ぬかたべのむらじ）比羅夫（ひらふ）、副官に秦造（はたのみやつこ）河勝（かわかつ）を任命した。

大福は大和川上流の寺川が流れる里であり、川には小規模ながら造りのしっかりした桟橋が設けられていた。ここは以前から百済や高句麗など外国（そとつくに）の要人が滞在する館（むろつみ）があったからだ。

大和川上流で寺川と川筋が異なる初瀬川には川港があり市で賑わう海石榴市（つばきいち）という地があるが、

政事（まつりごと）の中心の場である小墾田宮に近いことと、警備を問題なく行うことの理由から、外国の要人はほぼ大福に迎えていた。

大福館が日々完成に向けて昼夜兼行で工事が進められている頃、難波津に到着した隋からの使者達は筑紫での歓迎の何倍もの人々による歓待を毎日の様に受けていた。その歓迎ぶりに少々疲れてきた頃、飛鳥の都から難波津に戻ってきた小野妹子が裴世清に面会を申し込んで来た。

「お待たせして申し訳ございません。もし宜しかったら、舟遊びを催しますので、いらっしゃいませんか」

「ほお、舟遊びですか。倭国の舟遊び、興味があります。是非、参加させて下さい」

裴世清は何日も続く宴会に少々疲れていたこともあって、妹子の申し出に快く応じた。

「では、明日お迎えに参ります。お供の方は、何名になさいますか」

「その船には、どれ程の人数が乗船出来ますか」

「十数名ほどです」

「では、二名連れて行きます」

「分かりました。では、明日に」

次の日、小野妹子は裴世清達と共に難波津から船で北へ移動し、淀川を遡った。裴世清は川風が心地（ここち）好いと言って、とても楽しげな様子を見せた。小高い山の連なりが行く手の左側に見え、風景がこれまで以上に良くなった。

妹子は船を着岸させ、裴世清に会わせたい人がいると話して川辺の小屋へ誘（いざな）った。そこには大王の側近の三輪阿多玖と葛城鮠兎が鞍作福利を伴って裴世清を待っていた。裴世清と面識のある鞍作福利が進み出て挨拶して、二人を紹介した後、

「こちらのお二人は大王の側近です。色々とお聞きしたいことがあるということでお連れしました。お答え願えますか」

「答えられる事なら答えましょう。こちらにもお願いしたいことがありますから」

裴世清の即座の答えに、三輪阿多玖が鞍作福利を通して、

「分かりました。それでは早速ですが、裴世清氏が遠い倭国まで隋国の使者として来られたのには、それなりの理由（わけ）がおありだと思います。話せる範囲でお聞かせ願えないでしょうか」

「貴国からの書簡で、我国と正式に国交を開始したいとのことでしたので、我国としては、倭国がどの様な国であるのか知るために我を使者として出したのです。そして出来れば、この国の王が我国とどの様に付き合おうとしているのかを聞いてくるように命じられております。いつになったら大王にお目にかかれますか。」

裴世清は素直に言った。

その裴世清の質問に、三輪阿多玖が答えた。

「長くお待たせいたし、申し訳ないことです。今年は例年にない大雨が続き、お迎えの準備が未だ整っておりません。全ての準備が整いますまで、もう少し時間を頂きたいのです」

「そうですか。自然災害では仕方ありません。待ちましょう」

裴世清は先の皇帝文帝の時代に自国でも大興城が洪水に襲われ、一時都の機能を漢魏洛陽城に移さざるを得なかった時のことを思い出した。

「我らは、これで失礼いたします。小野妹子を残しますので、舟遊びをお楽しみください」

三輪阿多玖は葛城鮠兎と共に静かに感謝の礼をして帰った。

残った小野妹子は、

「舟遊びと称しながら、大王の使いに会って頂くことになり申し訳ございませんでした。それにも拘らず、良き対応をして頂き誠に有難う存じます」

「分かっていましたよ。我国も極秘に何かするには、信頼のおける伴だけを連れて行きます。ところで、倭国の大王と直接話せる機会はあるのでしょうか」

妹子には即答できない。

「公式の場で、話し合うことはないと聞いております。しかし裴世清氏が面会を希望されていることは、大王にお伝えします。

また、長くお待たせしてしまうことになってすみません。お待たせしている間に、何処か倭国で見たいと思われる所はありますか。場所の許可が取れれば、ご案内できますが……」

「そうですね。出来れば、倭国の民人の暮らしを見たいのですが、どうですか」

「聞いてみましょう」

裴世清が民の暮らしを見たいと言った理由は、長官の裴世矩から倭国のあらゆるところを観察せよという指示があったからだ。民の暮らしからは、その国の為政者の姿勢が垣間見えるのだ。

裴世清は難波津に戻った後、妹子に案内されて、政権から行っても良いと言われた幾つかの集落を訪問し、待たされた日を有意義に過ごした。

秋七月末、待ち望んだ大福館がやっと完成した。今後の国の発展の鍵を握る大国の使者達を、十分に満足させられるだけの国を挙げての盛大な歓迎式典が再び始まろうとしていた。

出来上がったばかりの大福館では、式典の最高責任者である額田部連比羅夫が檄を飛ばしていた。

「各部署の責任者は準備が出来次第、報告せよ。全て、今日中に仕上げるのだ。明日は早朝から使節団を迎えるための予行だ。皆、良いな。ではそれぞれに持ち場に戻り確かに各作業が進んでいるか、細部に亘(わた)り確認せよ」

指示を受けた各部署を受け持つ族長達は、早々に自分たちの持ち場に向かった。

三日後には隋の使節団が迎賓の大福館に到着すると報告があった日、蘇我大臣が血相を変えてやってきて、上宮に会うなり大きな声で話し出した。

「大王、今回の使者達に小墾田宮にて謁見の形でお会いになるのはいいと致しましても、裴世清なる者との直接の会談はお止め下さい」

「それは出来ません。大臣も承知していたことではないですか。何故急に、その様な方針と全く反対のことを言うのですか」

「裴世清が、考えていたよりあまりにも下位の者であることが分かったのです。その様な下位の者に倭国の大王がお会いになる事に、我は納得がいきません。百済や新羅のいい笑い者です。今回は、われが会うのが適当でしょう」

「大臣、隋のわが国に対する扱いが酷いと怒っているのは分かります。ですが、わが国が隋へ遣った小野妹子は高位高官でしたか。吾が遣隋の正使として小野妹子を遣ろうと思ったのは、彼がこの国の代表として将来の外交を託せる人物だと確信したからです。冠位によって選んだのではありませんでした。それは大臣もよく分かってくれた筈ではありませんか。

　そして隋の方も裴世清を倭国への使者として選び送ったのは、適任だと判断したからではないでしょうか」

「しかし今回は、われの意見をお聞き入れ下さい。隋の皇帝はわが国の使者小野妹子と面会はしましたが、直接声を掛けていないのですから」

「そこまで大臣が反対するなら公式の場で裴世清に直接声を掛けることは控え、個別の面談もやめましょう」

「そうなさって下さい」

　馬子は、裴世清という下位の文官を小野妹子が連れて来たことに不満というより怒りを覚えていたのだった。上宮は馬子に大臣として大福館で裴世清に会うことを望んだ。

「蘇我大臣が到着されました」

「額田部氏、準備は順調に進んでいるのか」

「はぁっ、あと少しで細かい部分も仕上がります」

「そうか、良かった。飾り馬の件はどうなった」

「昨日、今日の内に秦氏が馬の飾りを整えると、報告がありました」

「ではそれを取り付けるための人員は、確保しているのか」

「秦氏がそれに携わる人員も連れて来るということでした」

「流石、秦氏の仕事は抜かりが無いな。皆その様に働いてくれると助かるのだが、中々そこまでの者は少ない」

　倭国が武力ではない、文化的な外交政策を本格的に始めてまだ日が浅かった。そんな中、秦氏は早くから対外貿易を通じて海外の事情にも精通していた。

「あの、大臣。おかしなことを耳にしたのですが……」

　額田部比羅夫はいつになく歯切れが悪かったが、言わなければならないと決心して話し出した。

「実を申しますと、これは少し前に隋の使者に会うため難波津に行きました時に、中臣宮地連から聞いたことですが。今回隋から来た使者の長裴世清とは、隋の文官でも下位の役人で親善使節としてではなく視察の役目を負っていると、元百済の高官で現在わが国の通事（おさ）たちを育成している者からの情報で知ったというのです。もしこれが本当のことなら、今我らが親善使節だと信じてこの様に盛大に歓迎しようとしている隋の使者達に、我らは騙されているということなのでしょうか」

「その様な噂がもう広まっているのか。しかしこの度、来られた裴世清氏はれっきとした親善使節だ。間違いない。それが証拠に、親善の印として親書を携えてきておられる。

　元百済の者が何の証拠もなしに憶測で言ったことを、そなた程の者が易々と信じて、そのうえ口にするなど、以ての外だ。次にこのようなことを聞き及んだ時、言った者には厳重に注意し即座にその話の出所を探るように。良いな、決してそのようなことを放置せぬように。特に今回の様に、国と国との仲違いの元となるようなことには注意せねばならない。そなたもこれから国の外交を担う一人として、この様な話を聞き及んだ時には、今われが言ったことを忘れてはならぬ」

「深く考えもせず、調べもせずに、迂闊にも信じ込んでしまったわれの失態でございました。申し訳ございません。何分初めてのことばかりで、忙しさの中での焦りや不安も多く、心のそうした隙に投げ込まれた言葉に揺らいでしまいました。どうかお許しください」

「分かれば良いのだ。使者が来ることになって、そなた達にも急に色々なことを沢山やらせたが、隋がわが国に好感を持ってくれ、両国が親交を深められるようになるには必要なことなのだ。大王は将来国の根幹を担う若者たちを、あらゆる分野の知識の宝庫である隋の都で思う存分学ばせてやりたいと強く望んでおられる」

馬子は自分が会う前に裴世清に関する色々な情報が既に広まっていることに、国内の一部の反対勢力の影を感じていた。

八月五日、難波津に一月余り滞在していた隋の使者達は大福へと向かった。川筋には、遠方からの賓客を迎えようと隙間なく並ぶ倭国の民人の姿があった。隋の使者達を乗せた船は、前後に何艘もの豪華に飾られた飾り船を伴い、民衆の歓声の中、川を遡った。大福館近くの桟橋は、これまで一度も見たことが無い程美しく豪華に飾られていた。その桟橋に川船が到着すると、より一層歓声が大きく聞こえ、出迎える人の数が何倍にも膨れ上がった。大国の隋から来た人々も、倭国の熱狂的な歓迎ぶりに驚きながらも嬉しそうな表情をしていた。

倭国側の出迎えは、大臣の蘇我馬子を筆頭に、次席の額田部連比羅夫と秦造河勝。その後ろには打楽器の楽隊が続いている。大太鼓や小太鼓、各種の笛が吹かれ鐘が打ち鳴らされる中、裴世清を先頭に使者達は大福館へと導かれた。裴世清と副官一名を大福館に導き入れた後に、隋から随行してきた者達を別棟に案内した秦河勝が蘇我大臣に報告した。

「では、裴世清氏に今後の予定を話しておこう」

そう言って、馬子は額田部比羅夫と秦河勝を従えて大福館に入った。

馬子は大福での接待役の額田部比羅夫と秦河勝を、隋の使臣裴世清に紹介した。裴世清は隋の皇帝から預かった書簡と沢山の贈り物を、どの様な形で大王に渡すべきかを大臣に尋ねた。

「明後日、小墾田宮(おはりだのみや)に来て頂きます。その時、大王との謁見の場にて目録を読み上げますので、貴国からの贈り物はこの地にてお預かりいたします」

「分かりました」


二日後、裴世清は小墾田宮に居た。今までの様な賑やかさは全くなく、しんと静まり返った宮の中を進むと一番奥にある広い空間に着いた。先には木の扉が閉まっていて、中を窺(うかが)い知ることは出来ない。木の扉の前でしばらく待っていると、中から閉まっていた扉が開けられた。その空間には、右と左に別れて十数人の倭国の重臣達と思われる人々が並び立っていた。裴世清はその空間の三分の一程の所まで進むように導かれた。しばらくすると、正面の上段に大王が静かに現れた。裴世清は自国の皇帝に対する時と同じ礼をした。それは倭国ではまだ知られていない礼儀式だったが、大王以下倭の重臣たちはその礼儀式を妹子達から知らされていたこともあって、裴世清の礼を受け入れた。裴世清は重々しい空間の中で、隋から倭への贈り物の品々の目録をゆっくりと紹介しながら読み上げる声を神妙に聴いた。


裴世清が倭国の大王との面会を終えて数日経った。

小墾田宮から南西の方向に甘樫丘がある。小野妹子と鞍作福利は裴世清を甘樫丘にある建物の一棟に案内した。その建物は物見櫓のような形をした建物で、四方の扉を外せば、飛鳥の地は言うに及ばず晴れた日には一番遠くに北の山城の山々まで見ることが可能だった。

裴世清の従者には此処までにと告げ、小野妹子と鞍作福利は裴世清だけに建物の上へ昇るよう促した。裴世清が建物の上へ昇ると葛城鮠兎が居て、出迎えた。

「率直に答えてほしいのですが、筑紫から幾日も旅をされてここまで観察してこられて、わが国をどの様に感じられたのでしょうか」

「我が知るどの国よりも豊かな自然と、その中での穏やかな人々の暮らしぶりが大変印象的でした」

上宮の意を受けた葛城鮠兎は硬い表情から少し柔らかい面持ちになって、

「それは嬉しいことです。わが国はこの自然豊かな国と穏やかに暮らす民の生活を守っていきたいと思っています。そして、民にもっと豊かな暮らしをさせたいという大王と同じ思いに立って、共に働いてくれる者達を早急にもっと多く養成しなければならないと考えています。わが国の若者たちに貴国で学ぶ機会を与えてやってはいただけないでしょうか」

「……。その熱いお気持ちはよく分かります。でもそのお答えをする前に、今学ばれている倭国の若者に会わせて頂けますか」

倭国からの強い要請を受けた裴世清は一瞬驚き黙ってしまったが、少し考えた後、その者達に会わせてほしいという条件を出した。

「分かりました。出来る限り日常の彼らをご覧頂きたいので、今から直ぐに近くにある学問所へご案内しましょう」

裴世清は葛城鮠兎に案内され、小野妹子、鞍作福利等と共に、法興寺の学問所へ向かった。学問所では、午後からの部で五十人程の若者達が覚哿（かくか）の第一の弟子覚哉（かくや）から中庸の講義を受けていた。葛城鮠兎達は、皆からは見えないがこちらからは皆が見渡せる場所に裴世清を案内した。

「『忠恕違道不遠、施諸己而不願、亦勿施於人。君子之道四、丘未能一焉、所求乎子以事父、未能也、所求乎臣以事君、未能也、所求乎弟以事兄、未能也、所求乎朋友先施之、未能也』

ここまでを皆に分かるように説明しなさい、矢鴨部章泯（やかべしょうみん）」

一人の青年が立ち上がって、説明を始めた。

「忠恕（ちゅうじょ）、すなわち思い遣りは『人の踏み行うべき道』として難しいことではない。人から自分に対してされて嫌なことは、人に対してもしないようにすれば良いのだ。

君子であろうとするならば、四つの道を守らねばならないが、子（孔子）も未だ、四つの内の一つも満足にできていない、ということを言っておられます。

その四つの内の第一は、自分が子に対してこうであってほしいと親として望むけれど、果たして自分は親の希望に叶った人生を生きてきたかというと疑問であるし、まだまだ親の思うように生きてはいないと思う。

第二は、自分の従者にこうであってほしいと望むことと同じようなことを、自分自身がお仕えする王や上官に対して自分はまだ出来ていない。

第三は、弟にこうであってほしいと思うように、自分は兄の望む様な人物であるかどうかというと、まだ自分は至らない。

第四は、自分の大切な友に対しても、自分が友に望むようなことを、自分から先に友に行なっているかどうかというと、まだ行なえていない」

「宜しい。では次を読んで説明しなさい。秦胡慧」

「はぁっ。『庸徳之行、庸言之謹、有所不足、不敢不勉、有余不敢尽、言顧行、行顧言、君子胡不慥慥爾。』

君子とは、日常的な小さな善を行い、日常的な約束を守り、徳に不充分なところがあれば、それを補おうとして必ず努力するものである。言い過ぎになりそうな場合は、言うのを自制して、言葉は自分の行いを振り返ってから話し、行動は自分の言葉を振り返ってから行う。そのような人が篤実・誠実な君子なのだ、という意味です」

「宜しい。『中庸』は、人の道が遠くにあるのではない、すなわち徳のある人として生きることは難しいことではない、と教えている。

関連して、『其れ恕か。己の欲せざる所人に施すことなかれ』と集約された教えが『論語』にある。そこで、この恕と先程の忠恕とは違うものなのか。大伴成行答えなさい」

「はぁっ、恕と忠恕は基本的に同じ意味で、思い遣りです。他者に対して他者が嫌だと思うようなことを言わず、その様な行動も決してしないという強い決意による優しさだと理解しております」

「宜しい。今日は此処までにする。明日までに、自分を顧みて果たして今まで自分の周りの人々にどの様な言動をしてきたか。よくよく考えて、自らの悪いことに関しては反省し、直すべき所は直すのです。君子たる者は、常にこうあるべきものだと教えられています。

それでは、十七条の憲法を皆で唱和。

一に曰く、和を以って貴しとなし、……」

葛城鮠兎は裴世清の学舎での参観を終え、その場を離れようとした。その時、裴世清が、

「今唱和している憲法とは、倭国で考えられたのでしょうか」

「大王が中心となられて作成されたものです。何か気になるようなことでもございますか」

咄嗟に言葉が分かる小野妹子が返事をした。

「ああ、いえ、これが倭国独自の国体を象徴した基本理念ならば、今後非常に注目すべき国となられるのではないかと思ったのです」

鞍作福利が訳し終わった時、葛城鮠兎がその感想に対し、

「有難うございます。ですが何故その様に、感じて下さったのでしょうか」

裴世清は、

「以前に、倭国は騒乱の時期が長かったと聞いておりました。そのことが関わっているのかと思いましたので……」

後に続く言葉は濁したが、それでこの国は平和を希求しているのではないのかと裴世清は言い

たかったのかもしれない。その事には触れず、鮠兎は歩きながら、

「我が国の国寺へご案内しましょう。実は、ここも寺の建物の一部ですから、直ぐ側なのです。裴世清氏は、仏教に関心がありますか」

「関心はありますが、深い教えは少し学んだ位では分からないと思っています。この様な役目を国から頂戴しておりますので、中々ゆっくり仏教に向かう時間も無いまま過ごしております。わが国では仏教も一般化してまいりましたが、古来より道教や儒教の教えが生活の深い所に浸透しています。皆様は仏教とどの様に接しておられますか」

　葛城鮠兎は、

「我が国では、大王自ら僧侶の方々から仏の教えを学ばれて、我らに分かるように話して下さいました」

「そうなのですか。どの様な教えを話されたのですか」

「大王は、鳩摩羅什師らが漢訳してくださった『維摩詰所説経（ゆいまきつしょせつきょう）』などを参考に維摩経を学ばれて、我等男子に。そしてこの間は、『勝鬘師子吼一乗方便方広経』を学ばれた後、大后、王妃様方王族の女人に、大王が話をして下さいました」

「それぞれに合わせて適切な経を選んでおられるのですね」

　仏教のことをよく分からないと言った裴世清だったが、満更知らない訳ではないとその場の者達は理解した。上宮が仏教の教えを周りの者達に話したということを鮠兎が話す内に、法興寺の境内に入っていた。

境内に入ると大臣蘇我馬子とその長男善徳がいた。大臣は簡単な挨拶の後で、
「この者は、法興寺の一切を任されております寺司の蘇我善徳と申します」
善徳は僧侶がするように無言で合掌しながら首を深く下げて挨拶して、寺院の建物の中へ裴世清達を誘（いざな）った。

寺院の中には未だ仏像は安置されていない。仏像が出来た時に安置するための立派な台座だけが有った。ただ、その横には絢爛豪華な金糸銀糸で縫い取り作った織物の美しい大判の絵図が掛かっていて、外から入る日の光に照らされて金色に輝いていた。

仏教発祥の地辺りでは、立体的に土壇を築いて仏教に関連する像を配置した上で教えを説いていて、それを曼荼羅と呼んでいた。しかし、大きくて持ち運べなかった土壇の曼荼羅は、遠方の他所へは図化されて持ち込まれることもあり、平面の絵図として堂内に掛ける『掛曼荼羅』や堂内に敷く『敷曼荼羅』として伝わった。法興寺の堂内にあったのは、その内の『掛曼荼羅』であった。

その美しい曼荼羅を間近に見た小野妹子や鞍作福利は息を呑み言葉を失くし、その後深くため息を漏らした。裴世清も自国の仏像や曼荼羅には接していたが、後進国倭国において自国と比べても遜色ない織物刺繍の曼荼羅を見て感心した。彼らの気持ちがそれなりに落ち着いたことを確認すると、寺司の善徳が、

「こちらには、もう直ぐ丈六の仏様の像が安置される事になっております。現在、ここから少し離れた場所で、我が国屈指の仏師達が懸命に造立に取り組んでおります」

と言って、今は何も無い大きな台座を指して説明した。裴世清は、

「もし、許可して頂けるなら、仏像を造られている処を見学させて頂けないでしょうか」

馬子は堂内だったこともあって小声で快諾した。次の日、裴世清は蘇我大臣と寺司善徳の案内で、造立中の仏像を見学した。

倭国が大和政権として中央集権国家に向かって前進しようとしていた時期に、倭国を訪れた隋からの使節団裴世清達は予定された行事を全て終えて帰国することになった。裴世清達を送りながら改めて隋へ向かう倭の使節団の船に、大和政権は隋への多くの贈呈品を積み込んだ。

隋へ裴世清達を送ることと将来大和で国家を担うであろう若き学僧や学生達を送り届ける重要な役割を、小野妹子は上宮から正式に託された。昨年冠位十二階の中で五位の大礼（だいらい）を与え隋に向かわせた小野妹子に対し、隋の使節裴世清を伴い帰国したことを高く評価した上で、再び遣隋の正使として送り出すことを大和政権は決定した。

今回、小野妹子に国書として認（したた）め持たせることにしたものの内容は次のようなものだった。

『東倭皇敬白西皇帝。使人鴻臚寺掌客裴世清等至、久憶方解。季秋薄冷、尊何如。想清悆。此即如常。今遣大礼蘇因高（小野妹子）・吉士雄成等往。謹白、不具。』

『東方の国の倭皇から、敬（つつし）みて西の皇帝にご挨拶申し上げます。この度は遠方の隋国から使者

の鴻臚寺(こうろじ)役人の裴世清達を倭国までお送り頂いてから、随分時が経ってしまいました。九月となり季節は朝夕涼しさを増して参りましたが、皇帝陛下には如何お過ごしでしょうか。陛下にはますますご清栄のことと存じます。我が方は平穏な日々を送っております。

さて、この度は遣隋大使として大礼小野妹子（蘇因高）、副使吉士雄成等をそちらへ行かせますので、何卒よろしくお願い申し上げます。整わぬ文ではありますが、これにて失礼申し上げます』

隋へ今回公費で遣わされる者達の名簿が遣隋正使小野妹子の下へ届けられた。遣隋副使は難波吉士雄成、通事(おさ)は鞍作福利である。また、そこには隋で学ばせる三十数名の学生と学僧達の名が連ねられていた。

巨勢仁器(こせひとしき)、紀優力(きゆうり)、大伴成行(おおともなりゆき)、大伴意志俸(おおともいしゆき)（石徹(いしゆき)）、葛城多加良(かつらぎたから)、境部勢津(さかいべのせつ)、坂本野洲(さかもとやす)、卜部(うらべ)唯克(ただかつ)、多部喜代(おおべきよ)、仲鍬輝(なかくわて)、そして秦胡慧(はたこけい)。その他地方出身者等二十数名を将来大和政権の中央官僚の職務に就かせることを目的として、隋で確立されている官僚機構等を学ばせるため送る。

また、儒教や道教に精通した教育者を育成することを目的として、倭漢直福因(やまとのあやのあたいふくいん)、高向(たかむくの)漢人玄理(あやひとげんり)、新漢人大国(いまきのあやひとおおくに)ら漢人数名を送る。将来の通事養成のためには通事見習いの奈羅恵明(ならのえみょう)らを派遣する。

学問僧は新漢人日文(いまきのあやひとにちもん)、新漢人広済(いまきのあやひとこうさい)、南淵漢人請安(みなみぶちのあやひとしょうあん)、志賀漢人慧隠(しがのあやひとえおん)等、十数名を法興寺の慧総や慧慈に相談の上、選んだ。

小野妹子が隋へ派遣される者達の名簿を見ていた頃、忌部蕗傍は近江へ向かっていた。

近江の長老忌部嘉蕗挖は、砥部石納利の長子石徹（石火実の孫）が今回の遣隋使と共に学生として隋へ行くことを、自らの孫の蕗傍から知らされた。その数日後、満足げな微笑を浮かべ孫の蕗傍や砥部石納利らに看取られて静かに息を引き取った。嘉蕗佗は最後まで、これで自分たちの長年の思いは必ず叶うと何度も言って、蕗傍や石納利に希望を持たせることを忘れなかった。

筑紫大伴氏に密かに預けられた砥部石納利の長子石徹は、名を大伴意志倖と変えて地方出身者として法興寺の学問所で優秀な成績を上げた結果、今回の遣隋学生として隋へ向かう者の中に入った。


一方、大和の地の大伴喜田譜の家では、大伴友敏が長老の喜田譜に自分の息子が遣隋修学生として選ばれたことの報告に来ていた。選出されるまでの苦労話を一頻りした後、友敏は不思議だと言って気に掛かっていることを話し出した。

「大和政権は、今回隋へ送る者一人一人について念入りに調べたのでしょうか。どうも解せないのです。何故、友慶は意志倖という子のことをわれに黙っていたのでしょうか」

「それはどういうことだ」

喜田譜は大伴氏から二人もの若者が今回の修学生に選ばれたことを、一門にとって誇らしいことと喜んでいた。そんな時に気分を害すような、水を差すことを言う友敏が忌々しいと思った。

「気になるのです。長い間連絡を取り合わない中だったとはいえ、あれ程優秀な者を隠していたとは、昔の弟からは想像も出来ません」

「大和政権を支える者にはしたくなかったのではないのか」

「まさか、そのような。栄華を極めた頃の我が一族ではないのです。これからは、大和政権の中で出来る限り重要な役割を持ち、われらの存在感を示していかなければ生き残れません。一族の中から中央に来て活躍できるような人材を一人でも多く育てなければならない時に、友慶は優秀な子を自分の手元に残そうとするなんて身勝手過ぎるとは思いませんか。

　しかも本当に残そうと思っていたならわれらに相談してくれれば、何とかしてやったものを。長老の喜田譜氏にも何の相談もなしに中途半端な時に大和へ自らやって来たかと思えば、今まで隠しに隠してきた子を簡単に差し出すのですから。何を考えているのか分かりません」

「族長の矢栖岡氏には、相談したのではないか。しかし、そなたの話を聞いていると少なからず疑問が湧いてくるなぁ。その意志倖というそなたが知らないという友慶の息子だが、本当に友慶の子だろうか」

「まさか。誰の子だと言うのですか。あの友慶が、その様なことはいくら何でも致しません。跡取りの居ない筑紫の大伴氏からのたっての願いで、友慶は行きました。わが父は優秀な友慶を手放す積りはなかった。しかし友慶は寧ろ、自ら進んで行くと言ったのです。筑紫大伴氏と縁を結んでいた方が、この大和大伴氏のために良いのだと明るい顔で言いました。ところが、筑紫へ行って数年もしない内に、われが連絡しても何の返事もこなくなったのです」

「もしかしたら、それは今話している子を授かった頃、いや預かった頃と符合しないか」

「あっ、ふ、符合いたします。では、矢張りあの意志俘は、友慶の子ではない可能性が。それでは、どの様な可能性があるのでしょうか」

「筑紫大伴氏の係累の優秀な者というのが、一番可能性としては高いが……。

しかし、この話はここまでにせよ。下手な詮索はせぬ方が良い。何せ、わが大伴氏の優秀な友慶が考えてしていることだ。そなたはもうこれ以上、このことには関わるな。どうしても気になるなら、筑紫まで自ら赴いて直接友慶に問い質すのだな」

そう言った喜田譜は、意志俘のことについて二度とその口を開かなかった。


九月の定例朝議を終えた大和政権では、再び小野妹子を正使として遣隋使達を送り出すと共に、隋の使者裴世清達の盛大なる送別の催しを行った。送別の催しは、大福の迎賓館で行われ、各所の川沿いの港や市でも盛大な見送りとなった。歓迎の時以上の賑わいと持て成しの中、裴世清達を乗せた船は進み難波館(なにわのむろつみ)に到着した。そして倭国の遺隋使船へ乗り換え倭国の遣隋使達と共に隋へ向けて旅立った。

今回は前回と違って、百済の港には立ち寄ったものの上陸はせず、海路を急ぎ隋の港竜口に到着した。天候にも恵まれ、今回の遣隋船の旅は非常に順調だった。また陸路も竜口の港に到着してから洛陽に到着するまでの間、隋の多数の護衛兵が付いて見守りをしてくれたため安心して旅を続けることが出来た。洛陽に到着して、少し体を休めた遣隋使の一行は、いよいよ今回の最終目的地の大興城に向けて出発することになった。

大興城から移り住んだ隋の皇帝楊広は洛陽城を気に入っていたが、他国からの訪問者を多く招く時には大興城で盛大な催しを行った。隋にとっても西の守りである大興（長安）は、未だ西の敵対国を征服していないという状況下で隋の国力を西方に見せつけるための大切な都だったからだ。

皇帝は小野妹子達にもその権威を更に見せつけるため、今度は洛陽城ではなく大興城に居てそこへ妹子達を呼び寄せた。洛陽から大興への道程は、河の道も道路も困難を極めた。河の流れは速く幾重にも鋭く曲がりくねった峡谷では、熟練の船頭が何人も命を落としていた。そのため、余程の金を積んでも激しい流れを制することが出来る最高の船頭に中々会うことが出来ず、例え出会えたとしても、そこでの船の旅が完全に保証されるものでもなかった。

峠越えの山道もまた厳しいものだった。山肌にへばりつく様に造られた道は、雨が降ると上から土砂が崩れ落ちてきて塞がってしまうことも稀ではなかった。崩れやすい山土は、雨だけではなく自然の風化によっても容易（たやす）くその姿を変えてしまう。昨日、驢馬（ろば）や駱駝（らくだ）に荷を積んで通れた道が、今日には人一人通るのがやっとという様な幅の狭さになっているということも珍しいことではなかった。倭国からの遣隋使達の一行は峠越えの道を選んだが、幸いなことにその間雨も降らず自然の土砂崩れもなかったので、倭国からの人も荷も無事大興城に到着できた。

大興城に到着した遣隋一行の正使小野妹子、副使難波吉士雄成と通事の鞍作福利達は、従者たちに宿舎で休むよう伝えて大興城の鴻臚寺へ向かった。裴世清はここでも洛陽城の時と同じ鴻臚寺に属していて、今回も倭国の対応を担当していた。門番に裴世清に取り次いでほしいと告げるとその門番は、

「どこの者だ。何も聞いていない。今日の面会時間はもう終わったから、明日にせよ」

そのような事態にもう慣れていた小野妹子は、

「我らは、倭国から来た正式な使者です。身分の証は、ここにございます」

そう言って通行許可証を見せ、鞍作福利が門番たちへの土産を差し出した。自国に居た時から外交に携わっていた吉士雄成も心得ていて、門番たちの反応を静観していた。福利から賄賂的な物品を差し出された門番らは、今までの冷たい態度を一変させて直ぐに中へ入って良いと門を通してくれた。

裴世清と面会して、皇帝との謁見の日程やその時の注意事項を聞いた。その後で、裴世清の方から質問された。

「門番たちの態度は、いつもと変わりませんでしたか」

妹子が苦笑いしているのを見て吉士雄成が、

「お気になさらないで下さい。どこも皆同じです。我が国も、以前はそうでした」

「えっ、今は違うのですか」

裴世清にとっては驚きだったようだ。自分の国より、後進国だと思っていた倭国がいち早く賄賂を禁じているというのはあまりにも衝撃の事実だったからだ。

「賄賂を厳しく禁止することであらゆることが良い方に向かうかどうか、われには分かりかねますが。現在の我国の大王は、賄賂を是認しておりません。われは、個人的には事が順調に進むなら賄賂の授受が多少はあっても仕方がないと思っています」

と吉士雄成は自分の意見を述べた。裴世清は妹子の方を向きながら、

「ほう、色々な意見を持つ方々が倭国にも居られるのですね」

妹子は是も非もなく苦笑いするしかなかった。

鳳凰五年（六〇八年）九月に再び遣隋使として隋へ旅立った小野妹子達が、無事に洛陽城を経て大興城に到着したとの便りがその年末に上宮のもとへ届いた。そこには、国書の提出も終え、来春に正式な朝賀の儀の参加と共に皇帝との謁見も許された、と書かれていた。

『飛鳥から遥かなる未来のために（白虎・後編）』完

（玄武）へ続く

【巻末注】

注1　致書

古代の中国において、「致書」とは個人の間（仏教者のごく親しい間柄など）で交わされる文書形式であり、かつ対等な国家間においても流用されたものである。文面では「書を致す」と書く。

小野妹子が最初に隋へ提出した国書の文章は、隋の文帝の公主（皇女）を嫁に迎えた突厥の王の沙鉢略可汗が隋の皇帝に出した、「致書」の形を踏襲したのだろうと言われている。なお、倭国の国書は仏教の影響の色が濃いため、「致書」「仏教興隆に取り組む者同士」との思いが「致書」という書式にこめられていたと考えられる。

注2　筑紫大宰

筑紫大宰とは、①外交の窓口と、九州の北部と中部の行政を担当する役所、②その役所の長官、という二つの意味がある。この物語では、混乱を避けるために、長官のことは別呼称の筑紫総領を使った。

注3　東萊郡(とうらいぐん)

東萊郡は隋・唐の時代に萊州(らいしゅう)という地名と東萊郡という地名にしばしば変わった。妹子達が隋へ行った隋歴の大業三年（六〇七年）には、郡制施行により東萊郡に呼称が変化した。

注4　徒歩でほぼ六十日

竜口から隋の西都の大興（長安。現在の西安）までの距離は約三千里である。隋代の距離の記録が残っていないため、唐代の『元和郡県図志』によった。唐代の一里は五百六十米(めーとる)であり、唐代に人が徒歩によって移動するとされた公式の基準は一日に五十里（二十八千米(きろめーとる)）、馬を利用すると七十里（約三十九千米(きろめーとる)）。

唐代の一里は、現在の日本の一里の三千九百二十七米に比べると約七分の一である。なお、現在の中国の一里は五百米である。

注5　赤土国(せきど)と加羅舎国(からしゃ)

赤土国は七世紀ごろの東南アジアの国。隋書に記載されている。所在地については、タイ、スマトラ、マレー半島の中部・南部など諸説がある。

加羅舎国については随書に記載されているが場所は不明である。

【参考文献等】

（著者等の五十音順）

アクロス福岡文化誌編纂委員会編『古代の福岡』　アクロス福岡文化誌編纂委員会　二〇〇九年
浅田芳朗著『図説　播磨国風土記への招待』　柏書房　一九八一年
芦田耕一・原豊二著『出雲文化圏と東アジア』　勉誠出版　二〇一〇年
甘粕健著『市民の考古学５　倭国大乱と日本海』　同成社　二〇〇八年
新城俊昭著『琉球・沖縄の歴史と文化　高等学校・書き込み教科書』　編集工房東洋企画
二〇一二年
石井公成ＷＥＢサイト『聖徳太子研究の最前線（二〇一〇年六月一二日・一五日）』
二〇一四年一〇月二三日参照
石井公成著『聖徳太子　実像と伝説の間』　春秋社　二〇一六年
石川昌史編『學鐙　第９６巻　第１２号』　丸善　一九九九年
石田幹之助著『長安の春』　講談社　一九七九年
石野博信著『弥生興亡　女王・卑弥呼の登場』　文英堂　二〇一〇年
一然著／金思訳『三国遺事』　明石書店　一九九七年
伊藤博校注『万葉集　「新編国歌大観」準拠版（上・下）』　角川学芸出版　一九八五年

伊藤博校注『万葉集（上巻）』　角川グループパブリッシング　二〇〇七年
稲畑耕一郎監修／劉煒編／尹夏清著／佐藤浩一訳『図説　中国文明史⑥　隋唐　開かれた文明』
創元社　二〇〇六年
井上秀雄・旗田巍編『古代日本と朝鮮の基本問題』　學生社　一九七四年
井上秀雄著『変動期の東アジアと日本』　日本書籍　一九八三年
伊波普猷著『古琉球』　岩波新書　二〇〇〇年
植木雅俊著『仏教学者・中村元』　角川学芸出版　二〇一四年
上田正昭・井上秀雄編『古代の日本と朝鮮』　學生社　一九七四年
上田正昭著『帰化人』　中央公論社　一九九四年
上田正昭著『古代日本の女帝』　講談社　一九九六年
上田正昭著『古代の日本と東アジアの新研究』　藤原書店　二〇一五年
上田正昭著『聖徳太子』　平凡社　一九七八年
上田正昭著『日本古代史をいかに学ぶか』　新潮社　二〇一四年
上田正昭著『私の日本古代史（上・下）』　新潮社　二〇一三年
上田正昭編『風土記（風土記の世界）』　社会思想社　一九七五年
上田正昭ほか著『東アジアの古代文化　創刊五〇号記念特大号』　大和書房　一九八七年
上野誠著『万葉体感紀行　飛鳥・藤原・平城の三都物語』　小学館　二〇〇四年
上原和著『斑鳩の白い道の上に』　朝日新聞社　一九七五年

【参考文献等】

上原和著『法隆寺を歩く』　岩波書店　二〇〇九年
梅原猛著『聖徳太子（1・2・3・4）』　集英社　一九九三年
上井久義著『日本古代の親族と祭祀』　人文書院　一九八八年
愛媛国語国文学会編『愛媛国文研究　第15号』　愛媛国語国文学会　一九六五年
榎村寛之著『伊勢神宮と古代王権』　筑摩書房　二〇一二年
慧立・彦悰著／長澤和俊訳『玄奘三蔵』　講談社　一九九八年
王勇著『中国史のなかの日本像』　農山漁村文化協会　二〇〇〇年
王勇著『唐から見た遣唐使』　講談社　一九九八年
大橋信弥著『古代豪族と渡来人』　吉川弘文館　二〇〇四年
大橋信弥著『日本古代国家の成立と息長氏』　吉川弘文館　一九八四年
大和岩雄著『日本神話論』　大和書房　二〇一五年
大和岩雄著『秦氏の研究』　大和書房　二〇〇四年
岡本八重子編『古寺を巡る（四天王寺）』　小学館　二〇〇七年
小川光三撮影／西村公朝ほか文・安田瑛胤特別寄稿『魅惑の仏像　薬師三尊』　毎日新聞社　二〇〇一年
沖森卓也・矢嶋泉・佐藤信著『出雲風土記』　山川出版社　二〇〇五年
小田富士雄・西谷正・中敬瀲・東潮著『伽耶と古代東アジア』　朝日新聞西部本社　一九九三年
景浦勉著『伊予の歴史（上）改訂四版』　愛媛文化双書刊行会　一九九六年

加藤謙吉著『大和政権と古代氏族』　吉川弘文館　一九九一年
加藤咄堂著『味読精読十七条憲法』　書肆心水　二〇〇九年
角林文雄著『任那滅亡と古代日本』　学生社　一九八九年
金谷治訳注『大学・中庸』　岩波書店　一九九八年
金谷治訳注『論語』　岩波書店　一九六三年
北川和男編『學鐙　第９４巻　第５号』　丸善　一九九七年
北川和男編『學鐙　第９５巻　第４号・第５号』　丸善　一九九八年
金達寿著『見直される古代の日本と朝鮮』　大和書房　一九九四年
川本芳昭著「隋書倭国伝と日本書紀推古紀の記述をめぐって」『史淵　第１４１輯』
九州大学大学院人文科学研究院　二〇〇四年
九州歴史資料館編『大宰府政庁跡』　吉川弘文館　二〇〇二年
京丹後市史資料編さん委員会編『京丹後市の伝承・方言』　京丹後市役所　二〇一二年
京都府竹野郡弥栄町編『丹後と古代製鉄』　京都府竹野郡弥栄町役場　一九九一年
京都府竹野郡弥栄町役場編『古代製鉄と日本海文化』　京都府竹野郡弥栄町役場　一九九三年
金富軾著／林英樹訳『三国史記（中）　百済本紀』　三一書房　一九七五年
黒板勝美／國史大系編修會編『國史大系　第一二巻　扶桑略記／帝王編年記』　吉川弘文館
一九六五年
黒崎直著『飛鳥の宮と寺』　山川出版社　二〇〇七年

【参考文献等】

氣賀澤保規編『遣隋使がみた風景』　八木書店　二〇一二年
小島憲之・直木孝次郎ほか校注・訳『新編日本古典文学全集３・４　日本書紀②・③』　小学館　二〇〇二年・二〇〇六年
古代学研究所編『東アジアの古代文化（５０号）』　大和書房　一九八七年
古代学研究所編『東アジアの古代文化（１０４号）』　大和書房　二〇〇〇年
古代学研究所編『東アジアの古代文化（１０５号）』　大和書房　二〇〇〇年
後藤蔵四郎著『出雲國風土記考證』　大岡山書店　一九二六年
小林昌二編『古代王権と交流３　越と古代の北陸』　名著出版　一九九六年
駒田利治著『伊勢神宮に仕える皇女・斎宮跡』　新泉社　二〇〇九年
斎藤忠著『古都扶余と百済文化』　第一書房　二〇〇六年
佐伯有清著『日本古代氏族の研究』　吉川弘文館　一九八五年
酒井龍一・荒木浩司・相原嘉之・東野治之著『飛鳥と斑鳩　道で結ばれた宮と寺』　ナカニシヤ出版　二〇一三年
坂本太郎・平野邦雄監修『日本古代氏族人名辞典』　吉川弘文館　一九九〇年
佐々木閑著『別冊１００分de名著　集中講義　大乗仏教』　ＮＨＫ出版　二〇一七年
佐藤仁威・中江忠宏著『もっと知りたい伝えたい　丹後の魅力（改訂版）』　全国まちづくりサポートセンター　二〇一〇年
司馬遷著／市川宏・杉本達夫訳『史記１　覇者の条件』　徳間書店　一九七七年

司馬遷著／小竹文夫・小竹武夫訳『史記８　列伝（四）』　筑摩書房　一九九九年
司馬遼太郎『この国のかたち　五』　文藝春秋　二〇一一年
上代文献を読む会編『風土記逸文注釈』　翰林書房　二〇〇一年
白石太一郎著『近畿の古墳と古代史』　学生社　二〇〇七年
白石太一郎編『日本の時代史１　倭国誕生』　吉川弘文館　二〇〇二年
白洲正子著『かくれ里』　講談社　二〇〇二年
鈴木靖民編『日本の時代史２　倭国と東アジア』　吉川弘文館　二〇〇二年
前近代女性史研究会編『家・社会・女性　古代から中世へ』　吉川弘文館　一九九八年
高田良信著『法隆寺の歴史と信仰』　法隆寺（小学館）　一九九六年
瀧音能之編『出雲世界と古代の山陰』　名著出版　一九九五年
瀧藤尊教・田村晃祐・早島鏡正訳『聖徳太子　法華義疏（抄）・十七条憲法』　中央公論新社
二〇〇七年
竹田晃編『中国の古典１７　後漢書（巻八十五・東夷列伝）』　学習研究社　一九八五年
田中天著『鉄の文化史』　海鳥社　二〇〇七年
谷川健一著『四天王寺の鷹』　河出書房新社　二〇〇六年
谷川健一著『大嘗祭の成立』　冨山房インターナショナル　二〇〇八年
田村圓澄著『筑紫の古代史』　学生社　一九九二年
丹後町古代の里資料館編『丹後町の歴史と文化』　丹後町古代の里資料館　一九九四年

【参考文献等】

鄭詔文編『日本のなかの朝鮮文化（第三十号）』 朝鮮文化社 一九七六年
陳舜臣著『小説十八史略（一～六）』 講談社 一九九二年
陳舜臣著『諸葛孔明（上・下）』 中央公論社 一九九三年
坪倉利正著『丹後文化圏』 丹後古代文化研究所 一九九九年
帝国書院編集部著『地図で訪ねる歴史の舞台 日本』 帝国書院 二〇〇三年
道教學會編『東方宗教 115号』 法蔵館 二〇一〇年
直木孝次郎著『日本の歴史2・古代国家の成立』 中央公論社 一九六五年
中嶋利雄・原田久美子編『日本民衆の歴史 地域編10 丹後に生きる』 三省堂 一九八七年
中野イツ著『斎宮物語』 明和町教育委員会 一九八一年
中村元・早島鏡正訳『聖徳太子 勝鬘経義疏・維摩経義疏（抄）』 中央公論新社 二〇〇七年
中村元著『現代語訳大乗仏典3 維摩経 勝鬘経』 東京書籍 二〇〇三年
中村元著『中村元選集（決定版）別巻6 聖徳太子』 春秋社 一九九八年
中村元著『日本思想史』 東方出版 一九八八年
奈良国立博物館編『第六十三回正倉院展目録』 仏教美術協会 二〇一一年
日本野鳥の会編『野鳥観察ハンディ図鑑 新・山野の鳥』 日本野鳥の会 二〇〇三年
日本野鳥の会編『野鳥観察ハンディ図鑑 新・水辺の鳥』 日本野鳥の会 二〇〇四年
野崎康弘著『今こそ必要！ あなたの食養生と経絡養生』 漢方の野崎薬局 二〇一二年
橋本澄夫著『日本の古代遺跡43 石川』 保育社 一九九〇年

畑井弘著『物部氏の伝承』　三一書房　一九九八年
福永武彦訳『日本国民文学全集　第一巻　古事記』　河出書房　一九五六年
福永光司・上田正昭・上山春平著『道教と古代の天皇制』　徳間書店　一九七八年
福永光司著『荘子　古代中国の実存主義』　中央公論社　一九七八年
福永光司著『道教と古代日本』　人文書院　一九八七年
佛書刊行會編纂『大日本佛教全書　112　聖德太子傳叢書（上宮聖德太子傳補闕記）』
佛書刊行會　一九一二年
佛書刊行會編纂『大日本佛教全書　118　寺誌叢書（元興寺縁起　佛本傳來記）』
佛書刊行會　一九一三年
外園豊基著『最新日本史図表（新版）』　第一学習社　二〇一四年
外間守善著『沖縄の歴史と文化』　中央公論社　一九八六年
松木武彦著『未盗掘古墳と天皇陵古墳』　小学館　二〇一三年
松前健・白川静ほか著『古代日本人の信仰と祭祀』　大和書房　一九九七年
松本浩一著『中国人の宗教・道教とは何か』　ＰＨＰ研究所　一九九六年
黛弘道編『蘇我氏と古代国家』　吉川弘文館　一九九一年
森公章編『日本の時代史３・倭国から日本へ』　吉川弘文館　二〇〇二年
森浩一編『古代の日本海諸地域　―その文化と交流―』　小学館　一九八四年
安岡正篤著『日本精神通義』　エモーチオ２１　一九九三年

【参考文献等】

山尾幸久著『古代の近江』　サンライズ出版　二〇一六年
山尾幸久著『古代の日朝関係』　塙書房　一九八九年
山田宗睦ほか『古代王朝の女性』　暁教育図書　一九八二年
吉岡康暢著『人類史叢書9　日本海域の土器・陶磁（古代編）』　六興出版　一九九一年
吉野裕訳『風土記』　平凡社　二〇一一年
吉村武彦著『蘇我氏の古代』　岩波書店　二〇一五年
若月義小著『冠位制の成立と官人組織』　吉川弘文館　一九九八年
和鋼博物館編『和鋼博物館　総合案内』　和鋼博物館　二〇〇七年

◆著者プロフィール
朝皇　龍古（あさみ　りゅうこ）
1952年生まれ。古代歴史研究家、小説家。
研究分野：東アジアの中の古代日本
著書：古代歴史小説『遥かなる未来のために（青龍）』
『飛鳥から遥かなる未来のために（朱雀・前編）』
『飛鳥から遥かなる未来のために（朱雀・後編）』
『飛鳥から遥かなる未来のために（白虎・前編）』

飛鳥から遥かなる未来のために
（白虎・後編）

2020年11月1日　初版第1刷発行
著　者　　朝皇　龍古

発行所　　ブイツーソリューション
〒466-0848 名古屋市昭和区長戸町4-40
電話 052-799-7391　Fax 052-799-7984
発売元　　星雲社（共同出版社・流通責任出版社）
〒112 - 0005 東京都文京区水道1-3-30
電話 03-3868-3275　Fax 03-3868-6588
印刷所　　藤原印刷

万一、落丁乱丁のある場合は送料当社負担でお取替えいたします。
ブイツーソリューション宛にお送りください。

ISBN978-4-434-28039-9